L'alliance scandaleuse

BRENDA JOYCE

L'alliance scandaleuse

BestSellers

Titre original : A DANGEROUS LOVE

Traduction française de MARIE-JOSE LAMORLETTE

HARLEQUIN®
est une marque déposée par le Groupe Harlequin

BEST-SELLERS®
est une marque déposée par Harlequin S.A.

Photo de couverture
Femme : © F. ACCORNERO / T. SCHLUCK

83/85, boulevard Vincent-Auriol, 75646 PARIS CEDEX 13.

Service Lectrices — Tél. : 01 45 82 47 47
www.harlequin.fr

ISBN 978-2-2808-1428-7 — ISSN 1248-511X

Prologue

Derbyshire, 1820

Très agité, Edmund St Xavier consulta encore une fois l'horloge murale. Pourquoi diable l'enquêteur mettait-il si longtemps ? Il avait reçu la lettre de Smith la veille, un bref message l'informant qu'il arriverait le lendemain. Bonté divine ! L'homme avait-il réussi à trouver son fils ?

Fébrile, il arpentait la grand-salle de long en large. C'était une vaste pièce, vieille de plusieurs siècles comme la maison elle-même, mais chichement meublée et ayant grand besoin d'être restaurée. Le damas de l'unique canapé était passé et déchiré, une table sur tréteaux éraflée demandait plus que de la cire et un coup de brosse, et le brocart ivoire et doré qui recouvrait les fauteuils avait depuis longtemps pris cette déplaisante nuance jaune qui indiquait le vieillissement et un grave manque de soin. Jadis, Woodland avait été une propriété grandiose, comprenant dix mille hectares, à l'époque où les ancêtres d'Edmund portaient fièrement le titre de vicomte et possédaient une autre superbe résidence à Londres. Maintenant, il restait mille hectares et sur les quinze fermes disséminées dans le domaine, la moitié était vide. Ses écuries comptaient quatre chevaux d'attelage et deux chevaux de selle. Son personnel était réduit à deux valets et une seule soubrette. Son épouse était morte en couches cinq ans plus tôt, et l'hiver précédent une terrible grippe avait emporté leur seul fils. Il ne subsistait plus qu'un domaine appauvri, une maison vide et le titre prestigieux, qui était à présent en péril.

Le frère cadet d'Edmund le fixait depuis l'autre bout de la grand-salle, aussi satisfait et sûr de lui que toujours. John était certain que le titre reviendrait bientôt à lui-même et son fils, mais Edmund était tout aussi déterminé à ce qu'il n'en soit rien. Car il existait un autre enfant, un bâtard. *Smith l'avait sûrement trouvé.*

Edmund se détourna avec raideur. Son frère et lui avaient été rivaux en grandissant et le restaient. Son maudit cadet avait fait fortune dans le commerce et possédait une belle propriété dans le Kent. Il apparaissait régulièrement à Woodland dans son cabriolet tiré par six chevaux, sa femme couverte de bijoux. Chaque visite était la même. Il parcourait la maison, inspectant chaque fissure dans les parquets, chaque panneau à la peinture écaillée, chaque draperie fanée et chaque portrait poussiéreux, son dégoût manifeste. Puis il offrait de payer les dettes d'Edmund — avec un confortable taux d'intérêt. Edmund n'avait plus qu'à attendre que son frère s'en aille, laissant derrière lui sa note d'intérêts qu'au pied du mur, il finissait toujours par signer.

Il mourrait avant de voir le jeune fils de John, Robert, hériter de Woodland. Mais, par le ciel, il n'en arriverait pas là.

— Es-tu certain que M. Smith a trouvé le garçon ? s'enquit John, ses mots empreints de condescendance. Je ne puis imaginer comment un enquêteur de Bow Street pourrait localiser une tribu de bohémiens, et encore moins une femme en particulier.

Edmund bouillait intérieurement. John prenait plaisir à le rabaisser. Il méprisait sa liaison avec une Tzigane et pensait que son fils serait un sauvage.

— Ils passent l'hiver près des chantiers navals de Glasgow, dit-il. Au printemps, ils se rendent à la frontière de l'Ecosse pour travailler aux champs. Je doute qu'il ait été si difficile de trouver cette caravane.

John alla vers sa femme, qui cousait près du feu, et posa une main sur son bras, comme pour dire : « Je sais que ceci est un sujet déplaisant pour vous. Aucune dame ne devrait avoir à admettre que son beau-frère a eu une maîtresse tzigane. »

Sa jolie et parfaite épouse lui sourit et continua à coudre.

Edmund ne put s'empêcher de penser à Raiza. Dix ans plus tôt, elle était arrivée à Woodland avec leur fils, les yeux brûlant de la fierté et de la passion dont il se souvenait encore si bien. Il avait été choqué, en regardant l'enfant, de voir ses propres yeux gris reflétés dans ce visage au teint foncé. Les cheveux du petit garçon étaient blond foncé, alors que ceux de Raiza étaient noirs comme la nuit. Edmund lui-même était blond. Son épouse Catherine se trouvait dans la maison, enceinte de leur enfant. Il avait affirmé que ce bâtard n'était pas de lui — se haïssant d'agir ainsi. Mais sa liaison avec Raiza avait été brève et il aimait sa femme. Il ne pouvait lui laisser apprendre l'existence du petit garçon, surtout dans l'état où elle se trouvait. Il avait offert à Raiza le peu d'argent qu'il avait, mais elle l'avait maudit et était partie.

Comme s'il lisait dans son esprit, John demanda :

— Comment peux-tu être sûr que ce garçon est de toi, quoi que la gueuse prétende ?

Edmund l'ignora. Il avait été invité dans une maison de campagne proche de l'Ecosse et chassait avec des amis célibataires quand les bohémiens étaient apparus, campant près du village voisin. Il avait croisé Raiza dans la rue, et quand leurs yeux s'étaient rencontrés il avait été tellement frappé par sa beauté qu'il avait fait demi-tour, la suivant comme si elle était le Joueur de Flûte. Elle avait ri, charmeuse. Epris d'elle, il l'avait poursuivie avec ardeur. Leur liaison avait commencé ce soir-là. Il était resté deux semaines dans la région, passant la plupart de son temps dans le lit de sa belle Tzigane.

Il avait eu envie de rester avec elle plus longtemps encore, mais il avait un domaine en mauvais état à gérer. Avec des larmes de regret dans les yeux, Raiza avait murmuré : « *Gadjé gadjensé.* » Il ne l'avait pas comprise, mais il avait pensé qu'elle était amoureuse de lui, et il n'était pas sûr de ne pas l'aimer aussi. Non que cela importât, car ils appartenaient à deux mondes complètement différents. Il ne s'était pas attendu à la revoir un jour.

Un an plus tard, il avait rencontré Catherine, une femme aussi différente de Raiza que le jour et la nuit. Nièce du pasteur de la communauté, elle était convenable, réservée et absolument délicieuse. Elle ne danserait jamais avec fougue sur de la musique tzigane sous la pleine lune, mais il ne s'en souciait pas. Il s'était épris d'elle, l'avait épousée et était devenu son meilleur ami. Elle lui manquait encore aujourd'hui.

Il avait l'intention de se remarier, bien sûr, car il espérait d'autres héritiers. Il ne pouvait risquer de perdre le domaine. Mais il avait appris de première main combien la vie était incertaine et capricieuse. C'était pourquoi il avait décidé de retrouver son fils bâtard.

Edmund entendit un bruit de sabots dans l'allée de terre battue, pleine d'ornières.

Il se précipita à la porte d'entrée, conscient que John le suivait, et l'ouvrit en coup de vent. Le robuste enquêteur descendait de la voiture, un petit landau tiré par un seul cheval. Les rideaux étaient baissés.

— L'avez-vous trouvé ? s'écria Edmund, conscient de son intonation désespérée. Avez-vous trouvé mon fils ?

Smith était un grand homme qui n'aimait manifestement pas se raser tous les jours. Il cracha un long jet de tabac et sourit largement.

— Oui, milord, mais vous ne voudrez peut-être pas me remercier de sitôt.

Il avait trouvé le jeune garçon.

John vint se placer près d'Edmund et murmura :

— Je ne me fie pas du tout à cette bohémienne.

Le regard rivé sur le landau, Edmund rétorqua :

— Je me moque de ce que tu penses.

Smith contourna la voiture et ouvrit la portière. Il tendit la main à l'intérieur et Edmund vit apparaître un garçon mince vêtu d'un pantalon marron reprisé et d'une chemise sale. L'enquêteur le fit sortir brutalement et le tira à terre.

— Viens faire la connaissance de ton père, mon garçon.

Horrifié, Edmund s'aperçut que les poignets de son fils étaient ligotés par de la corde.

— Détachez-le, commença-t-il, avant d'apercevoir l'anneau et la chaîne attachés à sa cheville.

Le jeune garçon se libéra brusquement de Smith, de la haine sur son visage pincé. Il lui cracha au visage.

Le limier essuya la salive de sa joue et jeta un coup d'œil à Edmund.

— Il a besoin d'être fouetté, mais après tout c'est un bohémien, n'est-ce pas ? Le fouet est tout ce qu'ils comprennent, il faut les traiter comme de mauvais chevaux.

Edmund se mit à trembler sous l'outrage.

— Pourquoi est-il ligoté et entravé comme un félon ?

— Parce qu'il est traître, voilà pourquoi. Il a essayé de s'échapper une douzaine de fois depuis que je l'ai trouvé dans le Nord, et je n'avais pas envie d'être poignardé dans mon sommeil.

Smith prit le garçon par l'épaule et le secoua.

— Ton père, dit-il en désignant Edmund.

Il y avait une rage meurtrière dans les yeux du jeune Tzigane, mais il resta silencieux.

— Il parle anglais comme vous et moi, dit l'enquêteur.

Il cracha un autre jet de tabac, cette fois sur les pieds nus et sales du garçon.

— Il comprend chaque mot.

— Déliez-le, bon sang ! insista Edmund, se sentant impuissant.

Il avait envie de prendre son fils dans ses bras et de lui dire qu'il était désolé, mais il avait l'air aussi dangereux que Smith le prétendait. Il paraissait haïr l'enquêteur — et Edmund.

— Bienvenue à Woodland, fils. Je suis votre père.

De frais yeux gris rencontrèrent les siens, emplis de condescendance. C'était ceux d'un homme plus âgé, d'un homme qui avait vécu, pas ceux d'un enfant.

Smith dit :

— Elle l'a donné sans faire trop d'histoires.

Edmund ne pouvait détacher les yeux de son fils.

— Vous lui avez donné ma lettre ?

— Les bohémiens ne savent pas lire, mais je la lui ai donnée.

Raiza avait-elle accepté que le fait qu'il élève leur fils serait pour le mieux ? En tant qu'Anglais, un monde d'opportunités lui serait ouvert. Et il avait droit à son domaine, à son titre et à tous les privilèges qui allaient avec.

— Mais elle a pleuré comme une femme à l'agonie, reprit Smith, en ouvrant l'anneau qui encerclait la cheville du jeune garçon. Je ne comprenais pas leur langue tzigane, mais je n'en avais pas besoin. Elle voulait qu'il parte — et il ne voulait pas s'en aller. Il va s'enfuir.

L'enquêteur jeta un regard d'avertissement à Edmund.

— Vous ferez bien de l'enfermer la nuit et de le faire surveiller le jour.

Il saisit le garçon par le bras.

— Mon garçon, montre du respect à ton père, un grand lord. S'il te parle, tu réponds.

— C'est bon. Vous voyez bien qu'il a reçu un grand choc.

Edmund sourit à son fils. Dieu du ciel, il était magnifique. A part ses yeux et la couleur de ses cheveux, il ressemblait comme deux gouttes d'eau à Raiza. Une vive chaleur envahit la poitrine d'Edmund. Il n'aurait jamais dû chasser Raiza dix ans plus tôt, pensa-t-il. Pourvu qu'ils puissent dépasser ce qu'il avait fait. Pourvu qu'ils arrivent à surmonter ce terrible début et leurs différences.

— Emilian, dit-il en souriant. Il y a longtemps, votre mère vous a amené ici et nous a présentés. Je suis lord Edmund St Xavier.

L'expression du jeune garçon ne changea pas. Il rappelait

à Edmund un tigre doré, mortel, attendant le bon moment pour bondir et infliger du mal.

Déconcerté, Edmund saisit les cordes qui liaient ses poignets.

— Donnez-moi un couteau, dit-il à Smith.

— Vous allez le regretter, marmonna l'enquêteur en lui tendant un grand couteau.

— Ce garçon est aussi féroce que je m'y attendais, murmura John.

Edmund ignora ces commentaires et coupa les cordes d'un geste vif.

— Vous devez vous sentir mieux, à présent, murmura-t-il à l'attention du gamin.

Mais les poignets de son fils étaient entamés. Il se sentit furieux contre Smith.

Le garçon le regardait froidement. S'il avait mal, il n'en donnait aucun signe — et Edmund savait qu'il ne le ferait pas.

— Tu ferais bien de surveiller tes chevaux, murmura encore John derrière eux, avec un petit ricanement.

Edmund n'avait pas besoin de la présence de son frère content de lui, en cet instant. Dépasser l'hostilité de son fils allait être assez difficile. Il ne pouvait commencer à imaginer comment il ferait de lui un Anglais, et encore moins comment il deviendrait un vrai père pour lui.

Le jeune garçon se tenait immobile, regardant avec attention, l'expression méfiante. Edmund avait presque l'impression de voir un animal sauvage, mais John avait tort, les bohémiens n'étaient pas des monstres et des voleurs, il le savait parfaitement.

— Savez-vous parler anglais ? Votre mère connaissait cette langue.

Si le garçon comprit, il n'en montra rien.

— C'est votre vie, maintenant, reprit Edmund en souriant. Comme je le disais, votre mère vous a amené ici, il y a longtemps. J'étais un sot et craignais ce que ma femme dirait ou ferait. Je vous ai rejeté et je le regretterai toujours. Mais Catherine n'est plus là — que Dieu ait son âme. Et mon fils Edmund, votre frère, n'est plus là non plus. Emilian, cette maison est la vôtre, à présent. Je suis votre père. J'ai l'intention de vous donner la vie que vous méritez. Vous êtes un Anglais, vous aussi. Et un jour, Woodland sera à vous.

Le garçon émit un son dur. Il regarda Edmund de haut en bas, avec mépris, et secoua la tête.

— Non. Je n'ai pas de père. Et ce n'est pas ma maison.

Il parlait anglais avec un accent prononcé.

— Je sais qu'il vous faudra du temps, dit Edmund, transporté qu'ils se parlent enfin. Mais je suis votre père. J'ai aimé votre mère, autrefois.

Emilian le fixa, le visage contracté par la haine.

— Ceci doit être un moment difficile pour vous, de me rencontrer et d'accepter que vous êtes mon fils. Mais, Emilian, vous êtes aussi anglais que moi.

— Non ! lança Emilian d'un ton cynique.

Et il ajouta fièrement, la tête haute :

— Non. Je suis *rom*. Un point, c'est tout.

1

Derbyshire, printemps 1838

Elle était tellement captivée par le livre qu'elle lisait qu'elle n'entendit pas vraiment frapper à la porte, jusqu'à ce que les coups se fassent plus forts. Ariella, pelotonnée sur un lit à baldaquin, un ouvrage sur Gengis Khan à la main, sursauta. Un moment encore, des visions d'une ville du XIIIe siècle dansèrent dans son esprit et elle se représenta des hommes et des femmes bien habillés fuyant, paniqués, parmi des artisans et des esclaves, tandis que les hordes mongoles galopaient dans les rues poussiéreuses sur leurs destriers.

— Ariella de Warenne !

Ariella soupira. Elle était sur le point de sentir les odeurs de la bataille et de la voir ! Elle chassa ces images et revint à la réalité. Elle se trouvait à Rose Hill, la maison de campagne anglaise de son père ; elle était arrivée la veille au soir.

— Entre, Dianna, répondit-elle en mettant son livre de côté.

Sa demi-sœur, Dianna, plus jeune qu'elle de huit ans, s'empressa d'entrer et s'arrêta net.

— Tu n'es même pas habillée ! s'exclama-t-elle.

— Je ne peux pas porter cette robe au dîner ? demanda Ariella avec une feinte candeur.

Elle ne se souciait pas de la mode, mais elle connaissait sa famille, et au dîner les femmes arboraient des robes du soir et les hommes des redingotes habillées.

Les yeux de Dianna lui sortirent de la tête.

— Tu la portais déjà au petit déjeuner !

Ariella se mit debout en souriant. Elle ne pouvait toujours pas se faire à la façon dont sa petite sœur avait mûri. Un an plus tôt, Dianna était plus une enfant qu'une femme. Maintenant, il était difficile de croire qu'elle n'avait que seize ans, surtout avec la robe qu'elle portait.

— Est-il déjà si tard ?

Vaguement, Ariella jeta un coup d'œil vers les fenêtres de sa chambre et fut surprise de voir le soleil bas à l'horizon. Elle s'était allongée avec son livre des heures auparavant.

— Il est presque 4 heures et je *sais* que tu sais que nous avons du monde ce soir.

Ariella se rappelait en effet qu'Amanda, sa belle-mère, avait mentionné quelque chose à propos d'invités au dîner.

— Savais-tu que Gengis Khan ne lançait jamais une attaque sans prévenir ? Il avertissait toujours les gouvernants et les rois des pays qu'il voulait envahir, demandant d'abord leur reddition, au lieu de simplement attaquer et tuer tout le monde, comme tant d'historiens le prétendent.

Dianna la fixa, déroutée.

— Qui est Gengis Khan ? De quoi parles-tu ?

Ariella rayonna.

— Je lis un livre sur les Mongols, Dianna. Leur histoire est incroyable. Sous Gengis Khan, ils formaient un empire presque aussi grand que celui de la Grande-Bretagne. Le savais-tu ?

— Non. Ariella, maman a invité lord Montgomery et son frère — en ton honneur.

— Bien sûr, ils occupent à présent un territoire bien plus petit, poursuivit Ariella, sans prêter attention à la dernière remarque de Dianna. Je voudrais aller dans les steppes d'Asie centrale. Les Mongols y vivent toujours, Dianna. Leur culture et leur mode de vie ont à peine changé depuis l'époque de Gengis Khan. Tu imagines cela ?

Dianna fit une grimace et alla vers une penderie, fouillant dans les robes qui y étaient suspendues.

— Lord Montgomery a ton âge et a hérité de son titre l'année dernière. Son frère est un peu plus jeune. Le titre est ancien et les domaines sont bien gérés. J'ai entendu maman et tante Lizzie en parler.

Elle sortit une robe de soie bleu pâle.

— Cette robe est superbe ! Et elle ne semble pas avoir été portée.

Ariella nc voulait pas encore céder à sa sœur.

— Si je te donne cette histoire à lire, je suis sûre qu'elle te plaira. Peut-être pouvons-nous aller tous ensemble en Asie centrale ! Nous pourrions même voir la Grande Muraille de Chine !

Dianna se détourna et la regarda fixement.

Ariella vit que sa cadette perdait patience. Elle avait toujours du mal à se rappeler que personne dans sa famille, pas même son père, ne partageait sa passion de la lecture.

— Non, je ne l'ai jamais portée. Les dîners auxquels j'assiste en ville sont pleins d'éminents professeurs et de réformateurs whigs, et il y a peu de nobles. Nul ne se soucie des toilettes.

Tenant la robe contre elle, Dianna secoua la tête.

— C'est une honte ! Les Mongols ne m'intéressent pas, Ariella, et je ne comprends pas vraiment pourquoi ils t'intéressent. Je n'irai pas dans les steppes avec toi — ni sur une quelconque muraille chinoise. J'adore ma vie ici ! La dernière fois que nous avons parlé, tu étais piquée des Bédouins.

— Je rentrais juste de Jérusalem et d'une excursion guidée dans un campement bédouin. Savais-tu que notre armée se sert des Bédouins comme guides et pisteurs en Palestine et en Egypte ?

Dianna marcha d'un pas décidé jusqu'au lit et étala la robe dessus.

— Il est temps que tu portes cette robe. Regarde comme elle est ravissante. Avec ton teint clair, tes cheveux blonds et tes fameux yeux bleus des de Warenne, tu vas faire tourner les têtes.

Ariella la dévisagea, brusquement méfiante.

— Qui as-tu dit qui venait ?

Dianna rayonna, satisfaite d'obtenir enfin assez d'attention.

— Lord Montgomery — un excellent parti ! On dit aussi qu'il est très beau.

Saisie de confusion, Ariella croisa les bras sur sa poitrine.

— Tu es trop jeune pour te chercher un mari.

— Il ne s'agit pas de moi mais de toi ! s'écria Dianna. Tu ne m'as pas écoutée, n'est-ce pas ? Lord Montgomery vient d'hériter de son titre, il a fière allure et est bien élevé. J'ai entendu toutes sortes de rumeurs disant qu'il est pressé de se marier.

Ariella pivota. Elle avait vingt-quatre ans, mais le mariage n'entrait *pas* dans ses projets. Depuis qu'elle était petite fille, elle était consumée par la passion du savoir. Les livres — et les informations qu'ils contenaient — étaient sa vie depuis aussi longtemps qu'elle s'en souvenait. Si elle avait le choix entre passer du temps en bibliothèque et s'amuser à un bal, elle choisirait toujours la première option.

Par bonheur, son père était fou d'elle et encourageait ses goûts intellectuels — ce qui était peu courant. Depuis ses vingt et un ans, elle résidait surtout à Londres, où elle pouvait courir les bibliothèques et les musées, assister à des débats publics sur des sujets sociaux brûlants, menés par des radicaux tels que Francis Place ou William Covett. Mais en dépit des libertés dont elle jouissait, elle aspirait à encore plus d'indépendance — elle souhaitait voyager sans chaperon et voir les endroits et les gens dont parlaient ses livres.

Ariella était née en Barbarie d'une mère juive, réduite en esclavage par un prince barbare. Ce dernier l'avait fait exécuter peu après la naissance d'Ariella pour avoir eu un bébé au teint clair et aux yeux bleus. Par chance, le père de la petite avait réussi à la faire sortir du harem et l'avait élevée depuis sa tendre enfance. Cliff de Warenne était devenu l'un des plus grands magnats des chantiers navals de l'époque actuelle, mais à l'époque il était corsaire. Ariella avait passé les premières années de sa vie dans les Indes occidentales, où son père possédait une maison. Quand il avait rencontré Amanda et l'avait épousée, ils étaient venus vivre à Londres. Mais sa belle-mère aimait autant la mer que son père, et avant qu'Ariella atteigne sa majorité elle avait voyagé d'un bout à l'autre de la Méditerranée, le long de la côte des Etats-Unis et dans les plus grandes villes d'Europe. Elle était même allée en Palestine, à Hong Kong et dans les Indes orientales.

L'année précédente, elle avait fait un voyage de trois mois à Vienne, Budapest et Athènes. Son père le lui avait permis à condition que son demi-frère l'accompagne. Alexi suivait les traces de leur père comme capitaine de la marine marchande et aventurier, et il avait été heureux de la chaperonner et de faire un bref détour par Constantinople, à sa demande.

Son pays préféré était la Palestine, sa ville préférée Jérusalem ; le pays qu'elle aimait le moins était l'Algérie — où sa mère avait été exécutée pour sa liaison avec son père.

Ariella savait qu'elle avait de la chance d'avoir visité une bonne partie du monde. Elle savait aussi qu'elle avait de la chance d'avoir des parents indulgents, qui lui faisaient confiance et étaient fiers de ses capacités intellectuelles. Ce n'était pas la règle partout. Dianna n'était pas instruite ; elle ne lisait que des romans sentimentaux, à l'occasion. Elle passait la Saison à Londres et le reste de l'année dans leur maison de campagne en Irlande, menant une vie de loisirs. A part ses œuvres de charité, ses journées se partageaient entre changer de toilettes, assister à de somptueux repas et à des thés, et rendre visite à des voisins. C'était courant pour une jeune fille de bonne éducation.

Bientôt, Dianna intégrerait le marché du mariage et elle se mettrait en chasse pour trouver l'époux parfait. Ariella savait que sa belle petite sœur, héritière de son plein droit, n'aurait pas de problème à se marier. Mais elle-même désirait une existence bien différente. Elle préférait l'indépendance, les livres et les voyages au mariage. Seul un homme très inhabituel lui laisserait la liberté à laquelle elle était accoutumée, et elle ne pouvait imaginer d'accepter une demande en mariage, pas quand elle jouissait d'une telle indépendance. Le mariage ne lui avait jamais semblé important, même si elle avait grandi entourée de beaucoup d'amour, de dévotion et d'égalité entre maris et femmes, à l'exemple de ses oncles et tantes et de ses parents. Si elle se mariait un jour, elle savait que ce serait parce qu'elle aurait trouvé le grand amour pour lequel les de Warenne étaient renommés. Mais à vingt-quatre ans, il semblait encore la fuir — et elle n'en éprouvait aucun manque. Comment l'aurait-elle pu ? Elle avait des milliers de livres à lire et d'endroits à visiter. Elle doutait de pouvoir accomplir tout ce qu'elle souhaitait en l'espace d'une vie.

Elle refit face à sa sœur, lentement.

Dianna lui sourit d'un air anxieux.

— Je suis contente que tu sois à la maison ! Tu m'as manqué, Ariella.

Elle avait pris un ton enjôleur.

— Tu m'as manqué aussi, répondit Ariella, pas tout à fait sincère.

En pays étranger, elle était entourée d'odeurs, de vues et de bruits exotiques, elle fréquentait des gens qu'elle avait hâte de comprendre ; tout cela était bien trop excitant pour éprouver de la nostalgie ou le mal du pays. Même à Londres, elle pouvait passer des jours et des jours dans un musée sans voir passer le temps.

— Je suis si heureuse que tu sois venue nous rejoindre à Rose Hill, reprit Dianna. Ce soir ce sera si amusant. J'ai rencontré le plus jeune des Montgomery, et si son frère aîné est aussi charmant, tu pourrais fort bien oublier Gengis Khan.

Elle ajouta :

— Je ne crois pas que tu devrais mentionner les Mongols au dîner, Ariella. Personne ne comprendrait.

Ariella hésita.

— En vérité, je préférerais que ce soit simplement un repas de famille. Je ne peux supporter de passer une soirée à parler du temps, des roses d'Amanda, de la dernière partie de chasse ou des prochaines courses de chevaux.

— Pourquoi ? demanda Dianna. Ce sont des sujets de conversation convenables. Me promets-tu de ne pas parler des Mongols et des steppes, ou de tes dîners avec des professeurs et des réformateurs ?

Elle sourit d'un air incertain.

— Tout le monde penserait que tu es une radicale — et beaucoup trop indépendante.

Ariella rechigna.

— Alors, je dois être autorisée à garder le silence, même si c'est peu gracieux.

— C'est puéril.

— Une femme devrait avoir le droit d'exprimer ses opinions. C'est ce que je fais, en ville. Et je *suis* assez radicale. Il y a de terribles conditions sociales dans le pays. La jurisprudence a à peine évolué, malgré le tumulte que cela a provoqué, et quant à une réforme parlementaire…

Dianna l'interrompit.

— Bien sûr, que tu exprimes tes opinions en ville — tu n'y es pas en compagnie de gens polis. Tu l'as dit toi-même !

Dianna se leva, agitée.

— Je t'aime tendrement. Je te demande en tant que sœur d'essayer de tenir un discours convenable.

Ariella se rebiffa.

— Tu es devenue si conservatrice. Bien. Je ne parlerai d'aucun sujet sans ton autorisation. Je te regarderai et attendrai un clin d'œil. Non, attends. Tire sur le lobe de ton oreille gauche et je saurai que je suis autorisée à parler.

— J'essaye de te faire faire un beau mariage et toi tu te moques de mes efforts !

Ariella se laissa choir sur le lit, rudement. Sa petite sœur souhaitait-elle tant la voir mariée ? C'était stupéfiant.

Dianna lui décocha un sourire charmeur.

— Je pense aussi que tu ne devrais pas mentionner que papa te permet de vivre seule à Londres.

— Je suis rarement seule. La maison est pleine de domestiques, le comte et tante Lizzie sont souvent en ville, et oncle Rex et Blanche sont à une demi-heure de là, à Harrington Hall.

— Peu importe qui va et vient à Harmon House, tu vis comme une femme indépendante. Nos hôtes seraient choqués — *lord Montgomery* serait choqué ! Père doit vraiment recouvrer ses sens en ce qui te concerne, ajouta fermement Dianna.

— Je ne suis pas complètement indépendante. Je perçois de l'argent de mes propriétés, mais père est mon fondé de pouvoir.

Ariella se mordit la lèvre. Quand Dianna était-elle devenue si convenable ? Quand était-elle devenue comme toutes les jeunes filles de son âge ? Pourquoi ne pouvait-elle voir que la liberté de pensée et l'indépendance étaient des états à convoiter, pas à condamner ?

Dianna lissa la robe étalée sur le lit.

— Père est tellement entiché de toi qu'il n'y voit pas clair. Il y a des ragots, tu sais, concernant le fait que tu résides à Londres sans ta famille.

Elle leva les yeux.

— Je t'aime. Tu as vingt-quatre ans. Père n'est pas enclin à hâter un mariage, mais tu en as l'âge. Il est temps, Ariella. Je ne pense qu'à ton intérêt.

Ariella était consternée. De fait, il était temps de rectifier les vues de sa sœur sur lord Montgomery.

— Dianna, je t'en prie, ne songe pas à me marier avec lord Montgomery. Cela m'est égal de ne pas être mariée.

— Si tu ne te maries pas, que vas-tu faire ? Et qu'en est-il des enfants ? Si père te remet ton héritage, vas-tu courir le monde ? Pendant combien de temps ? Voyageras-tu encore à quarante ans ? A quatre-vingts ans ?

— Je l'espère, répondit Ariella, excitée par cette idée.

Dianna secoua la tête.

— C'est de la folie !

Ariella soupira, consternée. Elles étaient aussi différentes que le jour et la nuit.

— Je ne veux pas me marier, déclara-t-elle fermement. Je ne me marierai que si c'est une véritable union des esprits. Mais je serai polie avec lord Montgomery. Je t'ai promis que je ne parlerais pas des sujets qui me tiennent à cœur et je ne le ferai pas — mais, grands dieux, abandonne cette idée. Je ne puis imaginer rien de pire qu'une vie de *soumission* à un gentleman convenable et étroit d'esprit. J'aime ma vie telle qu'elle est.

Dianna était incrédule.

— Tu es une femme, Ariella, et Dieu t'a faite pour prendre un mari, porter ses enfants et oui, être soumise à lui. Qu'est-ce que tu veux dire par une « union des esprits » ? Qui se marie pour ce genre de choses ?

Ariella était choquée que sa sœur épouse des vues aussi traditionnelles — même si presque toute la société les épousait également.

— J'ignore ce que Dieu a décrété pour les femmes, ou pour moi, parvint-elle à dire. Mais ce sont *les hommes* qui ont décrété que les femmes doivent se marier et avoir des enfants ! Dianna, je t'en prie, essaie de comprendre. La plupart des hommes ne me laisseraient pas écumer Oxford, déguisée en homme, pour écouter les conférences de mes professeurs préférés.

Dianna retint une exclamation outrée.

— La plupart des hommes ne me permettraient pas de passer des journées entières dans les archives du British Museum, poursuivit fermement Ariella. Je refuse de succomber à un mariage traditionnel — si je dois succomber un jour.

Dianna gémit.

— Je vois ton avenir, à présent — tu vas épouser quelque légiste radical-socialiste !

— Peut-être. Peux-tu vraiment m'imaginer comme l'épouse convenable d'un gentleman, restant à la maison, changeant de robe toute la journée, tel un joli et inutile *ornement* ? Hormis, bien sûr, les cinq, six ou sept enfants que je devrai mettre au monde, comme une jument de reproduction !

— C'est une terrible façon de considérer le mariage et les enfants, rétorqua Dianna, paraissant anéantie. Est-ce ce que tu penses de moi ? Suis-je un joli ornement inutile ? Ma mère, tante Lizzie, notre cousine Margery le sont-elles ? Et donner naissance à des enfants est une chose merveilleuse. Tu aimes les enfants !

Comment en étaient-elles arrivées là ? se demanda Ariella.

— Non, Dianna, je te demande pardon. Je ne pense pas à toi en ces termes. Je t'adore — tu es ma sœur, et je suis si fière de toi. Aucune des femmes de notre famille ne sont de jolis ornements inutiles.

— Je ne suis pas stupide, dit Dianna. Je sais que tu

es brillante. Tout le monde dans la famille le dit. Je sais que tu es plus instruite qu'à peu près tous les gentlemen que nous connaissons. Je sais que tu me juges sotte. Mais il n'est pas sot de vouloir un bon mariage et des enfants. Au contraire, il est admirable de désirer un foyer, un mari et des enfants.

Ariella recula.

— Certes — parce que tu souhaites sincèrement ces choses-là.

— Et pas toi. Tu veux qu'on te laisse tranquille pour lire livre sur livre à propos de peuples étranges, comme les Mongols. C'est ridicule de penser passer une existence entière plongée dans la vie de morts et d'étrangers ! A moins, bien sûr, que tu n'épouses un gentleman pour son *esprit* ! T'est-il jamais venu à l'idée que tu pourrais regretter ce choix, un jour ?

Ariella fut surprise.

— Non.

Elle s'avisa que sa petite sœur était devenue adulte. Elle soupira.

— Je n'exclus pas le mariage, Dianna. Mais je ne suis pas pressée, et je ne pourrai me marier si cela doit compromettre mon bonheur.

Elle ajouta, pour faire plaisir à sa sœur :

— Peut-être trouverai-je un jour cet amour d'une vie qui fait le renom de notre famille.

Dianna maugréa :

— Si c'est le cas, j'espère que tu seras la seule de Warenne à échapper aux scandales si souvent associés à notre famille.

Ariella sourit.

— S'il te plaît, essaie de comprendre. Je suis très satisfaite de mon statut de vieille fille.

Dianna la regarda d'un air sombre.

— Personne ne te traite encore de vieille fille. Grâce à Dieu, tu possèdes une fortune et les perspectives qui vont avec. Mais j'ai peur que tu aies maints regrets si tu continues ainsi.

Ariella l'étreignit.

— Cela ne m'arrivera pas. Je le promets.

Elle eut un petit rire.

— Tu joues à la sœur aînée, maintenant !

— Je vais t'envoyer Roselyn pour t'aider à t'habiller. Nous dînerons de bonne heure — je ne me souviens plus pourquoi. Je te prêterai mes aigues-marines. Et je sais que tu seras plus qu'agréable avec Montgomery.

Le sourire final de Dianna fut ferme, indiquant qu'elle n'avait pas renoncé à ses projets matrimoniaux.

Ariella lui sourit en retour, affichant une expression plaisante. Elle avait l'intention d'arborer cette expression toute la soirée, rien que pour contenter Dianna.

Emilian St Xavier était assis au grand bureau doré de son père dans la bibliothèque, incapable de se concentrer sur ses registres. Cela lui arrivait rarement, le domaine étant sa vie. Mais une étrange nervosité le rongeait depuis un moment, une agitation familière. Il détestait ce genre de sensations et était toujours déterminé à les ignorer. Mais des jours comme celui-ci, la maison semblait plus grande que jamais, et même vide, bien qu'il ait un personnel important.

Il s'adossa à son fauteuil, regardant objectivement la luxueuse bibliothèque à haut plafond. La pièce ne ressemblait presque plus à celle où le garçon renfrogné qu'il était avait si souvent été réprimandé, notamment quand il était déterminé à se raccrocher à ses différences avec son père, feignant une indifférence totale aux souhaits d'Edmund et aux affaires de Woodland. Mais même lorsqu'il était arrivé pour la première fois dans la propriété, sa curiosité avait été aussi forte que sa méfiance. Il n'était jamais entré auparavant dans la demeure d'un Anglais, et Woodland lui avait semblé être un palais. Raiza avait insisté pour qu'il apprenne à lire l'anglais et il avait contemplé fixement les livres dans les étagères, derrière la tête de son père, se demandant s'il oserait en voler un pour le lire. Par la suite, il avait volé livre après livre. Rétrospectivement, il savait qu'Edmund avait été au courant qu'il lisait en cachette des livres de philosophie, de poésie et des romans dans sa chambre.

Même si sa mère avait voulu qu'il quitte la tribu pour aller vivre avec son père, il n'oublierait jamais ses larmes et son chagrin. Edmund lui avait brisé le cœur en le lui enlevant, et il avait haï le vicomte d'avoir fait souffrir Raiza. Il savait aussi qu'il ne serait jamais venu à Woodland si le fils aîné d'Edmund, au sang pur, avait vécu. Sa fierté de Rom, qui était considérable, avait exigé qu'il reste détaché et indifférent à la vie que son père lui offrait.

Son sang rom lui avait dicté de la suspicion et de l'hostilité. Il avait vécu toute sa vie avec la haine des *gadjos* et des préjugés à leur égard. Il savait que son père devait être comme tous les autres *gadjos*. Mais en vérité, si Edmund s'était montré ferme, il avait été aussi juste et compatissant. L'adaptation d'Emilian au mode de vie anglais avait été si difficile qu'il ne pouvait le voir. Il s'était enfui plusieurs fois, mais Edmund l'avait toujours retrouvé. La dernière fois, il avait volé un cheval à un voisin et avait été marqué physiquement comme voleur de chevaux, avant qu'Edmund arrive pour le ramener à la maison. Il n'était guère le premier Rom à avoir une cicatrice à l'oreille droite, et c'était l'une des raisons pour lesquelles il gardait les cheveux longs. Son père lui avait finalement demandé de rester, en lui disant qu'il le laisserait partir librement à seize ans si c'était toujours ce qu'il souhaitait.

Il avait accepté — et décidé de lui-même de rester. Les années suivantes, il était allé à Eton et à Oxford, excellant dans les deux institutions. Mais les relations avec son père étaient restées celles de deux adversaires, comme si Edmund ne s'était jamais fié tout à fait à sa métamorphose en Anglais. Et Emilian ne s'était jamais tout à fait fié à son père, non plus. Etre le fils d'Edmund et son héritier ne changeait pas le fait que sa mère était rom, ce que toute la société savait — y compris Edmund.

Il avait gardé la condescendance et le mépris de sa jeunesse, mais ils étaient déguisés, maintenant. Pour les *gadjos,* même celles qui partageaient son lit, toutes ses bonnes manières, son éducation et sa fortune ne changeraient jamais le « fait » qu'il était enclin à voler des chevaux et à duper ses voisins. Chaque dîner et chaque bal, chaque affaire et chaque amourette l'avaient prouvé — et le prouvaient encore.

La mort d'Edmund avait été un accident tragique. Emilian venait juste d'être diplômé d'Oxford avec les plus grands honneurs et voyageait avec les Roms. C'était sa première visite à sa mère, qu'il n'avait pas vue depuis que son père l'avait enlevé à elle dix ans plus tôt. L'intendant d'Edmund lui avait écrit. En apprenant la mort soudaine de son père dans un accident de chasse, Emilian était rentré précipitamment.

Choqué que son père soit mort sans qu'il ait pu lui dire adieu, il était allé directement de sa tombe à son bureau.

Il ne pouvait songer qu'aux opportunités du passé — et au fait qu'il n'avait jamais remercié Edmund pour une seule d'entre elles. Il se souvenait de son père lui apprenant à monter à cheval, lui expliquant tous les aspects du domaine, insistant pour qu'il reçoive la meilleure éducation possible, et comment Edmund l'emmenait fièrement avec lui dans toutes ses sorties, que ce soit un thé, un dîner ou un bal, comme s'il était aussi anglais que n'importe qui.

Il s'était assis au bureau de son père et s'était plongé dans tous les comptes et les registres jusqu'à ce que ses larmes l'empêchent de lire. Et à la fin, un sentiment très anglais du devoir avait triomphé. Il avait été conscient des échecs de son père en tant que vicomte ; il avait toujours su qu'il pouvait faire beaucoup mieux.

Maintenant, il avait l'intention de redresser Woodland.

Maintenant, il voulait rendre Edmund fier de lui.

Et il l'avait fait. En trois ans, il avait réussi à résorber toutes les dettes. Le domaine rapportait à présent de beaux revenus. Il y avait de nouveaux fermiers et leur production était exportée à l'étranger ou vendue sur les marchés locaux. Emilian était associé dans une société de transports. Il avait fait des investissements profitables dans une fabrique textile de Birmingham et dans une compagnie de chemins de fer, mais son plus beau coup était la mine à charbon St Xavier. Les exportations de charbon britannique augmentaient chaque année et il en retirait beaucoup d'argent.

Il était le noble le plus riche du Derbyshire à une exception près — le magnat des chantiers navals Cliff de Warenne.

Emilian repoussa ses registres.

Il ne connaissait pas personnellement de Warenne,

comment l'aurait-il pu ? Il avait rejeté la société depuis qu'il avait hérité du titre et du domaine. Depuis sa première sortie dans le monde, jeune garçon, au côté d'Edmund, les gens avaient murmuré dans son dos et rien n'avait changé, sauf que maintenant il s'y attendait.

Il préférait éviter tout événement mondain, car ce n'était à ses yeux qu'une comédie ennuyeuse pour tous les gens concernés. Les seuls Anglais, ainsi que leurs épouses, qui avaient eu le privilège de s'asseoir à sa table, étaient des hommes importants — les directeurs de sa mine, ses associés dans la compagnie de transport, ceux qui voulaient qu'il investisse dans leurs affaires.

— Milord ? Sir ?

Son majordome, Hoode, s'arrêta sur le seuil de la bibliothèque.

— Vous avez de la visite.

Le domestique lui tendit un petit plateau avec plusieurs cartes. Emilian fut surpris. Les visiteurs étaient rares à Woodland. Sa dernière visite avait été celle d'une veuve nantie de quatre fils, dont la famille l'avait platement informé qu'elle était une bonne « reproductrice ».

A présent, alors qu'il prenait les cartes, il lutta pour ne pas avoir un mouvement de recul. Vu sa fortune, il était inévitable qu'on lui propose le mariage de temps à autre. Les candidates étaient toutes des filles sans dot, au pedigree douteux. La crème de la haute société était envoyée ailleurs, en quête d'époux anglais au sang bleu. Il s'en moquait. Il ne voulait pas d'enfants. L'enfance était synonyme de misère et de peur — et donc il n'avait pas besoin d'une épouse, anglaise ou non.

Il jeta un coup d'œil aux cartes et se figea. Il ne s'agissait pas de cartes de familles en quête d'alliance ou en mal de gendre. L'une d'elles appartenait à son cousin, Robert, et les autres à des amis de Robert.

— C'est un peu fort, murmura-t-il.

Robert et lui ne pouvaient se supporter. Il n'y avait donc qu'une raison pour laquelle son cousin s'abaisserait à venir le voir…

— Faites entrer mon cousin, Hoode.

Il se leva, redressant sa haute silhouette musclée. Il avait l'intention de savourer la rencontre, à la façon dont un basset apprécierait d'être enfermé dans une petite pièce avec une souris.

Robert St Xavier apparut aussitôt, le sourire obséquieux, la main tendue. Blond et replet, il lança avec entrain :

— Emil, juste ciel, c'est bon de te voir !

Emilian croisa les bras sur sa poitrine, ignorant sa poignée de main.

— Si nous allions droit au but, Rob ?

Le sourire de Robert vacilla tandis qu'il abaissait sa main.

— Nous passions par là, dit-il d'un ton jovial, et j'espérais que nous pourrions partager une bonne bouteille de vin. Cela fait longtemps, et nous sommes cousins !

Il rit, peut-être nerveusement, peut-être à l'absurdité de prétendre qu'il existait de l'affection entre eux.

— Nous avons pris des chambres à l'auberge Buxton. Veux-tu te joindre à nous ?

— Combien veux-tu ? demanda froidement Emilian.

Le sourire de Robert disparut.

— Cette fois, je te jure que je te rembourserai.

— Vraiment ?

Emilian haussa un sourcil. Robert avait hérité d'une fortune de son père, mais avait tout dépensé en deux ans. Il menait une vie dissolue et irresponsable, pour le moins.

— Ce serait une première. De combien as-tu besoin cette fois, Rob ?

Son cousin hésita.

— Cinq cents livres, peut-être ?

— Et cela te durera combien de temps ? Bien des gentlemen vivent de cette somme pendant un an.

— Cela me fera un an, Emil, je le jure !

— Ne te donne pas la peine de jurer.

Emilian se pencha et prit son chéquier. Il aurait dû le laisser mourir de faim. Il ne se rappelait que trop bien comment Robert et son père l'avaient traité avec mépris de bohémien et de sauvage. Mais ce n'était que de l'argent *gadjo* — *son* argent *gadjo.* Il détacha le billet à ordre et le tendit à son cousin.

— Je ne puis assez te remercier, Emil.

Emilian le regarda avec dédain.

— N'aie crainte, je ne te demanderai jamais rien.

Le sourire de Rob, plaqué sur son visage, ne faiblit pas.

— Merci, répéta-t-il. Et cela t'ennuierait-il si nous passions la nuit ici ? Cela nous économiserait quelques livres…

Emilian fit un geste détaché de la main. Il ne se souciait pas que le trio reste chez lui, car il y avait de la place à Woodland — assez pour qu'il ne croise aucun des débauchés qui accompagnaient Robert.

Il alla à la porte-fenêtre et regarda, au-delà de ses jardins, vers les collines boisées qui se dessinaient à l'horizon. Il avait l'impression persistante que quelque chose était sur le point d'arriver… Mais ce devait être son imagination, se dit-il. Toutefois, il regarda de nouveau le ciel. Il n'y avait même pas un orage en préparation.

Il se détourna en entendant d'autres voix. Deux des

amis douteux de Robert étaient entrés, et il leur montrait le chèque. Ses amis riaient et lui tapaient dans le dos, comme s'il venait d'accomplir un exploit.

— Cela paye d'avoir un riche cousin, hein ? Même s'il est à moitié tzigane.

L'homme rit.

— Dieu seul sait comment il s'y prend, dit Robert avec un grand sourire. C'est son sang anglais, bien sûr, qui lui donne autant de flair pour les affaires.

Le troisième larron s'approcha.

— Avez-vous jamais couché avec une bohémienne ? demanda-t-il avec un regard concupiscent. Des Tziganes campent à Rose Hill, je l'ai entendu dire par un valet.

Emilian se raidit sous l'effet de la surprise. *Il y avait des Roms tout près.* Etait-ce leur présence qu'il sentait depuis ce matin ?

Et soudain un jeune bohémien, de pas plus de quinze ou seize ans, apparut sur la terrasse, le regardant à travers la porte-fenêtre.

Emilian s'avança.

— Attendez !

Le voyant, le jeune Tzigane pivota et s'enfuit à toutes jambes. Emilian lui courut après.

— Ne partez pas ! cria-t-il.

Il répéta en romani.

— *Na za !*

Le garçon se figea sous cet ordre acerbe. Emilian se hâta de le rejoindre.

— Je suis rom, expliqua-t-il, toujours en romani. Mon nom est Emilian St Xavier. Je suis le fils de Raiza Kadraiche.

Le garçon parut soulagé.

— Emilian, c'est Stevan qui m'envoie. Il faut qu'il

vous parle. Nous ne sommes pas loin — à une heure de cheval ou de voiture.

Emilian était stupéfait. Stevan Kadraiche était son oncle, qu'il n'avait pas vu depuis huit ans. Raiza voyageait avec lui, tout comme sa demi-sœur, Jaelle. Mais ils ne venaient jamais plus loin au sud que la frontière de l'Ecosse. Il ne pouvait imaginer ce que cela signifiait.

Puis il comprit. Il y avait des nouvelles, et elles ne pouvaient être bonnes.

— Vous viendrez ? demanda le garçon.

— Je viendrai, promit Emilian en revenant à l'anglais.

Il se rembrunit, sans savoir contre quoi.

2

Ariella se tenait près de la cheminée, souhaitant pouvoir quitter le dîner et retourner dans sa chambre. Elle préférerait de beaucoup se blottir avec son livre pour la soirée. De gracieuses salutations avaient été échangées et l'on avait parlé du temps, ainsi que des fameuses roseraies d'Amanda. Dianna, très jolie dans sa robe du soir, mentionnait à présent le prochain bal de sa mère, le premier à Rose Hill depuis des années.

— J'espère que vous viendrez, milords, dit-elle d'un ton suave.

Ariella afficha un sourire et jeta un coup d'œil à son père. Grand et beau, âgé de quarante-cinq ans, Cliff de Warenne accrochait encore le regard des dames. Mais il ne le remarquait pas ; il restait très épris de sa femme, qui avait comme lui la passion de la mer et était assez excentrique pour se tenir sur le pont avec lui. Néanmoins, Amanda aimait aussi les bals et la danse, ce qui n'avait pas de sens pour Ariella. Après dîner, décida-t-elle, elle parlerait à son père pour voir s'il lui permettrait de partir à l'aventure au cœur de l'Asie centrale.

Lord Montgomery se tourna vers elle.

— Vous ne semblez pas attendre avec impatience le bal de Rose Hill.

Il s'exprimait calmement, avec sérieux.

Elle ne put s'en empêcher. Elle répondit :

— Je n'aime pas les bals. Je les évite chaque fois que je le peux.

Dianna se précipita à son côté.

— Oh, c'est si faux ! protesta-t-elle.

— Je préfère voyager, ajouta Ariella.

Elle vit sourire son père.

— J'aime voyager, moi aussi. Où êtes-vous allée dernièrement ?

— Mon dernier voyage était à Athènes et Constantinople. Maintenant, j'ai envie de voir les steppes d'Asie centrale.

Dianna pâlit.

Ariella soupira. Elle avait promis à sa sœur d'éviter de parler des Mongols. Elle débattit de plusieurs sujets et en choisit un qui l'intéressait.

— Que pensez-vous des formidables expériences d'Owen pour aider la main-d'œuvre à améliorer sa situation et sa place dans l'économie ?

Montgomery battit des cils. Puis il plissa les paupières, comme s'il éprouvait de l'intérêt.

Mais son frère cadet dévisagea Ariella d'un air choqué. Puis il se tourna vers Cliff et dit :

— Un complet désastre, bien sûr, de consolider la main-d'œuvre de cette façon. Mais qu'attendre d'un homme comme Robert Owen ? C'est le fils d'un marchand !

Ariella frémit d'indignation à ces propos. Pour qui se prenait-il ?

— Il est brillant ! lança-t-elle, impérieuse.

Cliff vint se placer près d'elle et posa une main sur son épaule avant de répondre sur un ton plaisant :

— Les expériences d'Owen m'ont impressionné. Je

soutiens la théorie de consolidation des intérêts de la main-d'œuvre.

Le jeune Montgomery devait faire face maintenant à Ariella et son père.

— Juste ciel, et qu'y aura-t-il ensuite ? La loi sur les dix heures ? Les ouvriers vont certainement la réclamer !

Il jeta à Ariella un regard noir qu'elle s'était souvent attiré. Un regard qui signifiait : « Les opinions des dames ne sont pas les bienvenues. »

Elle mit les mains sur ses hanches, mais sourit suavement.

— Cela a été un simulacre social et politique de laisser piétiner la loi des dix heures par des intérêts industriels et commerciaux. C'est immoral ! Aucune femme et aucun enfant ne devraient avoir à travailler plus de dix heures par jour !

Paul Montgomery haussa ses sourcils pâles, puis se détourna avec dédain.

— Ainsi que je le disais, déclara-t-il à Cliff, les intérêts économiques de ce pays vont être laminés si les syndicats sont encouragés et autorisés. Personne ne sera assez sot pour limiter de la sorte les horaires de travail ou soutenir la main-d'œuvre.

— Je ne suis pas d'accord, dit calmement Cliff. Ce n'est qu'une question de temps avant qu'une loi plus humaine sur le travail soit promulguée.

— Ce pays tombera en faillite ! prévint le jeune homme en rougissant. Nous ne pouvons nous permettre des salaires plus élevés et de meilleures conditions de travail !

Amanda sourit et dit :

— Là-dessus, nous pourrions peut-être aller dîner ? Nous pouvons continuer ce fervent débat durant le repas.

Un débat pendant le dîner ! pensa Ariella avec excitation. Elle n'avait rien contre !

Mais, alors, elle croisa le regard de sa sœur. Dianna la dévisageait en la suppliant visiblement. « Pourquoi fais-tu ceci ? articula-t-elle sans bruit. Tu as promis. »

— Je suis trop gentleman pour débattre avec une dame, assena Paul Montgomery avec raideur, mais il semblait terriblement abattu.

Son frère aîné gloussa, ainsi que Cliff.

— Passons à côté, comme ma femme l'a suggéré.

Soudain, un terrible vacarme éclata, venant du vestibule, comme si une foule en colère avait envahi la maison.

— Qu'est-ce que c'est ? s'exclama Cliff qui quittait déjà le salon. Restez ici, ordonna-t-il à tous.

Ariella n'y songea même pas — et le suivit.

La porte d'entrée était ouverte. Le majordome de Rose Hill était tout rouge face à une bonne douzaine d'hommes qui semblaient vouloir entrer de force. Quand Cliff apparut, des cris s'élevèrent :

— Capitaine de Warenne ! Sir, nous devons vous parler !

— Que se passe-t-il, Peterson ? demanda Cliff au domestique. Par le ciel, c'est le maire ! Laissez-le entrer.

Peterson s'écarta et les quatre premiers gentlemen se précipitèrent à l'intérieur.

— Sir, nous sommes le maire Oswald, M. Hawks, M. Leeds et votre fermier, le hobereau Jones. Nous devons vous parler. Je crains qu'il n'y ait des bohémiens sur la route.

Ariella sursauta. *Des bohémiens ?* Elle n'avait pas vu de roulotte de bohémiens depuis qu'elle était petite fille. Peut-être que son séjour à Rose Hill ne serait pas si fade, finalement. Elle ne savait rien du peuple tzigane à part son folklore. Elle se rappelait vaguement avoir entendu leur musique exotique, enfant, et en avoir été intriguée.

— Pas sur la route, capitaine. Ils sont en train de s'installer sur les terres de Rose Hill — juste en bas de la colline, s'écria le maire rondelet.

Tout le monde se mit à parler à la fois. Cliff leva les deux mains.

— Pas tous à la fois, s'il vous plaît, messieurs. M. le maire Oswald, vous avez toute mon attention.

Oswald hocha la tête, ses bajoues tremblotantes.

— Ils doivent être une cinquantaine ! Ils sont apparus ce matin. Nous espérions qu'ils ne s'arrêteraient pas, mais c'est exactement ce qu'ils ont fait, sir. Et ils sont sur vos terres.

— Si une seule de mes vaches est volée, je pendrai moi-même le bohémien voleur ! cria le hobereau Jones.

Les autres se remirent à parler tous ensemble. Ariella tressaillit quand ils commencèrent à décrire des enfants qui disparaissaient, des chevaux volés et revendus à leurs propriétaires, des chiens qui rôdaient.

— Pas un bibelot chez vous ou chez moi ne sera en sécurité ! cria un homme resté dehors.

— Les jeunes femmes mendiaient dans les rues cet après-midi ! ajouta un autre. C'est une honte !

— Mes fils ont seize et dix-huit ans et je ne veux pas qu'ils soient tentés par des bohémiennes dévoyées ! renchérit farouchement un troisième. Une fille leur a déjà lu les lignes de la main !

Ariella regarda son père, stupéfaite par une telle bigoterie et une telle frayeur. Mais avant qu'elle puisse dire au petit groupe que leurs accusations étaient terriblement injustes, Cliff leva de nouveau les deux mains.

— Je vais m'en occuper, déclara-t-il fermement. Mais

laissez-moi vous dire d'abord que personne ne sera assassiné dans son sommeil, et qu'aucune famille n'aura à subir le vol d'enfants, de vaches, de moutons ou de chevaux. J'ai rencontré des Tziganes de temps à autre, au fil des années. Ces rumeurs de crimes et vols sont grossièrement exagérées.

Ariella se détendit presque. Elle ne connaissait rien aux bohémiens, mais son père avait sûrement raison.

— Capitaine, sir. La meilleure chose est de les faire partir de la paroisse. Nous n'avons pas besoin d'eux ici. Ce sont des bohémiens écossais, du nord de la frontière.

Cliff réclama une nouvelle fois le silence.

— Je vais parler à leur chef et m'assurer qu'ils s'occupent de leurs affaires et continuent leur chemin. Je doute qu'ils aient l'intention de s'attarder. Ils ne le font jamais. Il n'y a pas à s'inquiéter.

Il se tourna et regarda Ariella, une invitation dans les yeux. Elle sourit largement.

— Je viens avec vous, père, bien sûr !

— Ne le dis pas à ta sœur, la prévint-il alors qu'ils passaient devant le groupe et sortaient de la maison.

Ariella lui emboîta le pas, heureuse d'avoir laissé le dîner derrière elle.

— Dianna a grandi. Elle est si convenable.

Cliff gloussa.

— Elle ne tient pas cela de moi — ni de sa mère d'ailleurs.

Puis il la regarda avec attention tandis qu'ils longeaient l'allée.

— Elle t'adore, Ariella. Elle n'a pas cessé de parler de ta visite à Rose Hill. Essaie d'être patiente avec elle. Je me rends compte que deux sœurs ne pourraient être plus différentes, mais fais un effort.

Ariella éprouva des remords.

— Je suppose que je suis une sœur négligente.

— Je comprends l'attrait de tes passions, dit Cliff. A ton âge, mieux vaut l'attrait d'une passion que pas d'attrait du tout.

Ariella sourit. Son père comprenait tellement bien sa nature. Puis son sourire s'estompa. L'allée de coquillages brisés s'éloignait en tournant de la maison avant de descendre vers la route communale. Et, au-dessous d'elle, elle découvrit un spectacle fascinant. Le soleil se couchait. Peut-être deux douzaines de roulottes peintes de tons vifs étincelaient dans la lumière faiblissante. Leurs chevaux se promenaient, des enfants couraient et jouaient, et les adultes ajoutaient au kaléidoscope de couleur, avec leurs vêtements bigarrés de rouge, de jaune et de violet. Le maire avait raison. Vu le nombre de leurs caravanes, les bohémiens devaient bien être soixante ou soixante-dix.

— Pensiez-vous ce que vous avez dit à propos des Tziganes ? demanda Ariella dans un murmure plein de déférence, tandis qu'ils s'arrêtaient.

Elle avait l'impression d'avoir été transportée dans un pays étranger. Elle entendait leur étrange langue gutturale et sentait des parfums exotiques, peut-être de l'encens. Quelqu'un jouait une mélodie entraînante, presque occidentale, sur une guitare. Mais il n'y avait rien d'étranger ni de curieux dans les rires des enfants et les bavardages des femmes.

Le sourire de Cliff avait disparu.

— J'ai rencontré plusieurs tribus roms au fil des années, surtout en Espagne et en Hongrie. Beaucoup sont honnêtes, Ariella, mais malheureusement ils ne sont pas ouverts aux gens de l'extérieur. Ils se méfient de nous à juste titre, et il est assez commun pour eux de tirer une grande fierté des tours qu'ils jouent aux *gadjos.*

Ariella fut intriguée.

— Les *gadjos* ?

— Nous sommes des *gadjos* — des non-Tziganes.

— Mais vous avez dit au maire et à ses acolytes de ne pas s'inquiéter.

— Y a-t-il jamais une raison de craindre le pire ? Nous ignorons s'ils vont s'attarder, comme nous ignorons s'ils vont voler. D'un autre côté, la dernière fois que j'ai rencontré des Roms, c'était en Irlande. Ils ont volé mon étalon de prix — et je n'ai jamais revu l'animal.

Ariella regarda son père avec attention. Il était raisonnable, maintenant, mais elle voyait la tranquille résolution dans ses yeux. Si un incident se produisait, il n'hésiterait pas à agir.

— Etes-vous certain que c'est un bohémien qui l'a volé ?

— C'est la conclusion que j'ai tirée. Mais si tu me demandes si j'en suis sûr à cent pour cent, la réponse est non.

Il posa la main sur l'épaule de sa fille avec un bref sourire et ils s'avancèrent.

Ils avaient atteint la première rangée de roulottes, qui encerclait une grande clairière où plusieurs trous étaient creusés pour faire du feu. Le sourire d'Ariella s'évanouit. Les enfants couraient pieds nus avec des chiens qui aboyaient, et leurs animaux de compagnie étaient maigres et efflanqués. Des femmes ramenaient des seaux d'eau du ruisseau. Ces seaux étaient visiblement très lourds, mais les hommes étaient occupés à planter des piquets et à tendre de la toile pour des tentes, se hâtant pour dresser le campement avant la nuit. Ariella regarda les femmes avec plus d'attention. Leur visage était hâlé, ridé et buriné par le soleil et le vent. Leurs jupes colorées étaient rapiécées et reprisées avec soin. Elles portaient leurs longs cheveux noirs défaits ou nattés. La femme la plus proche d'eux avait un enfant sur le dos, dans un châle. Elle sortait des objets d'une roulotte.

C'était une vie dure, pensa Ariella, et brusquement elle se rendit compte que les rires et les conversations avaient cessé. Même la guitare s'était tue.

Les femmes s'arrêtèrent et se redressèrent pour les regarder fixement. Des hommes se retournèrent, les fixant également. Les enfants coururent aux roulottes et se cachèrent à l'intérieur, jetant des coups d'œil effrayés dehors. Un silence total tomba, rompu seulement par les jappements d'un chien.

Ariella frissonna, mal à l'aise. Ces gens ne semblaient pas contents de les voir.

Un homme gigantesque, évoquant un ours, les cheveux noirs et pas soignés, s'avança du milieu du campement vers les roulottes, comme pour leur barrer le passage. Il avait une chemise rouge brodée et un gilet noir et doré. Quatre jeunes hommes, aussi sombres et aussi grands, se placèrent à son côté. Leurs yeux étaient hostiles et méfiants.

Il y eut soudain un bruit de sabots. Ariella pivota et vit un cavalier monté sur un bel étalon gris arriver au galop, un autre cavalier suivant derrière. Il sauta de sa monture et marcha à grands pas vers les bohémiens.

D'un coup, le temps semblait s'être arrêté pour Ariella. Il portait une simple chemise blanche, de belles culottes de daim et de hautes bottes boueuses. Il n'avait pas de redingote et sa chemise était déboutonnée presque jusqu'à son nombril. Habillé comme il était, il aurait aussi bien pu être nu. Aucun Anglais ne se montrerait en public dans une telle tenue. Il était grand, les épaules larges, puissamment bâti. Il n'avait pas le teint aussi foncé que les autres Tziganes et ses cheveux étaient châtains, pas noirs, brillants de reflets roux et dorés dans le soleil couchant. Elle ne pouvait le voir plus clairement à cette distance, mais étrangement son cœur se mit à battre follement.

Son père la prit par le coude et commença à avancer. Ariella entendait maintenant l'arrivant parler aux bohémiens dans leur étrange langue aux accents slaves. Son ton était celui du commandement. Aussitôt, Ariella sut qu'il était leur chef.

Et soudain, il les regarda.

De froids yeux gris rencontrèrent les siens et son souffle se coinça dans sa gorge. Il était si beau. Ses yeux perçants étaient frangés de cils incroyablement longs et surmontaient des pommettes hautes, à l'allure exotique. Son nez était droit, sa mâchoire dure et forte. Elle n'avait jamais vu une telle perfection masculine de toute sa vie.

Son père s'avança.

— Je suis Cliff de Warenne. Qui est le *vaida,* ici ?

Il y eut un moment de silence, empli d'hostilité et de tension. Cela fournit l'occasion à Ariella de regarder réellement le chef des Tziganes. Bien sûr, il n'était pas anglais. Il avait la peau trop sombre, était vêtu trop immodestement et ses cheveux étaient beaucoup trop longs, effleurant ses épaules. Des mèches étaient glissées dans son col ouvert, comme si elles collaient à sa peau moite.

Elle rougit, mais ne put cesser de le fixer. Son regard s'abaissa sur sa bouche pleine, tendue. Elle aperçut une croix en or sur la peau mate et bronzée de son torse. Sa rougeur s'accrut, tandis que son cœur battait encore plus fort. Elle savait qu'elle devrait détourner les yeux, mais elle ne pouvait tout simplement pas le faire. Sous la belle soie de sa chemise, elle voyait sa poitrine se soulever et s'abaisser, lentement et régulièrement. Elle baissa encore les yeux. Ses culottes en daim moulaient ses cuisses musclées et ses hanches minces, soulignant beaucoup trop son anatomie masculine.

Ariella sentit ses yeux fixés sur elle ; elle releva les paupières et croisa son regard une deuxième fois.

Elle s'enflamma. Sachant qu'elle avait été surprise à l'examiner, elle détourna vivement les yeux. *Que lui arrivait-il ?*

— Je suis Emilian. C'est à moi que vous parlerez, dit-il avec un léger accent.

— Je vois que vous établissez déjà votre campement. Vous êtes sur mes terres, déclara Cliff d'un ton dur.

Ariella regarda de nouveau, mais le bohémien aux yeux gris se concentrait sur son père, à présent. Elle ignorait pourquoi elle était si troublée. Elle n'avait jamais été aussi consciente de quelqu'un. Peut-être parce qu'il était une énigme. Il était vêtu comme un Anglais aurait pu l'être dans son boudoir — sauf qu'il n'était pas dans l'intimité de sa maison. Son anglais était impeccable, mais il parlait aussi la langue des Tziganes.

Emilian sourit d'un air déplaisant.

— Il y a longtemps, dit-il doucement, Dieu a donné aux Roms le droit de se déplacer librement et de dormir où ils veulent.

Ariella tressaillit. Elle savait reconnaître quand un gant était jeté, et elle savait aussi que même si son père désirait discuter de la situation, il avait un côté dangereux. Elle vit une trace de sauvagerie implacable dans les yeux gris d'Emilian.

Le sourire de Cliff fut tout aussi déplaisant.

— Je suis sûr que vous le pensez. Néanmoins, le

gouvernement anglais a récemment édicté des lois limitant les endroits où les vagabonds et les bohémiens peuvent s'établir.

Les yeux d'Emilian brillèrent.

— Ah, oui, les lois de votre peuple — celles qui permettent de pendre un homme simplement parce qu'il voyage dans une roulotte.

— Nous sommes au XIXe siècle. Nous ne pendons pas les voyageurs.

Emilian sourit froidement.

— Mais être un Tzigane revient à être un traître, et pour une existence aussi illégale, le châtiment est la mort. Ce sont vos lois.

— Je doute que vous les compreniez correctement. Nous ne pendons pas des hommes parce qu'ils sont tziganes. Et ceci ne change pas le fait que vous êtes sur mon terrain.

Emilian déclara doucement :

— Ne me prenez pas de haut, de Warenne. Je connais la loi. Pour ce qui est de ce campement, il y a ici des femmes et des enfants qui sont trop fatigués pour continuer la route ce soir. Nous resterons, je le crains.

Ariella se raidit. Pourquoi fallait-il que leur chef se montre si belliqueux ? Elle savait que son père n'avait pas eu l'intention de les chasser cette nuit. Mais elle vit ses yeux briller d'irritation, et elle pressentit une bataille imminente.

— Je ne vous ai pas demandé de partir, dit-il platement. Mais vous devez me donner votre parole qu'aucun acte délictueux ne sera commis cette nuit.

Le bohémien aux yeux gris le fixa.

— Nous essaierons de ne pas voler le collier de la jeune dame pendant son sommeil, répondit-il avec mépris.

Cliff se crispa, ses yeux bleus étincelant de colère.

— La jeune dame est ma fille, *vaida,* et vous parlerez d'elle avec respect ou pas du tout.

Ariella se porta vivement en avant, se demandant s'ils n'allaient pas en venir aux mains. L'air tremblait de leur fureur mâle. Elle sourit au chef des bohémiens ; il plissa les paupières.

— Nous sommes heureux de vous accueillir pour la nuit, sir. Il y a de la place, comme vous le voyez. Mon père est simplement soucieux parce que les villageois sont très agités. Ceci, bien sûr, est dû à leur ignorance.

Emilian la fixa. Son sourire vacilla et disparut.

Cliff s'empourpra.

— Ariella, rentre à la maison.

Elle sursauta. Son père ne lui avait pas donné un ordre depuis des années. Comment une simple mission de reconnaissance avait-elle viré à une telle hostilité ? Elle se rapprocha de Cliff et baissa la voix.

— Vous allez les laisser rester pour la nuit, n'est-ce pas ?

C'était devenu terriblement important pour elle.

— Je suis sûre que leur chef ne veut pas se montrer si caustique. Père, vous savez que leurs façons sont différentes des nôtres. Il ne mesure probablement pas combien il manque de diplomatie. Je vous en prie, laissez-lui le bénéfice du doute.

L'expression de Cliff se détendit très légèrement.

— Tu es trop gentille pour ton propre bien. Tu peux être assurée qu'il cherche à se montrer grossier. Mais je lui laisserai le bénéfice du doute.

Soulagée, elle regarda le bohémien, sur le point de lui sourire, mais son expression était si intense et si spéculative que son intention s'évanouit. Elle le faisait paraître sauvage et lui donnait même un air de prédateur — comme s'il pensait à elle d'une manière très peu convenable. Elle déglutit, incapable de détourner les yeux.

— Nous sommes des Roms, dit-il en ne s'adressant qu'à elle. Et je n'ai pas besoin que vous nous défendiez, moi et les miens.

Il l'avait entendue. En cet instant, elle oublia que son père était à côté d'elle et que quatre bohémiens se pressaient derrière Emilian. Ce fut soudain comme s'ils étaient seuls. Elle devint vivement consciente de l'attraction qu'il exerçait sur elle, comme si une charge électrique crépitait et palpitait entre eux. Son cœur battait fort et vite, presque douloureusement, dans sa poitrine ; elle crut entendre ses battements de cœur forcenés, aussi, bien qu'ils se tiennent à trois mètres au moins l'un de l'autre.

— Je suis désolée, murmura-t-elle d'une voix altérée. Oui, vous êtes un Rom. Je le sais.

Il abaissa lentement ses cils. Elle était certaine qu'il la regardait encore, mais c'était impossible à dire. Un frisson la parcourut, et elle éprouva une sensation étrange dans l'estomac. Son corps était empli d'une terrible tension, sensation nouvelle pour elle.

Cliff s'avança.

— Rentre à la maison, Ariella, répéta-t-il d'un ton acéré.

Il était en colère, et elle savait que c'était parce que le Tzigane l'avait regardée avec une telle impudence.

— Pourquoi ne rentrons-nous pas tous les deux ? dit-elle. Il est tard, et Amanda nous attend pour dîner.

Cliff regarda froidement le Tzigane, ignorant sa fille.

— J'ai été assez aimable pour vous permettre une nuit de répit ici. Je vous engage à garder vos yeux à leur place — sur vos propres femmes.

Emilian haussa les épaules.

— Oui, vous êtes *tellement* aimable, se moqua-t-il. N'attendez pas de gratitude de ma part.

Pourquoi fallait-il qu'il cherche l'affrontement ? Devait-il se montrer si hostile ?

— Je compte que vous soyez partis demain matin, reprit Cliff, le visage dur. Allons-y.

Ariella n'avait pas envie de partir, mais elle n'avait pas de raison de rester. Quand son père pivota, elle regarda en arrière sans pouvoir s'en empêcher. Emilian la fixait, son regard gris brûlant. Aucun homme ne l'avait jamais regardée ainsi auparavant. Elle fut terriblement consciente de ce que cela signifiait.

Cet homme était différent. Elle voulait s'écarter de son père et retourner à lui.

Il sourit presque, comme s'il savait l'effet qu'il produisait sur elle.

Son père la tira par le bras et elle se tourna pour lui emboîter le pas. A ce moment-là, une femme poussa un cri de douleur.

Ariella pivota, alarmée et, échappant à la poigne de son père, revint sur ses pas. Leurs regards se rencontrèrent de nouveau.

— Qu'est-ce que c'est ? murmura-t-elle. Quelqu'un est blessé ?

Emilian la saisit par le bras et dit à voix basse :

— Elle n'a pas besoin de vous, *gadjé*.

La jeune fille en oublia de respirer. Sa main était grande, forte et brûlante. Son souffle caressait sa joue, et son genou touchait sa cuisse. Puis il la relâcha.

C'était arrivé si vite qu'elle en resta abasourdie. Emilian ajouta d'un ton dur :

— Nous prenons soin des nôtres.

Il regarda Cliff, le visage crispé.

— Emmenez votre princesse de fille. Dites-lui que nous n'aimons pas les *gadjos*. Nous partirons demain matin.

Ariella trembla.

— Je peux vous envoyer un docteur, commença-t-elle, mais son père l'interrompit.

— C'est exactement ce que ma fille est pour vous, Rom — une princesse. Ne reposez plus jamais la main sur elle, explosa-t-il.

— Père, arrêtez ! s'écria Ariella, ébranlée et le souffle court, sentant encore le contact des doigts du bohémien. Il ne voulait pas que je me mêle de ce qui ne me regarde pas, c'est tout ! C'est ma faute.

Mais Cliff l'ignora, trop courroucé pour l'entendre.

— Assurez-vous que rien ni personne ne disparaisse durant la nuit. Si un cheval, une vache ou un mouton sont volés, je vous en tiendrai pour responsable, *vaida*.

Emilian eut un sourire contracté et ne dit rien.

Ariella ne pouvait pas croire que son père lance une telle menace. Tandis qu'elle trébuchait pour le suivre, elle regarda en arrière. Aussi immobile qu'une statue, le *vaida* la fixait toujours. Malgré la distance qui les séparait, elle sentit tant de force et de dédain — ainsi qu'une intention qu'elle ne comprit pas. Il lui adressa une courbette, aussi élégante que celle d'un courtisan, mais ses yeux flambaient, en gâchant l'effet. Ariella inspira et se détourna.

Quelle sorte d'homme était-ce là ?

Emilian regarda fixement le *gadjo* et sa magnifique fille qui s'en allaient. Il brûlait à l'intérieur d'aversion pour de Warenne. La façon dont la jeune fille avait défendu sa conduite irrespectueuse résonnait encore dans son esprit.

Son corps frémissait de colère et de tension. Il n'avait pas besoin d'elle ou de n'importe quel *gadjo* pour le défendre. Elle avait voulu être aimable ? Il ne se souciait pas de son amabilité.

Ses reins étaient tendus de désir. Pour un homme comme lui, elle était aussi haut placée qu'une princesse — le genre de belle femme parfaite, au sang bleu, qu'aucune matrone anglaise ne lui présenterait jamais. Mais malgré les différences de classe et de sang entre eux, elle l'avait regardé de la même façon que toutes les Anglaises qui voulaient se servir de lui — comme si elle ne pouvait attendre de lui arracher ses vêtements et de poser ses mains et sa bouche sur lui.

Il en rit presque, sans gaieté. Il changeait de maîtresse *gadjé* presque aussi souvent qu'il changeait de chemise. Ces épouses et ces veuves ne l'utilisaient que pour assouvir leur passion charnelle, et il les utilisait pour beaucoup plus que cela. Il y avait de la satisfaction à coucher avec la femme de son voisin, quand ce voisin le regardait de haut avec tant de condescendance et de mépris. Il avait peut-être été élevé comme un Anglais, mais il restait un *didikoi* — un demi-sang — et le *budjo* était enraciné dans son âme. Un homme qui fauchait le foin de son voisin et le revendait à ce voisin était considéré comme admirable. Prendre ce qui appartenait à quelqu'un d'autre et en tirer du profit avant de le rendre à son propriétaire, pour plus de profit encore, était une superbe escroquerie. Chaque Rom naissait avec le besoin du *budjo* dans son sang. Le *budjo* était le rire final d'un Tzigane — sa revanche pour l'injustice que les Roms subissaient depuis toujours dans le monde.

Il pouvait avoir la fille de de Warenne, s'il voulait s'en donner la peine. Plus de sang afflua dans ses reins, épais et brûlant. Elle serait comme de l'argile mouillée dans ses mains. Il était très conscient de ses pouvoirs de persuasion. Mais il ne doutait pas que Cliff de Warenne le tuerait s'il en avait vent.

La tentation était grande, car elle était très belle. Il savait qu'elle chuchoterait à son sujet, dans son dos, après avoir quitté son lit, comme elles le faisaient toutes. Ses maîtresses ne pouvaient attendre de parler des prouesses sexuelles de leur amant tzigane à leurs amies — comme s'il était un étalon de louage. Elle n'était pas mariée, mais la façon dont elle l'avait regardé lui indiquait qu'elle était expérimentée. Il serait intéressant, décida-t-il, de coucher avec elle.

Quelque chose le titilla et l'ennuya — un sixième sens qui le mettait en garde, mais il ne savait pas contre quoi.

— Emilian.

Il pirouetta, soulagé de la distraction. Puis son soulagement s'évanouit quand il vit le visage grave de son oncle.

— La femme ?

Stevan émit un bruit.

— La femme est la mienne, et elle met ton cousin au monde.

De la chaleur envahit Emilian et se déploya dans sa poitrine. Stevan avait plusieurs enfants, qu'il avait rencontrés huit ans plus tôt, mais il ne savait pas précisément combien de cousins il avait et ne se souvenait pas de leur nom. *Et un autre était en route.*

Soudain, il fut submergé par l'émotion. Ses yeux se mouillèrent. La chaleur était de la joie. Cela faisait si longtemps qu'il n'avait pas été avec sa famille. Robert ne comptait pas ; il le méprisait. Stevan, ses enfants, Raiza, Jaelle — ils étaient sa famille. Et même s'il était un *didikoi*, ces gens l'acceptaient en dépit de son sang mêlé, contrairement aux Anglais qui ne l'avaient jamais vraiment accepté. Même Edmund avait eu ses doutes. En cet instant, il ne se sentit pas seul ou isolé. Il ne se sentait pas différent. Il n'était pas un étranger.

Stevan le prit par l'épaule.

— Tu es un homme adulte, à présent. Djordi m'a dit que ta maison était riche.

— J'en ai fait ce qu'elle est, dit Emilian avec sincérité.

Il s'essuya les yeux. Il ne se rappelait pas le nom de la femme de Stevan, une honte.

Stevan sourit.

— Beaucoup de *budjo,* hein ?

Emilian hésita. Il avait rendu Woodland prospère grâce à du travail d'Anglais, pas à du *budjo* tzigane. Mais il ne voulait pas dire à son oncle qu'il avait travaillé honnêtement et laborieusement, au lieu d'utiliser la ruse.

— Beaucoup de *budjo*, mentit-il.

Stevan hocha la tête, mais son sourire vacilla.

Emilian se crispa. Des couteaux lui transpercèrent les entrailles. Il demanda lentement :

— Pourquoi m'as-tu fait appeler ?

Stevan hésita, mais à ce moment-là une jeune Rom sortit en courant des roulottes, ses jupes rouges virevoltant autour d'elle. Elle s'arrêta, pieds nus, non loin d'eux.

— Emilian, chuchota-t-elle en rougissant.

Il fallut un moment à Emilian pour reconnaître la beauté de Raiza sur ses jeunes traits, ravissants. Il retint une exclamation, s'avisant qu'il regardait sa demi-sœur, sauf qu'elle n'avait plus douze ans — elle en avait vingt.

Elle eut un sourire rayonnant et se jeta dans ses bras.

Il se sentit sourire largement, le genre de sourire qu'il n'avait pas eu depuis des années, et qui partait de son cœur. Il la serra contre lui un instant, très fort, savourant cette étreinte rare — c'était complètement différent que de tenir dans ses bras une maîtresse qu'il n'aimait pas. Quand il la relâcha, il souriait toujours.

— Jaelle ! Tu es une femme magnifique, maintenant. Je suis sous le choc !

— Pensais-tu que je serais laide ?

Elle rit, rejetant en arrière ses longs cheveux noirs. Il s'aperçut qu'ils étaient teintés de reflets roux et qu'elle avait les yeux ambrés.

— Jamais ! s'exclama-t-il. Es-tu mariée ?

Il avait presque peur de sa réponse. Elle secoua la tête.

— Il n'y a personne ici que je veux.

Emilian n'était pas sûr si cette réponse lui plaisait ou non.

Stevan dit d'un ton bougon :

— Des hommes bien l'ont demandée. Elle les a tous refusés.

— Je saurai quand je voudrai me marier, et je n'en ai pas eu envie jusqu'à présent.

Elle toucha le visage de son frère.

— Regarde-toi — un *gadjo*, maintenant ! Et si riche, Djordi nous l'a dit. Mais est-ce que des livres peuvent remplacer la large route et les étoiles ?

Le sourire d'Emilian s'estompa. Bien qu'il se soit enfui maintes fois après son arrivée à Woodland, il avait finalement choisi de rester. Et il n'avait pas hésité à reprendre le domaine à la mort d'Edmund. Que pouvait-il dire ? Maintenant, entouré de sa vraie famille, il n'était pas sûr que ses choix aient été les bons.

— Je suis un demi-sang, répondit-il, essayant de paraître

léger. Woodland est un bel endroit, mais la route et les étoiles me manquent.

Et, en cet instant, c'était douloureusement vrai. Jaelle, Raiza et son oncle lui manquaient. Il ne s'en était pas aperçu jusqu'à présent.

Jaelle tira sur sa main.

— Alors, viens avec nous, juste quelque temps.

Il hésita. Il était si tenté.

Stevan parut dubitatif.

— Jaelle, tu l'as déjà entendu dire, demi-sang, demi-cœur. Je ne pense pas que notre façon de vivre plaira longtemps à ton frère.

Il regarda Emilian.

— Il a été élevé comme un *gadjo*. Notre vie est meilleure, mais il ne peut pas le savoir.

Les paroles de son oncle l'emplirent de tension. L'attrait de la route était soudain immense. Mais il avait des devoirs, des responsabilités. Il se vit courbé sur son bureau, s'occupant de ses papiers jusqu'à l'aube, ou debout dans une grand-salle, à l'écart des dames et des gentlemen présents, n'étant là que pour discuter d'une affaire. Il se rappela la soirée précédente, où il était au lit avec la femme d'un voisin, leur donnant à tous les deux le plus grand plaisir. Comme il pouvait aisément résumer son existence — les affaires de Woodland et ses interludes sexuels, rien d'autre.

— Peut-être que votre vie est la meilleure, dit-il lentement.

Cela ne voulait pas dire qu'il pouvait partir, cependant.

Jaelle semblait prête à sauter sur place. Mais elle le taquina :

— Tu as un si drôle d'accent ! Tu ne parles pas comme un Rom, Emilian !

Il rougit. Il n'avait pas parlé sa langue depuis huit ans.

Stevan le prit par le bras.

— Veux-tu que je te laisse parler à ta sœur ?

Emilian jeta un coup d'œil à Jaelle, qui pétillait d'enthousiasme et de bonheur. Il ne voulait pas la décevoir. Il espérait qu'elle garderait toujours son heureuse nature. Il lui traversa l'esprit qu'il souhaitait lui montrer Woodland, avant que la tribu reparte vers le nord. Il pouvait tant lui offrir, à présent — sauf qu'elle préférait le mode de vie rom.

Il pouvait l'imaginer dans sa maison de *gadjo,* vêtue d'une robe *gadjé,* et il se raidit parce que cela était complètement faux. Il se tourna vers son oncle.

— Jaelle et moi avons toute la nuit — et bien d'autres nuits — pour nous parler.

Il décocha un sourire à sa sœur.

— Je peux peut-être te trouver un mari, *jel'enedra.*

Elle fit une grimace.

— Merci, mais non. Je chasserai par moi-même, et choisirai toute seule.

— Quelle indépendance ! la taquina-t-il. Alors comme ça, tu veux lancer une chasse à l'homme ?

Elle lui dédia un regard bien trop malicieux ; ce n'était pas une rose anglaise, naïve, virginale et choyée.

— Quand le moment viendra, je le chasserai, lui.

Elle se mit sur la pointe des pieds pour l'embrasser sur la joue et détala.

Emilian la suivit des yeux.

— Ne t'inquiète pas, dit Stevan. Elle est bien plus

innocente qu'elle en a l'air. Elle joue à la femme, c'est tout. Parfois, je lui donne quinze ans.

— Elle n'a pas quinze ans, déclara Emilian d'un ton crispé.

Les mœurs et la morale tziganes étaient complètement différentes de celles des *gadjos*. Il serait étonnant que Jaelle soit totalement innocente en ce qui concernait la passion.

— Elle devrait être mariée, ajouta-t-il abruptement.

Il ne voulait pas qu'elle soit utilisée et rejetée comme leur mère.

Stevan rit.

— Voilà qui est parlé comme un vrai frère — un vrai frère de sang !

Emilian ne sourit pas. Il attendit. Le sourire de son oncle s'évanouit.

— Marche avec moi, dit-il.

Emilian obtempéra, avec une terrible appréhension. La nuit s'était installée et des milliers d'étoiles brillaient au-dessus d'eux. Les arbres soupiraient.

— Elle n'est pas là, observa-t-il.

— Non, elle n'est pas là.

— Elle est morte ?

Stevan s'arrêta et posa les mains sur ses épaules.

— Oui, Raiza est morte. Je suis désolé.

Il n'était pas un garçon de douze ans et il n'avait pas le droit de pleurer, mais des larmes emplirent ses yeux. *Sa mère était morte*. Raiza était morte — et il n'avait pas été là avec elle. Elle était morte, et il ne l'avait pas vue depuis huit longues années.

— Bon sang, jura-t-il. Que s'est-il passé ?

— Qu'est-ce qui arrive toujours aux Roms, finalement ? demanda simplement Stevan. Elle lisait les cartes dans une foire d'Edimbourg. Une dame a été très mécontente de ce qu'elle lui a dit, et elle est revenue avec son mari. Elle a accusé Raiza de l'avoir trompée et a réclamé son argent. Raiza a refusé. Un attroupement s'était formé, et bientôt tout le monde s'est mis à crier après Raiza, l'accusant de duperie, de mendicité, de leur voler leur argent. Le temps que je sois au courant et que je vienne à son étal, la foule lui jetait des pierres. Elle se cachait derrière sa table, s'en servant comme d'un bouclier, sinon elle serait morte à ce moment-là.

Le monde d'Emilian se figea. Il imagina sa mère blottie derrière une fragile petite table de bois, du genre de celles que l'on utilisait pour jouer aux cartes.

— J'ai couru à travers la foule et ils ont commencé à me jeter des pierres aussi. J'ai attrapé Raiza — elle était blessée, Emilian, elle avait la tête qui saignait. J'ai essayé de la protéger de mon corps et nous nous sommes enfuis. Elle trébuchait si fort que je l'ai lâchée. Je l'ai presque rattrapée, mais elle est tombée. Elle a heurté le sol de sa tête. Elle ne s'est jamais réveillée.

Emilian aurait voulu hocher la tête, mais il ne pouvait bouger. Il voyait sa mère gisant dans une rue pavée, les yeux ouverts et sans vie, la tête en sang.

Stevan l'étreignit.

— C'était une femme bien et elle t'aimait énormément. Elle était si fière de toi ! C'est injuste, mais Dieu nous a donné la ruse pour combattre la façon de faire des *gadjos*. Un jour, les *gadjos* paieront. Ils payent toujours.

Il cracha par terre.

— Je suis content que tu te sois servi du *budjo* pour duper les *gadjos* et devenir riche !

Il cracha de nouveau, pour insister.

Emilian se rendit compte qu'il pleurait. Il n'avait plus

pleuré depuis cette lointaine nuit où il avait été arraché à sa vie tzigane. Il avait été enfermé par l'Anglais qui était chargé de le ramener dans le Sud à son père *gadjo.* Il avait été enchaîné comme les hommes qu'il avait vus se rendre à la potence — certains d'entre eux des Roms. Il avait pleuré de peur. Il avait pleuré de solitude. Honteux, il avait réussi à sécher ses larmes avant que l'ignoble Anglais ne revienne. Maintenant, ses larmes venaient de son cœur brisé. Il avait l'impression que le chagrin allait le déchirer.

Il n'avait pas été là pour la protéger, pour la sauver. Il s'essuya les yeux.

— Quand ?

— Il y a un mois.

La douleur l'empêchait de respirer. *Elle n'était plus là.* La culpabilité l'envahit.

Un mois plus tôt, il était plongé dans ses affaires de *gadjo.* Un mois plus tôt, il redessinait son pavillon d'été de *gadjo.* Un mois plus tôt, il possédait sa maîtresse *gadjé* nuit et jour.

Parce qu'il avait choisi de rester avec Edmund, alors qu'il aurait pu le quitter.

Il avait choisi son père avant sa mère — et maintenant Raiza était morte.

— Ils payent toujours, répéta farouchement Stevan.

Emilian voulait que les meurtriers payent. Il les haïssait tous. Jusqu'au dernier. D'autres larmes coulèrent. Mais il n'y avait pas un seul meurtrier à pourchasser. Pourquoi n'avait-il pas été là pour la sauver ? La culpabilité le rendait malade, la rage l'embrasait. « Maudits soient les *gadjos,* pensa-t-il sauvagement. Maudits soient-ils tous. »

Et il pensa à Cliff de Warenne et à sa fille.

3

Emilian marcha le long du périmètre du campement, la tête basse, laissant la rage l'envahir. Il préférait la colère au chagrin. La peur de Raiza avait dû être sans bornes. Mais la fureur ne gommait pas la culpabilité. Sa mère avait été assassinée par des *gadjos* pendant qu'il vivait comme l'un d'eux, et il ne se pardonnerait jamais de n'être venu la voir qu'une fois en dix-huit ans.

— Emilian.

En entendant la voix de sa sœur, il s'arrêta, mesurant combien son chagrin était égoïste. Stevan s'occupait de Jaelle, mais cela ne remplaçait pas sa mère. Le père de Jaelle était un Ecossais qui ne s'était pas soucié de sa fille tzigane, une bâtarde, car il avait une épouse écossaise et une famille écossaise.

— Viens ici, *edra,* dit-il en se forçant à sourire.

Elle approcha avec une expression incertaine et lui toucha le bras.

— Je suis triste, aussi. Je suis triste chaque jour. Mais c'est fait.

Elle haussa les épaules.

— Un jour, je ferai payer les *gadjos.*

Emilian se raidit.

— Tu ne feras rien de tel. Laisse-moi la vengeance. C'est mon droit.

— C'est mon droit également, encore plus que toi ! fulmina-t-elle. Tu connaissais à peine Raiza !

— Elle était ma mère. Je n'ai pas demandé à lui être enlevé.

Jaelle se radoucit.

— Je suis désolée, Emilian. Bien sûr que non.

Elle hésita, le scrutant de son regard ambré.

Quand j'étais petite, tu es venu nous voir. Tu te souviens ? C'était un moment heureux.

— Je m'en souviens, dit-il, sachant ce qu'elle voulait qu'il se rappelle.

Mais elle se contenta de le fixer et il sut ce qu'elle pensait : il était venu pour un mois, et était parti abruptement.

— Qu'est-ce que tu veux savoir ? demanda-t-il.

— Tu es aussi riche qu'un roi. Tu n'as pas de maître. Pourquoi ? Pourquoi n'es-tu pas revenu nous voir depuis ce moment-là ? Pourquoi n'es-tu pas revenu pour moi ? Préfères-tu les *gadjos* aux Roms ? Préfères-tu la vie des *gadjos* à la nôtre ? Tu es venu quand j'étais petite, mais tu n'es pas resté !

Elle parlait d'une voix intense, et des larmes brillaient dans ses yeux. Il comprit combien ceci était important pour elle, il comprit qu'il avait la loyauté et l'amour de cette petite femme. Il lui prit la main. Ce geste l'embarrassa, mais il ne la lâcha pas. Quelques jours plus tôt, sa réponse eût été différente, pensa-t-il. Mais la mort de leur mère planait au-dessus d'eux, tel un terrible voile noir. Le chagrin demeurait, faisant rage dans son cœur, dominé par la culpabilité. Sa colère menaça d'exploser.

— Je suis parti parce que j'avais appris la mort de mon père, répondit-il sincèrement. Mais je n'avais pas rejoint la tribu dans l'intention de rester. J'avais rêvé de voyager avec les Roms. J'étais jeune, et je suis venu. C'était une aventure, *jel'enedra*.

Il se rappelait l'ennui qui l'avait vite gagné après quelques jours de voyage. Les années suivantes, il avait oublié combien ce périple avait été décevant, car sa mémoire avait été marquée par la mort d'Edmund. Mais pendant qu'il était sur la route, il s'était interrogé sur les devoirs et les responsabilités auxquels il finirait par retourner à Woodland. Il n'avait pas vraiment apprécié le voyage, pas à ce moment-là, mais c'était peut-être parce qu'il était si jeune. Et tout était différent, à présent.

— J'ignore ce que je préfère maintenant, ou ce que je veux, dit-il lentement. J'ai vécu comme un Anglais pendant très longtemps, mais nous savons tous les deux que je suis un *didikoi*.

Son cœur tambourinait tandis qu'il parlait. Il était un étranger ; il serait toujours un étranger. Toutefois, il l'avait toujours su — il l'avait simplement ignoré.

— Ce que je sais, c'est que je suis content d'avoir une sœur comme toi.

Jaelle ouvrit de grands yeux.

— Tu ne sais pas ce que tu veux ? Tout le monde sait ce que son cœur désire !

Il eut un rire rauque.

— En grandissant, je rêvais de la tribu. Quelquefois, dans ma chambre, je jouais notre musique sur ma guitare. Même si j'avais choisi de devenir un *gadjo,* comme mon père me l'avait demandé, je savais que mon peuple — notre peuple — était quelque part et m'attendait peut-être. Mais j'avais des devoirs à Woodland. J'ai accepté ces devoirs. Je sais que tu ne peux comprendre ces contradictions. Je ne les ai jamais comprises non plus. Parfois, j'avais l'impression d'avoir deux personnalités en moi ; deux hommes rivaux qui bataillaient dans mon esprit.

— Et cette confusion, tu la ressens encore en cet instant même ? demanda-t-elle d'un ton incertain.

— Non. Aujourd'hui, quand j'ai su que vous étiez tout près, je brûlais de venir vous retrouver. Aujourd'hui, je suis rom. Aujourd'hui, c'est ce que je veux.

Il désigna le campement.

— Hier, j'étais assis dans la bibliothèque de Woodland avec mon intendant et le maire du village voisin, discutant d'affaires locales.

Il secoua la tête. Il avait du mal à parler.

— Ils me traitent de bohémien dans mon dos, mais ils veulent que je les guide quand même. Il y avait une question de loi à régler. Ils voulaient mon avis — personne dans le Derbyshire n'a l'éducation que j'ai reçue.

C'était si ironique.

— Je ne suis pas vraiment l'un d'eux, mais voilà longtemps j'ai fait de Woodland ma vie. Le domaine est *à moi*. C'est un bel endroit. Je ne désire pas me marier, mais si un jour j'ai un fils, Woodland sera à lui. Peux-tu le comprendre ?

En cet instant, il n'était pas sûr de le comprendre lui-même.

— Comment puis-je comprendre un tel attachement à des terres ? Je me moque des terres et m'en moquerai toujours. Les Roms qui ont une maison ne sont pas vraiment de notre sang. Tu es plus anglais que rom.

Elle essuya ses larmes.

— Mais je le sais depuis longtemps. Et notre mère le savait aussi.

Elle se détourna pour partir. Il la retint.

— Il n'y a pas d'endroit où je préférerais être qu'ici, maintenant. C'est la vérité, Jaelle.

Elle scruta ses yeux.

— Mais pour combien de temps ? Et quand nous partirons, tu ne viendras pas avec nous, n'est-ce pas ?

Il la fixa, ne voyant pas sa sœur mais Raiza, gisant morte dans une rue pavée, la tête en sang, la foule l'entourant, méchamment satisfaite. Son pouls s'emballa. Voulait-il retourner à sa vie à Woodland ? Il avait tant de devoirs, là-bas ! Mais qu'en était-il de la vie à laquelle il avait renoncé ?

Il devait à Raiza bien plus que du respect, et il devait également quelque chose à Jaelle.

Les cordes d'une guitare résonnèrent, riches et mélodieuses, égrenant une musique lente et captivante. Et soudain le guitariste changea de tempo, adoptant un rythme joyeux, entraînant — un air de fête. Aucun son ne pouvait être plus incongru par rapport à la colère et au désespoir d'Emilian — ou à la confusion qui l'habitait.

— Nous avons un nouveau cousin, dit doucement Jaelle. Et il est temps de le fêter.

C'était la façon de faire des Roms. Tandis qu'elle le ramenait vers le centre du campement, d'autres guitares jouèrent, ainsi qu'un violon et des cymbales. Des rires retentissaient, et Emilian entendit les hommes qui tapaient des mains pour accompagner la musique. Son cœur se serra et son corps frémit.

Jaelle le lâcha et courut au milieu de la clairière où quatre jeunes hommes dansaient, les bras croisés, leurs talons frappant le sol au rythme des instruments. Jaelle releva ses jupes et tournoya, montrant ses jambes, ses cheveux volant. Il sentit sa rage s'évanouir et sourit quand elle leva les bras et se mit à danser au milieu des hommes.

Tout le monde s'était rassemblé — hommes, femmes et enfants —, et il vit Stevan avec sa femme, allongée sur des couvertures, allaitant leur nouveau-né. Maintenant il se rappelait son nom — Simcha. La foule tapait des mains en même temps que les danseurs faisaient claquer leurs talons. La musique commença à emplir le corps vide et affligé d'Emilian. Il sentit ses veines s'échauffer à chaque coup de pied, son sang s'embraser et s'accélérer. C'était cela la vie rom, simple et agréable.

Cela faisait si longtemps.

Raiza avait été assassinée et il ne permettrait pas que les *gadjos* échappent sans punition à sa mort. Tôt ou tard, il prendrait sa revanche. Il s'en fit la promesse. Mais la vengeance ne viendrait pas cette nuit.

Cette nuit, ils allaient célébrer une nouvelle vie.

D'autres hommes et femmes avaient rejoint les premiers danseurs. Une femme aux cheveux d'ébène et aux jupes violettes et dorées tournoyait devant lui. Son regard était lascif et direct.

C'était une belle femme, bien en chair, d'à peu près son âge, et il ne pouvait se tromper sur l'invitation qu'il venait de recevoir. Il regarda ses cuisses tandis qu'elle relevait ses jupes, dangereusement haut. Il n'y avait pas de maîtresse pareille à une Tzigane.

Elle laissa retomber ses jupes, leva sensuellement les bras et se mit à tourner, bien plus lentement que le rythme de la musique. Elle se détourna d'un mouvement plein de séduction, mais lui jeta un regard par-dessus son épaule. Il sourit et s'avança dans la clairière.

Les guitares, le violon, les cymbales, un tambourin et la vibration du sol l'envahirent. Ses talons frappèrent la terre, droit, gauche, droit, gauche, et il leva son visage vers la lune, ses bras vers les étoiles. Il claqua des doigts.

Ses hanches se projetaient en avant et ondulaient. Il restait conscient de la femme qui dansait sur sa droite, mais en cet instant son corps n'avait besoin que de la musique et de la nuit.

La lune souriait. Les étoiles brillaient. Les arbres montaient la garde et les feux flambaient. C'était une nuit de fête, une nuit pour les amants.

Il rendit à la femme son regard hardi.

Le dernier de leurs invités était parti. Ariella se tenait dans le vestibule, regardant la voiture des Montgomery s'en aller tandis que la famille montait se coucher. Une main sur son épaule la fit sursauter.

Cliff lui sourit.

— Je vois que tu as survécu à notre dîner.

— Etais-je si transparente ?

Il rit.

— Tu rêvassais, et c'était évident.

Des yeux gris assaillirent la mémoire d'Ariella et elle pria que son père ne devine pas l'objet de ses rêvasseries.

— Je pense que tout le monde est excité à propos du bal d'Amanda.

— Oui, en effet, car cela fait un certain temps qu'il n'y a pas eu de si grande réception à Rose Hill. Ariella, est-ce que Montgomery t'a plu ?

Elle se raidit, incrédule.

— Je croyais que nous réunir était l'idée de Dianna.

— Oui. Mais elle s'est confiée à sa mère, qui me l'a dit. Il ne t'intéresse pas alors.

Ce n'était pas une question.

— Je suis désolée, mais non.

Il soupira.

— Ariella, quand tu étais petite, j'étais inquiet pour ton avenir. A l'époque, j'ai décidé que j'arrangerais le parfait mariage pour toi, quand tu en aurais l'âge.

Ariella en fut stupéfaite.

— Je n'en avais aucune idée !

Cliff sourit.

— C'était il y a longtemps. Je me suis rendu compte quand tu es devenue une jeune femme indépendante, dont je suis extrêmement fier, que je ne ferais rien de tel. De nombreuses façons, tu me rappelles ce que j'étais avant de rencontrer Amanda.

Le soulagement de la jeune fille ne connut pas de bornes.

— Merci. Mais, père, vous étiez un corsaire, pas un bas-bleu.

— J'accordais grand prix à ma liberté, chérie, comme toi. Toutefois, je crois qu'un jour tu viendras me trouver avec des étoiles dans les yeux. Tu me diras que tu veux te marier — et que tu es follement amoureuse.

Ariella sourit.

— Savez-vous que vous êtes bien plus romanesque que moi ?

Il rit.

— Vraiment ?

— Je crains de ne pas être comme vous, père. Ma passion est pour le savoir. J'ai essayé d'expliquer tout à l'heure à Dianna que cela ne me fait rien du tout de ne pas me marier. Je ne pense pas à de beaux hommes ou ne rêvasse pas à leur sujet comme les autres femmes de mon âge.

Au moment où elle prononça ces mots, elle détourna vivement les yeux, car c'était exactement ce qu'elle faisait depuis qu'elle avait rencontré le Tzigane aux yeux gris.

— C'est seulement parce que tu n'as pas encore rencontré l'homme assez unique pour piquer ton intérêt.

Ariella poursuivit rapidement, craignant qu'il ne perçoive son émoi :

— Les hommes que je côtoie sont des universitaires et des historiens, et très peu d'entre eux sont nobles.

Son père rit de nouveau.

— Et si tu m'amènes un avocat radical sans moyens, je l'approuverai — à condition qu'il t'aime en retour.

Ariella ne répondit pas. Elle avait pensé à Emilian toute la soirée, presque contre sa propre volonté. Il y avait en lui quelque chose de provocateur et de troublant, même si elle ne pouvait définir exactement ce qui la perturbait.

— Il te faudra peut-être un certain temps pour comprendre que ton cœur est pris, mais ce jour viendra, j'en suis sûr. Tu es trop belle et trop intéressante pour échapper à l'amour. Et quand tu me demanderas ma bénédiction, je serai heureux de te la donner — quel que soit l'homme que tu auras choisi.

Elle sourit.

— J'espère que vous n'êtes pas aussi pressé que Dianna semble l'être. Je ne peux me fixer, père. Un mariage traditionnel ne m'intéresse pas. Dianna devrait se marier avant moi.

— Je ne te laisserai pas te fixer pour moins que ce que tu mérites.

Cliff l'embrassa sur la joue.

— Je ne te bousculerai jamais. Maintenant, je crains de devoir te laisser contempler les étoiles toute seule. Bonne nuit.

Ariella le regarda se hâter dans l'escalier. Elle prit conscience d'une étrange tension au fond d'elle-même. Les yeux gris d'Emilian semblaient gravés dans ses pensées.

Elle n'avait jamais été aussi préoccupée par un homme, pas une fois de sa vie. Elle n'était pas sûre de ce que sa singulière distraction signifiait, mais leur brève rencontre l'avait hantée toute la soirée.

Nous sommes des Roms.

Elle restait dans cet état, constata-t-elle, car elle se tenait seule dans le vestibule, dans la maison silencieuse et envahie par la nuit, à s'interroger à son sujet. Il était fier et hostile, et elle ne comprenait pas pourquoi il était tellement sur la défensive, ni pourquoi il semblait tellement les détester, son père et elle. Mais il l'avait trouvée attirante. Elle était assez femme pour comprendre le genre de regard qu'il lui avait jeté. Des gentlemen l'avaient regardée avec une certaine admiration depuis ses seize ans, mais elle n'y avait jamais songé à deux fois — jusqu'à maintenant.

Son cœur battait très vite.

Elle n'avait aucune raison de s'attarder dans le vestibule, mais elle s'approcha de la fenêtre et pressa sa joue contre la vitre froide. Elle crut entendre de la musique.

Elle n'aurait pas dû en être surprise. Les Tziganes étaient renommés dans le monde entier pour leur musique.

Ariella fut envahie de curiosité et d'excitation. Elle traversa vivement le vestibule, entra dans le salon et ouvrit les portes-fenêtres de la terrasse. A l'instant où elle le fit, la musique, exotique et peu familière, résonna plus fort.

Elle se figea. Elle avait entendu des mélodies semblables au Moyen-Orient, mais n'avait jamais entendu une musique si pleine de passion et de joie. Et n'y avait-il pas des rires, aussi ?

Elle se rendit compte qu'elle avait traversé la terrasse et se tenait à la balustrade, regardant le bas de la colline. C'était une nuit claire, avec des millions d'étoiles et une lune décroissante, mais elle ne voyait que la lumière de leurs feux et les formes fantomatiques des roulottes. Elle n'avait aucun doute que les Tziganes célébraient quelque chose.

Elle avait envie de descendre la colline. Oserait-elle ? C'était très inconvenant — et même imprudent. Une femme ne pouvait vagabonder seule dans la campagne de nuit. Elle ne se souciait pas du scandale, mais cela pouvait être dangereux.

D'un autre côté, personne n'avait besoin de le savoir. Si elle restait cachée, les bohémiens ne la verraient même pas, et sa famille était endormie pour la nuit. Si elle prenait soin d'éviter toute rencontre, il n'y aurait pas de danger pour sa personne.

Ariella trembla d'excitation. Quand aurait-elle encore une telle opportunité ? Elle n'avait pas vu de bohémiens depuis son enfance. Elle ne reverrait peut-être plus jamais un campement de ce genre. Comment pouvait-elle ignorer la musique, la fête ? Les histoires abondaient au sujet des Tziganes, des nuits emplies de musique, de danse et d'amour.

Et qu'en était-il de leur séduisant chef ?

Elle respira avec difficulté, le pouls battant la chamade. Elle savait qu'elle le trouvait très attirant, et énigmatique. Elle était curieuse à son sujet, aussi. Il s'exprimait très bien, comme s'il avait de l'éducation. Il était visiblement habitué à donner des ordres et n'avait pas montré de respect à son père. Quel genre d'homme était-il ? D'où venait-il ?

Les Roms devaient lever le camp le lendemain matin.

Et lui aussi partirait avec eux.

Sa décision était prise. Elle releva ses jupes claires et descendit de la terrasse dans la pelouse. Un instant plus tard, elle se hâtait le long de l'allée, son allure augmentant avec son excitation. Elle reconnaissait plus que des guitares, à présent, car elle entendait au moins un violon, et la riche musique était ponctuée par des cymbales et des claquements de mains.

Enfin, elle entrevit le cercle des roulottes devant elle. Les feux qui flambaient au milieu les éclairaient. Elle entendit des rires et des conversations et elle aperçut les danseurs évoluer dans un chatoiement de mouvement et de couleurs vives.

Elle s'arrêta derrière la roulotte la plus proche, le souffle court. La musique était farouche et prenante, à présent. Elle battait presque en elle, faisant voltiger son estomac. Le rythme s'était accru, comme celui de son pouls. Et les yeux gris hantaient toujours son esprit.

Ariella s'accroupit près de la roulotte et se glissa devant. Quand elle put mieux distinguer les danseurs, elle se figea de stupeur.

Au milieu de la clairière, Emilian dansait seul. Il levait les bras et claquait des doigts, sa chemise blanche déboutonnée jusqu'à la taille. Son torse luisait à la lueur du feu. L'étoffe de ses culottes était tendue sur ses cuisses et ses hanches, et chacun de ses pas était incroyablement charmeur et sensuel. Chaque pas le rapprochait aussi de l'endroit où elle se trouvait. Sa bouche s'assécha.

Il avait les yeux fermés. Ses cils sombres se déployaient sur ses pommettes hautes et échauffées. Son expression était tendue et indiquait le plaisir le plus pur. Un voile de sueur couvrait son visage et, quand il tourna, elle put voir son nombril. Elle tira sur son corselet. Chaque pouce de l'anatomie d'Emilian était visible dans cette chemise ouverte et ces culottes de peau, et elle avait terriblement chaud.

Elle déglutit. Elle ne pouvait détourner les yeux et s'en

moquait. Elle savait que ses pensées étaient devenues plus qu'inconvenantes. Elle songeait à la masculinité de cet homme, à sa virilité et à son pouvoir à peine contenu. Il dansait seul, mais d'une manière quelconque c'était terriblement suggestif, comme s'il allait prendre une femme dans son lit.

Elle ignorait ce qui lui arrivait. Elle n'avait jamais pensé à un homme de cette façon. Ce qu'il pouvait faire ou non après la danse n'était pas son affaire.

Soudain, il ouvrit les yeux. Bien qu'il y ait de nombreux danseurs à présent, et que quelques beautés exotiques l'entourent, son regard alla directement à elle.

Avait-il su qu'elle était là ? Son cœur explosa dans sa poitrine. Elle savait qu'elle aurait dû rester baissée, mais, à un moment donné, fascinée malgré elle par le spectacle, elle s'était imprudemment dressée. Elle savait qu'elle devrait détourner son attention de son beau visage, de son torse nu, mais c'était impossible. Elle s'aperçut qu'elle n'était plus très près de la roulotte ; elle s'était avancée.

Les yeux gris capturèrent les siens et flamboyèrent.

Ariella ne pouvait détourner son regard des prunelles du bohémien.

Elles étaient si farouches qu'elle en oublia de respirer. Leurs regards se joignirent, il leva les bras et tourna lentement, pour elle. Puis il tendit les bras vers elle et ses hanches ralentirent leur mouvement. Ariella avait l'impression que ses mains étaient descendues le long de son corps, que sa virilité avait frôlé son ventre. Elle n'avait pas besoin d'être une femme expérimentée pour savoir qu'il dansait pour elle.

Comme sous l'effet d'un charme, elle ne pensait déjà plus qu'à être dans ses bras, pressée contre son corps dur.

Il sourit d'un air charmeur et ses épais cils noirs s'abaissèrent, juste comme la musique s'arrêtait.

Tremblante, Ariella se demanda s'il pouvait entendre les battements forcenés de son cœur.

Il se tint immobile, à part sa poitrine qui se soulevait et s'abaissait rapidement. Il releva les yeux, des yeux mâles et intenses qui brûlèrent les siens.

Elle devrait s'enfuir en courant. Si elle restait, quelque chose allait arriver. Si elle restait, il allait la toucher, l'attirer à lui, contre lui… elle le savait.

Une main l'attrapa par-derrière.

— *Kon nos ? Gadjé romense ? Nay !*

Ariella poussa un cri.

Un jeune homme, d'environ seize ans, la fixait d'un air furieux. Il la secoua et parla encore avec colère dans sa langue. Il n'y avait plus de musique, maintenant, plus de rires ni de conversations.

— Je ne comprends pas, murmura-t-elle.

Il la tira en avant. Ariella trébucha et s'arrêta. Les danseurs les entouraient. Emilian s'avança, les yeux étincelants, le corps moite et brûlant.

— *Dosta !*

Le garçon relâcha Ariella. En tremblant, elle noua ses bras autour d'elle. Son sauveur paraissait aussi furieux que le jeune homme. Elle regarda la foule. Des regards hostiles étaient rivés sur elle. Personne ne bougeait. Les postures étaient belliqueuses. Elle avait envie de disparaître sous terre.

Il parla de nouveau, rapidement et fermement.

Le jeune homme la regarda.

— Je suis désolé, dit-il avec un fort accent.

Il pivota et s'en alla.

Ariella était incrédule. Elle regarda Emilian, qui lui

rendit son regard, tandis que l'homme massif à l'allure d'ours du début de soirée frappait dans ses mains et parlait aux gens. Quelqu'un se mit à jouer de la guitare. Les conversations reprirent, mais à voix basse, et tout le monde s'éloigna. Ils restèrent seuls.

Ariella avait la bouche si sèche qu'elle dut humecter ses lèvres. Pire, son regard était descendu vers le torse nu et transpirant d'Emilian. Elle ne put s'en empêcher : elle jeta un coup d'œil à son ventre dur. Elle savait qu'elle n'oserait pas regarder plus bas, consciente de ce qu'elle verrait.

— Que…

Elle mouilla de nouveau ses lèvres. Elle avait une voix horriblement altérée.

— Je n'espionnais pas.

Il plissa les paupières.

— Je le jure.

Elle respirait avec difficulté et tremblait.

— J'ai entendu la musique, je n'ai pas pu résister à la curiosité.

Le regard gris demeura énigmatique.

— Et cela vous a-t-il amusée ? Est-ce que nos coutumes primitives vont ont divertie ?

Elle inspira.

— La musique… la danse… c'est merveilleux.

Il émit un bruit indistinct qu'elle ne sut comment interpréter. Son regard glissa vers le bord de son corselet.

— N'est-il pas tard, miss de Warenne, pour une promenade hors de vos pelouses ?

Il était tout près d'elle à présent, trop près. Elle percevait sa chaleur et sentait son odeur. Elle pourrait si facilement le toucher, si elle essayait. Son anxiété grimpa en flèche.

— Oui. Je devrais m'en aller. Je suis désolée de vous avoir dérangé.

Elle s'avança pour passer précipitamment devant lui. Il la retint par le poignet.

— Restez, vous êtes mon invitée.

Son bras entier, nu jusqu'à la manche ballon de sa robe, était pressé contre la peau brûlante et moite de son torse. Elle eut le tournis, se sentit faiblir. Son trouble devint aigu.

— Est-ce ce que vous leur avez dit ?

— Nous n'aimons pas avoir des *gadjos* parmi nous.

Soudain, il lui sourit.

— Mais vous êtes devenue l'exception à notre règle.

Ne se souciait-il pas d'être vêtu de manière indécente et presque nu devant elle ? Ne se rendait-il pas compte qu'il tenait son bras contre sa poitrine ? Ne pouvait-il la sentir trembler de plus que de désarroi, de plus que de peur ?

— Voulez-vous vraiment partir ? murmura-t-il, son intonation se faisant caresse.

Elle plongea les yeux dans les siens. Elle n'en avait pas envie, ils le savaient tous les deux.

— La nuit ne fait que commencer, ajouta-t-il, toujours aussi suave.

— Je ne sais pas… J'étais juste venue pour me rendre compte, pour voir.

Au moment où elle parla, elle mesura combien cela paraissait offensant.

— La plupart des dames convenables n'oseraient pas tenter une telle investigation à une heure pareille, dit-il.

Il lui lâcha le bras.

Elle aurait pu s'écarter de lui, mais elle n'en fit rien. A la place, elle contempla son torse musclé contre lequel elle venait d'être pressée si intimement. Il avait le ventre plat. Elle leva une main pour se toucher la joue — elle était en feu. Et son propre corps était presque aussi moite de sueur quc cclui d'Emilian.

Il sourit de nouveau et se pencha.

— Mais une dame non convenable pourrait s'aventurer dehors en pleine nuit. Puis-je vous aider dans vos *découvertes ?*

— Je ne le voyais pas ainsi.

— Bien sûr que si. Vous vouliez comparer.

Il lui décocha un sourire froid et la prit par le bras. Il l'entraîna jusqu'à une petite table près d'une roulotte, à l'écart des danseurs. Il versa deux verres de vin d'un gros pichet et lui en tendit un. Avant qu'elle puisse refuser, il but avec avidité, comme si le vin était de l'eau. Son regard s'abaissa de nouveau vers le décolleté de son corselet de soie.

Ariella sentit la pointe de ses seins se durcir. Ce regard était aussi impudent que s'il avait glissé la main dans sa robe, sous sa camisole et son corset.

— Je n'étais pas venue mener des investigations.

— Mais si. Buvez ce vin. Vous apprécierez encore mieux la soirée.

— J'ai déjà bu du vin au dîner.

Ses dents blanches brillèrent.

— Mais vous êtes si nerveuse, autant qu'une écolière ou une débutante. Je ne mors pas, miss de Warenne. Je ne dupe pas et ne vole pas non plus — ni ne séduis des dames non consentantes. C'est bien miss de Warenne, n'est-ce pas ?

Il regarda sa main gauche. Ariella se ressaisit.

— Oui. Je ne crois pas aux stéréotypes. Naturellement, que vous ne dupez pas ou ne volez pas — ni ne séduisez des femmes contre leur gré.

Seigneur, elle rougissait. Cet homme avait une façon de donner à chacun de ses mots une connotation sexuelle.

Il haussa les sourcils.

— Ainsi, vous êtes l'unique *gadjé* sans préjugés ? Comme c'est louable.

— Le racisme est un tort et je n'ai pas l'esprit étroit, ni plein d'idées toutes faites, parvint-elle à dire.

Il pivota, abaissant ses cils, non sans lui avoir lancé un long regard.

Ariella leva son verre et but une gorgée de vin. Ce regard avait-il signifié ce qu'elle pensait ? Elle but de nouveau. Elle avait vu son père, ses oncles et même son frère et ses cousins regarder les femmes de cette façon. Ce genre d'expression ne voulait dire qu'une chose. Que devrait-elle faire ?

Elle devrait rester et le laisser l'embrasser.

Croyant à peine à ce qui se passait, se demandant si elle ne vivait pas un rêve, elle prit une autre gorgée de vin. Elle était une penseuse éclairée. Elle ne se souciait pas des convenances et n'avait jamais été intéressée par un baiser auparavant. Mais cela ne faisait aucun doute — elle était vivement intéressée à présent.

Comme s'il percevait sa décision, il murmura :

— Si vous n'êtes pas venue ici pour vous renseigner, moi je souhaite le faire.

Il posa une main sur sa taille.

Elle se crispa, mais pas de peur. Son corps bourdonnait.

— Que voulez-vous dire ?

— Que j'ai envie de comprendre pourquoi une belle dame de votre âge, célibataire et *convenable,* s'est introduite dans mon campement au milieu de la nuit.

— J'ai la passion des connaissances, répondit-elle à mi-voix. Je veux en savoir plus sur le peuple rom.

— Le peuple rom, ou moi ?

Elle se figea.

— Cessez de feindre, murmura-t-il encore.

Sa main remonta sur le flanc d'Ariella, en une caresse choquante.

— Vous n'êtes pas venue pour la musique ou pour eux. Vous êtes venue pour moi. Je suis l'objet de votre investigation.

Ariella ne put parler. Il avait raison.

Il eut un sourire en biais et l'attira plus près.

— Vous n'êtes pas la première Anglaise à vouloir un amant tzigane.

Elle voulut protester, mais il ajouta :

— Pourquoi, sinon, seriez-vous venue à moi à une heure pareille, *gadjé* ?

Elle n'avait pas de réponse.

— Je ne sais pas… Je voulais venir… J'étais attirée, balbutia-t-elle enfin.

— Bien. Soyez attirée. Je désire que vous me convoitiez.

Ses yeux se firent brûlants.

— Nous sommes libres dans nos passions. Attendez ici.

Ariella le suivit des yeux, ébranlée, tandis qu'il retournait vers le groupe. Elle le vit s'arrêter devant le violoniste, un homme âgé aux cheveux blancs. Elle s'avisa qu'elle n'était pas la seule femme à le fixer d'un air d'envie. Les jeunes Tziganes étaient belles, et quelques-unes observaient Emilian avec autant d'attention qu'elle.

Mais il revint à elle en souriant, et lui tendit la main.

— Dansez avec moi.

Danser ne l'avait jamais intéressée et elle avait deux pieds gauches. Pensait-il la faire tournoyer comme les bohémiennes ? Elle serait ridicule.

— Je ne sais pas danser.

— Toutes les femmes savent danser, dit-il très doucement.

Soudain, les accords d'une valse résonnèrent, joués par le violon.

— La musique est pour nous.

Ariella fut surprise, mais avant qu'elle puisse mettre un terme à son débat intérieur, il la prit par la main et l'entraîna lentement dans la clairière. Brusquement, ils furent hanches contre hanches, cuisses contre cuisses. La main gauche d'Emilian se posa sur une de ses épaules, l'autre dans son dos. Il faisait osciller son corps, la faisant bouger avec lui. Elle n'avait jamais éprouvé une telle sensation de force masculine, de promesse virile.

Leurs corps étaient presque soudés. D'une manière quelconque, la joue d'Ariella avait trouvé la peau nue de son torse. Elle frissonna. Elle ne pouvait penser qu'à son souffle doux sur son oreille et à sa dure virilité, si manifestement excitée, contre sa hanche. Ce n'était pas une valse ; c'était un couple se balançant au rythme d'une musique douce, des seins frôlant un torse, un sexe d'homme se frottant contre une hanche de femme. C'était un prélude à la passion.

Il murmura à son oreille :

— Cette nuit est faite pour les amants.

Elle n'avait pas envie d'écarter sa joue de sa peau moite, mais elle releva la tête. Il l'avait entraînée vers les arbres, là où la nuit était lourde et obscure.

— Sentez-vous la musique dans votre corps, sur votre peau ? demanda-t-il à mi-voix, le regard brûlant.

La sentez-vous dans votre sang ? Elle palpite de besoin, de passion.

Sa belle bouche s'incurva.

— Voulez-vous embrasser un Tzigane ?

Ils ne bougeaient plus. Ils se tenaient enlacés et Ariella sentait son cœur à lui tambouriner dans sa poitrine — ou était-ce le sien ? Elle hocha la tête, incapable de prononcer une parole. Il lui semblait qu'elle pourrait mourir pour un baiser de lui.

— C'est ce que je pensais.

Soudain, il prit son visage entre ses mains.

— Soyez prévenue, je ne fais jamais rien à moitié.

Elle chuchota :

— Emilian.

Ses yeux gris flamboyèrent. Il couvrit sa bouche de la sienne et elle se raidit, car ses lèvres étaient dures, farouches et exigeantes. Elle retint une exclamation quand la pression devint douloureuse ; il émit un son, et avant qu'elle s'en rende compte, il glissa sa langue profondément dans sa bouche. Elle se sentit alarmée et tenta de le repousser. Ce n'était pas le genre de baiser qu'elle avait attendu — elle n'était même pas sûre que ce soit un baiser. Il y avait trop de rage dans son geste.

Il s'immobilisa.

Elle se mit à trembler, effrayée, car elle mesurait à présent qu'elle était entièrement à sa merci. Elle n'était pas de force à s'opposer à lui.

Il détacha sa bouche de la sienne. Ariella essaya encore de s'écarter. *Ceci avait été une terrible erreur.* Mais il la saisit et la pressa contre son corps dur, l'entourant de ses bras dans un étau dont elle ne pouvait s'échapper.

— Ne partez pas.

Tremblante de frayeur, elle ne bougea pas. Le corps

d'Emilian palpita contre le sien et elle sentit son propre pouls s'emballer frénétiquement. Il ne lui avait pas fait de mal, se rappela-t-elle, mais pendant un instant elle avait perçu qu'une explosion de brutalité était imminente, une violence à laquelle elle n'était pas du tout préparée.

Il parla d'une voix douce :

— Je ne vous ferai pas de mal. Je veux vous aimer. Laissez-moi faire.

Elle le sentit frissonner tandis qu'il baissait les yeux sur elle.

Ses yeux n'étaient pas froids ni moqueurs, et ils ne brûlaient pas non plus d'une chaleur intense, presque coléreuse. Ils quêtaient sa permission.

L'espèce de faim qu'Ariella sentait en elle-même se fit aiguë. Ses seins se tendirent d'une manière affolante. Elle prit conscience de son érection entre eux et remua. Des flammes envahirent son ventre, jaillirent entre ses cuisses. Il poussa un grognement.

Et avant qu'elle puisse décider si elle allait lui accorder d'autres privilèges, il reprit son visage entre ses grandes mains. Elle se raidit, mais il se contenta d'abaisser sa bouche vers la sienne, lentement.

Ses lèvres effleurèrent les siennes, légèrement, comme la caresse d'une plume. Le cœur d'Ariella explosa, submergé par tant de sensations qu'elle cessa de penser. Il fit glisser sa bouche sur la sienne, encore et encore, et elle ferma les yeux tandis qu'elle commençait à se noyer dans un plaisir brûlant. Il frottait ses lèvres d'avant en arrière, la taquinant et la testant jusqu'à ce que les siennes deviennent douces et s'entrouvrent.

Il émit un rire rauque et dessina de sa langue la fente de sa bouche. Ariella poussa un cri étouffé, cherchant sa langue de la sienne. Il l'évita habilement et prit ses lèvres en un long baiser profond, interminable.

Elle avait la tête qui tournait. La fièvre qui l'habitait devint une conflagration ; elle gémit et il joua avec elle, langue contre langue. Elle se pressa contre son énorme érection sans honte, à présent. Il rit de nouveau. S'emparant de son postérieur à travers ses jupes et ses jupons, durement, il la souleva contre lui.

Elle gémit encore, s'accrochant à lui, leurs lèvres jointes. D'une certaine manière, il s'était placé exactement là où elle avait faim de lui et elle se sentait éperdue de désir, maintenant. Elle remua avec plus de frénésie.

Le baiser se poursuivit, enragé. Vaguement, Ariella sentit une main remonter le long de sa jambe, à l'intérieur de sa cuisse, sous ses jupes et sur ses pantalons de soie. Elle retint son souffle, envahie par un plaisir sauvage. Vaguement encore, elle savait que c'était bien plus qu'un simple baiser et ne s'en souciait pas.

Sans hésiter, les doigts s'insinuèrent dans la fente de ses pantalons, contre sa chair nue et moite. Elle gémit de nouveau, lui arrachant sa bouche, pressant son visage contre son torse dur. Elle était aveuglée par le désir, à présent. Elle n'était pas sûre de ce qu'elle voulait — à part cette friction délicieuse et insupportable. Elle se mit à pleurer.

Il lui parla dans sa langue tzigane et glissa sa main entière dans ses pantalons, la prenant dans sa paume, la recouvrant. Elle se sentit prise de vertige. Il reprit, en anglais, d'une voix rauque et gutturale :

— Venez à moi.

Elle ne comprit pas. Mais qui s'en souciait ? Les arbres tournoyèrent et elle le mordit, goûtant sa peau salée et son sang.

Elle tournait encore quand elle s'avisa qu'il l'avait allongée par terre, sur l'herbe humide. Les spasmes formidables et merveilleux qui l'avaient ébranlée se ralentirent et s'estompèrent. Elle respirait avec difficulté. Elle sentit les doigts d'Emilian sur la peau nue de son dos. Elle essaya de comprendre le plaisir et la passion qu'elle venait d'expérimenter. A présent, elle comprenait pourquoi l'amour était si convoité.

Il fit glisser sa main plus bas sur son échine. Elle battit des cils et ouvrit les yeux. Il était agenouillé près d'elle, le visage contracté par la passion. Il essayait de lui retirer sa robe. Par réflexe, elle retint son poignet.

Ses brûlants yeux gris plongèrent dans les siens. La surprise teinta le désir qui les habitait.

Elle inspira péniblement.

— Attendez.

Il plissa les paupières, soupçonneux.

— Que… que faites-vous ?

Ses jupes étaient emmêlées autour de sa taille et elle gisait telle une poupée de chiffon. Elle se redressa sur son séant et le sens de la modestie lui revint. Elle rabattit vivement ses jupes. Son corselet glissa, mais elle le releva et regarda Emilian.

Il était accroupi sur ses talons, l'air dangereusement contrarié.

— Vous voulez vous arrêter maintenant ? demanda-t-il d'une voix trop douce.

— Je… je ne suis pas venue pour ceci.

— Bien sûr que si.

De la colère flamba dans ses yeux.

— Vous êtes venue pour connaître la passion. Vous vouliez me comparer à vos amants anglais. Je ne suis pas satisfait, ajouta-t-il d'un ton sombre.

Les premiers boutons de ses culottes s'étaient ouverts, comme s'ils ne pouvaient résister à la pression existant sous l'étoffe. Arielle voulut parler, mais ne le put.

— Ce plaisir n'est rien comparé à la volupté que nous aurons quand je serai enfoui en vous.

Il tendit la main et caressa son visage.

— Laissez-moi vous faire crier de plaisir une autre fois. Laissez-moi crier de plaisir, moi aussi.

Elle se figea.

Il esquissa un sourire.

— Nous savons tous les deux que c'est pour cela que vous êtes venue à moi.

Il saisit son corselet.

Elle s'y agrippa. Il serait si facile de céder à cet homme. Ses paroles, son expression étaient captivantes. Mais un baiser était une chose. Continuer en était une autre. Elle avait envie d'aller plus loin, mais elle voulait aussi le tenir à distance jusqu'à ce qu'elle comprenne ce qui se passait.

— Ceci est un malentendu, murmura-t-elle.

Il ouvrit de grands yeux.

— Je ne suis pas venue pour vous comparer à mes autres amants, dit-elle en se cramponnant farouchement à son corsage. Il n'y a pas d'autres amants.

Il la fixa, son expression si perplexe que c'en était presque comique.

— Je ne suis même pas mariée, poursuivit-elle à voix basse.

Devait-elle être plus précise ?

— Personne de mon âge n'a des amants. Les jeunes filles de mon âge ont d'abord un mari.

Un terrible silence tomba. Ariella devint nerveuse. Comment avait-il pu supposer qu'elle était une femme cherchant une aventure illicite ?

— Ne me dites pas que vous êtes vierge, maugréa-t-il. Les vierges ne vagabondent pas à minuit, pour venir retrouver des étrangers.

Elle hésita. Il avait l'air aussi sauvage qu'un lion tiré de son sommeil dans sa tanière.

— Je ne sais pas pourquoi je suis venue… vous voir. Je ne voulais qu'un baiser.

4

Les enjambées d'Emilian étaient si longues et si rapides qu'Ariella devait courir pour rester à sa hauteur. Elle trébucha.

— Attendez !

Il ne répondit pas et ne s'arrêta pas. Son profil était un masque dur de frustration et de colère. Il gravissait la colline, vers la maison endormie. Il souhaitait visiblement la ramener chez elle et c'était sa manière de l'escorter en toute sécurité.

— Je suis désolée, cria-t-elle, essayant de le rattraper.

Bien sûr, il s'était attendu à une étreinte amoureuse — elle s'était comportée si hardiment. Mais pourquoi était-il si furieux maintenant ?

— Je n'avais pas l'intention de vous duper.

Il la regarda enfin, s'arrêtant si brusquement qu'elle passa devant lui. Il l'attrapa par le bras, la ramenant à son côté.

— Si vous ne voulez pas duper un homme, restez dans votre belle et riche maison, dans votre riche et beau lit, où les vierges bien élevées doivent être à cette heure !

Elle trembla, désorientée.

— Ma curiosité m'a égarée. J'ai entendu la musique et c'était si enchanteur.

Elle hésita, car ce n'était que la moitié de la vérité. Elle avait été curieuse *de lui.* Il ne se montra pas touché.

— Je voulais regarder de loin. Je n'avais pas l'intention d'être une intruse. Je pensais que personne ne me remarquerait. Je ne souhaitais pas qu'il se passe… quoi que ce soit.

La bouche d'Emilian s'incurva, mais avec dureté.

— Vraiment ?

Elle se raidit.

— Bien sûr !

— La façon dont vous m'avez regardé en fin d'après-midi, et ce soir, m'a conduit à une conclusion irréfutable.

— Vous vous trompez, tenta-t-elle de dire, mais il avait raison et ils le savaient tous les deux.

L'expression d'Emilian se durcit.

Elle noua ses bras autour d'elle, en rougissant.

— D'accord ! J'admets que je vous ai fixé, mais vous êtes sûrement habitué à ce que les femmes vous admirent. Je n'avais pas l'intention de me montrer effarouchée — je ne l'ai jamais été de ma vie.

Elle se sentit rougir plus encore. Elle ne reconnaîtrait jamais qu'elle avait commencé à penser à son corps dur et mâle quand elle l'avait vu danser — et même plus tôt, lors de leur première rencontre avec son père.

— Je le crois volontiers, dit-il d'un ton âpre. Je crois que vous savez exactement comment vous servir de vos yeux bleus pour enflammer un homme — et vous l'avez fait à dessein.

Son regard gris vacilla.

— Vous m'avez embrasé.

Elle était déjà à bout de souffle. Son pouls s'emballait

follement en réponse à ses paroles directes. Elle se rappelait trop bien d'avoir été dans ses bras, leurs bouches jointes, leurs corps en feu. Elle n'avait pas envie de le quitter, pas encore. De fait, une partie dévoyée de sa personne, nouvelle pour elle, souhaitait continuer ce qu'ils avaient commencé.

Il rit durement, comme s'il savait ce qu'elle pensait et éprouvait.

— Vous devez partir avant que ma nature la plus basse prenne le pas sur mon sens de l'honneur. Le jour va se lever. Vous avez une réputation à conserver et je ne suis pas enclin à la conserver pour vous.

Le ciel se teintait de gris à l'horizon, mais Ariella ne bougea pas. Ils ne pouvaient se séparer ainsi, surtout quand il allait quitter Rose Hill dans peu de temps.

— Pourquoi êtes-vous si en colère ? Je suis désolée — je vous l'ai déjà dit par deux fois. Voulez-vous accepter mes excuses ?

— Pourquoi le devrais-je ? Je n'aime pas que l'on se joue de moi, miss de Warenne.

Le cœur d'Ariella tambourina dans sa poitrine. Il n'allait pas accepter ses excuses, bien qu'elle lui ait expliqué ses intentions.

Il rit encore, avec brusquerie.

— Suis-je le premier homme à ne pas vouloir faire ce que vous voulez quand vous battez des cils à son encontre ?

— Je ne suis pas une aguicheuse.

— Bonne nuit.

Il désigna la maison d'un signe de tête abrupt, voulant visiblement qu'elle s'en aille.

Arielle prit une profonde inspiration, déterminée.

— Nous avons pris un terrible départ.

Elle lui sourit.

— Manifestement, une troisième excuse ne vous apaisera pas, alors je ne vous l'offrirai pas. Mais pouvons-nous reprendre les choses au début ? Nous nous connaissons à peine. J'aimerais mieux vous connaître, si c'est possible.

Il ouvrit de grands yeux, puis plissa les paupières, le regard brillant.

— Vraiment ? Comme c'est curieux. Les dames convenables — les *vierges* convenables — ne fréquentent pas les bohémiens. De fait, les dames qui souhaitent me fréquenter ne veulent qu'une seule et unique chose, que vous avez refusée.

— Je ne peux pas le croire, murmura-t-elle, atterrée.

Il exagérait sûrement !

Il haussa les épaules.

— Peu m'importe ce que vous croyez. Maintenant que notre rencontre infortunée est terminée, je ne me soucie pas du tout de vous, miss de Warenne.

Ses mots blessèrent Ariella. Après ce qu'ils venaient de partager, elle ne pouvait croire qu'il les pensait.

— Je pense que vous avez *décidé* de me détester, bien que je ne comprenne pas pourquoi. Je pense que vous l'avez décidé en fin d'après-midi, presque au premier regard, même si j'essayais de vous aider à convaincre mon père de vous laisser passer la nuit ici. Pourtant, je ne vous ai pas déplu voilà un moment.

Il la fixa. Et il dit finalement, tous les muscles de son visage se contractant :

— C'est dit avec une telle naïveté que je pourrais bien vous croire.

— Je ne suis guère naïve, rétorqua Ariella.

— Je n'ai pas demandé cela, poursuivit-il d'un ton rauque.

Je n'ai pas demandé qu'une belle princesse de conte de fées apparaisse dans ma vie, m'offrant une tentation que je ne pouvais refuser. Vous êtes une aristocrate, une héritière. Vous épouserez un jour un prince charmant anglais — et il prendra votre innocence dans une tour d'ivoire. Rentrez chez vous, miss de Warenne, où est votre place.

Il pivota pour partir.

En colère, elle lui saisit le bras. Elle n'était pas assez forte pour le retenir, mais il lui fit face, les yeux aussi froids et turbulents qu'une tempête hivernale.

— Si je refuse de vous juger, pourquoi tenez-vous à me juger ? insista-t-elle. Vous ne savez rien de moi. Je ne suis pas comme les autres jeunes filles de ma classe et de mon âge, désespérée de trouver un mari et une maison convenables, et même s'il peut paraître que je ressemble à ces dames qui recherchent vos attentions, je ne suis pas comme elles, non plus. Je ne suis pas venue vous trouver pour une liaison !

— Non, mais vous êtes venue me chercher.

Il croisa les bras sur sa poitrine.

— Allons droit au but. Que voulez-vous de moi, miss de Warenne ?

Elle inspira. Bien qu'elle se rappelât aussitôt ses baisers torrides et ses caresses éminemment sensuelles, elle n'hésita pas.

— Je veux que nous soyons amis.

Il rit.

— C'est impossible.

— Pourquoi ? Pourquoi est-ce impossible ? Je sais que vous partez demain, mais nous pouvons échanger des lettres. Nous pourrions même nous rencontrer quelques fois avant que vous quittiez le Derbyshire.

Il s'étrangla.

— Echanger des lettres ? Nous rencontrer ?

Il la regarda comme si elle était folle.

— Apprendre à vous connaître m'intéresse, et les lettres sont le moyen parfait d'approfondir une relation. Quant à nous rencontrer, pourquoi cette suggestion est-elle si choquante ? Vous aimez sûrement converser.

— Vous voulez me rencontrer pour… converser ?

— C'est ce que font les amis.

Elle lui sourit. Elle pensait que son plan était excellent.

— Nous ne sommes pas amis, rétorqua-t-il rudement. Je n'ai pas d'amis — et je n'en veux pas !

Elle le regarda, incrédule.

— Tout le monde a des amis !

— Vous ne désirez pas de l'amitié, nous le savons tous les deux.

Il pointa un doigt sur elle. Sa main tremblait.

— Vous êtes une héritière de Warenne ! Vos amis appartiennent à la haute société !

— J'ai toute sorte d'amis excentriques, en ville !

— Quand je vous ai demandé d'aller droit au but, j'étais simplement curieux de votre réaction — et voulais voir jusqu'où irait votre subterfuge. Je sais pourquoi vous êtes venue au campement ce soir. Vous avez recherché ma compagnie pour de la passion, miss de Warenne, pas pour de l'amitié. J'ai piqué votre intérêt et vous désiriez être dans mes bras, mais pas dans mon lit. Vous voulez *échanger des lettres* ? Vous voulez *converser* ? Je ne crois pas. De fait, je ne vous crois pas si différente de mes maîtresses *gadjé*. La seule différence est que vous désirez simplement des baisers sans risque.

Ses yeux flamboyèrent.

— Et le genre de plaisir que je vous ai prodigué.

Ariella le fixa, déconcertée, mais pas par la crudité de ses paroles. Il avait en partie raison — après ce qui venait de se passer, comment pourrait-elle ne pas aspirer à être dans ses bras ? Mais pourquoi ne croyait-il pas qu'elle était intéressée par son amitié, aussi ? Elle était avide de savoir ce qu'il pensait du monde !

— J'ai été un objet sexuel pour les dames de la haute société, et maintenant je suis l'objet de la *fascination sexuelle* d'une princesse vierge.

Il paraissait dégoûté.

Ariella ne savait pas très bien ce qu'il voulait dire, exactement, mais elle y réfléchirait plus tard.

— Je ne peux oublier notre baiser, dit-elle lentement. Comment le pourrais-je ? Je n'avais aucune idée qu'un baiser pouvait être si merveilleux. Mais je veux être votre amie, Emilian. Je dis toujours ce que je pense. J'ai de nombreux amis inhabituels, à Londres. Et si vous n'avez vraiment pas d'amis — je prie que vous exagériez —, alors je serai la première.

— Que voulez-vous dire, que vous ignoriez qu'un baiser pouvait être si merveilleux ? demanda-t-il. J'espère que vous n'allez pas me dire que c'était votre premier baiser !

— Pourquoi cela vous troublerait-il ?

Il ouvrit largement les yeux.

— Personne ne vous avait jamais embrassée auparavant ?

— Non, personne. Vous m'avez donné mon premier baiser. Et je n'ai aucun regret, affirma-t-elle en rougissant.

Il gronda.

— Alors, j'ai assez de regrets pour nous deux.

Elle prit une inspiration.

— Vous ne le pensez pas !

— Rentrez chez vous attendre le prince charmant. Et restez-y — avec vos amis *inhabituels*.

Il rejetait son offre d'amitié. Ariella n'en revenait pas.

— Mais vous partez demain matin ! Nous ne pouvons nous séparer ainsi.

— Pourquoi pas ?

Elle humecta ses lèvres, le cœur battant très fort.

— Ce n'est pas juste. Nous avons partagé de la passion, Emilian.

— Nous avons partagé un simple baiser, que vous oublierez bientôt.

Elle secoua la tête.

— Non. Je ne l'oublierai pas. Je vous en prie, acceptez un échange de lettres !

— *Partez,* tonna-t-il.

Elle frémit, mais ne put ordonner à ses pieds de bouger. Comment ceci pouvait-il arriver ?

Il pivota furieusement et descendit la colline à grands pas, sans un regard en arrière.

Telle une araignée prise dans sa toile, il fut attiré vers le pied de la colline et contempla fixement la maison.

Le soleil était levé depuis une heure, mais personne ne bougeait dans le campement, à cause de la fête de la nuit. Il n'avait pas dormi. Il n'avait même pas essayé. Emilian gardait les yeux rivés sur le manoir des de Warenne. Il ne voulait pas convoiter Ariella de Warenne, surtout en ce moment. Il ne se fiait pas à son désir. Trop de rage l'habitait.

Il pivota brusquement et retourna vers le campement. Il espérait ne jamais la revoir. Mariko pouvait assouvir ses besoins, comme une douzaine de dames bien élevées du Derbyshire. Il pensait ce qu'il avait dit. Cela avait été un adieu. Il n'y aurait pas d'échange de lettres ni de rencontres. Il n'avait pas demandé qu'une femme comme elle surgisse dans sa vie, encore moins maintenant où il pleurait sa mère et était fou de rage.

Elle était le genre de jeune fille qu'on ne lui avait jamais présentée — et qu'on ne lui présenterait jamais — à cause de son sang impur. Elle était très belle, riche, bien élevée et sans nul doute intelligente. Elle était même innocente, malgré sa nature passionnée — et elle était passionnée, il l'avait découvert. On ne le jugeait digne que des grosses, des vieilles, des laides et des infirmes — celles dont personne ne voulait. Une jeune dame comme miss de Warenne ne serait jamais présentée à un homme qui avait du sang tzigane dans les veines, peu importe son titre et sa fortune. Un jour, elle serait présentée à un authentique Anglais, aussi convenable et ayant le sang aussi bleu que le sien. Son prétendant lui jetterait un regard et serait épris. N'importe quel homme sensé conclurait immédiatement que la belle et distinguée miss de Warenne ferait l'épouse parfaite.

Aucun homme ne l'avait embrassée avant lui.

C'était incroyable.

Il lui avait donné du plaisir pour la première fois. Il se rappelait trop bien ses cris et ses gémissements. Maintenant encore, sa peau portait les traces de ses ongles et de ses dents.

Il avait désiré ses attentions dès qu'il l'avait vue, bien qu'il ait supposé qu'elle n'était pas mariée. Il ne poursuivait jamais de femmes non mariées, mais elle était superbe, anglaise et au-dessus de lui. A cause de son père, peut-être, il l'avait délibérément regardée avec de l'intérêt sexuel. Il n'avait pas été surpris quand elle était venue le rejoindre au campement dans la nuit. Elle pouvait prétendre qu'elle était venue écouter la musique, mais elle était venue à cause de lui. Toutefois, il avait pensé que c'était une femme expérimentée en amour.

Les jeunes dames célibataires étaient faites pour être assises dans les salons de leurs belles demeures, prenant le thé dans des robes à la dernière mode, attendant leurs visiteurs et leurs soupirants. Elle assurait qu'elle était différente. Manifestement, elle était quand même attachée aux convenances, et il se demanda si cela perdurerait jusqu'à sa nuit de noces. Soudain, il détesta l'idée qu'un Anglais la possède et révèle totalement sa nature passionnée.

Il aurait pu la posséder ; pourquoi ne l'avait-il pas fait ?

Parce qu'il était plus anglais que rom. En tant que gentleman, il possédait un grand sens de l'honneur. Les Anglais accordaient du prix à l'innocence, les Roms non. Il n'avait jamais eu une aventure avec une vierge, pas même lors de son périple avec les Roms en Ecosse huit ans plus tôt. Ce n'était pas seulement parce qu'il préférait les femmes expérimentées dans son lit. L'Anglais qu'il était devenu, l'homme qui était le vicomte de Woodland et le fils d'Edmund, ne pouvait prendre la virginité d'une jeune fille. C'était aussi simple que cela.

En ce moment précis, il ne se sentait pas particulièrement anglais.

Et il ne s'était pas du tout senti anglais la nuit dernière.

Alors qu'il atteignait les premières roulottes, il entendit un bébé pleurer, peut-être son nouveau cousin. Sa tête le lançait si péniblement qu'il avait l'impression qu'elle allait se fendre en deux. Son corps le lançait tout autant, d'un mélange de désir et de rage. Il n'était même pas sûr de vouloir encore être anglais. Il savait seulement qu'il voulait venger Raiza et, s'il était honnête, une part de lui regrettait maintenant de ne pas avoir couché avec la princesse *gadjé.*

Mais il ne cessait de penser à ses grands yeux bleus, pas à son visage ou à son corps. Ses yeux le troublaient, car elle les avait plongés dans les siens comme si elle pouvait y trouver quelque ancienne vérité sur lui.

Il chassa cette pensée fantasque. Elle prétendait vouloir être son *amie*. Il rit haut et fort.

Il n'avait pas d'amis. Il avait des frères — tous les hommes de la tribu étaient ses frères. Il avait de la famille, Stevan, ses cousins, Jaelle. Même Robert, qui le méprisait autant qu'il le méprisait lui-même, était un parent. Il avait des ennemis — presque tous les *gadjos* et *gadjé* qu'il croisait dans la rue entraient dans cette catégorie. Mais il n'avait pas d'amis. Il n'était même pas sûr de ce qu'était vraiment un ami ou de savoir pourquoi les gens voulaient en avoir.

Qu'est-ce qui n'allait pas chez elle ? Il couchait avec des femmes ; il ne s'en faisait pas des amies, bon sang !

Peut-être était-elle vraiment différente des *gadjé* qui partageaient son lit. Elle prétendait ne pas le juger comme tous les *gadjos* le faisaient. Mais elle était venue à lui pour partager de la passion, comme ses maîtresses. Si elle avait été mariée, il était certain qu'elle aurait sauté dans son lit. Cela ne la rendait pas différente, finalement. Et un jour, quand il aurait le dos tourné, il l'entendrait parler de lui avec condescendance et mépris. Il n'en avait aucun doute.

Sa fureur s'accrut. Il haïssait les *gadjos,* jusqu'au dernier. Même elle.

— Tu as l'air prêt à mettre quelqu'un en pièces.

Emilian respira, espérant détendre ses muscles crispés, et se tourna vers son oncle.

— Vraiment ?

— Même avant que je te parle de Raiza, j'ai vu des nuages noirs dans tes yeux. Veux-tu me parler de tes soucis ? demanda tranquillement Stevan.

— J'ai des soucis à Woodland, mentit Emilian. Des sottises de *gadjo*, rien d'autre.

Son oncle sourit, visiblement sans le croire.

— Mais je veux te parler, reprit Emilian, la poitrine douloureuse. Je dois aller sur la tombe de ma mère.

— Bien sûr. Elle est enterrée à Trabbochburn, pas loin de là où tu es né. Quand veux-tu y aller ?

Il n'avait pas eu le temps de s'abandonner à son chagrin et pas le temps de penser. Juste comme il venait d'apprendre le meurtre de Raiza, la fête pour la naissance de son cousin avait commencé. Puis Ariella de Warenne était arrivée, le distrayant. Son devoir était clair — il devait aller sur la tombe de sa mère et lui rendre ses respects. Mais à présent il regardait son oncle, pensant à sa jeune sœur qui avait besoin d'un protecteur et d'un frère. Raiza voudrait qu'il s'occupe de Jaelle.

— Je pense que j'aimerais me joindre à vous quand vous remonterez dans le Nord, dit-il lentement.

Stevan se montra surpris.

— C'est ton chagrin qui parle.

— Peut-être.

Mais l'idée le tentait tellement. En choisissant de rester avec Edmund quand il n'avait que douze ans, il avait renoncé au peuple rom et à son mode de vie. Il était si jeune pour faire un tel choix. Ne devrait-il pas essayer de comprendre la façon d'être des Roms — surtout quand sa partie rom brûlait de la haine des Anglais et du désir de se venger ?

Et il pourrait apprendre à connaître sa petite sœur, qui avait besoin de lui.

— Tu sais que tu seras toujours le bienvenu. Mais, Emilian, pourquoi ne pas prendre ta belle voiture de *gadjo* et tes domestiques avec toi ? Pourquoi voyager comme un Rom, alors que tu nous as quittés depuis si longtemps pour devenir anglais ?

Emilian parla avec soin, essayant de clarifier les aspirations de son cœur, de son âme.

— J'ai oublié ce que cela signifie d'être rom. Je sens que je dois à Raiza beaucoup plus que ce que j'aurais jamais pu lui donner — et beaucoup plus que lui rendre hommage sur sa tombe. Tout a changé, Stevan. Je suis en rage contre les *gadjos*.

— Tu es son fils, c'est normal. Je ne pense pas que tu saches ce que tu veux. Mais tu parles simplement d'un séjour avec nous, n'est-ce pas ?

Emilian le fixa.

— Je suis autant rom qu'anglais.

— Vraiment ? Parce que c'est un Anglais que je vois debout devant moi — même si tu danses comme un Rom.

Stevan sourit, mais Emilian ne put lui rendre son sourire.

— Ma sœur était fière de l'homme que tu es devenu. Elle voulait que tu aies une belle vie, avec une belle maison pleine de domestiques. Si elle était en vie, elle ne te demanderait pas de renoncer à ta vie d'Anglais.

— Et dis-moi donc à quoi je renonce ? s'écria Emilian. Je sais qu'elle voulait davantage pour moi que la vie des Roms. Je me souviens très bien qu'elle voulait que je vive avec mon père — mais elle a pleuré sur ma perte, aussi. J'ai fait le choix de rester à Woodland quand j'étais trop jeune pour comprendre. Ai-je fait le bon choix ? Mes voisins me méprisent, Stevan, autant qu'ils vous méprisent.

Stevan prit un air pensif.

— Je crois que je commence à comprendre. Car la moitié de ton sang est rom et rien ne le changera jamais. Mais je pense toujours que tu te lasseras vite de notre vie. Il y a eu trop de changements, pendant trop d'années.

— Tu as peut-être raison. Tu as peut-être tort. Peut-être qu'au bout d'un mois ou deux, je cracherai sur les *gadjos* et leur façon de vivre et ne voudrai plus rentrer chez moi.

Il tremblait de rage et son regard se porta vers le sommet de la colline et l'énorme manoir des de Warenne.

Stevan le regarda et il rougit. Il venait d'appeler Woodland « chez moi ».

— Je pense que nous savons tous les deux que le jour où le *gadjo* t'a enlevé à Raiza, ton *baxt* a été scellé.

Emilian se raidit.

— Je ne crois pas au destin.

— Alors, tu es vraiment un *gadjo,* Emilian.

Emilian songea à la façon dont il avait livré beaucoup plus que son corps à l'intense et évocatrice musique tzigane la nuit dernière. Un moment, il avait été tellement consumé par la fièvre de la danse que cela avait été comme si ces dix-huit ans d'absence n'avaient pas existé. Comme s'il n'avait jamais quitté le peuple rom.

— Cette nuit, j'étais un Rom.

Stevan le prit par l'épaule.

— Oui, tu l'étais. Quand seras-tu prêt à partir ?

— J'ai besoin d'une semaine, peut-être plus.

L'attrait de la route lui faisait signe, pas simplement dans son esprit, mais dans son cœur. Il ne pouvait attendre —

il lui semblait qu'au moment où la caravane quitterait le Derbyshire, il serait libre.

— Je dois engager un intendant, un homme à qui je puisse faire confiance. Pourrez-vous attendre aussi longtemps ? La tribu sera la bienvenue dans ma propriété.

— Nous attendrons aussi longtemps qu'il le faudra, répondit Stevan en souriant. Je suis très content que tu viennes avec nous.

Emilian fut brusquement certain que, cette fois, il faisait le bon choix.

Parce que maintenant, avec la route qui l'attendait, il pouvait considérer sa vie anglaise et la remettre en question. Il était fatigué de la parade de femmes *gadjé* qui le regardaient comme s'il était un spécimen exotique de virilité et qui s'attendaient à ce qu'il soit insatiable parce qu'il était tzigane. Si l'ennui le prenait au bout d'une heure ou deux, ses maîtresses étaient offensées. Elles s'attendaient toutes à ce qu'il soit monté comme un étalon, et étaient impatientes de voir si les Tziganes étaient vraiment bâtis d'une façon exceptionnelle. Il avait même vu ses maîtresses vérifier leurs bijoux au matin, pour voir s'il leur avait volé quelque chose.

Et chaque *gadjo* avec qui il faisait des affaires s'attendait à être trompé. Il n'avait jamais escroqué personne, mais il jouait impitoyablement avec ses nouveaux partenaires ; ceux avec qui il traitait depuis des années savaient qu'il était un honnête homme.

Il n'avait jamais été la proie de la haine. Il s'attendait aux préjugés, car il avait grandi avec. Il ne pouvait se rappeler la dernière fois où les mots « sale bohémien » l'avaient vraiment blessé — peut-être quand il était un jeune garçon, ou peut-être quand il avait été conduit de force à Woodland. Voilà longtemps, son cœur s'était changé en pierre. Il était différent d'eux, l'avait toujours su et l'acceptait. Il pouvait s'asseoir à leur table ou même, beaucoup plus rarement, danser à leurs bals, mais il restait un étranger. Leur mépris signifiait peu alors qu'il était plus riche et plus puissant que la plupart d'entre eux, alors qu'il n'avait besoin de personne hormis de lui-même.

Mais à présent leurs différences étaient devenues aveuglantes. Sa vie était une comédie qui n'était plus tolérable. Il n'accepterait plus le racisme, à présent.

Leur mépris et leur haine avaient tué Raiza.

Il devait la venger.

Il contemplait la maison des de Warenne. La petite de Warenne était innocente, mais elle était l'une d'eux. De fait, elle symbolisait la haute société anglaise, avec sa beauté, son lignage et sa fortune. Elle lui avait lancé une invitation sexuelle, même si elle n'en avait pas eu conscience. Il restait assez anglais pour l'avoir repoussée, mais sa partie rom ne pouvait s'empêcher de planifier la séduction et d'imaginer la conquête. Prendre une vierge comme Ariella de Warenne, se servir d'elle et la déflorer, la renvoyant ainsi à son fiancé, serait plus que du *budjo* — ce serait de la vengeance.

Ce serait si facile…

Son côté anglais était horrifié.

Ariella était assise dans l'embrasure de la fenêtre de sa chambre. Les pelouses luxuriantes et les jardins en fleurs s'étendaient au-dessous d'elle, mais elle ne les voyait pas. Elle regardait le campement tzigane, qu'elle pouvait voir clairement de là.

Leurs chevaux étaient en liberté, paissant à leur guise. Les roulottes colorées étaient toujours au même endroit que la veille. On ne voyait aucun signe de préparatifs pour un départ.

Elle ramena ses genoux contre sa poitrine. Elle n'avait pas dormi, et n'avait même pas essayé. Elle s'était changée et était allée s'asseoir là, vibrant de tension. Elle était soucieuse. Emilian était un étranger, mais la nuit dernière elle avait dansé dans ses bras et il lui avait donné un aperçu de la passion. Elle n'avait jamais été attirée par un homme auparavant, mais à présent elle l'était, comme un moucheron par une flamme. N'était-il pas attiré par elle, lui aussi ?

Il avait l'intention de partir avec les Roms, de s'en aller simplement, comme si rien ne s'était passé entre eux.

Cela lui faisait mal. Même si la société la jugeait bizarre, sa position d'héritière de Warenne garantissait son acceptation partout où elle allait. Des gentlemen convenables la convoitaient et la craignaient à la fois, mais Emilian l'avait rejetée.

Comment pouvait-elle le convaincre de changer d'avis et d'entamer une amitié avec elle ? Son cœur s'emballa à cette pensée. Elle perdait la tête, vraiment, et pas seulement à cause de son baiser. Elle n'était pas sûre de beaucoup de choses en ce qui concernait Emilian, mais il y en avait une qu'elle savait sans aucun doute : elle ne pouvait renoncer à lui, pas encore.

Elle ne pouvait le laisser sortir de sa vie aussi abruptement qu'il y était entré.

Que lui arrivait-il ? Se pouvait-il qu'elle ait eu le coup de foudre ? Nombre d'hommes et de femmes de sa famille étaient tombés amoureux au premier regard, ou du moins le mythe familial l'affirmait-il. Les de Warenne étaient connus pour tomber follement amoureux, de manière absolue — une fois et pour toujours.

— Ariella !

Dianna tambourina à sa porte.

— Puis-je entrer ? Es-tu réveillée ? Alexi est ici ! Il est arrivé avec tante Lizzie et Margery !

Avant qu'Ariella puisse répondre, sa sœur entra.

— Réveille-toi, Belle au bois…

Elle s'arrêta.

— Tu es levée ! Oh, bien sûr. Tu es la première levée de la maison, en général.

Son sourire s'évanouit et elle regarda Ariella avec attention.

Consciente que sa tension et son excitation étaient palpables, Ariella se força à sourire. Tout ce à quoi elle pouvait penser était qu'Alexi découvrirait son secret, si elle ne se montrait pas prudente.

Il était son demi-frère et son aîné de deux ans. Sa mère russe, une comtesse, l'avait remis à leur père à sa naissance, car ni elle ni son mari ne se souciaient de garder un fils bâtard chez eux. Ils avaient grandi ensemble avec leur père sur l'île de la Jamaïque, et il était beaucoup plus proche d'elle qu'un vrai frère pourrait l'être. C'était son meilleur ami, son frère, son protecteur. Il lui jetterait un regard et exigerait de savoir ce qui n'allait pas.

La panique l'envahit. *Si jamais il apprenait son badinage avec Emilian, il essaierait de le tuer.* Il se montrait protecteur à ce point avec elle.

— Qu'est-ce qui ne va pas ? Tu es souffrante ? demanda Dianna en s'approchant et en lui touchant la joue.

— Je n'ai pas pu dormir, répondit sincèrement Ariella. Je doute d'avoir fermé l'œil de la nuit.

Pendant un moment, Dianna la fixa comme si elle connaissait la vérité.

— C'était leur musique, n'est-ce pas ? dit-elle à voix

basse. Je l'ai entendue aussi. J'ai mis un moment à m'endormir. Ils ont dû danser.

Ariella crut percevoir une insinuation dans les paroles de sa sœur, mais elle se trompait sûrement.

— Je ne sais pas.

Dianna s'assit sur un divan aux rayures bleues et blanches.

— On dit que c'est ce qu'ils font — danser et chanter toute la nuit.

— Je ne pense pas que l'on devrait accepter des rumeurs comme des faits, répliqua Ariella.

A l'instant où elle parla, elle entendit combien elle paraissait irritée. Elle se leva, espérant que Dianna n'avait pas remarqué son ton acerbe.

— Mon Dieu, tu es grognon, aujourd'hui. Descends-tu voir Alexi ?

Ariella pria de pouvoir faire comme si tout allait bien.

— Bien sûr.

Mais en suivant sa sœur dans le grand escalier central, aux marches recouvertes d'un tapis persan rouge et or, elle entendit la voix de son frère. Son ton était dur.

— Je ne peux croire que père les a autorisés à rester sur notre propriété.

Ariella se crispa. Alexi parlait manifestement des Tziganes. Il voyageait beaucoup, comme il avait des intérêts dans des compagnies de navigation, et il parlait souvent des cultures différentes de la leur avec intérêt, pas avec de la suspicion ou des préjugés. Elle fut déconcertée par ses paroles et son intonation.

Il pivota et sourit largement.

— La voilà !

Ses dents blanches brillèrent dans son beau visage au

teint bistré. Grand, les épaules larges, il avait les yeux bleu vif que tant d'hommes de Warenne partageaient. Comme ses cousins masculins, il avait été un vrai vaurien avant son mariage — mais contrairement à eux, il le restait après son mariage. Cinq ans plus tôt, il avait épousé leur cousine et amie d'enfance Elysse O'Neill pour la sauver d'un scandale — et l'avait abandonnée à l'autel juste après avoir prononcé ses vœux. Inutile de dire que cela avait causé un scandale encore plus grand. Pour autant qu'Ariella le sache, les deux époux ne s'étaient pas revus depuis.

Il vint vers elle à grandes enjambées, mais avant de l'enlacer, son sourire se dissipa et son regard se fit scrutateur.

— Qu'est-ce qui ne va pas ? demanda-t-il immédiatement.

— Elysse est-elle avec toi ? s'enquit Ariella, espérant le distraire.

En outre, elle adorait Elysse et souhaitait qu'elle fût heureusement mariée à Alexi.

Le visage de son frère se durcit.

— Ne commence pas.

Rien n'avait changé. Quoi qu'il soit arrivé, Alexi ne pardonnerait jamais à Elysse et n'oublierait jamais. Elle soupira et l'étreignit en se mettant sur la pointe des pieds.

— Tu es un homme si impossible. Mais je t'aime quand même.

Elle sourit enfin, et c'était presque sincère.

— Tu avais promis d'être à Londres pour mon anniversaire, et à la place tu m'as envoyé ce cadeau incroyable !

Il lui avait envoyé une boîte à musique incrustée de pierres semi-précieuses et de filigrane en or, d'Istanbul. Elle avait dû lui coûter une petite fortune.

Il la tint à bout de bras.

— Je suis désolé d'avoir manqué ton anniversaire, mais j'ai expliqué dans mon billet que nous étions victimes d'un calme, en mer. Tu parais malheureuse.

Ariella passa près de lui. Elle aperçut dans la pièce voisine sa tante Lizzie, comtesse d'Adare, qui bavardait joyeusement avec Amanda. Sa cousine, Margery, lui sourit et elles s'étreignirent.

— Je suis si heureuse de te voir, dit Margery.

Comme sa mère, c'était une jolie blonde bien en chair.

— Même si cela ne fait que quelques semaines, nous avons tant de choses à nous raconter.

Margery passait une grande partie de l'année à Londres, elle aussi.

— Comment s'est passé votre voyage ? Vous êtes arrivés si tôt ! observa Ariella.

— Il a été rapide, grâce au nouveau chemin de fer. Tu parais vraiment un peu crispée, Ariella. Est-ce que tu vas bien ?

— Je n'ai pas pu dormir cette nuit.

Elle craignait de regarder Alexi. Il l'observait avec beaucoup trop d'attention.

— La musique tzigane l'a tenue éveillée, intervint Dianna. J'ai eu du mal à m'endormir, moi aussi.

Ariella sentit ses joues s'échauffer. Elle jeta un coup d'œil à son frère, mais il était allé aux portes-fenêtres de la terrasse. Il fixait, au-delà de la pelouse, les roulottes colorées de la caravane.

— Une bohémienne est venue à Harmon House il y a un an environ, dit Margery. J'étais seule à la maison et j'ai remarqué combien elle était pauvrement habillée avant que notre majordome puisse la renvoyer. Elle insistait pour me dire mon avenir. Je voulais juste lui donner un repas, mais elle m'a lu les lignes de la main.

— Et ses prédictions se sont-elles réalisées ? demanda Dianna.

— Eh bien, comme elle m'a prédit qu'un très bel homme sombre comme la nuit arriverait sur un cheval blanc, non, répondit Margery en riant. Malheureusement.

Alexi se tourna.

— Elle t'a escroquée, manifestement.

— Elle était trop fière pour accepter un repas sans rien donner en échange, réfuta Ariella.

Elle avait dû parler d'une voix forte, car tout le monde la regarda.

L'intérêt d'Alexi était devenu intense.

— Je suis allée dans leur campement avec père, reprit Ariella. Je n'avais pas vu de Tziganes depuis mon enfance. C'était en Irlande, tu t'en souviens, Alexi ?

— Oui. L'étalon de père a été volé et il a été furieux pendant une semaine.

Elle croisa les bras et se raidit.

— Une coïncidence malheureuse.

— Un vol, dit-il sombrement.

Elle marcha sur lui, son humeur s'enflammant dangereusement. Elle savait qu'elle devait la contrôler — elle ne perdait jamais son sang-froid et tout le monde saurait qu'il y avait anguille sous roche. Mais elle ne put se contenir.

— Ainsi, tous les Tziganes sont des voleurs de chevaux, des diseurs de bonne aventure, des escrocs et des criminels ?

Alexi la domina de sa haute taille.

— Je n'ai rien dit de tel. J'ai rencontré des Tziganes partout dans le monde. Ce sont de superbes musiciens — en Russie, la cour a un orchestre tzigane, comme beaucoup de grands aristocrates. En Hongrie, les musiciens tziganes font fureur et ils jouent dans les plus grandes maisons, ainsi que sur scène. Beaucoup d'entre eux gagnent honnêtement leur vie. Ils sont ferblantiers, forgerons, vanniers, réparateurs de sièges… Mais, ajouta-t-il d'un ton emphatique, ce sont des nomades, et un grand nombre préfère n'importe quelle activité plutôt qu'un travail honnête.

Ariella savait qu'elle devait s'incliner.

— Je ne peux pas croire qu'il y ait plus de voleurs parmi les Tziganes que parmi les Anglais.

— Ce n'est pas ce que j'ai dit.

— Leur musique est étrange, mais très agréable, dit vivement Dianna.

Elle leur décocha un sourire anxieux.

— Elle est exotique, mais pleine de passion, comme un opéra.

Ariella et Alexi l'ignorèrent.

— Depuis quand défends-tu les tribus roms avec une telle ferveur ? demanda-t-il doucement.

Ariella débattit entre plusieurs réponses sans réplique.

— Depuis que je suis allée dans leur camp avec père et que j'ai vu des mères qui s'occupaient de leurs enfants et préparaient le repas pour leur famille, comme nous !

— Leur culture est très différente de la nôtre, déclara fermement Alexi. Je n'apprécie pas qu'ils campent ici.

— Pourquoi pas ? se récria-t-elle.

Il plongea les yeux dans les siens.

— Il y aura des ennuis.

Ariella ne pouvait croire qu'il soit devenu si étroit d'esprit.

— Leur chef a juré qu'il n'y aurait pas de vol de chevaux ou de bétail.

— Vraiment ? Comme c'est étrange. Ils forment plus

une fraternité qu'autre chose. Je doute que leur *vaida* ait pu parler honnêtement pour ses frères. Mais tu es tombé amoureuse des Roms, ma parole !

Le cœur d'Ariella s'était arrêté. Un instant, elle avait cru qu'il allait dire qu'elle était tombée amoureuse de leur chef. Elle dit d'une voix tremblante :

— Oui, je m'en suis éprise. Je veux étudier leurs mœurs et apprendre tout ce que je pourrai à leur sujet.

— Hier soir, tu n'avais que les Mongols à la bouche ! s'exclama Dianna.

Ariella pensa qu'elle avait maintenant la parfaite excuse pour revoir Emilian, mais son anxiété ne diminua pas.

— Je suis lasse des Mongols. Quand j'ai vu le campement tzigane avec père, ils m'ont fascinée. Je veux savoir ce qui est folklore et ce qui est réalité.

Elle jeta un coup d'œil à Alexi pour voir s'il la croyait.

Il grogna, puis il sourit.

— J'aurais dû m'en douter. Ainsi, c'étaient les Mongols… jusqu'à présent ? Eh bien, regarde le bon côté des choses. Tu as une tribu tzigane à Rose Hill. Tu peux faire une enquête sur le terrain.

Il rit et sortit de la pièce.

Ariella sentit ses genoux flancher. Elle alla au fauteuil le plus proche et s'assit.

— Qu'a-t-il voulu dire ? demanda Dianna.

Ariella pouvait à peine croire à sa chance. Sa famille penserait maintenant que son intérêt pour Emilian n'était pas différent de sa récente passion pour Gengis Khan.

— Il a voulu dire, ma chère, que ta sœur aînée est très naïve, beaucoup trop pour son âge et son intelligence, et qu'elle va se faire rouler.

Margery sourit.

— A moins, bien sûr, qu'on ne réussisse à la détourner de sa nouvelle obsession.

— Impossible, dit Dianna en souriant aussi. Rien ne peut dissuader Ariella quand elle a le béguin pour un nouveau sujet.

— Pour ma part, je pense que leurs roulottes sont des œuvres d'art. Voulez-vous que nous allions nous promener jusqu'à leur campement ? Nous pourrons en admirer le travail et la décoration de première main.

Les yeux de Margery pétillaient.

Ariella sauta sur ses pieds.

— C'est une idée magnifique.

— Je savais que cela te plairait.

Margery fit un clin d'œil à Dianna.

— Nous pourrons peut-être la sauver d'un dangereux romanichel.

5

Tandis que Margery et Dianna s'arrêtaient pour s'extasier devant une roulotte peinte en rouge, vert et bleu, et décorée de la tête sculptée d'un cheval furieux, Ariella, sur la pointe des pieds, scrutait le campement en quête d'Emilian.

Les chevaux avaient été rassemblés et quelques-uns étaient attelés, signe que les Tziganes se préparaient à partir. Enfin, Ariella le vit.

Il se tenait près d'un feu, à une courte distance de là. Au moyen d'une longue pince, il plongeait un fer à cheval dans les flammes. Un cheval noir était attelé à une roulotte proche de lui.

A la lumière du jour, ses cheveux étaient d'un beau châtain, avec des reflets ambrés et dorés. Il ne portait pas de chemise et, bien qu'il fût immobile, ses biceps saillaient. Son profil était noble et classique, ses épaules larges et fortes, et alors qu'il passait d'une jambe sur l'autre, les muscles de son dos frémirent.

— Oh ! s'exclama Dianna à mi-voix.

— Oh… Eh bien… Juste Ciel ! murmura Margery.

Ariella leur fit face d'un mouvement brusque.

— Je pense que le soleil va sortir. Ce devrait être un bel après-midi.

Il était encore plus beau que dans son souvenir.

Margery la fixa, tandis que Dianna rivait de grands yeux sur Emilian. Ariella savait que sa cousine pensait à sa soudaine passion pour les Tziganes — et à l'homme debout à quelques pas d'elles.

— Il pourrait porter une chemise. Il y a des femmes et des enfants partout, murmura Dianna, la voix altérée.

Le regard de Margery restait posé sur Ariella, plein de spéculation.

Ariella se força à détourner les yeux. Dianna était rose vif et paraissait fascinée par Emilian, qui venait de sortir le fer à cheval du feu. Il se tourna pour le poser sur une souche, et son mouvement révéla son torse puissant et son ventre plat et dur. Mais Ariella ne vit que les éraflures sur son épaule droite.

Etait-ce elle qui avait fait cela ?

Il posa un pied sur la souche et se mit à manier un marteau. Ses bras et son dos se tendirent. Les muscles de sa cuisse ressortaient sous l'étoffe de ses culottes.

Dianna émit un son étranglé.

Ariella lui jeta un coup d'œil et se rendit compte que sa sœur, si convenable, n'était pas prude.

— Voilà un bel homme, dit Margery d'un ton détaché.

Ariella savait qu'elle avait le visage en feu.

— Qui ? Oh, tu veux dire le forgeron ?

Sa voix était bien trop haut perchée.

— Nous devrions partir, déclara nerveusement Dianna. Comment peut-il être aussi indécent ?

— Nous ne pouvons pas partir, rétorqua Margery.

Elle désigna leur panier empli de petits pains, de gâteaux, de biscuits et de muffins. C'est elle qui avait eu l'idée d'apporter des friandises pour les enfants.

— Il faut laisser ceci à un adulte.

Elle jeta un coup d'œil à Emilian.

— Mon brave homme ! appela-t-elle d'une voix autoritaire, mais pas brusque.

Il posa son marteau et se tourna. Il regarda Margery d'un air indifférent, puis ses yeux se posèrent brusquement sur Ariella et s'élargirent.

Venir là n'avait peut-être pas été la meilleure des idées, pensa-t-elle frénétiquement.

— Monsieur ? Je suis lady de Warenne. Nous avons apporté des douceurs pour les enfants, déclara Margery avec un sourire aimable.

Le regard d'Emilian restait rivé sur Ariella. Elle vit ses yeux s'emplir de colère.

Mais il adressa un signe de tête à Margery.

— Je vous demande pardon.

Tandis qu'il tendait la main vers sa chemise, Ariella vit la marque de ses dents sur le haut de son torse, qui luisait de sueur. Elle ferma les yeux, se rappelant l'avoir mordu sans le vouloir dans la fièvre de l'extase.

— Je ne te blâme pas, chuchota Dianna.

Ariella lui jeta un coup d'œil paniqué. Sa sœur devinait-elle la vérité, elle aussi ?

— Je n'en reviens pas moi-même.

Ariella pouvait à peine croire Dianna, mais la conversation entre sa cousine et Emilian attira son attention.

— C'est très généreux de votre part, lady de Warenne, dit ce dernier en boutonnant sa chemise à moitié.

Il prit un gilet de brocart vert foncé, brodé de fils d'or et d'argent. Ce vêtement était bien trop exotique pour être porté en société. Il l'enfila.

— Vous pouvez me laisser le panier. Je suis sûr que les enfants apprécieront ce cadeau.

— Je l'espère.

Margery sourit.

— Vos roulottes sont magnifiques, monsieur. Je n'en avais jamais vu de près auparavant. Le travail est superbe.

Emilian esquissa un sourire réticent et crispé, mais fascinant.

— Malheureusement, nous ne pouvons nous vanter de leur facture. Ce sont des Anglais qui les fabriquent.

— Mais de toute évidence quelqu'un les a conçues pour être aussi belles, insista Margery.

Elle se tourna.

— Je crois que vous avez rencontré ma cousine, miss Ariella de Warenne.

Ariella se raidit tandis qu'il la parcourait du regard, son sourire se dissipant. Elle se sentit déshabillée par son examen. Par réflexe, elle toucha ses jupes de soie, espérant que tout allait bien et regrettant de ne pas avoir choisi une toilette plus jolie que cette simple robe de jour à manches longues.

Il la surprit en secouant la tête.

— Je crains de ne pas avoir eu ce plaisir.

Elle respira, soulagée.

Margery présenta Dianna.

— Je vois que vous préparez certaines roulottes. Allez-vous reprendre la route si tôt ? demanda-t-elle.

Il reporta son attention sur elle.

— J'ai peur que l'on nous ait refusé la permission de rester.

— Vraiment ? Le capitaine de Warenne est un homme très généreux et très accommodant. Je suis surprise.

Emilian ne dit rien.

Ariella ne pouvait croire qu'il se montre si poli et si respectueux avec sa cousine. Il ne l'avait pas traitée aussi cordialement, même au début. Il lui avait parlé d'un ton suggestif avant même qu'ils soient présentés. Il avait tourné ses yeux brillants vers elle, tel un magicien capable d'un enchantement, et elle était immédiatement tombée sous son charme.

Il ne semblait pas vouloir ensorceler Margery. Elle en fut soulagée, car elle était assez certaine qu'il était un homme à femmes. Mais en cet instant, il se conduisait comme un gentleman convenable, noble et bien-né.

Margery lui souhaita un bon voyage, puis se tourna.

— Rentrons-nous à la maison ? Je dois parler à ta belle-mère, Ariella. Et ensuite je pense que je vais me reposer avant le dîner.

Ariella regarda Emilian.

Il lui décocha un regard froid. Se servant des pinces, il reprit le fer à cheval qui avait refroidi et le replongea dans le feu.

Il voulait qu'elle s'en aille. Elle déglutit.

— Je pense que je vais rester un moment, dit-elle tranquillement.

Il ne leva pas les yeux, mais se raidit.

— J'espérais discuter avec quelques-unes des femmes avant qu'elles partent, et je n'en aurai peut-être plus jamais l'occasion.

Les yeux de Margery pétillèrent.

— Enquête sur le terrain ? demanda-t-elle d'un ton taquin.

— C'est une opportunité exceptionnelle, répondit Ariella.

Emilian se concentrait sur le fer à cheval incandescent, qui avait pris la couleur de braises. Peu importait. Elle savait qu'il écoutait chacun de leurs mots.

— Très bien, mais je pense que tu devrais te reposer aussi

cet après-midi. Les Simmons donnent leur bal campagnard du Premier Mai ce soir, tu te souviens ?

Avant qu'Ariella puisse répondre, Dianna intervint :

— Non, il a été reporté à la fin de la semaine.

— Je suppose que j'ai mal compris. Viens-tu, Dianna ?

Dianna lui prit le bras et elles s'en allèrent.

Ariella ne bougea pas.

Emilian tira le fer à cheval du feu et le reposa sur la souche. Il lâcha les pinces, ouvrit sa chemise et souleva le marteau, qu'il abattit sur le fer.

— Approchez-vous, dit-il, et vous serez brûlée.

Ariella était quasi certaine qu'il ne se référait pas au feu brûlant à ses pieds.

— Nerveuse, miss de Warenne ? demanda-t-il d'un ton moqueur, en relevant ses froids yeux gris vers elle.

— Oui, je suis terriblement nerveuse.

Elle n'avait pas l'intention de feindre.

— Vous êtes revenue, alors je suppose que vous voulez être brûlée. Je dois vous avertir : attardez-vous, et vous en subirez les conséquences.

— Je pense que vous aboyez plus fort que vous ne mordez, parvint-elle à dire. Malgré ce qui aurait pu se passer cette nuit, vous avez été un gentleman quand vous vous êtes rendu compte de ma situation.

Il émit un son âpre, les yeux aussi durs que du diamant.

— Vous ne savez visiblement rien des Roms, et tout aussi visiblement, vous ne savez rien de moi.

— Vous avez raison.

Elle hésita.

— J'espérais qu'à la lumière d'un nouveau jour, nous pourrions discuter de tout plus calmement.

— Il n'y a rien à discuter.

Il se détourna.

Allait-il encore la rejeter ? N'avait-il pas senti ce qu'elle avait éprouvé la nuit dernière ? Ne sentait-il pas son intérêt et son attirance, maintenant ? Elle se mordit la lèvre.

— J'espérais en apprendre plus sur votre culture, dit-elle. J'ai été contente de voir que vous n'étiez pas encore partis.

Il se raidit, fixant le fer à cheval. Puis, lentement, il lui fit face.

— Je ne ferai pas partie de votre *enquête sur le terrain*, miss de Warenne.

Ariella se crispa.

— Ce n'est pas juste, vu que vous n'avez aucune idée de ce que Margery voulait dire.

— Je pense que c'était clair.

— Je ne nierai pas ma curiosité. J'aimerais en savoir plus sur votre mode de vie. Mais je suis revenue... parce que nous nous sommes disputés la nuit dernière.

Elle le fixa, soutenant son regard.

— Je ne veux pas me disputer avec vous.

— Vous voulez dire ce matin.

Il lui décocha un regard direct, à la fois mâle et coupant, et pivota. Il prit le fer à cheval avec des gants. Une jument noire était attelée à la roulotte et il s'approcha d'elle, caressant sa croupe. Il leva un sabot postérieur et posa le fer dessus, vérifiant qu'il allait bien.

— Vous savez ce que je veux dire, dit Ariella, s'adressant à son dos.

Il ne leva pas les yeux.

— J'espérais que votre humeur se serait améliorée avec quelques heures de sommeil. Mais je vois que mon espoir était vain.

Il se redressa et lui fit face, le regard pénétrant.

— Je n'ai pas dormi, miss de Warenne. Mon humeur n'a jamais été aussi mauvaise.

Elle fut certaine que c'était leur rencontre qui l'avait empêché de dormir, lui aussi, et cela l'excita. Il pouvait prétendre l'indifférence, mais elle l'affectait également.

— Nous sommes deux, murmura-t-elle.

Son visage se durcit.

— Essayez-vous de me provoquer ? La nuit dernière n'a-t-elle pas été une provocation suffisante ? Ou est-ce l'entreprise de séduction d'une vierge ?

Elle fut surprise.

— Vous avez l'air de dire que je voulais vous faire marcher, alors que je n'avais aucun plan de ce genre ! Je ne saurais même pas comment vous séduire !

Il arracha ses gants.

— La nuit dernière, vous vouliez que je vous poursuive, n'essayez pas de le nier. Vous vouliez que je vous prenne dans mes bras et vous embrasse. Je sais quand une femme me lance une telle invitation, miss de Warenne. Je ne me suis pas mépris sur vos désirs. Je ne doute pas que vous soyez une séductrice née.

Elle fut stupéfaite qu'il la voie ainsi, quand la bonne société la trouvait trop indépendante, trop intelligente, trop instruite.

— Vous êtes le premier homme à m'avoir fait penser à des baisers, Emilian, dit-elle doucement, et le premier homme à m'avoir fait éprouver de la passion. Vous êtes le seul homme que j'aie jamais eu envie d'embrasser. Je n'avais jamais compris pourquoi on en faisait tant d'histoires, ni pourquoi mon frère et mes cousins sont de tels vauriens, allant de conquête en conquête. Mais quand nous nous sommes rencontrés, quelque chose m'est arrivé, je ne le nierai pas. Et c'était merveilleux ! s'écria-t-elle avec enthousiasme.

Le silence tomba. Elle tremblait.

— J'espérais que nous pourrions prendre un nouveau départ ce matin.

— Oh, oui, j'avais oublié. Vous voulez plus que mes baisers, vous voulez mieux me connaître — comme ami ! Vous pouvez me retrouver ce soir dans notre prochain campement, mais même si vous prétendez que c'est pour converser, nous savons tous les deux qu'il y aura peu de conversation.

Son humeur ne s'était pas améliorée, constata-t-elle, pas du tout. Il était aussi monté contre elle maintenant que lorsqu'il avait appris qu'elle était vierge.

— Mais il y a tant de choses dont nous pourrions parler ! Nous pourrions bavarder et débattre. Nous pourrions échanger des histoires. J'ai grandi dans les Indes occidentales — j'ai beaucoup à raconter ! Et je suis sûre que c'est votre cas aussi, puisque vous avez encore plus voyagé. Juste parce que j'ai rêvé de vos baisers — et que vous avez peut-être rêvé des miens — ne signifie pas que nous devons agir en fonction de notre désir !

Mais elle rougit, parce que c'était exactement ce qu'elle souhaitait.

Il s'étrangla.

— Les dames n'avouent pas de tels sentiments… tout comme elles ne badinent pas avec des Tziganes et ne veulent pas devenir leurs amies.

Ariella inspira profondément, se demandant si ses paroles contenaient une question.

— Emilian, je suis directe et considérée comme excentrique par la bonne société. Je suis aussi une personne honnête. Ne pouvons-nous discuter franchement de ceci ?

Est-ce que je ne le mérite pas, après la passion que nous avons partagée cette nuit ? Vous vous êtes montré aimable et respectueux envers ma cousine Margery.

— Je ne convoite pas votre cousine, répondit-il platement. Et nous avons partagé un simple baiser, rien de plus.

Le cœur d'Ariella bondit.

— C'était bien plus qu'un baiser, Emilian.

— Pour vous, une femme sans expérience.

— C'est vrai. Je n'ai pas d'expérience en matière de baisers et d'étreintes amoureuses. Ce qui s'est passé cette nuit a été terriblement important pour moi. J'espère que cela a été important pour vous, aussi.

Les yeux d'Emilian étaient sombres.

— Etes-vous resté éveillé à cause de moi ? demanda-t-elle dans un souffle.

— Restez plus longtemps et vous le saurez.

Elle fut emplie de joie, malgré la tension et l'hostilité qui émanaient de lui.

— Que puis-je faire pour instaurer une trêve entre nous, afin que nous puissions prendre un vrai départ ?

Elle sourit avec espoir.

— Partez. Oubliez la nuit dernière et trouvez quelqu'un d'autre pour assouvir vos désirs récemment éveillés. Si vous voulez coucher avec un Tzigane, cela peut être arrangé — ce ne sont pas les hommes ardents qui manquent dans la tribu.

— Vous ne pouvez penser cela !

— Si. Je n'ai jamais rien pensé aussi fortement.

Il se détourna d'elle, le visage assombri par la colère, et prit des clous. Il caressa de nouveau la jument et souleva son sabot, mais il y avait de la tension dans son geste. Ariella le regarda fixer le fer. Elle ne le comprenait pas. C'était un étranger, d'une culture différente, et elle ignorait ses espoirs et ses rêves. Elle ne savait pas pourquoi il était si furieux.

La veille, il avait été en colère avant même qu'elle dise un mot, comme s'il détestait tout le monde — ou au moins tous les Anglais.

Elle espérait que ce n'était pas le cas. Mais s'il était vraiment monté contre elle, s'il désirait vraiment mettre fin à leur relation, elle ne pouvait pas faire grand-chose. Elle l'avait déjà poursuivi d'une façon éhontée. Les dames ne poursuivaient pas des gentlemen.

Mais elle n'était pas comme Margery, Dianna ou quelqu'un d'autre. Tous ses instincts lui dictaient de ne pas laisser échapper Emilian. Son cœur exigeait qu'elle le poursuive, même honteusement. Elle voulait apaiser sa colère, et la comprendre.

Est-ce que les femmes de sa famille ne s'étaient pas toujours battues bec et ongles pour les hommes qu'elles aimaient ?

Elle se figea. Un homme et une femme pouvaient tomber amoureux au premier regard ; ce genre de chose abondait certainement dans sa famille. Elle commençait à penser que cela lui était arrivé, car elle semblait tenir énormément à Emilian.

— Vous allez me manquer quand vous partirez, murmura-t-elle. Je sais que c'est absurde, mais c'est ce que je ressens.

Il l'ignora et cloua le fer.

— Croyez-vous au destin ?

Il continua à travailler.

— Bien que je sois instruite et me considère comme plutôt rationnelle, je crois au destin. Je ne viens jamais à Rose Hill. Je n'ai pas séjourné dans le Derbyshire depuis des années. Mais mon premier soir ici, nous nous sommes rencontrés.

— Ce n'est guère le destin, dit-il.

Il s'arrêta, se courba et, en respirant fortement, il souleva son marteau.

Ariella reprit doucement :

— Croyez-vous au coup de foudre ?

Le marteau dérapa sur le fer et frappa son pouce, et il cria. Lâchant la jambe de la jument et son outil, il se redressa. Son expression était choquée et déroutée.

Ariella se rendit compte qu'elle serrait ses bras autour d'elle.

— Je sais que c'est de la folie, car nous venons juste de nous rencontrer. Mais c'est un peu une tradition dans la famille, et il se peut que je suive les traces de mes ancêtres.

Il marcha sur elle et la prit par les épaules.

— Vous *n'êtes pas* amoureuse de moi. Un jour, vous tomberez amoureuse d'un charmant et riche aristocrate. Ce que vous éprouvez est du désir, Ariella, rien d'autre. Vous ne me connaissez même pas.

— Je souhaite tellement vous connaître, mais vous repoussez mes avances sincères ! se récria-t-elle.

— Vous êtes une sotte romanesque, dit-il en la lâchant. N'avez-vous pas noté nos différences ?

— Peu m'importe. Mes meilleurs amis, après mon frère, ma sœur et mes cousins, sont des professeurs d'université, des érudits, des avocats et un écrivain radical ! Aucun d'eux n'est noble.

Il secoua la tête.

— Aucun d'eux n'est un Rom, non plus. Quelle femme fait ce genre de confession ? N'avez-vous point de fierté ? Je suis rom, Ariella. *Rom.*

Elle haussa le menton.

— J'ai une grande fierté. Je suis fière de ne pas ressembler aux autres femmes de ma classe et de mon éducation. Et je me moque que vous soyez rom.

Elle lui toucha la joue.

— Est-ce la raison pour laquelle vous refusez mon offre d'amitié ? Parce qu'une amitié entre nous est interdite ?

Il s'écarta brusquement et croisa les bras.

— Qui je suis importe énormément. Le fait que vous tardiez à vous éveiller sexuellement et que vous osiez sortir seule la nuit est loin de vous rendre assez différente. Cela ne change pas le fait que vous êtes une *princesse gadjé.*

Elle frémit.

— Je ne suis guère de sang royal. Oui, je suis riche, et alors ? Je mène une vie très indépendante à Londres, par choix. Je suis instruite. Je passe le plus clair de mon temps à lire. Je parle quatre…

Elle s'interrompit subitement. Que faisait-elle ? Il n'allait pas être impressionné par son obsession pour l'histoire, les biographies et la philosophie, ni par sa défense des réformes sociales ou son éducation peu conventionnelle. Les femmes qui étaient admirées et courtisées ne lisaient que des romans sentimentaux et des récits de voyage. Elles ne menaient pas des existences indépendantes et avaient, au mieux, une instruction primaire. Les femmes que les gentlemen courtisaient et aimaient excellaient à la couture et à la broderie et avaient la passion de la mode ; elles ne désiraient qu'un mari et une famille.

— Je vous en prie, continuez, dit-il d'un ton railleur. Vous êtes indépendante et lisez beaucoup, et cela fait de vous la maîtresse idéale d'un Tzigane ?

— Je préfère Londres à la campagne, et comme mon oncle et ma tante sont souvent en ville, je passe la majeure partie de l'année avec eux. Je lis… des romans et des guides de voyage, déclara-t-elle lamentablement.

Elle détournait les yeux, à présent.

— Oui, cela vous rend très originale.

Son mépris était si douloureux.

— Je déteste les bals et les thés, ajouta-t-elle avec ardeur.

Cela, au moins, était la vérité.

— Je déteste les conversations oiseuses et frivoles au sujet du croquet ou des courses de chevaux. J'ai ce qu'il faut pour être votre amie — et peut-être même votre amante, si une progression naturelle nous conduit jusque-là.

Il écarquilla les yeux.

Elle n'avait jamais été aussi déterminée.

— Vous voyez, je suis très différente des autres jeunes filles. Je n'exclus pas une relation amoureuse avec vous.

— Vous êtes folle ! Comment vous avez gardé votre innocence jusqu'ici me dépasse !

— Je vous l'ai dit, je n'ai jamais désiré un autre homme. Mais une amitié doit venir en premier lieu, Emilian.

Elle tremblait, car elle venait de faire une proposition extrêmement choquante.

— Si une *progression naturelle* vous conduit dans mon lit, vous le regretterez, dit-il durement, les yeux flamboyants.

— Au contraire, murmura-t-elle. Je serai probablement très satisfaite.

Il s'étrangla de nouveau.

Elle sentit ses entrailles se nouer sous l'effet de cette aspiration qui lui était devenue si familière, en l'espace d'une nuit.

— Je m'habitue à vos menaces, ajouta-t-elle à voix basse. Vous ne me faites plus peur, Emilian.

— Vraiment ? Alors, venez me retrouver ce soir. Parce que vous serez effrayée, je vous l'assure, et au matin vous aurez des regrets.

Ariella le fixa, refusant de le croire.

Son torse se souleva.

— Quand comprendrez-vous ? Vous êtes une terrible tentation, à laquelle je n'ai même pas envie de résister. Je veux vous corrompre ! Mais je ne vous donnerai pas d'amour quand je prendrai votre innocence. Nous ne serons pas amis — jamais. Je ne vous donnerai que de la passion et du plaisir, et ensuite ce sera un adieu.

Elle frémit. Elle se rendit compte qu'en cet instant il pensait chacune de ses paroles. Se pouvait-il qu'il n'ait jamais eu d'ami ? Se pouvait-il que ses maîtresses ne soient que cela ? Il avait fait un terrible commentaire sur la façon dont les femmes se servaient de lui.

— Pourquoi avez-vous peur de donner une chance à une amitié entre nous ?

— Je n'ai pas peur. J'essaye de vous faire partir en courant. J'essaye de vous protéger, pas contre vous-même, mais contre moi !

Il tournoya et se mit à détacher la jument noire.

Ariella s'aperçut qu'elle avait les larmes aux yeux. Elle les essuya.

— Ainsi, je ne vous reverrai plus jamais.

La bride de la jument à la main, il lui refit face.

— Nous serons à Woodland, ce soir. Si vous venez, je vous séduirai impitoyablement et coucherai avec vous. Si vous venez, il n'y aura pas de conversation ou *d'amitié*. Si vous tombez amoureuse, je vous conseille de vous ressaisir. Si vous me rejoignez pour une nuit de passion et de plaisir, ce ne sera que cela. Vous ne serez pas différente des dames *gadjé* qui partagent si souvent mon lit. Alors, réfléchissez bien si vous voulez devenir l'une d'elles. Oh ! Et pour le cas où je ne serais pas assez clair, quand le soleil se lèvera et que vous me quitterez, je ne me souviendrai pas de votre nom.

Il lui jeta un regard virulent et s'éloigna avec le cheval.

Ariella poussa un cri et s'affala par terre. Elle remonta ses genoux contre sa poitrine, ébranlée jusqu'aux tréfonds de son être. Elle avait la sensation d'avoir offert un cadeau magnifique à quelqu'un qui le lui avait jeté au visage.

Mais n'était-ce pas ce qui s'était produit ?

Prendrait-il vraiment son innocence pour l'oublier après ?

Se pouvait-il qu'il soit aussi froid ?

Son cœur criait des protestations. Elle ne voulait pas croire qu'il serait aussi grossier et aussi ignoble. Il avait dit très clairement qu'il voulait la faire fuir. Il essayait de la protéger, ce qui était noble. Et la nuit dernière, il avait accepté sa décision au lieu de causer sa perte, ce qui était également noble. Visiblement, il avait une conscience. Mais il était tout aussi clair que le dompter ne serait pas facile — si elle osait un jour l'approcher de nouveau.

Ariella ne pensait pas qu'elle pourrait se tenir à l'écart de lui. Elle n'était jamais allée à Woodland, mais elle connaissait la propriété, qui était à peu près à une heure de voiture de Rose Hill. Combien de temps les Tziganes y resteraient-ils ? Si elle s'y rendait, sa menace de la séduire avait-elle simplement pour but de l'effrayer, ou le pensait-il réellement ?

Sur le point de se relever, elle se figea. Emilian parlait à une très belle jeune Tzigane. Tous deux souriaient et leur affection était évidente. La jalousie la consuma, la stupéfiant par son intensité, mais elle ressentait aussi de l'incertitude et de la peur.

Emilian s'en alla et la jeune femme vint délibérément vers elle. Ariella se mit debout. Si cette Tzigane était une rivale, elle était bien trop séduisante. Elle était jeune, d'environ vingt ans, avec des cheveux auburn et des yeux ambrés. Elle portait une audacieuse jupe rouge et un corsage vert pâle, avec une ceinture dorée autour de sa taille fine. Elle était petite, mais sa silhouette était voluptueuse. Ariella était désorientée. Elle n'avait pas songé qu'un homme comme Emilian aurait sûrement une maîtresse ou une amante. Grands dieux, cette personne pouvait même être sa femme.

La jeune femme s'arrêta. Son regard était curieux, pas hostile.

— Je suis Jaelle. Je vous ai vue ici avec mon frère, hier soir.

Le soulagement submergea Ariella.

— Je suis Ariella de Warenne.

Cette jolie fille était sa *sœur*.

— Jaelle est un très beau nom.

— Aussi beau qu'Emilian ? demanda Jaelle, ironique.

Ariella sursauta.

— Son nom est beau aussi, répondit-elle prudemment.

Jaelle était-elle une amie potentielle — ou serait-elle montée contre elle, comme son frère semblait l'être ?

— Tout le monde vous a vue avec lui, hier soir. Mon frère est fort, beau et riche comme un roi. Beaucoup de femmes le convoitent. Elles seraient sottes de ne pas le faire. Elles sont jalouses de vous, aujourd'hui.

Ariella fut surprise.

— Mais nous venons juste de nous rencontrer. Nous nous connaissons à peine.

— Un homme n'a pas besoin de connaître une femme pour la désirer, dit Jaelle en souriant. Emilian vous a choisie hier soir parmi toutes.

— Je ne suis pas sûre de devoir en être flattée.

— Vous devriez en être très contente.

Ariella commença à se détendre.

— Il n'a pas été très aimable, à l'instant.

Jaelle rit.

— Vous l'avez repoussé ! Il a dû aller se coucher seul. Bien sûr, qu'il est en colère contre vous. Aucun homme n'aime être aguiché et rejeté.

Ariella en resta bouche bée.

— Les Roms aiment les femmes *gadjé* et Emilian est un demi-sang.

Jaelle haussa les épaules.

— Je ne serais pas surprise qu'un jour il choisisse une épouse *gadjé* de préférence à une Tzigane.

Elle jeta un coup d'œil à la maison sur la colline.

— Vous vivez comme une reine.

Ariella inspira et s'efforça de paraître calme.

— Je ne suis pas une reine, dit-elle, consciente que la jeune fille avait fait la même référence à la royauté qu'Emilian. Est-ce qu'il pense au mariage ? demanda-t-elle prudemment.

— Je ne sais pas. Tous les hommes se marient, tôt ou tard.

Jaelle prit un air rusé.

— L'épouseriez-vous, Ariella ? Epouseriez-vous un Rom ?

— Si nous décidions de nous marier, je me moquerais qu'il soit rom, déclara-t-elle, rougissant de son aveu. Nous venons juste de nous rencontrer. Il ne veut même pas que nous soyons amis — et il va partir bientôt.

Jaelle sourit, l'air perplexe.

— Qu'est-ce que l'amitié a à voir avec mon frère ? Il veut une femme dans son lit, pas une amie.

Ariella secoua la tête.

— Je ne vois pas pourquoi les deux ne sont pas possibles.

Jaelle la toucha.

— L'aimez-vous déjà ? demanda-t-elle doucement. Parce que je l'ai vu vous regarder comme si vous *étiez* une reine. Et vous le regardez comme s'il était un prince.

Ariella la dévisagea et n'hésita pas.

— Je n'ai jamais ressenti ce genre de chose auparavant, confia-t-elle. Je crois que je tombe amoureuse.

— Vous ne devez pas le repousser beaucoup plus longtemps, dit aussitôt Jaelle. Les Roms aiment avoir leurs femmes dans leur lit bien avant le mariage.

Ariella sentit un creux se former dans son ventre à cette pensée. Son pouls s'accéléra.

— Nous allons à Woodland, maintenant, reprit Jaelle. Nous y resterons peut-être une semaine. Mon oncle Stevan a eu un fils, son premier.

Elle indiqua du doigt un grand homme qu'Ariella se souvint d'avoir vu la veille.

— Un premier fils est une occasion de fête pendant plusieurs nuits. Vous devriez venir à Woodland.

Ariella imagina Emilian dansant passionnément sous les étoiles, chacun de ses gestes étant une invitation sensuelle, chacun de ses pas suggérant beaucoup trop une virilité à nu. Elle se crispa. Ce soir, d'autres femmes danseraient avec lui, d'autres femmes essaieraient de l'attirer dans leur lit. Elle détestait cette idée.

Oserait-elle aller à Woodland ?

Comment pourrait-elle ne pas le faire ?

— Je suis contente de vous avoir rencontrée, dit-elle. Bon voyage, Jaelle.

Jaelle sourit.

— *D'bika t'maya.*

Emilian laissa la caravane loin derrière, galopant sur son pur-sang à travers champs et sautant de temps à autre un muret en pierres. Mais il avait beau pousser son cheval, il ne pouvait chasser les mots d'Ariella. *Croyez-vous au coup de foudre ?*

Elle avait pris son désir pour de l'amour, ce qui prouvait simplement combien elle manquait d'expérience. Et elle était beaucoup trop inexpérimentée pour lui. Il ne devait jamais l'oublier.

Viendrait-elle à Woodland ?

Il espérait ne jamais la revoir. Si elle venait le retrouver ce soir, le lendemain ou le jour suivant, il perdrait sa conscience d'Anglais et mettrait ses menaces à exécution. Et il savourerait de se servir d'elle. Il serait implacable. Ce serait du *budjo* et ce serait sa vengeance.

Elle ne méritait pas d'être utilisée de cette façon.

Il ralentit sa monture, espérant qu'elle resterait loin de lui. Et c'était la preuve qu'il était plus anglais que rom.

La route de Woodland traversait le village de Kenilworth. Il passa devant des maisons blanchies à la chaux, aux toits d'ardoise, une vieille chapelle normande en ruines et une église anglicane plus récente, en pierre claire. La rue principale, qui comportait une douzaine de magasins, deux auberges et une taverne, ne représentait que deux pâtés de maisons. Quelques charrettes et attelages se trouvaient dans la rue, et plusieurs boutiquiers balayaient leur porche et soignaient les fleurs à leurs fenêtres. Sinon, il n'y avait qu'une poignée de piétons, et il vit un groupe d'hommes venir dans sa direction.

Soudain, il arrêta brutalement son cheval, l'animal agitant la tête en signe de protestation. Il fixa la pancarte affichée sur la mercerie.

Pas de bohémiens ici.

Il en resta incrédule. Puis il vit qu'à côté, la modiste arborait la même pancarte dans sa vitrine. Il vit volter sa monture pour faire face à l'autre côté de la rue, où se trouvait l'auberge du Cerf blanc. Accroché à la porte vert foncé, le même avertissement disait en lettres encore plus grandes :

PAS DE BOHEMIENS ICI.

Sur la taverne de Morgan, il vit les mêmes mots peints en rouge vif. Il éperonna son cheval jusqu'au bazar de Hawks. L'ignoble mise en garde figurait sur chaque porte et dans chaque vitrine, aussi loin qu'il pouvait voir.

Il fit de nouveau volte-face et retourna au galop vers la belle église en pierre où il assistait de temps en temps aux services, en général pour Noël ou pour Pâques.

PAS DE BOHEMIENS ICI.

La rage le submergea.

Ces pancartes n'avaient pas été présentes la dernière fois qu'il était venu au village, quelques jours plus tôt. Pendant un moment, il fut si retourné qu'il resta simplement assis sur son cheval gris, fixant les portes de l'église. La jolie image d'Ariella de Warenne lui vint à l'esprit, et il espéra qu'elle serait assez folle pour venir le retrouver à Woodland.

Sa partie anglaise était morte.

Il mit son étalon au trot et alla jusqu'à l'église. Il tendit la main et arracha la pancarte. Puis il vit volter le cheval si brusquement qu'il se cabra. Il galopa vers l'auberge.

Cette fois, il se jeta à bas de sa monture et atteignit la porte en deux enjambées. En arrachant la pancarte, il maudit les *gadjos* pour leur snobisme, leur racisme et leur haine. Puis il sentit les regards.

— Aussi bohémien que le reste.

Il se tourna lentement et vit cinq villageois debout sur le trottoir d'en face. Aussitôt, ils détournèrent les yeux et se mirent à marcher vivement vers le centre du village. Il ne savait pas qui avait murmuré ces mots avec tant de mépris.

Mais il avait entendu ce genre de remarque un millier de fois.

Il respira fortement, dans une tentative de se contrôler. Il pourrait arracher toutes les pancartes, mais il n'éradiquerait pas les préjugés et la haine et les pancartes refleuriraient — jusqu'à ce que Stevan et la tribu s'en aillent. Pourtant, il ne pouvait simplement tourner le dos, non plus.

Il guida son cheval jusqu'au bazar de Hawks. Le magasin offrait des marchandises exotiques telles que des épices d'Extrême-Orient, des ouvre-lettres en ivoire, du tabac américain, ainsi que des meubles fabriqués par les meilleurs ébénistes, des pendules et des montres, des sous-main en cuir, des écritoires, des vases et des pots, des lampes et des chandeliers. Au fil des années, il avait acheté de nombreux objets de prix au marchand.

Il regarda la pancarte en saisissant la poignée, ayant la nausée jusque dans son âme. Puis il entra dans la grande boutique à la façade de verre.

A l'intérieur, c'était à peine éclairé. Il jeta un regard circulaire sur les marchandises, conscient de la rage bouillante qu'il devait dissimuler à tout prix.

— N'avez-vous pas vu la pancarte ? Les bohémiens ne sont pas acceptés ici !

Il portait toujours son gilet brodé. Il pivota lentement et fit face au pompeux fils du marchand.

Edgar Hawks pâlit.

— Milord St Xavier, s'écria-t-il en faisant une courbette. Je vous demande pardon.

— Je vais prendre ces deux vases en cristal, dit Emilian. Ils sont soufflés à la main, n'est-ce pas ?

— Oui, ce sont des Waterford, sir, les meilleurs produits d'Irlande…

Emilian l'interrompit.

— Ces tapis, la paire.

— Ils sont turcs, milord, et de grand prix. Voulez-vous que je vous les déroule ?

— Non.

Emilian alla jusqu'à un coffre visiblement importé d'Espagne.

— Je prendrai ceci, aussi.

— Laissez-moi prendre mon calepin, dit Edgar, la voix rauque d'anxiété.

Il disparut à l'arrière du magasin.

Emilian resta immobile, méprisant le jeune homme rondouillard, et Ariella de Warenne lui vint de nouveau à l'esprit. *Croyez-vous au coup de foudre ?*

Il jura. Le plus vite il trouverait un intendant convenable, le plus tôt il pourrait quitter le Derbyshire avec la caravane.

Edgar revint, essoufflé. Son père, encore plus corpulent, était avec lui.

— Lord St Xavier, je suis si content de vous voir, sir. Vous n'êtes pas venu chez nous depuis l'hiver dernier, s'exclama Jonathon Hawks, avec un sourire obséquieux.

Emilian regarda le plafond, ignorant la remarque. Un lustre en cristal y était suspendu, et il savait qu'il faisait partie de la décoration de la boutique.

— Je prendrai ceci, également.

— Ce n'est pas à vendre, commença Edgar, de la sueur sur le front.

Emilian le regarda, souhaitant pouvoir nouer ses mains autour de son cou et serrer.

Le jeune homme pâlit de plus belle. Son père s'écria :

— Nous vous le vendrons, bien sûr !

— Très bien. C'est tout pour l'instant. Vous pouvez mettre la somme sur mon compte.

— Naturellement, acquiesça le marchand. Il me faudra un moment pour additionner vos achats.

Emilian sourit froidement.

— J'aime tant faire des emplettes dans votre bazar.

— J'en suis flatté, milord.

— Vraiment ? Je détesterais avoir à aller chez Sheffield, à Manchester.

Hawks le regarda fixement.

Emilian lui rendit son regard. Un long silence s'ensuivit.

— Je vous suggère d'enlever la pancarte. Je vous suggère aussi d'encourager vos voisins à enlever les leurs.

Le marchand blêmit. Son teint était maintenant de la même couleur que celui de son fils.

— Je pense que cette pancarte a été un grand malentendu, dit-il finalement.

— Bien.

Emilian sortit à grands pas.

6

Quand Emilian pénétra chez lui, il entendit les voix de son cousin et de ses deux amis célibataires. Ils étaient dans la grand-salle et ne pouvaient être évités. Il espéra presque qu'ils le provoqueraient. Il s'était conduit poliment chez Hawks, exerçant un grand contrôle sur lui-même, mais il ne se contiendrait pas maintenant. Une remarque désobligeante et il exploserait. Il n'avait besoin que d'une excuse.

Mais au moment où il entra dans la pièce, il s'arrêta, incertain. Il avait restauré l'endroit à grands frais ces dernières années, et c'était devenu la fastueuse grand-salle d'un Anglais. De nouveaux sofas, des fauteuils, des tables disposées çà et là et des lampes occupaient l'espace. Le seul mur de pierre, qui comportait une immense cheminée, arborait les armes de la famille et les portraits des ancêtres St Xavier. Des épées dont Edmund assurait qu'elles avaient servi durant les guerres civiles étaient croisées sur le manteau en plâtre. Une table ancienne et deux fauteuils à haut dossier et au cuir craquelé se trouvaient au fond de la pièce. D'après Edmund, cette table était dans la maison depuis sa construction, à la fin du XVIe siècle.

C'était sa maison, et il avait passé des années à en faire

une belle propriété. Mais c'était le foyer d'un Anglais — et il ne voulait plus être anglais.

PAS DE BOHEMIENS ICI.

Il voyait les pancartes haineuses dans sa tête, et il se représenta Raiza meurtrie dans une rue pavée d'Edimbourg. Il respira fortement, toute incertitude disparue. Son besoin de vengeance était aussi brûlant que jamais.

Il regarda froidement son cousin. Robert l'avait méprisé avec les préjugés d'un Anglais dès qu'il était arrivé à Woodland, à douze ans. Il n'oublierait jamais son histoire avec son cousin. Même alors, Robert était un crétin pompeux et étroit d'esprit. Quand ses insultes poussaient Emilian à se battre avec lui, leurs pères les séparaient. Edmund le défendait, tandis que le père de Robert se montrait aussi condescendant et odieux que son fils.

— C'est une ordure de bohémien! cria Robert. Fouettez-le pour ce qu'il a fait!

Emilian lui avait mis le nez en sang. Il ne dit pas un mot tandis qu'Edmund le retenait. Robert avait commencé en l'insultant devant les domestiques et la très jolie fille de la cuisinière.

— Il a attaqué mon fils! s'exclama John. C'est un animal sauvage! Il devrait être enfermé! Mieux encore, il devrait être renvoyé à sa bohémienne de mère!

Emilian tremblait, les haïssant tous les deux.

— Personne ne sera fouetté ni enfermé, déclara fermement Edmund.

Et il ajouta doucement, pour que lui seul entende :

— Tu vas bien?

Il avait envie de pleurer. Il lutta et hocha la tête.

A ce moment-là, bien qu'il fût à Woodland depuis

des mois, il souhaita être avec la tribu, voyageant aux frontières de l'Ecosse. Il avait tellement la nostalgie de la route, des roulottes. Et il sut qu'il ne s'adapterait jamais à la vie qu'Edmund voulait pour lui — la vie qu'il avait acceptée.

Robert et ses amis étaient assis à la vieille table, devant deux bouteilles de vin dont une vide. Ils jouaient aux cartes. Il était 3 heures de l'après-midi, bien trop tôt pour boire et jouer, mais aucun de ces *gentlemen* ne se souciait des responsabilités ou des devoirs. Il était dégoûté. Les amis de Robert étaient des vauriens, et des fils d'aristocrates sans moyens.

Les ignobles pancartes dansaient dans son esprit. Robert était le genre d'homme à afficher de telles pancartes, ou à encourager d'autres gens à le faire. De fait, lui et ses vils amis pourraient bien être derrière ces actes de haine et de racisme.

Robert le vit et se leva.

— Emil ! s'écria-t-il avec un grand sourire. Tu es revenu.

Mais il aperçut alors la large chemise jaune d'Emilian, un cadeau de Jaelle, et son gilet émeraude, cadeau de la femme de Stevan.

Emilian espéra avec ferveur que l'un d'eux ose l'insulter.

— Bien sûr, que je suis revenu. C'est ici chez moi.

Alors qu'il parlait, une image de la tribu lui passa dans la tête, suivie par ces maudites pancartes — et par Ariella de Warenne.

— C'est une bonne chose, dit Robert avec un sourire

crispé. Ta gouvernante et une autre servante ont quitté leur emploi, et le chaos semble régner parmi le personnel.

L'humeur d'Emilian grimpa dangereusement.

— Je ne suis parti qu'une seule nuit, dit-il doucement. Avez-vous abusé de mes domestiques ? Quelle servante est partie avec Mme Dodd ? Oh, laissez-moi deviner. Sa fille, la petite rousse ?

Robert rougit.

Emilian comprit aussitôt que son cousin et ses amis avaient fait des avances à la fille de Mme Dodd, qui n'avait que seize ans. Il trembla.

— Je viens de te donner une belle somme pour te faire vivre un an, et tu abuses de mes servantes dans mon dos ?

Robert blêmit.

— Je te demande pardon, Emil. La fille a sauté dans mon lit toute seule, et sa mère nous a découverts !

Emilian rasa la table de son bras, en faisant tomber les bouteilles, les verres et les cartes. Les amis de Robert bondirent sur leurs pieds et s'enfuirent, comme les lâches qu'ils étaient. Emilian eut envie de les pourchasser un par un.

— Es-tu aussi derrière la malveillance que j'ai vue au village ? demanda-t-il froidement.

— Nous ne sommes pas allés au village, protesta Robert d'un air anxieux. Je ne sais pas de quoi tu parles.

Emilian inspira à fond.

— Vous pouvez faire vos sacs, dit-il, pendant que j'essaye de réparer vos torts auprès de Mme Dodd. Quittez cette maison dans l'heure.

Avant que son cousin puisse répondre, Emilian se rendit d'un pas raide dans la bibliothèque et claqua violemment la porte derrière lui.

Le bruit résonna dans la maison.

Il avait eu envie d'écraser le nez de Robert. Il se tint immobile, luttant pour se contrôler. Ce faisant, il se rappela la nuit dernière. La musique avait réclamé son corps et son âme — le Rom en lui l'avait réclamé, et cela avait été bon. Il avait perdu l'Anglais quand il avait commencé à danser. En dansant, il n'était plus que rom. Il avait éprouvé un tel sentiment de liberté…

Il n'avait pas besoin de cette vie, ici, et il avait l'intention de le prouver à la mémoire de Raiza — et à lui-même. Maintenant, trop tard, il comprenait qu'en devenant si anglais, il avait perdu la partie la plus importante de lui-même. Il avait perdu plus que son identité — il avait perdu son âme rom.

Mais il la retrouverait.

Nous serons à Woodland ce soir.

Ariella était assise dans le cabriolet à côté de Margery et de Dianna, Alexi en face d'elles, mais elle ne voyait pas le paysage qui défilait. Elle ne voyait qu'Emilian, le visage contracté par cette colère qu'elle ne comprenait toujours pas.

Venez à Woodland ce soir et je vous séduirai…

Elle inspira. Bien sûr, elle ne pouvait y aller. Ce serait terriblement dur de se faufiler hors de la maison après minuit et de ne pas être surprise. D'un autre côté, il serait assez facile de louer un cocher au village voisin et de le payer grassement pour son silence. Juste ciel, songeait-elle réellement à rejoindre Emilian à Woodland, alors qu'il lui avait lui-même conseillé de fuir ? Quand il avait exprimé si crûment ses intentions ?

Je ne vous donnerai rien d'autre que de la passion, du plaisir — et ensuite ce sera un adieu.

Elle refusait de croire qu'il pourrait lui faire l'amour et la quitter. Il lui avait parlé durement et cruellement, mais c'était parce qu'il voulait l'écarter de lui, il l'avait reconnu. Il n'était pas impitoyable. Elle ne serait jamais attirée par un tel homme.

Les Roms aiment avoir leurs femmes dans leur lit bien avant le mariage.

Oserait-elle commencer une relation amoureuse avec lui ? Ce n'était pas la façon de faire anglaise, mais c'était la façon de faire tzigane. Et tandis qu'il semblait penser qu'une amitié était impossible, elle croyait qu'une liaison amoureuse et une amitié ne s'excluaient pas l'une l'autre.

Si les Roms partaient le lendemain matin, même si Jaelle pensait qu'ils resteraient quelques jours à Woodland ?

— Qu'as-tu donc, aujourd'hui ?

Elle sursauta. Elle avait été tellement plongée dans ses pensées qu'elle avait oublié où elle était. Elle sourit rapidement à son frère. Le village n'était pas loin. Des vaches tachetées paissaient le long de la route.

— Je réfléchis, répondit-elle.

— Dianna t'a demandé trois fois ce que tu porterais au bal des Simmons, dit Alexi en la regardant avec attention. Je sais que tu ne te soucies pas des toilettes, mais tu es très distraite. Quelque chose te tracasse ?

Ariella sourit largement.

— Qu'est-ce qui pourrait me tracasser ? Je suis avec mon frère, que j'adore et qui m'a terriblement manqué, avec ma petite sœur, qui m'a manqué aussi, et avec Margery ! L'après-midi est parfait.

Margery et Dianna la fixèrent. Alexi fronça les sourcils.

— Maintenant, je sais que quelque chose ou quelqu'un te préoccupe. Tu détestes faire des emplettes. D'ordinaire, nous sommes obligés de te tirer de la bibliothèque pour te faire sortir. Aujourd'hui, tu es venue sans un mot. Tu sais que ces dames veulent faire des achats chez Hawks, n'est-ce pas ?

Ariella garda son sourire en place.

— Bien sûr.

— Tu mens, déclara platement Alexi. Et tu es une très mauvaise menteuse.

Il lui décocha un sourire dangereux.

— Quelque chose ne va pas. J'ai l'intention de découvrir ce que c'est.

— Mais non ! se récria Ariella, consternée. Ne puis-je profiter de ma famille ?

Dianna dit doucement :

— C'est juste le Tzigane.

Le cœur d'Ariella chavira, durement. Elle regarda sa sœur avec appréhension. Mais Dianna haussa les épaules en direction d'Alexi, visiblement inconsciente des dégâts qu'elle pouvait causer.

Les yeux bleus du jeune homme étincelèrent.

— Je te demande pardon ?

Dianna rougit.

— Ils ont un très beau forgeron. Margery lui a parlé. J'étais en émoi — et Ariella aussi.

Alexi la regarda.

Ariella sentit ses joues s'embraser. Son cerveau fonctionna à toute allure. Elle devait alléger la chose. Elle dit vivement :

— Dianna dit vrai. Le forgeron était très beau. Nous n'avons pu nous empêcher de le reluquer pendant que

Margery lui demandait où laisser des friandises pour les enfants.

— Tu rêves d'un Rom ? demanda Alexi d'un ton insistant.

Ariella souhaita que sa rougeur se dissipe. Elle se redressa sur son siège.

— De fait, je réfléchissais à la conversation que j'ai eue avec une jeune Tzigane — c'était très édifiant et très enrichissant.

Les hommes roms aiment avoir leurs femmes dans leur lit…

Ariella jeta un rapide coup d'œil à la petite ferme qu'ils dépassaient. Les premières maisons du village étaient juste après. Elle était toujours déçue quand Alexi partait pour ses affaires, qui l'emmenaient d'ordinaire dans des ports lointains. Maintenant, elle espérait qu'il partirait très bientôt, avant de découvrir son intérêt pour Emilian.

— Que porteras-tu chez les Simmons ? La thématique de la soirée est « bal campagnard ».

Margery lui toucha la main.

— Je n'y ai pas réfléchi. J'espérais me décommander, répondit sincèrement Ariella.

— Ah, je retrouve ma sœur, dit Alexi en souriant.

Puis son regard passa au-delà d'elle et ses yeux s'élargirent. Son visage se durcit.

Ariella sut que quelque chose n'allait pas. Elle regarda dans la même direction et vit une pancarte sur la porte de l'écurie de louage, mais ne put la lire.

Alexi se tourna vers elle.

— Je n'avais pas besoin d'une boule de cristal pour savoir qu'il y aurait des ennuis, et c'est un pas de plus dans ce sens.

— De quoi parles-tu ? demanda Ariella, mais alors

elle vit une autre pancarte sur la porte d'une des deux auberges.

Pas de bohémiens ici.

Elle poussa un cri.

— C'est abominable !

— Oh, mon Dieu, murmura Margery. Comme c'est grossier.

— Regardez, dit Dianna.

Tout le monde suivit son regard. Deux jeunes Tziganes se tenaient à un coin de rue, l'un jouant du violon, l'autre avec un chapeau retourné à ses pieds. Le chapeau était vide. Les piétons qui passaient les ignoraient, bien que le violoniste jouât divinement bien. Le plus jeune ne cessait d'aller vers les villageois, leur demandant une pièce. Ariella vit un homme corpulent chasser l'enfant d'un coup de coude, comme s'il avait la lèpre ou une autre maladie.

— Arrêtez immédiatement cette voiture ! s'écria-t-elle, furieuse.

Le cocher freina.

Alexi la prit par le bras.

— Que veux-tu faire ? demanda-t-il.

Elle essaya de se dégager.

— Laisse-moi. Je veux payer pour la musique — elle est magnifique.

Il la regarda dans les yeux et la lâcha.

— Bien.

Il sauta à terre et lui tendit sa main.

Ariella descendit, suivie de Margery et Dianna. Elle s'empressa d'aller vers les jeunes garçons, tenant ses jupes pour marcher plus vite. Elle reconnut le violoniste. C'était celui qui avait fulminé contre son intrusion, jusqu'à ce qu'Emilian dise qu'elle était son invitée.

Elle lui sourit, hors d'haleine.

— Vous jouez merveilleusement.

Il ne lui rendit pas son sourire. C'était un beau garçon, aux yeux et aux cheveux noirs. Ariella sourit de nouveau. Elle mit la main dans son réticule, prête à vider toutes ses pièces dans le chapeau. Alexi lui marmonna :

— Ils sont fiers.

C'était un avertissement. Elle pensa à Emilian. Son frère avait raison. Elle mit un shilling dans le chapeau.

— Merci, dit le musicien d'un ton bougon.

— C'est très volontiers, dit-elle.

Elle fut transportée quand Alexi mit un shilling, aussi.

— Comment vous appelez-vous ?

— Djordi.

— Je suis Ariella de Warenne, et voici mon frère, Alexi de Warenne, ma sœur, miss Dianna, et lady Margery de Warenne.

L'air méfiant, le jeune homme ne dit rien.

— Je n'ai pas apporté d'argent, murmura Dianna.

— Je vais mettre assez pour nous deux, déclara Margery, et elle le fit. Marchons-nous jusque chez Hawks ? C'est juste en face. Quand nous aurons fini, nous pourrons prendre le thé dans un salon privé de l'auberge.

Ariella frémit et se tourna. La pancarte avec les mots blessants était toujours sur la porte de l'auberge. Elle inspira à fond, luttant contre son sentiment d'outrage, puis abandonna. Elle se dirigea à grands pas vers l'établissement et tira sur la pancarte à deux mains. L'écriteau ne céda pas.

La frustration se mêla à sa rage. Elle tira plus fort. Des échardes s'enfoncèrent dans ses gants. Alexi lui saisit les poignets.

— Laisse-moi faire, dit-il calmement.

Elle recula, essuyant des larmes de ses yeux. Il arracha la pancarte et la jeta dans la rue. Ariella noua ses bras autour d'elle. Djordi et son petit compagnon les regardaient comme s'ils étaient fous.

Alexi pivota.

— Allons-nous enlever tous les écriteaux ? J'en vois une demi-douzaine, d'ici.

Ariella l'enlaça.

— Oui ! Nous allons le faire. Oh, merci ! Je t'aime !

Il sourit largement, une expression de beau diable pour laquelle Ariella avait vu des dames très convenables se battre entre elles.

— Cela signifie-t-il que tu vas me confesser ton secret ?

Elle recula.

— Je n'ai pas de secret. Mais ceci est obscène. Et les deux jeunes garçons qui sont juste ici.

— Je ne suis pas sûr qu'ils lisent l'anglais, mais je suis sûr qu'ils savent ce que ces pancartes veulent dire.

Ariella le dévisagea fixement

— Qu'essaies-tu de me dire ? Que les Tziganes savent qu'on ne veut pas d'eux ?

— Oui. Ils savent qu'ils sont méprisés.

Aussitôt, elle pensa à Emilian. Elle avait la nausée. Elle pouvait imaginer ce qu'il devait ressentir face à ce genre de racisme et de haine. Aucun homme n'était plus fier que lui. Son offuscation pâlirait comparée à la sienne.

Les deux garçons ne semblaient pas se préoccuper des écriteaux. Mais Emilian feindrait probablement l'indifférence, lui aussi, s'il venait au village. Néanmoins, il serait touché — profondément — et ces deux jeunes Tziganes devaient l'être aussi.

— Non seulement nous allons enlever toutes les

pancartes, mais nous ferons connaître notre déplaisir à tous les marchands, déclara-t-elle d'un ton virulent. Nous ferons savoir clairement qu'à l'avenir les Roms devront être tolérés quand ils passeront par Kenilworth.

Elle relâcha son souffle.

— Et je ne mettrai pas le pied dans cette auberge. Je suis bien trop offensée.

— Dommage qu'une femme ne puisse être le maire du village, dit Alexi en souriant.

— Des femmes ont gouverné des royaumes et de grands domaines, rétorqua sombrement Ariella, songeant à la reine Elizabeth et à Aliénor d'Aquitaine.

— Les femmes gouvernent souvent les hommes dans leur lit.

Ariella regarda son frère.

— Cela arrive tous les jours, ajouta-t-il avec un haussement d'épaules. Mais tu ne peux pas le savoir, n'est-ce pas ? Personne ne t'a encore tourné la tête.

Elle l'entendit, mais son esprit bouillonnait. Son père, un homme puissant et formidable, était à genoux devant Amanda. Son oncle, le comte, agissait de la même manière avec sa femme. Et lady Harrington gouvernait certainement son oncle Rex, même avec douceur.

Elle dévisagea Alexi.

— C'est peut-être par l'amour, que les femmes gouvernent.

Il gloussa.

— Oh, non. Elles tirent leur pouvoir du lit.

Les hommes roms n'accordaient aucun prix à la virginité et à la chasteté. L'image d'Emilian surgit dans son esprit. *Venez à Woodland ce soir, et je vous séduirai…*

— Pendant que vous débattez sur le sujet original du

pouvoir des femmes, Dianna et moi allons chez Hawks, dit Margery.

Elle sourit à Ariella.

— Nous prendrons le thé ailleurs, ou à Rose Hill.

Ariella l'enlaça.

— Merci.

Mais sa cousine lui jeta un regard étrange avant de s'éloigner avec Dianna vers le bazar. Ariella fut soulagée de ne pas voir de pancarte dans la vitrine.

Alexi tira sur sa manche.

— Alors, que faisons-nous ?

— Nous avons quelques pancartes à enlever, et quelques marchands à voir, dit-elle fermement.

Mais avant qu'elle puisse faire un pas vers le prochain écriteau offensant, il la retint par le bras.

— Ton cœur est-il intact, petite sœur ?

Elle ouvrit de grands yeux. Comment pouvait-il deviner ?

— Rêvasses-tu enfin de quelqu'un ?

Il plissa les paupières.

Le cœur d'Ariella tambourina.

— Si quelqu'un me plaisait, je l'amènerais à la maison.

Elle fut horrifiée par le ton altéré de sa voix.

Alors, Alexi comprit qu'il avait raison et qu'elle cherchait à l'égarer, car il élargit les yeux de surprise. Trop tard, Ariella se rendit compte qu'il avait simplement lancé ces questions au hasard.

— Qui est-ce ? demanda-t-il calmement.

Il ne devrait jamais le savoir. Il se montrait très protecteur avec elle et, à moins qu'Emilian ne veuille la courtiser avec le mariage à l'esprit, il n'approuverait jamais leur relation. Ariella se sentit soudain dégrisée. Sa famille avait beau être large d'esprit, un soupirant rom n'était guère ce que tout le monde escomptait — et Emilian n'était même pas un soupirant. Elle devrait tous les convaincre que ceci était le fameux grand amour des de Warenne, l'amour d'une vie, scellé par le destin.

Mais l'était-ce ?

— Tu fais fausse route, commença Ariella.

Mais à ce moment-là la porte de l'auberge s'ouvrit en coup de vent, claquant contre le mur, et une jeune femme sortit en courant. Tandis qu'elle passait devant eux en trébuchant, Ariella aperçut son visage effrayé, ses longs cheveux auburn et ses jupes rouge vif. *Jaelle.* Alexi la saisit par le bras pour l'empêcher de tomber la tête la première. Elle se dégagea brusquement et bondit dans la rue.

Un attelage arrivait et elle allait être renversée. Ariella hurla, horrifiée :

— Jaelle !

Mais la jeune Tzigane réussit à éviter le cheval, de si près que ses jupes fouettèrent les jambes de l'animal. Le cocher freina abruptement, le cheval gris se cabrant. Ariella était certaine qu'il allait piétiner Jaelle en retombant, mais elle esquiva ses sabots sans réduire son allure, fuyant de l'autre côté de la rue.

— Bon sang ! s'exclama Alexi.

Deux hommes surgirent de l'auberge, les poussant au passage. Jaelle s'était arrêtée, haletante, presque pliée en deux. Elle vit les hommes et tournoya, s'enfilant en courant dans une allée entre une maison et l'église.

— Passe derrière l'église, je vais suivre cette gueuse, dit l'un des hommes, corpulent.

Il partit après Jaelle, tandis que l'autre courait vers l'église.

Alexi bondit en avant et saisit le deuxième homme par-derrière, si durement que celui-ci trébucha.

— Vous voulez y réfléchir à deux fois avant de poursuivre une dame ? demanda-t-il d'une voix dangereusement douce.

L'homme se redressa et rougit.

— Elle n'est pas une dame, dit-il d'un ton coupant.

Puis ses yeux s'élargirent quand il comprit à la stature et aux vêtements d'Alexi que le jeune homme était un aristocrate.

— Je vous demande pardon, sir.

— C'est capitaine de Warenne, lâcha Alexi.

Il repoussa l'homme vers l'auberge.

— Je vous suggère de garder vos mains où elles sont.

Ariella eut envie d'applaudir, mais le premier homme avait disparu dans l'allée, sur les talons de Jaelle. Alexi sautait déjà sur un cheval attaché devant l'établissement. Ariella savait que son frère allait se porter au secours de la jeune fille.

— Fais vite ! lui dit-elle.

Il ne répondit pas, s'élançant au galop dans l'allée.

Ariella sauta dans la voiture.

— Suivez-les, Henry, ordonna-t-elle au cocher.

Ce dernier fouetta la jument baie qui s'élança au galop, tournant si rapidement dans l'allée que le cabriolet se retrouva sur une roue et qu'Ariella fut projetée à l'autre bout de la banquette. Quand la voiture retomba et qu'elle se redressa, elle vit que l'homme corpulent était dans la cour derrière l'église, haletant et furieux, mais seul. Alexi était monté sur le cheval d'emprunt, le faisant volter, cherchant visiblement Jaelle. De hauts murs de pierre fermaient la cour sur trois côtés, en faisant une impasse.

Le cabriolet s'arrêta. Ariella ne vit pas Jaelle, et pourtant elle ne pouvait pas s'être échappée.

— Est-ce qu'elle est dans un arbre, bonté divine ? s'écria l'homme aux cheveux blancs, regardant les deux grands ormes qui se dressaient contre le mur du fond.

Alexi poussa vers lui sa monture qui caracolait.

L'homme se raidit brusquement. Reconnaissant le jeune homme, il ôta son chapeau.

— Capitaine de Warenne !

Alexi eut un sourire implacable.

— Comme c'est viril, Tollman, de poursuivre une petite femme sans défense !

— Cette garce de bohémienne n'est pas sans défense. Elle a demandé si elle pouvait lire l'avenir à mes clients, et j'ai accepté. Mais tout ce qu'elle a fait a été de les duper, un par un.

— C'est une femme, dit Alexi d'un ton dangereux.

— C'est une bohémienne ! Ils ne valent pas mieux que des bêtes sauvages ! s'écria l'aubergiste.

Ariella vit que l'humeur de son frère était explosive. Il dit d'une voix encore plus douce :

— Je suggère que vous la laissiez tranquille. Il m'est impossible de ne pas défendre une belle femme, et je ne pense pas que vous vouliez faire de moi votre rival, Jack.

Tollman regarda derrière lui, comme s'il espérait que son ami allait arriver. Il hocha la tête, recula, puis pivota et longea l'allée à rebours, passant près de la voiture d'Ariella. Elle put voir son visage. Il était furieux et bougonnait. Elle entendit les mots « bohémienne », « catin » et « de Warenne ».

Où était passée Jaelle ?

Ariella regarda les deux arbres. Il était impossible

qu'une petite femme ait pu atteindre les premières branches pour grimper dedans. Elle jeta un coup d'œil à la porte de derrière de l'église.

— Elle est fermée, dit Alexi.

Puis il glissa à bas de son cheval et se tourna vers le mur.

— Vous pouvez sortir, à présent. Nous ne vous ferons pas de mal.

Les yeux d'Ariella s'élargirent. Il y avait une petite grille en bas du mur. Son frère s'agenouilla et l'ôta, avant de tendre la main.

Elle vit alors une petite main sale saisir celle d'Alexi, et ce dernier tira Jaelle dehors.

Elle était dépenaillée et couverte de boue, mais elle se redressa de toute sa taille, rejeta ses cheveux en arrière et le regarda comme si elle était une reine. Puis elle jeta un coup d'œil dans l'allée, avec l'expression méfiante et attentive de quelqu'un qui était pourchassé.

— Ils sont partis, dit calmement Alexi.

Jaelle le regarda avec méfiance, puis elle se mit à brosser ses jupes. Aussi fière qu'elle cherchât à être, Ariella vit que ses mains tremblaient. Elle fut emplie de compassion.

Alexi toucha le bras de la jeune Tzigane. Elle se crispa. Il proposa d'un ton aimable :

— Pourquoi ne vous asseyez-vous pas un moment avec ma sœur ?

Elle lui sourit d'un air dédaigneux.

— Et puis quoi ? Vous demanderez à votre sœur de partir afin que vous soyez payé pour être venu à mon secours ?

Alexi se raidit.

— Je n'attends sûrement pas de « paiement ». Et pas de la façon que vous suggérez.

Elle rejeta ses cheveux en arrière.

— Tous les *gadjos* sont les mêmes.

Elle regarda Ariella, alors, ignorant Alexi.

Ariella descendit de la voiture.

— Allez-vous bien, Jaelle ?

— Oui, Ariella, merci.

Alexi sursauta, surpris qu'elles se connaissent. Ariella déclara vivement :

— Je disais vrai, quand je parlais d'avoir interrogé une jeune femme au campement tzigane.

Elle se tourna de nouveau vers Jaelle, l'air concerné. Ses bras saignaient.

— Ils ne vous ont pas fait cela, n'est-ce pas ?

— Non, je me suis éraflée en entrant là-dedans.

Elle indiqua le trou dans le mur. Ariella étudia ses yeux avec attention. Elle essayait de se montrer fière, mais elle était bouleversée. Ariella la trouva incroyablement forte et courageuse. N'importe quelle autre femme aurait pleuré — probablement dans les bras de son galant sauveur.

— Ces coupures doivent être nettoyées, dit-elle. Pourquoi ne venez-vous pas avec moi à Rose Hill, où je pourrai vous soigner ?

Jaelle se tenait droite comme un soldat.

— Je vais à Woodland.

Un silence tomba. Ariella allait proposer une voiture à Jaelle, quand Alexi s'avança devant elle. Bien que la jeune fille refusât de le regarder, il dit :

— Ma sœur veut vous emmener à la maison pour nettoyer vos blessures. Pourquoi refusez-vous ?

Jaelle leva lentement ses yeux ambrés, et Ariella se rendit compte qu'elle luttait vaillamment pour garder son sang-froid.

Le visage d'Alexi était si dur qu'Ariella le reconnaissait à peine.

— Vous ont-ils fait du mal ? demanda-t-il abruptement.

— Non, répondit Jaelle.

Il la fixa avec une expression de doute.

— Mais ils voulaient le faire.

Les yeux de la jeune fille s'assombrirent. Une larme coula finalement sur sa joue.

— Vous savez ce qu'ils voulaient.

Alexi se détourna. Ariella savait qu'il était furieux.

— Emmène-la à Rose Hill, ordonna-t-il. Puis assure-toi qu'elle puisse se rendre à Woodland.

Ariella fut alarmée.

— Alexi, que vas-tu faire ?

— C'est une femme ! s'exclama-t-il avec colère. Ces débauchés ont besoin d'une leçon de bonnes manières.

Il sauta sur le cheval et partit au trot.

Ariella se tourna vers Jaelle.

— Que s'est-il passé ?

— Je voulais juste leur lire les lignes de la main. Mais ils voulaient tous davantage — ils pensaient tous que j'allais réchauffer leur lit, en plus !

Elle essuya furieusement une autre larme.

— Le gros m'a attrapée. La brute ! Il m'a attrapée et s'est mis à m'embrasser. Je me suis débattue et j'ai filé. Je les hais, tous !

Ariella passa un bras autour d'elle, atterrée. Elle espéra qu'Alexi leur donnerait une bonne correction.

— Grâce au ciel, c'est fini, dit-elle.

Elle sourit d'un air engageant.

— Venez chez moi afin que je vous soigne, et je vous prêterai une voiture pour aller à Woodland.

Jaelle croisa son regard.

— Vous êtes bonne. Je suis contente que nous soyons amies.

Puis elle se dégagea.

— Mais je n'ai pas besoin de votre aide.

— Jaelle ! protesta Ariella, mais il était trop tard.

Jaelle quittait la cour en courant.

Emilian termina sa lettre à son avoué, lui demandant de trouver plusieurs intendants possibles. Il avait indiqué que c'était urgent. Il scella l'enveloppe avec de la cire, puis regarda son sceau frappé aux armes de la famille. Il ne s'en servirait plus avant quelque temps. Peut-être ne s'en servirait-il plus jamais.

Il refusait de penser à Edmund, en cet instant.

Ses tempes le lançaient. Il se leva, alla à la console et se versa un cognac, se sentant encore plus insatisfait qu'auparavant. Il ne pouvait esquiver le fait qu'une part de lui était attachée au domaine. Il commençait à s'inquiéter pour ses fermiers, ses partenaires en affaires et plusieurs contrats importants. Mais il avait décidé de se rendre sur la tombe de Raiza avec la tribu et de retrouver son âme rom, et il ne changerait pas d'avis.

Une image de la femme de Warenne s'inscrivit dans sa tête.

Il avait souvent pensé à elle. Il la convoitait, et ce désir ne cessait d'interférer dans son chagrin et de se mêler à sa rage. La concupiscence était acceptable — il était un homme — mais jusqu'à présent il n'avait jamais accordé une pensée à ses maîtresses hors de la chambre à coucher. Elle était différente, finalement.

Je suis faite pour être votre amie — et même votre

amante, si une progression naturelle nous conduit jusque-là.

Aucune de ses amantes n'était intéressée par de l'amitié. Elles ne voulaient qu'une chose de lui — et il voulait la même chose en retour. Pourquoi voulait-elle son amitié ? C'était étrange, curieux, inexplicable !

Il commençait à voir comment elle pouvait être considérée comme excentrique par la bonne société. Elle souhaitait une progression naturelle ; il voulait du sexe et une revanche pour toutes les injustices subies par les Roms. Il espérait qu'elle resterait loin de lui, comme il l'avait avertie de le faire. Il savait, dans chaque fibre de son être, qu'elle ne pourrait supporter sa vengeance.

Il savait aussi qu'elle était une innocente dans cette tragédie, et qu'il devrait trouver une autre cible pour se venger. Et cela signifiait combien il restait anglais. C'était inacceptable.

Il but son cognac d'un trait, déchiré et frustré, et sentit une présence derrière lui. Il pivota et découvrit Jaelle. Aussitôt, il vit qu'elle avait le nez rouge, comme si elle avait pleuré.

— Tu vas bien ? demanda-t-il, soucieux, en allant à elle.

Elle lui décocha un grand sourire.

— Oui. Puis-je entrer ?

— Bien sûr.

De la chaleur l'envahit et c'était si bon — si peu familier. Il la regarda avec plus d'attention et pensa que ses yeux étaient pleins d'ombres. L'imaginait-il ? Il souhaita mieux la connaître.

— Tu es certaine que tu vas bien ?

— Parfaitement, répondit-elle avec hauteur. Quelle

maison splendide ! Tu es peut-être trop *gadjo* pour venir dans le Nord avec nous.

Le sourire d'Emilian disparut.

— Non.

Elle l'étudia, puis elle se déplaça dans la pièce, passant la main sur les belles tables, caressant les vases, les chandeliers, les petites boîtes peintes, des objets collectionnés par la femme d'Edmund.

— Es-tu trop rom pour rester à Woodland avec moi, jusqu'à notre départ ? demanda-t-il.

Elle lui dédia un beau sourire.

— Je ne peux pas dormir dans un lit de *gadjo*.

Son sourire vacilla et elle regarda la bibliothèque.

— Tu sais lire, n'est-ce pas ?

— Oui. Tu veux que je t'apprenne ?

— Je lis l'anglais.

Elle se tourna vers lui.

— Je suis intelligente. Il serait stupide de ne pas savoir lire la langue de l'endroit où nous vivons.

Elle jeta un coup d'œil aux carafes sur la console.

— Est-ce que votre whisky *gadjo* est meilleur que le nôtre ?

Emilian n'hésita pas.

— Oui.

Elle alla au meuble et se servit un verre.

— Sûrement pas, dit-il en la rejoignant.

Il tendit la main vers le verre, mais elle le prit avant.

— Je suis une femme adulte, Emilian, j'ai vingt ans.

Elle le salua avec le verre.

Elle portait un manteau à manches longues sur son chemisier et sa jupe. Quand elle leva le verre, sa manche glissa et il vit les éraflures sur son bras. Son monde se figea.

Un calme terrible s'installa. Quelqu'un lui avait fait cela — quelqu'un allait payer.

Elle pâlit, comprenant ce qu'il avait vu.

— Qu'est-il arrivé ? demanda-t-il très doucement. Qui t'a fait cela ?

— Ce n'est rien, dit-elle vivement.

— Ces blessures doivent être nettoyées et recouvertes d'onguent. Que s'est-il passé ?

Elle resta muette, refusant de répondre.

— Je sais ce qui s'est produit.

Une détermination implacable envahit Emilian et il s'écarta d'elle.

— Des *gadjos*. Tu es trop jolie. Non, trop belle, trop tentante. Des *gadjos* t'ont fait cela, d'une manière ou d'une autre. Dis-le-moi.

Il la dévisagea.

— Je vais bien.

— Je déciderai si tu vas bien ou non.

Elle haussa le menton.

— Je lisais les lignes de la main. Tu as raison. C'étaient des *gadjos*. Ils voulaient autre chose.

Elle haussa les épaules avec indifférence.

Emilian avait pensé contrôler sa colère. A présent, la rage le submergeait. Il l'écarta.

— Ils t'ont attachée ? Ces blessures ont été causées par des cordes ?

— Non ! Je me suis enfuie et cachée sous un mur en pierre. Les pierres m'ont éraflée. Un autre *gadjo* les a fait partir.

Elle rougit.

— Mais je les hais tous.

Il passa un bras autour d'elle. Cela lui fit un drôle d'effet.

— Je suis là pour te protéger, maintenant. Je découvrirai le fin mot de l'histoire, que tu me le dises ou non.

— Tu es un *didikoi.* Si tu poursuis un Anglais, on enverra le shérif après toi.

— Il ne m'arrivera rien, mentit-il.

Pour la convaincre, il sourit.

— Je suis un lord, Jaelle. Un vicomte.

Elle hésita.

— C'était l'aubergiste du Cerf blanc, et un gros *gadjo* aux cheveux bruns appelé Bill.

— Nettoyons ces blessures, dit-il.

Et, enfin, il laissa bouillir sa haine et sa rage.

Il ne pouvait attendre de se venger.

Il se vengerait sur le premier Anglais — ou sur la première Anglaise — qui oserait croiser son chemin.

7

Le livre était ouvert sur son lit, négligé. Elle avait essayé de lire, mais elle ne pouvait distinguer les mots, qui dansaient et se brouillaient comme les flammes dans la cheminée de sa chambre.

Quelque chose lui était arrivé.

Emilian lui était arrivé.

Toujours vêtue de sa robe du soir de soie et mousseline crème, avec de petites manches qui dénudaient ses épaules, portant encore ses perles et ses diamants et ses cheveux bouclés relevés en chignon, Ariella se tenait devant une fenêtre ouverte, le pouls battant la chamade. Elle était brûlante alors que l'air nocturne était froid. Les mèches qui encadraient son visage étaient humides.

Le cocher qu'elle avait secrètement engagé dans l'après-midi l'attendait aux grilles de Rose Hill. Elle n'avait pas décidé d'aller retrouver Emilian. Elle préférerait apprendre à le connaître mieux et se couler lentement dans une relation amoureuse, mais elle avait loué les services du cocher au cas où elle changerait d'avis.

La décision qu'elle était sur le point de prendre lui paraissait monumentale, susceptible de changer sa vie. Il l'avait menacée, prévenue, lui avait dit très directement de ne pas venir. *Vous êtes une tentation à laquelle je n'ai pas envie de résister. Je veux vous corrompre !*

Bien sûr, qu'il le voulait. C'était un homme viril. Tous les mâles de sa famille avaient été d'illustres débauchés avant leur mariage. Il était aussi follement attiré par elle qu'elle l'était par lui. Mais ce n'était pas que physique — il existait entre eux une sorte de force magnétique. Cela ne pouvait pas être que d'un seul côté. Dans la famille de Warenne, c'était le début de l'amour. Toutefois, Emilian ne pouvait le savoir.

Comment pourrait-elle *ne pas* aller le retrouver quand elle éprouvait ce genre de chose ? Quand elle était presque certaine qu'ils allaient tomber amoureux, si ce n'était pas déjà fait ? Quand elle en venait à penser qu'il était l'homme qui lui était destiné ?

Elle regarda par la fenêtre ouverte, tirant sur son corselet qui collait à sa peau moite. Son cœur tambourinait. Elle porta les yeux au-delà des étoiles, ne voyant pas leur scintillement mais les feux de camp de la veille. Elle tendit l'oreille. Elle s'imagina que si elle faisait assez attention, elle pourrait entendre la musique envoûtante de leurs guitares venant de Woodland.

Mais ils étaient à une heure de voiture. Tout ce qu'elle perçut fut le hululement d'un hibou — et l'écho des souvenirs de la nuit passée.

Et ce n'était pas de musique, dont elle avait besoin. Oh, elle le savait bien, maintenant. Elle ferma les yeux et put presque sentir ses mains sur elle.

Elle le vit debout près d'un feu, regardant vers l'est, et elle fut certaine qu'il pensait à elle, aussi. *Il était à Woodland, l'attendant, aussi fiévreux et brûlant qu'elle.*

Ariella alla à son lit et s'assit. Elle tombait amoureuse d'un complet étranger, un homme d'une culture différente. Elle devait se battre pour lui, pour eux. Ceci devait être un commencement, pas un interlude et une fin. Elle devait faire en sorte que lorsque les Tziganes partiraient, il resterait.

C'était la façon de faire des Roms de prendre des amantes.

Elle frissonna. Oserait-elle ? Pourquoi pas ? Elle n'était pas comme Margery ou Dianna, qui ne songeraient jamais à une chose pareille. Elle avait l'intention qu'ils soient amis, ainsi qu'amants. Après l'après-midi au village, elle commençait à comprendre sa vie. Les Roms souffraient chaque jour de leur existence. Le peuple de sa mère avait souffert, aussi. Il semblait exister de surprenantes et tragiques similitudes entre l'histoire des Tziganes et celle des juifs.

Il était si fier et si fort, mais que se cachait-il sous cette apparence dure ? Il avait été difficile, cet après-midi, de voir les deux jeunes Tziganes se comporter avec une telle indifférence aux terribles écriteaux et au mépris des passants. Personne ne pouvait rester insensible à une telle haine et à de tels préjugés.

Mais je ne vous donnerai pas d'amour quand je prendrai votre innocence. Nous ne serons pas amis — jamais. Je ne vous donnerai rien d'autre que de la passion, du plaisir, et ensuite ce sera un adieu.

Il se trompait. Une nuit ensemble changerait tout, s'ils osaient devenir amants. Alexi n'avait-il pas dit que les femmes gouvernaient les hommes dans leur lit ? Si elle devenait son amante, il s'adoucirait par rapport à elle. Ce serait le commencement auquel elle aspirait. Il pourrait s'adoucir complètement — comme son père avec Amanda, comme son oncle Ty avec Lizzie. A partir de cette seule nuit, il pourrait y avoir tant d'amour. A partir de cette nuit, il pourrait exister un avenir.

Sa décision était prise. Elle alla d'un pas ferme à sa penderie et en sortit un châle qu'elle drapa sur sa robe. Si quelqu'un la surprenait se faufilant dans la maison, elle prétendrait qu'elle allait chercher une douceur dans la cuisine.

Après ce soir-là, il ne voudrait plus quitter le comté — il ne voudrait plus la quitter.

Ariella frappa à la vitre qui la séparait du cocher et il arrêta la voiture tirée par un seul cheval.

La lune était pleine et argentée dans un ciel constellé d'étoiles. Woodland était une ombre grise au bout d'une longue allée claire, avec des dépendances près de la route. Juste devant elle, elle vit les feux brillants du campement tzigane. Elle entendit leurs guitares et leurs violons. La musique était encore plus sensuelle que dans son souvenir, encore plus captivante.

Elle respira à fond. Une fois qu'elle descendrait de la voiture et laisserait partir le cocher, elle ne pourrait plus revenir en arrière. Mais elle n'avait pas l'intention de le faire. Elle allait de l'avant — avec Emilian.

Elle ouvrit la portière et descendit, tremblante. En dépit de sa détermination, elle n'avait jamais été aussi nerveuse et anxieuse. Les enjeux étaient énormes.

Elle sourit à peine au cocher, son attention se portant déjà vers le périmètre du campement et les feux étincelants. *Il était tout près, l'attendant.* Elle en était certaine.

— Merci.

Le cocher lui jeta un regard goguenard et demanda :

— Vous voulez que j'attende, miss ?

Elle ne lui avait pas donné son nom. Elle était certaine que s'il était assez intelligent, il devinerait qui elle était, mais elle espérait qu'il la prendrait pour une invitée de passage. S'il s'avisait de son identité, ce qui restait de sa réputation serait maintenant en lambeaux, car il n'y avait qu'une raison pour laquelle une dame sortait en secret à une heure pareille. Elle ne s'en souciait pas trop, mais ses parents seraient dévastés si jamais ils avaient vent de son aventure.

Elle s'inquiéterait d'eux plus tard. Elle secoua la tête en signe de dénégation.

Le cocher sourit largement, souleva les rênes et l'attelage s'éloigna.

Le cœur d'Ariella battait si fort, à présent, qu'elle laissa glisser son châle. De la sueur perlait entre ses seins. Son corps semblait bourdonner de tension. Le souffle court, elle traversa la route, trébuchant dans ses fins escarpins aux talons délicats, mais peu importait. Ce qui importait était ce nouveau début.

Elle allongea le pas, puis se mit à courir. Elle traversa le bout de l'allée. Tandis qu'elle coupait à travers champs vers les premières roulottes, la lumière des feux s'intensifia, lui permettant de mieux voir le sol.

Les chevaux des Tziganes, qui paissaient, s'écartèrent de son chemin. Elle atteignit la première roulotte et la dépassa. Alors qu'elle approchait du cercle formé par les feux, il ne lui vint pas à l'idée de se cacher. Elle s'arrêta abruptement, respirant avec difficulté, et aperçut une demi-douzaine de danseurs. Emilian n'était pas parmi eux.

La musique était encore plus exotique, contenue et sensuelle que la veille, le rythme plus lent — comme deux amants se touchant et se caressant lentement, en prélude au déferlement de leur amour.

Alors, elle le vit. De l'autre bout de la clairière, il la fixait.

Elle avait su qu'il l'attendrait.

Ses yeux gris, brûlants, soutinrent les siens.

Elle en oublia de respirer. Il commença à s'avancer vers elle, laissant le campement derrière lui.

La musique sembla s'arrêter. Il avançait à longues enjambées décidées, mais étrangement il ne paraissait pas se hâter. Il esquissa le sourire séducteur dont elle avait rêvé. Il contenait tant de promesses, était si sensuel.

Ariella se souvint enfin de reprendre son souffle et l'étudia. Il portait une chemise rouge à manches larges, un pantalon noir ajusté et une ceinture noire. Les liens de la chemise étaient dénoués sur sa gorge. Tandis qu'il bougeait, l'étoffe révélait les aplats puissants de ses pectoraux.

Elle fut prise d'une terrible urgence. Une vive chaleur l'envahit et elle sentit ses sous-vêtements devenir moites. Elle n'en était plus choquée.

Il s'arrêta devant elle et elle huma une odeur de musc, de whisky, de citron et… d'homme. Bien qu'ils ne se touchent pas, elle sentait les vagues brûlantes qui émanaient de lui. Ses cils épais s'abaissèrent lentement.

— Ainsi, vous avez mordu à l'appât, murmura-t-il.

Ariella n'était pas sûre de pouvoir parler.

— J'avais peur que vous soyez parti au matin.

Il releva ses cils. Son regard argenté la marqua au fer rouge.

— Avez-vous seulement considéré mes avertissements, ma douce ?

Il leva une main et lui caressa la joue.

Le plaisir jaillit telles des étincelles d'un nerf à l'autre, de son visage à son cou et à ses seins. Ses mamelons se durcirent. Il lui fut impossible de répondre.

Il le savait. Il fit glisser un doigt audacieux le long de sa gorge. Le pouls d'Ariella s'emballa à ce contact.

— Je souhaitais que vous veniez, chuchota-t-il.

Elle humecta ses lèvres et déglutit.

— Je ne pouvais pas vous laisser partir.

— Ce soir, je n'irai nulle part sans vous.

Ce n'était pas ce qu'elle avait voulu dire, mais cela n'avait pas d'importance.

— Saviez-vous que je viendrais ?

Il caressa de nouveau sa joue.

— Oui.

Elle tourna sa bouche vers sa paume et y pressa ses lèvres.

— Magnifique, dit-il doucement. Courageuse… et hardie.

Elle ferma les yeux, sa peau salée sous sa langue. Elle se sentait faiblir. Tant de désir l'emplissait, la consumait. Elle avait du mal à penser, à parler.

— Je n'ai jamais été hardie auparavant.

Elle le regarda tandis qu'il abaissait sa main sur sa gorge.

— Je sais.

Il fit jouer ses doigts sur sa peau.

— Puis-je vous apprendre comment être très hardie avant que cette nuit s'achève ?

— Vous pouvez m'apprendre tout ce que vous voulez, répondit-elle dans un souffle.

Le beau sourire d'Emilian se reforma tandis que ses yeux gris brillaient. Il lui prit la main et la leva. Sa bouche caressa ses doigts et d'autres étincelles de plaisir fusèrent, délicieuses, des flammes se déployant en elle.

— Une invitation que je ne pourrais jamais refuser.

Elle s'immobilisa tandis qu'il frottait sensuellement ses

lèvres sur sa paume. Il se redressa lentement et la tira en avant, avec douceur. Il passa un bras dans son dos. Son autre main se plaça sur sa poitrine, par-dessus ses vêtements, mais ce contact enflamma Ariella. Il effleura sa gorge ; elle inspira vivement. Il retira une épingle de ses cheveux et lui sourit. Puis il en ôta une autre.

Il dénouait sa chevelure. Elle trembla.

Il enleva d'autres épingles et les mit de côté.

— En une nuit, ce que je pourrai faire sera limité, murmura-t-il, son sourire plein de secrets qu'elle ne comprenait pas. Mais je vous enseignerai ce que je pourrai.

Il tira d'autres épingles, les éparpillant.

— J'espère que vous êtes prête à éprouver un plaisir infini.

Il glissa les mains dans ses boucles blondes.

Ariella s'abandonna au besoin qui la transperçait. Les grandes mains d'Emilian étalaient ses cheveux, les dénouaient, et chaque fois qu'il lui effleurait la tête, le visage, les épaules, sa tension s'accroissait. Sa chair palpitait d'une urgence de plus en plus grande. Ses genoux s'affaiblirent et durent flancher, car il la rattrapa.

— Alors, une seule nuit ne sera pas suffisante, murmura-t-elle, vivement consciente qu'il avait les mains posées sur le bas de son dos.

Il ne la pressa pas contre lui, mais cela importait peu. La chaleur qu'il dégageait la brûlait.

— Peut-être avez-vous raison, répondit-il avec un rire doux et sensuel dans la voix. Une seule nuit ne nous suffira peut-être pas, princesse.

— Allez-vous m'embrasser ? demanda-t-elle, le pouls battant la chamade.

Il rit.

— La première chose que vous apprendrez est la patience.

Puis son sourire disparut.

— Je pense que je pourrais être à même de vous donner du plaisir dès maintenant. Voulez-vous que nous essayions ?

Elle le regarda fixement, ne sachant pas si elle devait être décontenancée ou non.

Il la prit par la taille, l'attira à lui, et les vêtements qui les séparaient ne comptèrent plus. Il fit glisser sa bouche sur son cou. Toute tremblante du plaisir qui l'envahissait, Ariella ferma les yeux et s'offrit à cette caresse.

Il abaissa les mains, se saisit de son postérieur et la souleva contre lui. Réprimant un cri, Ariella fut secouée d'un spasme au contact de son érection.

Il parcourut sa gorge de la langue tandis qu'il imprimait les doigts dans sa taille. Son sexe roide se pressa dans ses jupes, tandis qu'il s'emparait de sa bouche.

Elle jeta les bras autour de son cou et le sentit grogner de satisfaction. Le plaisir l'aveuglait ; elle enroula une jambe autour de sa taille et il écarta ses jupes, la faisant tournoyer. Son dos rencontra un obstacle — une roulotte. Alors il encastra en elle la preuve évidente de son désir et déchira la fente de son pantalon, l'étoffe se rompant bruyamment.

Ariella pleura de volupté lorsqu'il se mit à la caresser. Puis ses spasmes se ralentirent, comme son cœur emballé. Elle se sentait toute molle. Il la fit glisser le long de son corps dur, la peau enflammée, jusqu'à ce que ses pieds touchent le sol. Et pendant un moment, il la tint contre lui.

Elle commença à recouvrer ses sens et le sentit palpiter contre elle, ferme et brûlant. Mais un besoin presque douloureux l'habitait encore.

— Oh, chuchota-t-elle.

Les yeux gris d'Emilian étincelèrent et il la souleva dans ses bras.

— Ce n'est que le début, dit-il d'un ton rauque, comme s'il l'avertissait.

Brusquement, il s'éloigna du campement, vers la maison, toujours en la tenant dans ses bras. Ses enjambées étaient longues et rapides. Ariella s'agrippa à lui et se contracta.

— Il est trop tard maintenant pour changer d'avis, déclara-t-il en la regardant.

Il s'était mépris sur son geste.

— Je ne change pas d'avis, dit-elle.

Quelque chose vacilla dans son regard gris, peut-être du soulagement, peut-être du désarroi. Elle ignora ses pensées.

— Où allons-nous ? demanda-t-elle.

Il lui décocha un coup d'œil brûlant.

— Je vais vous faire l'amour dans un lit.

Le cœur d'Ariella bondit, et elle se sentit alarmée.

— Nous ne pouvons simplement entrer et prendre une chambre, protesta-t-elle.

Il lui dédia le sourire le plus prometteur qu'une femme pouvait recevoir.

— Pourquoi pas ? Le maître de Woodland est absent pour la soirée.

Elle avait de nouveau la tête légère, tandis que son corps était lourd et chaud. Il savait l'effet qu'il produisait sur elle — il sourit d'un air satisfait et accéléra le pas. Elle tourna son visage pour embrasser son torse. Elle le sentit se raidir sous la surprise.

Sa peau était salée, là aussi. Elle baisa un muscle dur, laissant ses lèvres s'attarder, joueuses. Puis elle frotta son visage contre lui. Elle voulait le frotter sur chaque pouce du corps d'Emilian avant que la nuit s'achève.

Il avait le souffle court, à présent. Il gravit quelques marches et pénétra sur une terrasse.

— Etes-vous certaine d'être sans expérience ?

Elle embrassa son mamelon, dur et tendu.

— Je n'ai pas envie de parler.

Elle le lécha.

Emilian se tendit encore plus, tout en ouvrant une porte de l'épaule.

— Je peux marcher, chuchota-t-elle afin que personne ne les entende.

— Il me plaît de vous avoir où vous êtes, répondit-il d'un ton ferme, sans se soucier de baisser la voix.

Il resserra son étreinte. Il ne semblait pas s'inquiéter d'être surpris. Arielle remarqua soudain qu'il paraissait très bien connaître la maison, mais elle n'osa pas lui demander comment. Elle craignait de parler, pour le cas où l'on pourrait les entendre. Elle distingua une étagère pleine de livres et comprit qu'ils traversaient la bibliothèque.

Ils entrèrent dans un vestibule bien éclairé. Sans hésiter, il tourna à droite. Un moment plus tard, il poussa une porte du genou.

— Maintenant, vous pouvez vous mettre debout, mais pas pour longtemps, murmura-t-il en la posant par terre.

Ariella découvrit qu'ils se trouvaient dans une chambre bien meublée et décorée. Elle jeta un coup d'œil au grand lit à baldaquin. La bouche d'Emilian s'incurva alors qu'il fermait la porte à clé, derrière elle.

— Dois-je allumer du feu ? demanda-t-il en la considérant hardiment.

Elle secoua lentement la tête.

— Non. J'ai déjà assez chaud.

Ses narines frémirent. Elle fut surprise quand il écarta le corselet humide de sa peau moite, preuve qu'elle disait vrai. Sa chemise rouge lui collait au torse également.

Elle trembla, consciente de sa poitrine qui se soulevait et s'abaissait sous l'étoffe écarlate. Dans la lumière jetée par l'unique lampe, sa peau avait la couleur du cuivre. Elle abaissa les yeux et inspira vivement à ce qu'elle vit. Son pantalon noir moulait une bosse énorme qui accrochait la lumière.

— Je n'ai jamais vu un homme nu, murmura-t-elle, les joues en feu. Mais j'ai vu des statues.

Il esquissa son magnifique sourire.

— Vous ne regarderez pas et ne toucherez pas une statue, ce soir.

L'air fut chassé des poumons d'Ariella.

— J'ai envie de vous toucher, Emilian. Je le désire ardemment.

— Je sais.

Son visage se durcit.

— Emilian, cessons de jouer, supplia-t-elle, ajoutant presque : « Dépêchez-vous. »

— Ce n'est pas un jeu, murmura-t-il en tendant la main pour défaire les boutons dans le dos de sa robe. Ce sont des préliminaires, ma douce.

Il fit glisser sa bouche sur sa nuque.

L'anticipation faisait tourner la tête d'Ariella. Il déboutonna adroitement sa robe, ce qui lui fit penser qu'il l'avait fait pour des dizaines de maîtresses. Elle détesta cette idée. Avait-il appelé ses amantes « ma douce » et « princesse », aussi ? Mais cela n'importait pas, plus maintenant qu'il lui effleurait le dos.

— Vous ne voulez sûrement pas un puceau dans votre

lit déclara-t-il d'une voix enrouée, comme s'il avait lu dans ses pensées.

Ariella sentit le corselet de sa robe tomber à sa taille. Il examina ses seins rehaussés par le corset et clairement visibles sous la fine soie de sa camisole. Ses doigts s'immobilisèrent sur ses épaules nues. Sans lever les yeux, il couvrit sa bouche de la sienne. Ses lèvres étaient fermes et la pressaient de lui répondre, mais avec une retenue surprenante. Aussitôt, elle lui livra accès à sa bouche. Elle n'avait pas d'autre choix ; elle n'en voulait pas d'autre. Elle le voulait, lui.

Sa langue la pénétra profondément, lentement. Il glissa les doigts dans ses cheveux et la pressa contre le mur. Elle gémit de plaisir, puis des flammes l'embrasèrent quand elle sentit son érection à travers ses jupes. Il entama un mouvement de va-et-vient.

Elle fut prise de vertige. Chaque pouce de son corps l'appelait. Elle désirait plus que des baisers, maintenant.

Il détacha ses lèvres des siennes et murmura :

— Que de passion, *gadjé*.

Ariella leva les yeux et se crispa. Son ton était doux et charmeur, mais son regard était si farouche qu'il paraissait presque sauvage. Elle eut un frisson, saisie de confusion.

Se jouait-il d'elle ?

Mais avant qu'elle puisse considérer cette idée déplaisante, sa bouche reprit la sienne de façon pressante.

— Non, dit-il doucement, et soudain sa robe glissa entre eux, tombant à leurs pieds. Il n'y aura pas d'échappatoire.

Il caressa de ses lèvres le pouls d'Ariella qui palpitait à la base de son cou.

Il lui prodiguait tant de plaisir. Elle oublia ses doutes

et parcourut de ses mains les bras musclés d'Emilian, s'avisant qu'il avait quitté sa chemise tout en l'embrassant. Avant qu'elle ait pu explorer les aplats durs et frémissants de son dos, il caressa légèrement les pointes de ses seins de sa bouche, puis descendit plus bas, se mettant à genoux et pressant ses hanches contre le mur.

Ariella se figea, comprenant ce qu'il avait l'intention de faire, le cœur en émoi. Puis il approcha son visage d'elle et elle sentit son souffle à travers l'ouverture déchirée de son pantalon, une caresse soyeuse qui la fit frissonner de plaisir. Il pressa sa joue contre sa chair palpitante et elle perdit ses esprits. Elle se cramponna à ses épaules.

Elle le sentit sourire, et alors sa bouche l'effleura. Elle poussa un cri. Tandis que ses jambes flanchaient, il pressa plus fortement ses lèvres sur son sexe moite et brûlant.

— Venez à moi, dit-il d'un ton rauque, la taquinant de sa langue.

Elle gémit désespérément, presque incapable de supporter l'exquise sensation. Elle n'avait jamais imaginé un tel acte. Il s'adoucit, la caressant à la perfection, délicieusement, et la volupté l'aveugla.

Quand elle revint à la réalité, il se releva, couvrant son sexe gonflé de sa paume. Pendant un moment il la tint ainsi, lui chuchotant des mots dans sa langue natale, des mots qu'elle ne comprenait pas, mais dont elle savait qu'ils étaient doux et sensuels. Puis il couvrit sa bouche de la sienne en un baiser profond et brûlant. Elle le sentit frissonner.

Enfin, il s'écarta et la souleva dans ses bras pour la porter jusqu'au lit.

— Vous êtes une *gadjé* si magnifique, la princesse des rêves d'un homme, murmura-t-il en plongeant les yeux dans les siens, tout en l'allongeant sur le matelas.

Ariella se crispa, incertaine. Son regard était froid, son expression dure.

— Emilian ?

Il s'assit près d'elle en souriant, ses cils s'abaissant sur ses yeux, et il posa une main sur chacune de ses épaules pour l'embrasser.

— Ne pensez pas… C'est pour ceci que vous êtes venue.

Elle hésita. Elle était venue pour un nouveau commencement — le début de l'amitié et de la passion, de l'amour. Un doute lancinant se faisait jour dans son esprit tandis qu'il la dépouillait de ses dessous, sa bouche suivant sensuellement le chemin de ses mains. Elle l'enlaça, toujours incertaine. Il se leva et dénoua sa ceinture.

Ariella se rendit compte qu'elle était nue alors qu'il était encore en partie habillé. Il jeta sa ceinture, les yeux rivés sur son corps dénudé. Au lieu d'essayer de se couvrir, elle se figea.

— Faites-moi l'amour, Emilian, chuchota-t-elle.

Il parut tressaillir. Détournant les yeux, il ôta ses bottes et son pantalon.

— Je ne me hâte jamais au lit.

Elle ne put parler ; tout ce qu'elle pouvait faire était de contempler son corps dur, parfait. Il était trop beau, trop superbe pour l'exprimer par des mots.

— Cela ne me dérange pas.

Il eut un sourire amusé.

— Vous pouvez me regarder autant que vous voulez, bien que j'aie d'autres plans, dit-il.

Son intonation était si calme et son regard si implacable, de nouveau. Un instant, il eut l'air d'un homme qui allait livrer bataille, non celui d'un amant sur le point de faire l'amour. Où était ce sourire charmeur, si plein de promesses sensuelles ? Pourquoi ne tremblait-il pas de la même urgence qui la consumait ?

Je ne vous donnerai pas d'amour quand je prendrai votre innocence.

Ariella connut un moment de panique.

Il posa les mains sur elle. Son expression changea, brûlante et douce à la fois. Son sourire vacilla et disparut.

— Ne doutez pas que j'ai besoin de vous, dit-il brusquement.

Cette expression troublante s'était évanouie. Son regard était maintenant cru, affamé. Elle toucha sa joue.

— J'ai besoin de vous, moi aussi, chuchota-t-elle, soulagée par son aveu.

Il la fixait d'un air incroyablement intense.

— J'essaie de me contrôler. J'ai envie de vous ravager, murmura-t-il. Je le pensais, quand je disais que vous êtes la princesse des rêves d'un homme.

Le soulagement d'Ariella s'accrut. Il ne se servait pas impitoyablement d'elle.

— Vous pouvez encore changer d'avis, mais vous devez le faire maintenant.

Elle fut si surprise qu'il lui fallut un moment pour comprendre qu'il lui offrait une chance de reculer. Son cœur explosa. Elle parvint à sourire, lui toucha la joue, puis fit descendre sa main sur son torse musclé jusqu'à son ventre, qui se crispa. Elle caressa son sexe durci du bout des doigts.

Ses yeux gris étincelèrent. Avec un grognement sourd, il l'enlaça étroitement, la pressant dans le matelas moelleux. D'un geste fluide, il la rejoignit, et avant qu'elle ait le temps de s'en rendre compte il était allongé sur elle. Elle s'entendit gémir.

Un instant, leurs yeux se rencontrèrent, puis il baissa

ses cils. Tendu au-dessus d'elle, il se mit à la caresser du bout de sa puissante érection. Il était lisse, humide et terriblement chaud. Cette friction choquante la transportait. Elle était envahie par une chaleur moite et intense, et se sentait très faible. Elle ignorait combien de temps elle pourrait supporter cela.

Il l'embrassa avec ardeur. Ariella jeta ses bras autour de lui et le serra très fort. Elle s'arqua vers lui et gémit son nom, avec l'impression de le supplier. Il immobilisa ses hanches et lui murmura des mots dans sa langue rom.

Elle ne savait pas ce qu'il disait, mais cela n'avait pas d'importance. Il la cajolait de sa voix.

Sa bouche couvrit la sienne avec frénésie. L'intense chaleur qui les unissait était explosive. Elle se mit à sangloter, la gorge serrée par l'urgence qui montait de ses propres reins et de la puissante virilité d'Emilian s'introduisant en elle. D'instinct, elle se raidit.

— Non, dit-il d'une voix rauque, en relevant la tête. Laissez-moi vous prendre, Ariella.

Elle le regarda, affolée par ce qu'elle éprouvait. Ses yeux étaient scrutateurs. Il lui demandait sa permission. Elle hocha la tête, sentant couler ses larmes. Elle ne pourrait jamais rien lui refuser.

Il émit un son âpre et s'enfonça brusquement, profondément en elle. Il poussa un grognement. Le plaisir d'Ariella était tel qu'elle sentit à peine la douleur lorsqu'il la déflora. Elle se mit à onduler lascivement tout en s'accrochant à lui.

Il l'observait ; elle ne s'en souciait pas. La tension qui montait en elle était incroyable, inimaginable, et ne cessait de grandir. Elle s'y abandonna et fut projetée dans l'univers, se brisant en mille morceaux. Elle était consciente d'Emilian qui bougeait rapidement et fortement, ses grognements emplissant la chambre. Il cria et elle aperçut son visage. Cette passion, à la fois si sauvage et si douce… Ce triomphe, ce besoin… Il était si beau. C'était si beau.

— Je vous aime, chuchota-t-elle, embrassant sa joue et le serrant contre elle.

Il la tint enlacée, ses spasmes diminuant, son visage enfoui dans son cou. S'il l'entendit, il n'en montra rien. Ariella caressa ses longs cheveux d'un châtain doré, flottant dans un océan de bonheur.

Il se mit sur le côté.

Elle se tourna pour contempler son magnifique sourire, mais elle ne vit que son profil dur, tandis qu'il fixait le plafond. Il n'avait pas l'air heureux — pas du tout.

Elle se sentit alarmée.

Aussitôt, il roula pour lui faire face.

— Vous ai-je fait mal ? demanda-t-il rudement.

Comment pouvait-il ne pas être extasié ? Distinguait-elle de la culpabilité dans ses yeux ?

— Non, répondit-elle. C'était merveilleux.

Elle eut un sourire qui venait de son cœur. Elle tendit la main pour lui caresser la joue et, un instant, elle pensa qu'il allait se crisper et s'écarter. Mais il se contenta d'abaisser ses cils, cachant son regard.

— Emilian, je vais bien. Je suis trop heureuse pour pouvoir l'exprimer par des mots, chuchota-t-elle.

Elle aurait voulu savoir ce qu'il pensait. Au début, elle se dit qu'il ne répondrait peut-être pas, mais il prit sa main et la porta à ses lèvres. Il releva les paupières et lui sourit.

Une étincelle jaillit, même si son sourire paraissait crispé. Elle allait lui demander ce qu'il n'allait pas, quand il posa sa main sur son torse, la frotta sur sa peau nue et la fit descendre plus bas. Il la regarda.

Ariella avait du mal à rassembler ses esprits alors qu'il caressait sa chair brûlante et engorgée, mais le message ne pouvait être plus clair. Ses yeux s'élargirent.

— Nous n'avons pas fini ? demanda-t-elle, les yeux élargis de surprise.

Il lui décocha ce beau sourire charmeur qu'elle aimerait toujours.

— Nous avons à peine commencé. Seriez-vous déjà fatiguée ?

Ses yeux brillaient.

Lorsqu'elle resserra les doigts sur son sexe dur, il se tendit de désir et elle oublia ses inquiétudes et ses questions.

— Certaines Anglaises sont très passionnées, dit-elle, aussi passionnées que les Roms.

Il se mit sur le dos et resta immobile.

— Alors, ceci est un test, répondit-il doucement, en lui lançant un long regard. Un test de votre passion — et de la mienne.

8

Ariella s'éveilla dans un cocon de chaleur. Elle battit des cils avec l'impression d'avoir été droguée, le corps léthargique et à vif en certains endroits, puis elle se réveilla complètement.

Elle était allongée, nue, dans les bras d'Emilian, dans une chambre d'hôte de Woodland. Leurs corps étaient emmêlés, une de ses jambes prise entre les siennes. Il l'entourait de ses bras et son visage était pressé sur ses côtes. Aussitôt, elle se rappela la façon lente, délibérée et exquise dont il lui avait fait l'amour.

Elle n'avait jamais été aussi heureuse, pensa-t-elle avec une bouffée de joie. Elle remarqua alors que l'aube grise filtrait dans la pièce. Même si une sensation délicieuse l'envahissait, elle se sentit alarmée. Mais avant qu'elle puisse s'asseoir, il resserra son emprise sur elle. Elle se tourna, vit qu'il était réveillé et la contemplait avec attention.

Elle sourit, mais il ne lui rendit pas son sourire. A la place, ses yeux gris scrutateurs parcoururent son visage, ses cheveux, ses seins.

— Je dois partir, murmura-t-elle, consciente qu'il était prêt à lui faire l'amour une nouvelle fois.

Il esquissa enfin un sourire.

— Vraiment ?

Il l'attira à lui et s'allongea sur elle.

Oh, elle n'avait pas envie de s'en aller, jamais !

— Emilian…, commença-t-elle, des images fusant dans son esprit.

Le soleil allait bientôt se lever et il fallait qu'elle soit à Rose Hill, dans son lit, comme si elle y avait passé la nuit. Elle imaginait les domestiques entamant leurs tâches quotidiennes. Ses parents se levaient tôt, ainsi qu'Alexi.

— Il faut que je rentre chez moi.

Il écarta ses cuisses du genou, tout en taquinant sa gorge de ses lèvres.

— Comment pouvez-vous me quitter maintenant, dans cet état ? murmura-t-il d'un ton aguicheur.

Il n'avait pas fini de parler qu'elle le sentit la pénétrer.

Son corps répondit aussitôt, avec ferveur — il lui avait si bien appris la passion. Elle perçut qu'il souriait contre son cou tandis qu'il la possédait profondément. Elle devait partir… mais les chaudes vagues de sensation la retenaient, menaçant de devenir insupportables. Elle noua ses mains sur sa nuque.

— Aimez-moi, chuchota-t-elle farouchement.

Le regard brûlant, il réclama sa bouche.

Un soleil brillant la réveilla.

Elle était si fatiguée. Elle n'avait pas envie d'émerger du sommeil, et elle grogna en mettant une main sur ses yeux. Ce mouvement lui fit mal au bras. Elle s'éveilla néanmoins, et prit conscience de son épuisement. Elle se sentait moulue, et elle se rappela soudain la soirée de la veille. Elle ouvrit les paupières, mais l'autre côté du lit était vide.

La lumière qui entrait à flots dans la chambre indiquait que c'était le milieu de la matinée, au moins. Elle se redressa sur son séant, déroutée. Pourquoi Emilian ne l'avait-il pas réveillée ?

Des souvenirs de la nuit passée la submergèrent. Pas étonnant qu'elle soit brisée. Emilian était un amant superbe et insatiable — mais elle s'était montrée assez insatiable elle-même. Elle rougit.

Elle resta assise, immobile, le cœur battant, son corps harassé tremblant, pensant à tout ce qu'ils avaient fait. Ils étaient amants, à présent. C'était le début du reste de leur vie. Elle eut envie de sourire. Son cœur qui chantait manquait sortir de sa poitrine, tant elle était profondément amoureuse.

Où était-il ? Pourquoi l'avait-il laissée dormir si tard ?

Elle aperçut par terre ses dessous déchirés. Sa robe gisait aussi sur le sol, tellement froissée qu'elle inspira vivement. Comment pourrait-elle rentrer chez elle dans ces vêtements ? Si quelqu'un la voyait ?

Elle leva les yeux. Un grand miroir baroque était accroché au-dessus du bureau, sur le mur d'en face, et elle aperçut dans la glace le reflet d'une inconnue.

Elle ne pouvait pas ressembler à ça ! Elle avait l'air d'une femme qui avait passé la nuit dans les bras de son amant, nue dans des draps emmêlés, le corps lascif et échauffé. Ses cheveux en désordre cascadaient sur ses épaules et sa poitrine. Ses yeux bleus étaient bien trop brillants, sa bouche rouge et gonflée.

Un fauteuil craqua.

Ariella regarda au-delà du bureau et ses yeux s'élargirent. Emilian était assis sur un siège de velours vert, dans l'ombre de la penderie, et la contemplait fixement, en silence.

Elle sourit, sur le point de le saluer, mais il ne lui rendit pas son sourire. Son expression était dure, distante et attentive.

Un sentiment de malaise lui serra le cœur. Elle sentit son sourire s'évanouir et se força à l'afficher de nouveau. Par réflexe, elle remonta un drap sur sa poitrine.

— Bonjour. Emilian ?

— Bonjour.

Il se leva. Son expression impassible, impossible à déchiffrer, ne changea pas. Il était complètement habillé, mais ne portait pas ses vêtements de la veille. Il avait une chemise blanche, des culottes et des bottes de cheval.

Le cœur d'Ariella se contracta de plus belle, douloureusement. Pourquoi ne lui souriait-il pas ?

— Que faites-vous ? demanda-t-elle.

Il la dévisagea.

— Je vous regardais.

— Vous me regardiez ? Pourquoi m'avez-vous laissée dormir ? Je dois rentrer chez moi ! Quelle heure est-il ?

Il croisa les bras et s'avança jusqu'au pied du lit. Son regard passa des yeux d'Ariella à sa bouche, puis à ses cheveux.

— Il est 10 h 30, répondit-il platement.

Elle poussa un cri de désarroi, mais ne bougea pas du lit.

— Il faut que je rentre ! Juste ciel, on va me découvrir ! Emilian… vous êtes si distant. Ai-je fait quelque chose pour vous mettre en colère ?

— Comment pourriez-vous me mettre en colère ? Nous avons passé une excellente nuit.

Une vive douleur transperça la poitrine d'Ariella. Jusqu'ici, l'intonation d'Emilian reflétait son expression impassible.

— Nous avons passé une excellente nuit ? répéta-t-elle, incrédule.

— Vous apprenez vite, déclara-t-il en haussant négligemment les épaules. Je savais que vous seriez une amante extraordinaire.

Il ne parlait pas comme un homme amoureux — ni même comme un homme qui se souciait d'elle. Mais il ne pouvait pas la considérer comme un objet dont il s'était servi — il ne pouvait pas la comparer à d'autres femmes !

— La nuit dernière a été merveilleuse, dit-elle nerveusement, son appréhension augmentant. Elle a été merveilleuse, n'est-ce pas ?

— J'ai prévu qu'un attelage de Woodland vous ramène à Rose Hill. Il vous attend devant la maison.

Ariella écarquilla les yeux. Quand son expression ne se modifia pas, elle s'écria :

— Vous savez que je ne peux pas rentrer chez moi avec mes cheveux dans cet état, et dans ces vêtements ! Que se passe-t-il ? Pourquoi ne souriez-vous pas ? Pourquoi parlez-vous comme si vous me rejetiez — comme si vous *nous* rejetiez ?

— Il est très tard. Vous devriez partir... miss de Warenne.

Elle étouffa un cri.

— C'est Ariella !

Elle s'avisa qu'il ne l'avait appelée par son nom qu'une fois de toute la nuit, lorsqu'ils s'étaient unis pour la première fois.

— Nous avons eu une nuit merveilleuse, c'est un merveilleux début ! protesta-t-elle, percevant le désespoir qui perçait dans sa voix.

Le visage d'Emilian se durcit. Elle vit de la colère dans ses yeux.

— De quel début parlez-vous ?

Elle avait la tête qui tournait.

— Je pensais qu'après cette nuit…

Elle ne put continuer.

— Si vous suggérez que nous poursuivions cette liaison, déclara-t-il en haussant de nouveau les épaules, cela peut être arrangé.

Elle manqua s'étrangler.

— Ce n'est pas ce que je voulais dire ! Vous savez quelle était ma pensée ! Je ne suis pas venue dans votre lit pour une liaison ! Je suis venue…

Elle s'interrompit. Elle avait la nausée. Il ne pouvait penser ses paroles. Il ne pouvait être aussi cruel.

— Je vous ai dit ce qui se passerait si vous veniez me rejoindre hier soir.

— Vous ne m'avez pas séduite de façon implacable ! Nous avons fait l'amour !

— Je vous ai séduite, froidement et cyniquement. Nous avons partagé du *sexe*.

Elle poussa un cri et sortit du lit, oubliant les draps.

— Pourquoi faites-vous ceci ?

Il croisa les bras sur sa poitrine et ses yeux prirent un air dur.

— Que fais-je exactement, miss de Warenne ? Vous vous êtes jetée à ma tête. J'ai accepté vos avances. Vous avez été amplement satisfaite. J'y ai pris plaisir moi aussi. Maintenant, vous devriez vous hâter de vous habiller, sinon vous ne rentrerez jamais chez vous sans être surprise par votre famille. Ils doivent être inquiets, à cette heure.

Il finit par sourire. Ariella tremblait de choc, de douleur.

— Nous avons fait *l'amour*, insista-t-elle.

— Et comment le sauriez-vous ?

Elle eut un mouvement de recul.

Il lui tourna le dos et se dirigea vers la porte, sans se presser. Puis il s'arrêta.

— Je vais voir si je peux vous trouver une soubrette.

Elle se couvrit la bouche de ses mains, mais ne put étouffer un sanglot étranglé.

— Voulez-vous ma perte ?

Trop tard, elle se remémora ses terribles paroles.

Il pivota vivement.

— Je ne vous ai pas fait une seule promesse !

Ses yeux étincelaient de colère.

— J'ai été parfaitement honnête avec vous. Je suis désolé si vous aviez des attentes absurdes. Je vous avais prévenue de me fuir en courant !

Il avait élevé la voix jusqu'à crier.

— Mais je pensais… je pensais que vous ressentiez la même chose pour moi que moi pour vous ! lança-t-elle d'un ton implorant.

Les larmes coulaient à présent.

Le visage d'Emilian se durcit plus encore.

— Eh bien, vous vous êtes trompée. Je voulais une soirée agréable, rien de plus — et je ne vous ai jamais laissé entendre autre chose.

Il sortit.

Elle avait fait une terrible erreur. Il avait pensé les avertissements qu'il lui avait donnés. Elle aurait dû le croire. Il n'avait pas de sentiments pour elle. Il l'avait utilisée froidement et implacablement.

Elle sentit ses jambes lui manquer. Elle ne s'en soucia pas. Elle se laissa tomber à terre, renversant une table, atterrissant durement sur son épaule. Une vive douleur la traversa, mais elle l'accueillit volontiers. Il avait dû entendre le vacarme, et cependant il ne revint pas.

Ariella se roula en boule.

Emilian referma soigneusement la porte de sa bibliothèque et s'y adossa. Son cœur tambourinait dans sa poitrine ; il avait du mal à respirer.

Il n'oublierait jamais l'expression d'Ariella.

Il avait voulu du *budjo,* la meilleure revanche d'un Tzigane contre tous les maux du monde. Jeune garçon, il avait volé une vache, l'avait peinte et revendue à son propriétaire. Stevan l'avait félicité et Raiza avait été fière de lui. Il avait pris plaisir à l'escroquerie, et le fait que le *gadjo* en question leur ait refusé de passer la nuit dans sa ferme avait rendu la duperie encore meilleure. Le fermier avait mérité ce *budjo.*

Il avait voulu qu'Ariella de Warenne soit un *budjo*, sa vengeance pour Raiza, et même pour Jaelle. Il avait su qu'il serait facile de la prendre et de la renvoyer aux *gadjos* déflorée et souillée. Un sot l'épouserait, sans même savoir qu'elle avait été utilisée par un amant tzigane.

Mais elle ne méritait pas d'être considérée comme un *budjo,* et il le savait parfaitement.

La nuit dernière, il avait joué d'elle comme de son violon. La nuit dernière, elle lui avait dit qu'elle l'aimait. Il avait feint de ne pas l'entendre.

Il ne voulait pas de son amour. Pourquoi n'avait-elle pu être une femme différente, une femme expérimentée, qui ne désirait que du sexe ? Pourquoi fallait-il qu'elle ait ces grands yeux bleus, qui pouvaient sonder l'âme vide d'un homme et y faire naître quelque chose de brillant et de léger ? Il savait qu'elle était en proie à la confusion ;

elle prenait le désir pour de l'amour. Il ne croyait pas au coup de foudre.

Pourquoi fallait-il qu'il ait été son premier amant ? Pourquoi fallait-il qu'elle prétende l'aimer ?

Il porta la main vers un rayonnage de livres qui allait du sol au plafond. Se servant de toute sa rage et de toute sa force, il l'arracha du mur. Le bois tomba dans un bruit sonore, en craquant et se fendant, tandis que des livres volaient partout, heurtant le sol comme des pierres. Puis il se tint dans la pièce saccagée, au milieu d'un terrible silence.

Il avait seulement voulu se servir d'elle et la renvoyer ainsi aux *gadjos*. Si elle avait été différente, expérimentée, le *budjo* aurait été simple et elle n'en aurait guère souffert. A la place, il l'avait ravagée.

Trop tard, il se rendit compte qu'il n'avait pas considéré toutes les conséquences de ses actions. Trop tard, il comprit qu'il n'avait pas vraiment eu l'intention d'abuser d'une telle femme et de la blesser.

Il ne parvenait pas à respirer. C'était comme s'il souffrait avec elle. Et alors, il entendit le piano.

Il se raidit. Il n'avait jamais entendu une musique aussi belle, aussi inspirée. Il jouait souvent à l'oreille, en suivant son humeur. Il ne pouvait imaginer qui jouait en cet instant, surtout une mélodie aussi profondément triste et envoûtante, emplie de nostalgie.

Il reconnut la profondeur de la douleur qu'il écoutait et, pendant un moment, il resta immobile.

Puis la mélodie changea. Elle devint légère, enjouée, pleine d'espoir et de joie.

Il ouvrit brusquement la porte et se dirigea d'un pas vif vers le salon de musique. Il s'arrêta, la porte ouverte, et vit Jaelle assise au piano, concentrée, ses doigts se mouvant agilement sur les touches. Elle souriait, mais des larmes striaient son visage.

Il ferma les yeux. Elle avait trouvé de la joie dans ce moment, mais sa vie était une vie de souffrance.

Tous les Roms souffraient.

Il avait bien fait de se servir de la femme de Warenne.

— Oh, mon Dieu ! Qu'est-il arrivé ? s'écria Margery.

— Ferme la porte, chuchota Ariella assise dans l'embrasure de la fenêtre, enveloppée d'un drap.

Elle était anéantie, à présent. Elle supposait qu'elle était en état de choc. Elle avait réussi à faire prévenir sa cousine, mais, depuis, elle n'avait fait que rester assise, à regarder dans le vide.

Margery ferma la porte, un paquet dans les bras. Elle écarquillait les yeux, notant le lit en désordre et les vêtements d'Ariella éparpillés sur le sol. Elle ramena les yeux sur le visage de sa cousine.

— Qui t'a fait ceci ?

Ariella regarda la jeune fille bouleversée.

— Je vais bien, dit-elle, la gorge nouée.

C'était un mensonge. Elle avait été grossièrement abusée, et elle n'irait plus jamais bien.

L'image d'Emilian lui traversa l'esprit, tel qu'elle l'avait vu pour la dernière fois, froid, impassible et implacablement remonté contre elle.

Une nouvelle douleur la transperça.

Trop tard, elle s'avisa qu'elle n'était qu'une sotte romantique.

Margery posa le paquet et courut à elle. Ariella se leva et sa cousine la prit dans ses bras. Il ne lui restait plus de larmes, même si elle avait envie de pleurer dans l'étreinte de Margery. La douleur demeurait, lui brûlant la poitrine. Un jour, peut-être, elle pourrait le haïr. Sauf qu'il lui avait dit exactement ce qui arriverait si elle se donnait à lui.

— Chérie, dit Margery en reculant, mais en gardant les mains sur ses épaules. *Qui a fait ceci ?*

Elle regarda le lit. Il était évident qu'Ariella avait perdu son innocence.

Cette dernière ne put répondre. Aussi horrible que soit Emilian, elle était réticente à prononcer son nom, même à Margery, à qui elle pouvait confier un aussi terrible secret.

Sa cousine luttait visiblement pour rester calme.

— Pourquoi ne me dis-tu pas ce qui s'est passé et qui t'a fait cela ?

Ariella se raidit.

— Je suis venue ici pour une aventure. Je croyais que j'étais amoureuse et qu'il m'aimait aussi. Je me suis trompée, parvint-elle à dire.

Margery étouffa une exclamation.

— Quand es-tu tombée amoureuse de St Xavier ? Quand l'as-tu rencontré ?

Ariella sentit son chagrin s'accroître. Son amour avait été à sens unique. Elle ne pouvait l'aimer, à présent, c'était impossible. Mais elle avait du mal à analyser ses émotions, tant elle était consumée par la douleur.

— Il est presque midi, dit-elle. Je t'en prie, peux-tu m'aider à rentrer à la maison sans être découverte ?

— Sans être découverte ? Ariella, ton père s'assurera que St Xavier t'épouse !

— Je ne veux pas l'épouser. Ce n'était pas St Xavier ! s'écria Ariella, sa maîtrise d'elle-même fragile. C'était le Rom !

Margery retint un cri.

— Le Tzigane ?

Ariella alla jusqu'au paquet, serrant le drap autour d'elle. Elle se sentait rompue, physiquement comme émotionnellement.

— Oui, c'était Emilian.

Sa cousine la suivit. Elle prit le paquet et l'ouvrit, posant les vêtements non sur le lit, qu'elle ignorait méticuleusement, mais sur le petit sofa. Elle déclara avec raideur :

— Je me demande comment tu as pu te croire amoureuse d'un homme que tu as rencontré il y a deux jours.

Ariella s'essuya les yeux.

— Tout le monde dans notre famille tombe amoureux brusquement, tôt ou tard. Je ne fais pas exception à la règle, apparemment.

— Tu es amoureuse d'Emilian, dit lentement Margery, qui avait pâli.

— Je le croyais ! se récria Ariella.

Sa cousine la prit dans ses bras.

— Oh, Ariella, je ne sais que dire ! Tu es allée trop loin… mais ton père peut le forcer à t'épouser !

— Je n'avais jamais été aussi attirée par quelqu'un auparavant. A l'instant où j'ai posé les yeux sur Emilian, j'ai été séduite.

Elle inspira.

— Je suppose qu'il avait raison. Il m'a dit que c'était du désir, pas de l'amour. Il m'a prévenue de rester loin de lui. De fait, j'ai négligé ses avertissements. Il m'a dit que si nous faisons l'amour, il s'en irait le lendemain.

Elle trembla. Pourquoi ne l'avait-elle pas écouté ?

— Manifestement, je ne suis pas tombée amoureuse. J'ai simplement été frappée par le désir.

Margery ouvrait de très grands yeux. Il s'ensuivit un terrible silence.

— Il t'a prévenue de l'éviter et tu l'as quand même rejoint ? demanda-t-elle enfin, incrédule.

— J'ai commis une terrible erreur.

Ariella se mordit la lèvre.

— Comme il est facile d'être sage, rétrospectivement. Il va partir bientôt. Je pensais que si je venais à Woodland, ce serait le début d'une histoire pour nous.

Margery se frotta le visage, puis elle déclara d'un ton bref :

— C'est un vaurien, répréhensible, en vérité, mais au moins il t'a exposé ses intentions, aussi déshonorables qu'elles aient été. Il semblait vouloir que tu restes loin de lui. N'importe quelle autre femme aurait suivi son conseil !

Ariella ferma fugacement les yeux, avec douleur. Elle le savait parfaitement.

— Bon, reprit Margery. Nous commettons des erreurs chaque jour et ce n'est pas la fin du monde. Habille-toi et rentrons à la maison, puis nous considérerons la situation ensemble. Nous sauverons ta réputation, ajouta-t-elle fermement.

Ariella n'était pas sûre de se soucier de sa réputation, mais ses parents y accorderaient beaucoup d'importance.

— Merci, murmura-t-elle.

Sa cousine l'aida à enfiler une camisole, des jupons et une robe bleue.

— L'épouserais-tu ?

Ariella la regarda. Son cerveau se figea.

— Je pensais ce que j'ai dit tout à l'heure. Si tu vas trouver ton père, il forcera Emilian à t'épouser et tu le sais.

Le cœur d'Ariella se mit à crier si fort qu'elle n'en pouvait plus de ce tapage intérieur. Elle couvrit sa poitrine d'une main, dans une vaine tentative de l'apaiser.

— Je suis en pleine confusion, Margery. Il y a une heure, je me suis éveillée dans la joie et si follement amoureuse.

Margery devint encore plus pâle.

— Il s'est montré si calme, si froid. Il a été *cruel.*

Margery se rua de nouveau sur elle pour l'étreindre. Ariella la repoussa.

— Non. Je suis une sotte. Je croyais que j'avais trouvé ce que tout le monde dans la famille possède — un véritable amour qui durera toujours. Mais à la place, j'ai mis le pied dans une histoire sordide. Je suis si blessée que je ne peux penser correctement.

— Je suis profondément lasse de ce mythe familial, déclara Margery avec ardeur. Sais-tu quand les Tziganes doivent quitter le Derbyshire ?

Ariella comprit que sa cousine envisageait un mariage forcé, pour son bien, ce qui serait impossible si Emilian disparaissait avec les Roms et ne pouvait être retrouvé.

— Je l'ignore. Et je ne pense pas qu'Emilian puisse être contraint à quoi que ce soit, même par mon père.

Soudain, ses genoux fléchirent et elle se sentit faiblir. Tout son plan avait échoué. Il partirait de toute façon.

— La nuit dernière, j'ai fait l'amour avec lui, dit-elle en pleurant. Je lui ai dit que je l'aimais. Mais il n'a pas fait l'amour avec moi. Je ne peux pas épouser un homme qui ne m'aime pas.

Elle voulait que Margery comprenne.

— Le pourrais-tu ?

— Non, répondit sombrement sa cousine.

Ariella inspira.

— Je n'ai jamais désiré un mariage convenable, n'importe comment.

Mais aussi blessée et bouleversée qu'elle soit, elle savait qu'un mariage avec un homme comme Emilian n'aurait rien d'ordinaire ni de convenable.

— Tu mérites un véritable amour, Ariella — et tu le trouveras, car tu es la femme la plus extraordinaire de la famille ! s'exclama Margery. Tu es brillante, instruite et aimable. Tu n'as jamais été méchante avec personne. Cet homme souffrira pour ce qu'il a fait ! Tu mérites un gentleman, Ariella, pas un goujat.

Ariella secoua la tête.

— Il souffre probablement déjà chaque jour de sa vie.

Les yeux de sa cousine s'élargirent.

— Tu étais au village, hier. Il est haï, méprisé. Des magasins et des auberges refusent de l'admettre. Tu aurais dû voir le maire et ses acolytes à Rose Hill, avant ton arrivée. Ils étaient frénétiques dans leur désir de chasser les Roms.

— S'il te plaît, ne t'autorise pas à ressentir de la compassion pour lui maintenant.

— Si tu veux me dire de le détester, je ne le peux pas. Il est déjà assez détesté comme cela.

Elle s'avisa, en cet instant, qu'elle exprimait une vérité absolue.

— Ariella ! s'écria Margery. Ta compassion est dangereuse ! Je n'ose pas imaginer ce qu'il adviendrait de toi s'il en tirait avantage…

— Ne t'inquiète pas. Je ne m'approcherai plus jamais de lui. Je ne coucherai plus jamais avec lui. La leçon m'a servi. Elle est bien trop douloureuse pour l'ignorer.

Elle resterait loin de lui, désormais. Ce n'était pas sa compassion, qui était dangereuse ; c'était lui.

Margery se mit à boutonner le dos de sa robe.

— Il nous faut un plan. Dieu sait que j'ignore comment nous allons rentrer à Rose Hill. Ta disparition a été remarquée. Quand je suis partie, Amanda a dit que tu devais avoir pris un livre et que tu étais sûrement pelotonnée quelque part, à lire.

Comme Ariella disparaissait souvent pendant des heures avec un ouvrage, cela n'avait rien d'inhabituel.

— J'ai un plan, mais il n'est pas très bon, dit-elle en prenant une brosse. Je vais dire la moitié de la vérité, et pour le reste je mentirai.

Margery pivota et leurs regards se soutinrent.

— Quand as-tu jamais menti, surtout à tes parents, à ta famille ?

— Je n'ai pas le choix, déclara fermement Ariella. Si je ne mens pas, mon père le tuera.

Emilian arrêta son étalon gris devant l'auberge du Cerf blanc. La pancarte avec ses mots haïs était toujours en place. Une rage incandescente l'envahit lorsqu'il descendit de son cheval, et une image de sa sœur au piano, des larmes gâchant son sourire, l'assaillit. Il attacha sa monture au poteau et entra d'un pas furieux.

La salle commune était humide et froide, sombre et emplie de fumée. Une douzaine d'hommes étaient assis à des tables ou au bar. Les têtes se tournèrent dans sa direction et les conversations se turent. Il jeta un coup d'œil au comptoir où Jack Tollman, l'aubergiste, servait de la bière. Il sourit, savourant la probabilité que quelqu'un remarque qu'il était un demi-sang et devait être chassé. *Qu'ils essaient.*

A la place, Jack lui sourit largement.

— Bienvenue au Cerf blanc, milord, dit-il. C'est un bel après-midi pour une pinte. Pas vrai, les gars ?

Les deux hommes assis au bar hochèrent la tête, en souriant d'un air obséquieux.

Emilian savait que dès qu'il tournerait le dos, ils murmureraient à son sujet. Ils l'insulteraient, lui et son *espèce.* Il s'avança lentement, les yeux sur l'aubergiste.

— Où est la diseuse de bonne aventure, Tollman ? demanda-t-il d'un ton frais.

Le sourire de Jack vacilla.

— Je ne l'ai pas vue, milord. Elle était là hier. Mais elle a dupé mes clients et je l'ai envoyée promener.

Emilian s'accouda au bar, trop près de l'aubergiste pour son confort, et ce dernier se crispa. Son haleine sentait la bière aigre.

— Elle n'a dupé personne, dit-il doucement.

— Je vous demande pardon, répliqua Jack, visiblement mal à l'aise. Bien sûr, nous avons fait une erreur avec cette gueuse de bohémienne.

— Cette gueuse de bohémienne est ma *sœur.*

L'aubergiste blêmit.

Emilian le saisit à la gorge et serra les doigts. Tollman s'étrangla. Emilian imagina Jaelle aux prises avec ces hommes, fuyant. Il accrut la pression avec plaisir.

— A… arrêtez ! supplia l'aubergiste.

— Vous l'avez touchée, lui avez fait du mal ! tonna-t-il.

Il avait envie de tuer cet homme pour ce qu'il avait fait.

Des mains l'agrippèrent par-derrière. Il les ignora, tirant

Jack par-dessus le bar tandis que ses clients essayaient frénétiquement de l'écarter. Alors que les yeux de l'aubergiste saillaient de peur et de panique, il entendit l'assistance lui crier d'arrêter. Des doigts s'emparaient de ses épaules, de ses bras, de ses poignets. Il refusa de lâcher Tollman, conscient que tous les hommes présents dans la salle s'efforçaient de le séparer de lui. *Qu'ils essaient.* L'aubergiste allait payer pour ce qu'il avait tenté de faire à Jaelle et il le regarderait mourir lentement.

Il était sur le point de commettre un meurtre.

Ce constat lui traversa l'esprit. Une part distante de lui-même était horrifiée.

Mais les yeux sans vie de Raiza s'inscrivirent dans sa tête, alors qu'elle gisait brisée dans une rue pavée d'Edimbourg, assassinée par les *gadjos.*

Je vous aime, Emilian.

Il entendit la déclaration passionnée d'Ariella, mais la vit telle qu'il l'avait laissée, pâle et blessée, les yeux emplis de larmes de douleur.

Ne faites pas ceci, Emilian.

C'était comme si elle se tenait près de lui, tant il l'entendait clairement.

Il hésita, son emprise se desserrant. Soudain, il fut arraché à Tollman et un poing s'abattit sur sa mâchoire. On le poussa rudement à travers la salle. Il chancela et tomba, avant de se relever vivement. Ce faisant, il vit l'aubergiste qui s'étouffait.

— Il a essayé de tuer Jack !

— Cochon de romanichel ! Assassin !

Emilian se redressa, conscient que le groupe en colère était prêt à s'en prendre à lui. Préparé à une attaque, il défia silencieusement les hommes de dire un autre mot contre lui. Le silence tomba. Tous les regards tournés vers lui étaient hostiles ; chaque client était tendu en vue de le bousculer.

— Que personne ne la touche de nouveau, lança-t-il en tâtant sa lèvre ensanglantée. Ou vous m'en répondrez.

Tandis qu'il se dirigeait à grands pas vers la porte, il les entendit marmonner à propos de bohémiens et de voleurs. Il sentit la meute qui se déplaçait derrière lui comme des loups, le suivant avec des intentions meurtrières.

Il savait que s'il se mettait à courir, ils le prendraient en chasse. Il savait qu'ils voulaient le mettre en pièces. Il poussa la porte et sortit au grand jour, frôlant un gentleman qui entrait dans l'auberge. Les hommes le suivirent jusqu'au seuil.

— Que se passe-t-il ? demanda l'homme, brun et jeune, en se retournant.

Emilian s'arrêta près du poteau, le souffle court, ébranlé par ses propres actions. Il n'avait jamais été empli d'une telle violence auparavant.

— Il a essayé de tuer Jack, capitaine de Warenne ! cria quelqu'un.

Emilian sursauta, regardant le gentleman. Comme celui-ci le dévisageait sombrement, il reconnut ses yeux bleus et devina qu'il s'agissait du frère d'Ariella. Une nouvelle tension s'installa.

— C'est terminé, dit le capitaine. Rentrez !

Les clients obéirent en grommelant, à part Jack Tollman qui apparut à la porte.

— Je livre mes propres batailles, déclara Emilian à de Warenne.

Ce dernier le regarda comme s'il était idiot.

— Vraiment ? rétorqua-t-il froidement. Vous étiez sur le point d'être lynché, et, vu la situation, je pense que vous auriez pu en mourir.

— Je suis Alexi de Warenne.

Emilian n'avait pas l'intention de se présenter. Il n'avait pas besoin de l'aide d'Alexi de Warenne, ni de personne d'autre.

— Il m'a attaqué ! lança furieusement l'aubergiste. Je veux qu'on le mette en prison ! Je veux qu'on l'accuse de meurtre !

Le besoin fou de céder à la violence naquit promptement. Emilian s'avança et sourit.

— Bien. Accusez-moi, et vous serez accusé de tentative de viol sur ma sœur.

Tollman blêmit.

Le regard d'Alexi de Warenne passa de l'un à l'autre tandis que l'aubergiste clamait :

— J'ignorais que c'était votre sœur ! Et il n'y a eu aucune tentative de rien du tout — elle a lu les lignes de la main à quelques clients, c'est tout !

Emilian inspira fortement. Il essuya du sang de sa bouche.

— Elle *fuyait* devant vous. Vous vouliez la forcer à coucher avec vous. C'est une tentative de viol.

— C'est faux, se récria Tollman. Dites-lui ce qui s'est passé, capitaine !

Emilian sursauta.

— J'étais là, expliqua Alexi d'un ton crispé. J'ai vu la poursuite. Et j'y ai mis fin avant que votre sœur soit blessée.

— Vous y avez mis fin ? répéta Emilian, stupéfait.

— Oui.

Les yeux d'Alexi foncèrent de colère.

— Je ne laisserais jamais une femme être abusée. J'espérais que Jaelle aille à Rose Hill avec ma sœur, mais elle s'est enfuie avant qu'Ariella puisse la soigner.

Emilian était incrédule.

— Vous avez aidé ma sœur.

— Naturellement. J'aiderais n'importe quelle femme en détresse.

Alexi se détourna, l'incrédulité d'Emilian se changeant en horreur. De Warenne avait sauvé sa sœur. Et, en retour, il avait défloré la sienne.

Il se sentit pris d'une violente nausée et se raccrocha au poteau, se demandant s'il allait vomir. Il se détestait.

Alexi de Warenne pivota.

— Personne n'accuse personne de quoi que ce soit… pour l'instant, déclara-t-il à l'aubergiste. Laissez les Tziganes tranquilles, Tollman. Laissez leurs femmes tranquilles. Nous n'avons pas besoin de ce genre de haine et de violence dans le Derbyshire. Ils partiront bientôt — je vous l'assure.

La nausée d'Emilian se dissipa, mais pas cette nouvelle et terrible tension. Il tourna le dos au jeune homme et alla à son cheval. Sa conduite était au-delà du déshonneur. Il aurait dû choisir n'importe qui d'autre qu'Ariella pour sa vengeance.

Il sentit que de Warenne le suivait. Il lutta pour recouvrer son contrôle et finit par lui faire face.

— Je peux livrer mes propres batailles, mais je vous sais gré d'avoir aidé ma sœur.

Alexi haussa les épaules.

— C'est ce que fait un gentleman. Vous avez besoin d'un conseil. Je ne vous blâme pas de votre fureur — je ferais la même chose pour ma sœur —, mais je ne suis pas un Rom. Affronter Tollman dans son auberge était de la folie. Que pensiez-vous y gagner ? Si vous l'aviez tué, on vous aurait pendu.

Emilian regarda le jeune homme et vit Ariella, à sa

place. Son frère le tuerait s'il savait ce qui s'était passé entre eux — et à juste titre.

— J'essaierai de me souvenir de votre sagesse à l'avenir.

Il se tourna pour partir. Alexi le retint.

— J'essaie de vous aider.

— Je n'ai pas besoin de votre aide, rétorqua-t-il d'un ton acerbe.

Le jeune capitaine le fixa un moment.

— Il faut que votre peuple s'en aille, déclara-t-il d'un ton ferme. Le plus tôt sera le mieux. Les gens sont en colère. Ils sont soupçonneux, emplis de haine et de peur. Ceci ne se terminera pas tant que vous ne partirez pas.

— Et vous, vous n'êtes pas empli de haine ? demanda Emilian en le scrutant avec attention.

Alexi plissa les paupières.

— Non, je ne suis pas empli de haine.

Tel frère, telle sœur, pensa-t-il. Il prit sa bride et se mit en selle, ignorant l'autre homme. Mais il ne pouvait ignorer sa culpabilité.

9

— Tu as passé la nuit dans le campement tzigane ? demanda Cliff de Warenne, incrédule.

Ariella faisait face à son père, Margery près d'elle. Elle se tenait immobile et très droite, son pouls battant avec une force alarmante.

Elle n'avait jamais été dans un tel désarroi, ni si mal à l'aise. Cliff l'adorait ; à ses yeux, elle ne pouvait faire aucun mal. Elle était vivement consciente qu'il serait ravagé par ce qu'elle avait fait. Pire, il tuerait Emilian.

— Une des femmes m'a invitée, dit-elle en tentant de sourire.

Il n'en revenait pas et resta un instant muet. Amanda se tenait à côté de lui, tout aussi surprise, et elle jeta un coup d'œil inquiet à son mari.

— Tu es allée trop loin ! s'exclama enfin Cliff. Comment t'es-tu rendue là-bas ? Attends — tu savais que je ne le permettrais pas et tu es sortie en douce ? Les Roms n'aiment pas les étrangers, mais une femme t'a invitée ?

Il était soupçonneux. Ariella se raidit. Leur relation avait toujours été fondée sur une confiance absolue. Elle n'avait jamais rien fait pour la violer jusqu'à présent.

— Oui, répondit Ariella, humectant ses lèvres avant de poursuivre. Hier, Alexi et moi avons aidé Jaelle au village.

Elle était aux prises avec plusieurs hommes. Et je lui avais parlé auparavant, quand nous avons apporté des douceurs aux enfants. Nous sommes devenues amies.

Cliff la fixa, l'air dubitatif.

— Vous savez que j'ai des amis très excentriques, à Londres, ajouta-t-elle d'une voix altérée.

Elle essaya de sourire calmement, mais n'y parvint pas. Son père, lui, sourit d'une manière si dangereuse qu'elle se raidit.

— Que s'est-il passé, Ariella ?

Amanda lui toucha le bras pour le mettre en garde. Il l'ignora.

— C'était une soirée de fête.

Ariella sentit ses joues s'empourprer.

— Ils jouaient de la guitare et du violon, des hommes et des femmes dansaient et chantaient.

Il secoua la tête.

— Une soirée de fête, répéta-t-il.

Elle ne pensait pas qu'il ait jamais été aussi furieux contre elle.

— Père, c'était de la recherche sur le terrain. La culture tzigane m'intéresse beaucoup. Quand aurai-je de nouveau une telle opportunité ?

Le visage de Cliff se contracta.

— T'a-t-on accostée ?

— Accostée ?

— Où était leur chef la nuit dernière, Ariella ? Le *vaida* demi-sang, Emilian ? demanda-t-il doucement.

Elle trembla. Elle ne pouvait lui mentir, mais elle ne pouvait non plus lui dire la vérité.

— Il était là, mais nous n'avons parlé que brièvement.

Son père la fixa et elle espéra ne pas être écarlate.

— Vraiment, releva-t-il d'un ton sceptique.

— Nous avons parlé très brièvement, insista-t-elle en rougissant. En vérité, j'espérais que nous pourrions avoir une conversation sérieuse, car c'est un homme hors de l'ordinaire — je n'ai jamais rencontré un *vaida* auparavant —, et je suis sûre qu'il a une foule d'histoires intéressantes à raconter. Après tout, il a probablement voyagé autant que vous ! Mais il n'était pas enclin à faire plus ample connaissance avec moi. Peu après mon arrivée, il a quitté le campement.

— Si tu penses te lier d'amitié avec lui, laisse-moi te dire que c'est une très mauvaise idée. Tu devrais te tenir éloignée de lui. Et tu ne peux tout simplement te faufiler hors de la maison en pleine nuit pour enquêter sur ta passion la plus récente, déclara sévèrement Cliff.

Ariella se retint de répondre. Elle avait eu maints débats passionnants avec son père — et les autres membres de la famille —, car elle adorait les confrontations d'idées. Mais ce n'était pas le moment de faire remarquer qu'à Londres elle assistait à des réunions radicales qui se prolongeaient bien après minuit, sans répondre de ses actions à personne hormis à son cocher.

Cliff paraissait plus calme, à présent, mais ses yeux bleus étaient perçants.

— J'ai entendu dire ce qui s'est passé au village. Je suis désolé pour la femme et content que ton frère et toi ayez été là pour l'aider. Je ne suis pas surpris non plus que tu ressentes tant d'empathie pour le peuple rom, en particulier après l'incident arrivé à Jaelle. Le peuple de ta mère a subi les mêmes persécutions et la même haine. Mais tu pousses ton intérêt et ta compassion trop loin. Tu aurais pu être accostée sur la route ou dans le campement tzigane. Tu es une jeune femme célibataire qui manque grandement d'expérience. Peu importe le nombre de pays que tu as vus, je me suis promis de veiller sur toi comme si tu étais une pierre précieuse. Tu es ma fille, Ariella, et jusqu'à ton mariage c'est mon devoir de te protéger de toutes les façons possibles. Tu ne peux pas quitter cette maison à une heure aussi inacceptable sans ma permission — et sans être dûment accompagnée.

Ariella n'avait pas l'intention de discuter, pas quand elle était sur le point de sortir de cette confrontation sans dommages.

— Père.

Elle sourit et toucha sa manche.

— J'ai commis une erreur de jugement et je suis la première à l'admettre.

Elle réussit à sourire de nouveau, mais elle avait vivement conscience que son cœur restait une blessure ouverte dans sa poitrine.

— Je suis terriblement désolée.

— Plus de recherches à minuit, Ariella.

Cliff se tourna vers sa femme et l'embrassa brièvement.

— A plus tard, dit-il, et il s'en alla.

Ariella échangea un coup d'œil avec Margery, qui paraissait incrédule. Elle savait qu'elle avait manqué d'être découverte d'un cheveu.

Amanda lui prit le bras.

— Cela a dû être une soirée mémorable, dit-elle.

Les yeux verts de sa belle-mère étaient interrogateurs.

— Cela a été très instructif.

— Tu parais épuisée.

Ariella ne trouva rien à répondre.

— Et tu sembles triste.

Amanda sourit gentiment.

— Si quelque chose ne va pas, tu sais que tu peux venir me trouver.

Ariella acquiesça, sans le penser. Elle aimait beaucoup sa belle-mère. Elle n'avait jamais connu sa mère, et son père avait rencontré Amanda quand elle avait six ans. Celle-ci était sa mère dans tous les sens du terme. Mais elle était toujours très amoureuse de Cliff, même après toutes ces années, et Ariella savait qu'ils n'avaient pas de secrets l'un pour l'autre. Si Amanda apprenait la vérité, elle se sentirait obligée d'en référer à Cliff.

Amanda l'embrassa sur la joue et quitta le salon.

Ariella était sur le point de s'affaler dans le fauteuil le plus proche quand elle vit Alexi debout sur le seuil. Elle se raidit.

Le visage dur et crispé par la suspicion, son frère croisa les bras sur sa poitrine.

— Qu'as-tu fait exactement la nuit dernière ?

Emilian traversa la grand-salle. Plusieurs jours avaient passé et il était heureux de ne pas avoir tué Jack Tollman. Il était beaucoup de choses, mais pas un meurtrier. Néanmoins, il avait presque perdu tout contrôle ce jour-là. Il ne devait plus jamais s'autoriser à perdre son sang-froid de cette façon. C'était trop dangereux. La vengeance était une chose, mais un meurtre, c'était une autre histoire.

Alors qu'il atteignait la double porte fermée de la bibliothèque, ses tempes commencèrent à le lancer légèrement. Se rendre dans cette pièce chaque jour lui était devenu difficile. Il était vivement conscient de la chambre qui se trouvait plus loin dans le couloir et de ce qui s'y était passé.

Mais ignorer la chambre en question ne gommait pas ses pensées, et ne dissipait pas ses souvenirs ni ne changeait les faits. Il entra dans la bibliothèque. Rien ne pouvait modifier ce qu'il avait fait.

Je vous aime, Emilian.

Il jura en allant à son bureau et en prenant son courrier. Il savait qu'il n'oublierait jamais ses actes. Il aurait dû éprouver un sentiment de triomphe, mais il n'y avait que de la colère, de la culpabilité et trop de regrets. Il fouilla dans la pile de lettres, trouvant celle de son avoué. Tandis qu'il l'ouvrait avec un coupe-papier au manche en ivoire, le visage d'Ariella, blessé et accusateur, apparut dans son esprit.

Au moins, elle ne l'aimait plus, maintenant. Il se rappela qu'elle ne l'aimait même pas alors. Il avait été son premier amant, c'était tout.

Il se força à se concentrer sur la lettre. Brian O'Leary avait plusieurs candidats pour le poste d'intendant, tous avec de chaudes recommandations. Il enverrait l'un de ces gentlemen ou chacun d'eux à Woodland, pour un entretien, et attendait de connaître les dates qui convenaient le mieux.

Emilian remua nerveusement et griffonna une réponse. Mais alors qu'il datait la lettre, il se figea.

On était le 22 mai. Pourquoi cette date le chiffonnait-elle ?

Il se leva et alla à la porte.

— Hoode !

Un moment s'écoula avant que son majordome arrive en hâte.

— Milord ?

— Qu'est-ce que ce jour a d'important ? demanda-t-il brusquement.

— Je ne vois pas, sir.

— Nous sommes le 22 mai. Cette date me rappelle quelque chose, dit Emilian, se sentant irrité.

Hoode haussa ses sourcils pâles.

— Le seul événement que je puis y attacher, sir, est que ce soir les Simmons donnent leur bal campagnard.

Emilian s'immobilisa. Il entendait nettement la cousine d'Ariella mentionner ce bal. Sa famille y assisterait — tout le monde y serait — *elle* y serait.

Son cœur explosa, battant fort et vite.

Et il savait très bien ce que cette réaction signifiait — elle trahissait son excitation.

— Merci, Hoode, dit-il en se détournant.

Elle continuait à l'exciter, mais il n'y aurait ni poursuite, ni conquête. Il en avait fait assez. Il l'avait blessée, et ce n'avait pas été son intention. Il aurait dû choisir quelqu'un d'autre pour son *budjo.* Il était en dette envers son frère, maintenant.

Elle irait au bal.

Il sourit presque. Elle n'était pas bonne danseuse, mais il l'imagina soudain dans une robe de bal, avec des bijoux, glissant gracieusement sur les accords d'une valse dans les bras de quelque gentleman. Puis il s'avisa que le gentleman n'était autre que lui-même. Sa tension s'accrut terriblement.

Il pensait à elle depuis des jours, depuis sa séduction calculée. Or il ne voulait pas penser sans arrêt à elle, à son sourire ou à ses yeux, ne voulait pas se la représenter valsant avec quelqu'un, surtout pas lui. Mais elle était tel un phare brillant dans un port sombre et dangereux. Elle était impossible à ignorer et apparemment impossible à chasser, même de ses pensées les plus intimes.

Il s'adossa au mur. Elle était très belle et d'une certaine

manière plus attirante qu'aucune femme qu'il avait rencontrée, mais elle s'était montrée assez excentrique pour venir le retrouver à Woodland. C'était une femme rare, il le savait à présent.

Il savait qu'il ne devait pas considérer sa nature éminemment passionnée. C'était sa nature à lui de profiter des femmes qu'il trouvait désirables, mais il n'avait jamais poursuivi jusqu'alors une femme célibataire et innocente — Ariella avait été la première et il avait eu l'intention de se venger. Elle n'était peut-être plus vierge, maintenant, mais elle restait naïve et inexpérimentée. Il avait abusé d'elle. Il ne devait plus jamais le faire. La poursuivre était hors de question.

S'il avait un jour l'occasion de recoucher avec elle, il pourrait se perdre complètement dans ses bras.

Il aurait voulu terminer sa réponse à O'Leary, mais son pouls battait la chamade et l'image d'Ariella dansait dans son esprit comme si elle le séduisait de loin avec ses yeux, son innocence, son sourire. Il ignorait comment elle allait depuis leur rencontre. Elle le haïssait probablement, à présent.

Il l'espérait. Ainsi, il n'y aurait plus jamais aucune chance qu'elle l'approche pour poursuivre ce qu'ils avaient commencé. En particulier parce qu'il n'avait eu aucune intention de commencer quoi que ce soit avec elle.

D'un autre côté, si elle ne le haïssait pas ?

Il pivota lentement, empli de tension. Il n'analyserait pas ses motifs maintenant.

— Hoode, préparez mon habit de soirée.

Cette fois, c'était lui qui ne pouvait pas résister.

*
**

Un parfait croissant de lune brillait dans le ciel constellé d'étoiles. Emilian descendit de son coupé, arrêté devant la demeure des Simmons. Trois douzaines de voitures étaient alignées dans l'allée semi-circulaire, au centre de laquelle se trouvait une fontaine. Alors qu'il marquait une pause face aux larges marches en pierre du perron, il tira sur son écharpe. Il sortait rarement le soir, encore moins pour un événement mondain. La longueur de sa queue-de-pie le préoccupait. Son écharpe l'étouffait, et il préférait ses bottes à ses chaussures. Il dénoua encore le ruban de soie noire. Il avait chaud, et il savait très bien pourquoi.

Il commença à gravir les marches. Il n'était jamais venu chez les Simmons auparavant, bien qu'ils l'aient invité des dizaines de fois. Il ne regardait jamais les invitations qu'il recevait, se contentant de les écarter. Alors que Hoode l'aidait à s'habiller, le domestique l'avait informé consciencieusement qu'il n'avait pas été invité à ce bal. Emilian en avait été ennuyé un instant, mais sa décision était prise : il s'y rendrait quand même. Il ne pouvait plus nier qu'il souhaitait apercevoir miss de Warenne, sans pour autant la poursuivre. Il voulait savoir si elle s'était remise de son grossier abus. Et il lui devait des excuses, qu'il comptait lui présenter discrètement.

Il voulait savoir aussi si elle le haïssait.

— Sir, ils seront ravis de vous recevoir, avait affirmé Hoode. Je n'ai aucun doute qu'ils ne vous ont pas invité parce qu'ils ont renoncé à attendre que vous acceptiez une invitation.

Emilian espérait que son majordome avait raison. Les mots « Pas de bohémiens ici » lui traversèrent l'esprit. Mais il avait été invité par toutes les grandes familles du

Derbyshire à leurs soirées, en maintes occasions. Hoode disait probablement vrai — il serait bien reçu ce soir-là.

Les valets s'inclinèrent lorsqu'il passa devant eux. Il était en retard de quarante minutes environ, et lorsqu'il fut conduit vers la salle de bal, il entendit les conversations des nombreux invités, ainsi qu'un piano et une harpe. Une fois sur le seuil de la grande pièce, il la vit aussitôt, malgré la foule brillante et colorée.

Elle était sur la piste de danse, dans les bras d'un autre homme. Elle était si belle et les souvenirs étaient si vivaces que son cœur se contracta.

Il lui vint à l'esprit qu'il se trouvait dans une situation délicate, s'il avait une réaction aussi vive en la revoyant au bout de cinq jours.

Mais il ne bougea pas. Le cœur tambourinant, il la fixa.

Elle portait une robe vert pastel, avec un profond décolleté en V et de petites manches qui dénudaient ses épaules. Ses cheveux étaient relevés à la mode anglaise qu'il trouvait si peu seyante, en boucles serrées, avec plusieurs mèches encadrant son visage. Cela n'importait pas. Sa beauté ne pouvait être diminuée par aucune coiffure — et il espérait que son tempérament n'avait pas été entamé par ce qu'il lui avait fait. Il se rendit compte qu'elle souriait à son partenaire, rayonnante.

Une colère dangereuse l'envahit tandis qu'ils tournaient. Elle ne lui appartenait pas, et il ne pouvait pas être jaloux. Puis sa colère se dissipa, car elle dansait avec son frère.

Même s'il était soulagé, il mesura qu'il était trop tendu pour se relaxer. Son sang était trop bouillant. Une nuit de séduction n'avait pas suffi.

Il les regarda se mouvoir sur la piste de danse aux accents d'une valse, une danse qu'il trouvait élégante mais trop guindée. Son frère était bon danseur, pas elle. Elle venait de lui marcher sur le pied. Il sentit ses lèvres s'incurver. Elle riait aussi de sa maladresse.

Elle était heureuse, et il en était étrangement content. Il les observa tandis qu'ils tournoyaient, les pas d'Ariella assez raides, comme si elle les comptait. Comment pouvait-elle danser avec une telle raideur, alors qu'elle était si sensuelle au lit ?

Son cœur ralentit dangereusement, mais chaque battement était lourd. Il se rappela son corps glissant sous le sien, et il sentit presque sa peau moite et soyeuse. Si elle se laissait aller à la musique comme elle s'était laissé aller à lui, elle pourrait danser superbement.

— Milord St Xavier, lança un homme d'une voix sonore.

Emilian pivota. Il ne reconnut pas le gentleman qui lui tendait la main, avec un grand sourire fixe. Il inclina la tête et répondit à son geste.

— C'est un grand plaisir de vous voir, sir, dit l'homme en lui serrant la main.

Dans son dos, il entendit un autre homme qui disait avec une vive incrédulité :

— St Xavier est ici ?

Il savait que les murmures commençaient et qu'ils contenaient plus que de la spéculation — ils contenaient des insultes.

— Milord, bonsoir.

Une jolie petite brune lui sourit, accompagnée de son mari chauve. Elle lui tendit sa main gantée, et ses yeux étaient chauds d'une invitation par trop familière.

Jane Addison avait été dans son lit chaque après-midi du mois d'avril, mais il ne l'avait pas revue depuis au moins trois semaines, et il ne souhaitait pas profiter de nouveau de ses faveurs. Il prit sa main et se courba dessus avec indifférence.

— Milord, c'est un grand plaisir ! s'exclama son mari, ravi.

Emilian lui sourit brièvement. Il avait croisé cet homme au fil des années, mais n'entretenait pas de relation avec lui. Il hocha la tête, et ce faisant il entendit quelqu'un dire :

— Je ne peux pas croire qu'il sorte dans le monde.

Le ton était teinté de vitriol.

Il regarda l'époux de son ex-maîtresse sans culpabilité ni remords. Il n'était guère le premier adultère de Jane, et il ne serait pas le dernier. En outre, il n'avait pas songé à une insulte en s'accouplant avec elle par terre, sur son bureau ou contre la porte. Il apercevait dans la salle plusieurs femmes avec qui il avait couché. Leurs maris avaient payé sans le savoir un prix élevé pour leur mépris et leur condescendance.

— Est-ce bien vrai ? murmura une femme.

Il savait, sans le moindre doute, qu'ils discutaient de ses origines roms. Agacé, il se détourna. Trois très jolies jeunes femmes se tenaient avec son cousin, Robert, et ses deux bons à rien d'amis. Elles rougirent toutes. Robert lui décocha un grand sourire et il comprit que celui-ci, en particulier, avait pris plaisir à parler de son héritage.

— Je vois que tu es sorti de ta tanière, finalement.

Robert lui prit la main et la serra comme s'ils étaient proches.

— Puis-je te présenter ces dames, Emil ? Miss Hamlin, miss Cutty et lady Haverford.

En se colorant et en pouffant, elles firent une révérence et minaudèrent. Elles étaient si sottes, et il avait oublié combien les jeunes vierges pouvaient être agaçantes. Il jeta un coup d'œil à la piste de danse. La musique s'était tue et Ariella quittait les bras de son frère. Son cœur ralentit de nouveau.

Elle n'était pas agaçante.

Elle était fière, intelligente, directe.

Et si elle ne le haïssait pas ?

Il se rendit compte que les trois jeunes filles bavardaient, mais il ne se soucia pas de les regarder. Il promena son regard sur la foule. Une douzaine de gentlemen observaient Ariella. Il n'était pas le seul à la désirer — naturellement. Sa tension s'accrut et il l'accueillit volontiers, préférant être distrait par des rivaux potentiels.

— Sir, sir, milord !

Une des débutantes tirait sur sa manche.

— Ceci signifie-t-il que vous allez frayer avec nous, maintenant ? Nous apprécierions tant votre compagnie à la fête de juin !

Il ne regarda pas la jeune fille qui parlait, mais se retint de frémir à son contact. *Il n'y avait pas de rivaux.* Il n'aurait pas dû venir, car il avait envie de la poursuivre. Pire, il souhaitait que les gens disparaissent pour pouvoir la contempler ouvertement, par pur plaisir.

Il ne verrait pas d'inconvénient à lui apprendre à danser.

Il se secoua. Danser avec elle serait impossible, après la nuit qu'ils avaient partagée.

Elle traversait la piste de danse, son frère la remettant à sa cousine et à sa sœur afin de rejoindre un groupe d'hommes, dont la plupart la fixaient hardiment. Il croisa les bras. Il devrait s'en aller. Il désirait la reprendre dans son lit, et c'était tout bonnement inacceptable. Ce soir, il avait l'intention de se conduire honorablement. Mais il resterait peut-être toute la soirée — juste pour voir quel gentleman pensait lui faire des avances.

Ariella, de profil, se raidit. Il comprit qu'elle avait senti son regard.

Elle pivota lentement, avec une expression perplexe. Son visage devint très blanc. Margery lui saisit le bras. Puis cette dernière le vit à son tour, et elle prit un air incrédule.

Ariella porta la main à son décolleté, où son cœur battait visiblement très fort. Sa détresse était évidente et il ne l'en blâma pas. Il se méprisa.

Elle se détourna et quitta vivement la pièce avec sa cousine. Il les vit sortir sur une terrasse ou dans un jardin.

— Tu connais miss de Warenne ? demanda Robert d'un ton affable.

Ariella traversa d'un pas vif la cour sombre, s'appuyant lourdement sur Margery. Elle ne parvenait pas à respirer. Elle avait passé les cinq derniers jours à essayer de l'oublier, et voilà qu'il paraissait au bal — vêtu comme un Anglais.

— Il faut que tu t'assoies ! s'écria sa cousine.

Ariella chercha une bouffée d'air, le cœur tambourinant, tandis que Margery la conduisait vers la margelle d'une fontaine. Elle s'assit avec soulagement, mais restait incrédule.

— Que fait-il ici ?

Margery s'assit près d'elle et l'enlaça d'un bras.

— Je ne sais pas ! Je vais m'assurer qu'il s'en aille, dit-elle farouchement.

Ariella sentit son cœur se fendre. Elle le couvrit de nouveau de sa main.

— J'ai essayé d'oublier ce qui s'est passé. J'ai essayé de

l'oublier, lui ! J'étais déterminée à me montrer raisonnable. Je me suis remise à lire sur les Mongols !

— Je sais, murmura Margery.

Mais sa cousine ignorait que les mots se brouillaient sur la page et que tout ce qu'elle voyait était Emilian au-dessus d'elle, les yeux étincelant de désir. Ou assis dans ce fauteuil, la fixant avec attention, d'une façon distante, en ayant déjà terminé avec elle. Margery ne pouvait pas savoir que les souvenirs étaient si vivaces, qu'elle sentait presque ses mains sur elle et entendait sa voix douce qui l'encourageait — ou son ton froid, qui la rejetait. Elle n'avait pas réussi à tenir ces souvenirs à distance. Pire encore, le souvenir de leur passion troublait ses sens et son corps alors qu'elle ne voulait plus de passion, jamais. La mémoire de son rejet implacable la faisait toujours souffrir.

Elle pouvait se dire mille fois qu'ils étaient fautifs tous les deux et qu'elle était la sotte de l'histoire, mais elle ne pouvait échapper à ses souvenirs. Elle pouvait prétendre que son cœur n'était pas brisé, mais c'était une feinte très fragile, vraiment.

Il y eut un bruit de pierre éraflée. Ariella se raidit quand la porte par laquelle elle était sortie s'ouvrit. Emilian mit le pied sur les dalles et pénétra dans la cour.

Margery se leva d'un bond.

— Allez-vous-en !

Ariella lutta pour respirer en se levant à son tour. Elle avait la tête qui tournait. Que voulait-il ? Pourquoi faisait-il ceci ? Elle était tombée amoureuse. Il ne lui retournait pas ses sentiments, mais il se pouvait bien qu'elle l'aime toujours — aussi stupide que ce soit —, car son cœur s'emballait. Elle était incapable de détourner les yeux tandis qu'il se tenait là, le clair de lune éclairant son visage parfait.

— J'aimerais parler à miss de Warenne, dit-il tranquillement.

Margery s'avança.

— Je ne pense pas !

Emilian ne la regarda pas. Il fixait Ariella, la mine sombre, attendant sa réponse.

Souhaitait-il retourner le couteau de son indifférence dans son cœur qui saignait déjà ? Ariella se mit à trembler.

— Laisse-nous, dit-elle d'une voix enrouée à sa cousine.

Celle-ci tourna vivement sur ses talons pour la fixer.

— Ariella ! commença-t-elle à protester.

— Non, laisse-nous.

La colère surgit de nulle part. Elle était énorme et la stupéfia. Au cours des cinq jours qui avaient suivi leur rencontre, elle n'avait pas été fâchée, pas une seule fois. A la place, elle avait fait de son mieux pour évacuer sa blessure et essayer d'oublier toute l'affaire. Mais Emilian n'était pas le genre d'homme qu'une femme pouvait aisément oublier.

Margery refit lentement face à Emilian.

— Vous n'avez pas le droit de la blesser de nouveau, le prévint-elle. Je n'aime pas tout ceci.

Il finit par lui jeter un coup d'œil.

— Je veux seulement lui dire un mot. Votre protégée ne risque rien pour le moment.

Son ton était empreint de dérision, mais d'une dérision dirigée contre lui-même, pensa Ariella. Elle ne comprenait pas pourquoi.

Margery passa devant Emilian et rentra dans la maison.

Ariella ne réfléchit pas. Elle avança vers lui et le gifla de toutes ses forces. Il ne flancha pas, mais le soufflet résonna bruyamment et elle réprima un cri, des larmes de douleur lui montant aux yeux. Elle serra son poignet meurtri sur sa poitrine.

— Bonté divine, vous auriez pu vous briser le poignet !

Il le prit dans ses mains et le tint fermement.

Elle leva les yeux, consciente de trembler violemment. Son poignet lui faisait si mal que ses larmes jaillirent.

— Lâchez-moi ! Ne me touchez pas ! Je ne peux pas supporter votre contact !

Ce n'était pas vrai. La façon dont il la tenait la choquait, mais elle était étrangement réconfortante.

Ils se tenaient si près l'un de l'autre que ses jupes couvraient les chaussures d'Emilian. Elle voyait clairement son visage, et quelque chose brilla dans ses yeux. Il la lâcha et recula.

Ses paroles l'avaient atteint.

Elle n'était pas vindicative, d'ordinaire, et regrettait presque ce qu'elle avait dit.

— Il faut mettre de la glace sur votre poignet et le bander fortement, dit-il d'un ton ferme. Laissez-moi vous aider… Ariella.

Elle le dévisagea, vivement consciente qu'il avait utilisé son prénom. Il ne l'avait prononcé qu'en une occasion, quand il s'était introduit en elle pour la première fois, au moment précis de leur union. Lentement, elle plongea les yeux dans les siens, mais la lueur qui y brillait n'avait rien de suggestif.

— Je crois que vous m'avez suffisamment aidée, déclara-t-elle d'une voix lourde.

Il l'avait blessée, s'était servi d'elle. Elle était en colère, mais elle n'avait jamais été sensible à quelqu'un autant qu'à lui. Ils ne devaient pas prolonger cet entretien, se dit-elle.

Le visage d'Emilian était échauffé.

— Votre poignet est probablement foulé.

— Je n'ai pas envie de parler de mon poignet.

Ses yeux gris étaient brillants, mais impossibles à déchiffrer.

— Je ne vous blâme pas de me haïr.

Elle le fixa. Elle ne le haïssait pas, mais n'avait pas l'intention de le lui dire.

— Je suis désolé, reprit-il d'une voix rauque.

Le monde s'arrêta de tourner.

— Quoi ?

— J'ai dit que j'étais désolé. Je suis venu ici pour m'excuser. Je suis empli de regrets.

Elle était stupéfaite.

Il semblait mal à l'aise, à présent. Il tira sur son écharpe, qui était déjà trop lâche.

Ariella prit une inspiration qui la calma presque.

— Je ne comprends pas. Qu'est-ce qui a provoqué ce changement ?

— Je n'avais pas l'intention de vous blesser.

Elle songea à son adresse d'amant, et à ses propres réponses exubérantes. Elle pensa à son réveil ce matin-là, lorsqu'elle avait été dévastée par sa froideur.

— Non. Vous aviez simplement l'intention de passer une soirée agréable. Vous comptiez seulement que nous profitions physiquement l'un de l'autre — avant d'oublier promptement mon nom.

Son visage se contracta.

— Oui. En partie.

Ariella savait qu'elle devrait partir. Son admission la

blessait, même si ce n'était rien de nouveau. Mais elle ne pouvait pas s'en aller.

— J'ai mesuré combien j'étais stupide. Une femme plus expérimentée, d'une nature différente de la mienne, aurait apprécié la rencontre et s'en serait sortie sans mal.

Le torse d'Emilian se soulevait et s'abaissait.

— Oui, c'est vrai. Mais je connaissais votre nature. J'aurais dû refuser votre offre. A la place, je vous ai séduite. Je sais que vous n'accepterez pas mes excuses, mais je suis résolu à vous les présenter.

Elle n'était certainement pas prête à lui pardonner.

— Est-ce qu'un peu de gentillesse le lendemain matin était impossible ?

Ses yeux étincelèrent.

— Oui. C'était impossible.

Elle frissonna.

— Alors, je vous ai mal jugé. Vous êtes cruel, et même impitoyable.

Il ne répondit pas.

L'esprit logique d'Ariella considéra ce nouveau développement.

— Néanmoins, vous avez revêtu les habits d'un Anglais et êtes entré dans une demeure anglaise pour me faire vos excuses.

Elle ne le comprenait pas. Ses efforts pour s'excuser étaient en complète contradiction avec son attitude le lendemain de leur nuit ensemble.

Il parla lentement :

— Je n'ai jamais séduit auparavant une jeune femme innocente, non mariée. Je ne me suis jamais estimé cruel, mais manifestement je le suis. Je suis venu ici ce soir pour m'assurer que vous vous étiez remise de notre rencontre et pour vous exprimer mes regrets, même en étant certain que vous les rejetteriez.

Elle croisa les bras.

— Vos actions indiquent que vous n'êtes pas entièrement implacable.

— Vous pouvez penser ce que vous voulez, dit-il, l'air irrité. Je ne suis pas venu discuter de mon caractère. Je me rends compte que vous êtes encline à penser le meilleur de tout le monde, au lieu du pire.

Il haussa les épaules.

— C'est une erreur.

Serrant ses bras autour d'elle, Ariella le regarda et ne vit que de la douleur et des regrets dans ses yeux.

— Je ne m'attendais pas à ce que vous acceptiez mes excuses.

Il inclina la tête et tourna les talons.

Elle saisit son coude, les surprenant tous les deux.

Lentement, il lui refit face.

— Que faites-vous ?

Un instant, incrédule, elle fixa sa petite main pâle sur son bras. Puis elle la laissa retomber, en prenant une inspiration. Elle ignorait ce qu'elle faisait !

— Nous avons tous fait des erreurs, commença-t-elle.

Comment pouvait-elle ne pas accepter ses regrets ? Elle s'était jetée à sa tête, en dépit de ses mises en garde. Elle avait voulu coucher avec lui.

— Merci pour vos excuses. Je les accepte.

Il écarquilla les yeux de surprise.

Elle respira avec difficulté.

— Je ne suis pas du genre à garder des rancœurs.

Il s'étrangla.

— Nous ne parlons pas d'une partie de cartes ou d'une affaire commerciale ! J'ai pris votre *virginité*.

Elle n'hésita plus.

— J'ai longuement réfléchi à nous deux. J'étais une sotte, d'avoir des sentiments romantiques alors que vous m'aviez prévenue qu'il ne s'agissait pas d'une romance. J'ai refusé d'écouter vos avertissements.

Elle se sentit rougir.

— Quelque chose me poussait à aller à vous.

Il joignit ses yeux aux siens et elle se demanda s'il comprenait vraiment ce qu'elle voulait dire. Rien n'aurait pu la retenir loin de lui — et de son lit — cette nuit-là. Il déclara fermement :

— Je suis le seul à blâmer. Je sais comment regarder une femme, Ariella. Je ne suis pas étranger au jeu de la séduction.

— J'ai conscience que vous avez séduit des dizaines de femmes. Je n'ai pas envie d'en entendre parler.

Il hésita, tandis qu'ils se dévisageaient.

— Il a été malhonnête de ma part de me jouer d'une personne aussi innocente et romantique.

— Oui, en effet. Mais vous êtes quand même pardonné, dit-elle d'une voix sourde.

Une lueur passa dans les yeux gris d'Emilian. Après un instant de réflexion, il dit :

— En vérité, votre générosité et votre amabilité ne me surprennent pas. Vous arrive-t-il d'être méchante ?

Conversaient-ils vraiment sans hostilité ? Sans rancœur ?

— Je ne suis pas mesquine de nature et jamais méchante.

Elle se rendit compte que son cœur tambourinait. Où pouvait les conduire un tel dialogue ? Mais il avait osé venir au bal des Simmons, rien que pour lui présenter ses excuses. Elle voulut sourire, mais n'y parvint pas, car elle était trop effrayée pour se le permettre. Son cœur souffrait déjà bien assez.

Emilian ajouta soudain, d'une voix douce :

— Je vous ai vue danser avec votre frère. J'ai été heureux de vous voir sourire.

Il haussa les épaules.

— Visiblement, vous n'étiez pas amoureuse de moi, en fin de compte. J'ai éveillé votre passion, mais pas votre cœur.

Il la regarda de nouveau dans les yeux.

Elle trembla. Il se trompait tellement, mais elle ne le corrigerait pas. Car elle était en proie à un tourbillon d'émotions et de confusion, et même l'espoir la guettait de nouveau.

Pourquoi se souciait-il qu'elle s'amuse à ce bal ?

Souhaitait-il qu'elle soit heureuse ?

Elle se rappela tout à coup la façon dont il l'avait pressée de tirer du plaisir de lui, encore et encore, pendant qu'il l'attendait. Elle se détourna, serrant ses bras autour d'elle. Ceci était différent, se dit-elle.

Elle fut envahie par une telle chaleur… Elle ne voulait pas et n'avait pas besoin de ces souvenirs maintenant, pas avant de comprendre exactement Emilian.

Elle sentit son regard fixé sur son dos. La soirée avait changé de nature. Sa colère s'était évanouie, et cela laissait à nu le courant qui semblait toujours passer entre eux. Il était là, à présent, brûlant et tangible.

Lentement, elle lui refit face.

— Alexi est un bon danseur. J'apprécie toujours de danser avec lui, et il ne se soucie pas que je lui marche sur les pieds.

Emilian sourit. Le cœur d'Ariella s'arrêta, puis s'emballa.

Aussitôt, son sourire s'effaça. Tout le temps qu'ils avaient parlé, il l'avait regardée dans les yeux, comme s'il voulait connaître ses pensées et ses sentiments les plus intimes. A présent, lentement, il abaissa son regard sur sa bouche.

Son cœur entama une danse lente et dangereuse. Il releva les yeux, ses prunelles brillantes et argentées. Il était impossible d'échapper à son magnétisme — et c'était entièrement sexuel.

Que devait-elle faire ?

Une petite voix dans sa tête la pressait de partir en courant.

Son cœur continuait simplement à battre sur cette nouvelle cadence, attendant, patient. *Si elle continuait à parler avec lui, la chaleur entre eux allait s'enflammer.*

Mais elle ne pourrait jamais supporter de nouveau le rejet qu'il lui avait déjà fait subir. Quelle que soit la chaleur intense provoquée par sa proximité, elle devait l'ignorer. Ne le devait-elle pas ?

Se remémorant sa bouche sur sa gorge, son corps puissant profondément enfoui en elle, elle dit :

— Vous avez pris un risque, en venant ici.

Il mit un moment à répondre.

— Bien que je n'aie pas été invité à ce bal, j'ai été invité maintes fois dans cette maison. J'escomptais un accueil chaleureux.

Ariella fut saisie de confusion.

— Je ne comprends pas.

— Ce n'est guère un secret, déclara-t-il en portant les yeux sur le creux de son décolleté. Ma mère était peut-être rom, mais mon père, lui, était un St Xavier.

Elle étouffa une exclamation, se souvenant de sa familiarité avec Woodland et de son arrogance quand il l'avait conduite dans la maison comme si c'était la sienne.

— Vous êtes un membre de la famille St Xavier ?

Elle comprit brusquement son aura d'autorité, ses manières et son élocution impeccables. Puis son attention alla à sa main droite et elle vit sa bague d'émeraude, portant son sceau.

— Vous êtes lord St Xavier ?

Il s'inclina.

— Le vicomte St Xavier, pour vous servir.

Elle en resta bouche bée, son cerveau s'emballant, essayant de trouver un sens à tout cela.

— Mais vous sembliez être avec la *kumpa'nia.*

En l'entendant user du nom rom de la tribu, les yeux d'Emilian s'adoucirent et sa bouche s'incurva.

— Oui. Ils sont venus ici pour moi, afin de me donner certaines nouvelles. Quand nous nous sommes rencontrés, je venais juste d'arriver au campement

J'aurais dû le deviner — votre anglais est trop parfait !

Elle s'éloigna, ébranlée. Son cerveau criait, essayant de lui dire quelque chose.

Tout le monde savait que St Xavier était bizarre.

Pas de bohémiens ici.

Elle virevolta vers lui.

— Qu'y a-t-il ? demanda-t-il.

Elle resta un instant muette et secoua la tête, tentant d'analyser les informations mêlées dans son esprit. Tout ce qu'elle put dire fut :

— Etes-vous anglais, ou êtes-vous rom ?

Son expression détendue disparut.

— Je vois. Vous vouliez un amant tzigane et vous êtes cruellement déçue.

Elle s'enflamma.

— Non. Je voulais que *vous* soyez mon amant — et mon amour.

Et elle souhaita ne pas avoir énoncé cette dernière vérité.

— Mais nous sommes d'accord, maintenant, j'ai confondu l'amour et le désir.

Il abaissa ses cils, cachant ses yeux.

Elle le dévisagea, écartant ce sujet douloureux. Si l'on ne connaissait pas les faits, on le prendrait pour un aristocrate anglais. Mais elle l'avait vu danser sous les étoiles, aussi rom que n'importe lequel d'entre eux. Que signifiait tout cela ?

— Emilian ? demanda-t-elle.

Il sursauta et releva les paupières.

— Avez-vous été élevé ici ?

— Mon père avait besoin d'un héritier. Il a engagé des enquêteurs pour retrouver ma mère et m'a fait venir à Woodland quand j'avais douze ans, répondit-il d'un ton détaché.

Le cœur d'Ariella fondit comme du beurre.

— Et votre mère ?

— Elle est restée avec la tribu.

Elle s'arrêta devant lui, essayant d'imaginer un jeune garçon arraché à sa mère, à son peuple, pour apprendre un nouveau mode de vie, pour aimer une nouvelle famille inconnue.

— Votre père était-il gentil ?

Il ouvrit de grands yeux.

— Il ne me battait pas, si c'est ce que vous voulez dire. Il me traitait justement et avec affection.

Elle le regarda dans les yeux, des yeux qui étaient francs et directs, ni hardis sous l'effet du désir, ni brûlants de colère. C'était un moment rare.

Il changea de position.

— Pourquoi me fixez-vous ? Pourquoi me regardez-vous comme si j'étais un animal en cage ?

Elle savait si peu de choses sur les Tziganes. *Pas de bohémiens ici.*

— Il a été dur, n'est-ce pas, et même douloureux de passer d'une vie à l'autre ?

— Pourquoi parlons-nous de mon enfance ? demanda-t-il avec agacement.

— C'est un peu ce que vivent les créatures sauvages qu'on enferme dans une cage.

Elle exprimait ses pensées à voix haute, lentement.

La tension le fit frémir tout entier.

— Cela a été difficile, oui. Je détestais Edmund et je haïssais tous les *gadjos,* au début. Mais c'était il y a longtemps.

Il l'avait appelée *gadjé* une douzaine de fois, cette nuit-là, et elle avait la terrible intuition que ce n'était pas un mot doux.

— Quoi ? demanda-t-il âprement.

— Vouliez-vous m'insulter en m'appelant *gadjé* ?

Il inspira.

— Vous êtes une *gadjé,* Ariella, et rien ne le changera jamais. C'est un fait dont j'ai vivement conscience, que nous soyons au lit ou non.

— Votre réponse n'en est pas une.

Sa bouche s'incurva presque.

— Et si je vous disais que vous êtes la plus belle *gadjé* du pays ?

Elle fut forcée de sourire, malgré son pouls qui battait la chamade.

— Alors, je vous dirai que vous avez besoin de lunettes.

Elle leva une main et lui toucha le menton, impulsivement.

Il se tint immobile, sans s'écarter. Et à ce moment-là, alors qu'une chaleur intense s'allumait dans ses yeux, la transition fut complète. Elle avait espéré éviter une intimité plus grande, et tout autre lien, mais elle se sentit tournoyer dans une danse qui ne pouvait mener qu'à un seul endroit. Elle lui avait pardonné et désirait qu'ils soient amis, mais il était trop séduisant, trop viril et trop attirant pour une simple amitié. Et ils avaient une histoire, à présent.

Rien de cela ne comptait.

Elle savait qu'elle devait ôter sa main. Il savourait par trop son contact et elle souhaitait, désespérément, caresser beaucoup plus que son visage. Elle aurait dû s'éloigner de lui dès qu'il avait mis le pied dehors, mais elle ne l'avait pas fait. Elle devait ôter sa main, mais elle ne le fit pas.

Son large torse se souleva et s'abaissa. Il tourna légèrement son visage et posa sa bouche sur sa paume.

— Je n'ai jamais dit, déclara-t-il doucement, que je ne vous désirais plus. Il est temps que vous partiez.

Elle avait du mal à réfléchir alors qu'il venait juste d'embrasser le creux sensible de sa main. « Je ne suis pas insensible à cet homme, se dit-elle, et je ne le serai jamais. »

Et elle ne souhaitait pas l'être d'ailleurs. Pour le meilleur ou pour le pire, ils étaient liés.

Finalement, elle avait raison : c'était le début de quelque chose entre eux. Quelque chose d'indéfinissable et de merveilleux.

La porte s'ouvrit. Il se tourna aussitôt, ce qui fit qu'elle put à peine voir au-delà de lui.

Margery se tenait sur le seuil.

— Ton père demande où tu es, Ariella.

Emilian lui refit face.

— Allez vite, murmura-t-il, avant qu'il soit trop tard.

Ses yeux gris étaient brûlants.

Elle se sentit secouer la tête.

— Je ne m'enfuirai pas.

— Ariella. Je vous ai blessée une fois, c'est assez. Je suis venu ce soir pour m'excuser, mais visiblement je n'aurais pas dû le faire.

Il respira avec difficulté.

— Je ne me fie pas à moi-même, maintenant.

Elle sourit.

— Moi, je me fie à vous.

— C'est une idée dangereuse.

Elle passa près de lui et s'arrêta.

— Emilian ? Pour le cas où vous ne l'auriez pas compris, je ne vous déteste pas — et ne vous détesterai jamais.

10

Alexi se dirigea à grands pas vers Margery, debout sur le seuil d'une cour intérieure. Elle semblait très tendue.

— Où est ma sœur ? demanda-t-il, subodorant instantanément une conspiration féminine.

Cela l'amusait. Il avait subi ce genre de conspiration toute sa vie, avec ses sœurs et ses cousines. Toutefois, Cliff lui avait demandé directement d'aller voir ce que faisait Ariella, alors il en tolérerait une de plus.

Margery se plaça devant lui.

— Ariella souffre d'une migraine. Elle va rentrer, mais je suppose qu'elle voudra regagner la maison.

Soudain, Alexi fut pris de soupçons.

— Elle m'a évité toute la semaine, alors que d'habitude elle passe son temps à m'agacer avec ses obsessions historiques et ses derniers débats politiques. Elle m'en rebat toujours les oreilles !

Il n'ajouta pas qu'elle le harcelait surtout au sujet d'Elysse, mais elle n'avait abordé qu'une fois cette question douloureuse durant ce séjour.

— Je l'ai à peine vue depuis que je suis arrivé. Et maintenant elle a une migraine ? Excuse-moi.

Il passa devant sa cousine. Sa sœur n'avait jamais de

migraines. Et elle ne manquait jamais de mettre le nez dans ses affaires personnelles. Quelque chose la tracassait.

Ariella s'avançait vers lui. Il jeta un coup d'œil à son sourire, vit ses joues échauffées et comprit. Il se sentit réellement alarmé. Il scruta la cour du regard, mais n'aperçut personne.

— Veux-tu danser de nouveau avec moi ? demanda-t-elle en souriant.

Il la prit par le bras.

— Tu détestes danser. Tu détestes les bals. Pourquoi souris-tu ainsi ?

Le sourire d'Ariella s'évanouit, puis reparut.

— Je ne déteste pas danser. Je ne déteste pas les bals. D'ordinaire, j'ai des choses plus intéressantes à faire, c'est tout.

Alexi scruta encore les ombres environnantes. Il se tourna vers elle.

— Si je n'étais pas fixé, je dirais que tu viens d'avoir un rendez-vous galant.

La rougeur d'Ariella s'accrut.

Il avait raison ! se dit-il. Il était complètement incrédule, car sa bas-bleu de sœur était la femme la moins passionnée, la moins romantique qu'il connaissait.

— Tu es fou, dit-elle.

Elle passa devant lui, entrant avec Margery. Il les suivit du regard et les observa tandis qu'elles se penchaient l'une vers l'autre.

Très déterminé, il alla jusqu'au milieu de la cour. Un muret en pierres la séparait des pelouses qui s'étendaient au-delà. Il ne vit personne s'esquiver par là.

Peut-être s'était-il trompé. Il était soulagé. Sa sœur était trop intelligente pour son propre bien et terriblement raisonnable quand il s'agissait de sujets politiques ou de problèmes sociaux, mais elle n'avait aucune expérience des hommes. Il espérait qu'un jour elle s'éprendrait d'un homme bien, aimable et honorable — un bon parti —, quelqu'un de solide et de compréhensif issu d'une bonne famille, peut-être même avec des moyens.

Jusque-là, c'était son devoir de tenir les gredins à distance.

Ariella vit son père debout près d'un pilier, l'attendant. Emilian s'était éclipsé à travers la pelouse, mais elle ignorait s'il était parti de chez les Simmons ou s'il allait revenir au bal par une autre entrée. Néanmoins, elle avait du mal à ne pas regarder derrière elle, juste pour s'assurer qu'il n'était pas là.

Cliff vint vers elle. Tandis qu'il traversait la salle, des femmes le regardèrent dans l'espoir d'attirer son attention, mais il ne sembla pas le remarquer.

— Où étais-tu ? s'enquit-il d'un ton soucieux. Vas-tu bien ?

Elle lui sourit.

— Vous savez que je ne prise guère les bals. J'ai décidé de sortir profiter des étoiles.

— Je t'ai cherchée dans la bibliothèque. C'est la première fois que je te vois t'éclipser pour aller dehors — tu t'arranges toujours pour trouver un volume rare à lire.

Ariella hésita.

— Je cherchais la bibliothèque, commença-t-elle, mais Margery s'avança.

— Je lui ai demandé de sortir avec moi, oncle Cliff. Je voulais son avis sur une question très personnelle.

Paraissant satisfait, Cliff sourit et s'excusa. Ariella échangea un coup d'œil avec sa cousine, qui lui décocha un regard signifiant : « Tu es folle ? » Ariella décida de ne pas défendre ses actions.

— C'est choquant… St Xavier.

Ariella entendit la phrase et le nom d'Emilian, prononcé avec dédain par un homme qui se tenait derrière elle. Elle se tourna et vit deux hommes et deux femmes pressés les uns contre les autres. Elle espéra s'être trompée sur la condescendance du gentleman.

Margery lui prit le bras et essaya de l'écarter. Ariella lui jeta un regard noir et articula silencieusement : « Chut ! » Elle avait l'intention d'écouter la conversation.

— Il n'était pas invité, dit une jolie blonde avec ardeur. Lady Simmons me l'a dit elle-même. Elle est livide, absolument livide, car il a refusé jusqu'ici toutes les invitations qu'elle lui a envoyées. Et voilà qu'il apparaît sans être invité — et il n'a même pas salué lord et lady Simmons !

— C'est son côté sauvage, Belle, déclara un homme. On peut habiller n'importe qui en gentleman, mais les bonnes manières sont une autre histoire. Une bonne éducation ne s'achète pas.

Ariella était atterrée.

— Je ne l'avais encore jamais vu, intervint la rousse, le teint avivé. Tous les Tziganes sont-ils aussi superbes ?

Les deux gentlemen la fixèrent, puis le premier reprit froidement :

— Letitia, vous ne le prenez certainement pas en considération pour votre second mari ? Vos enfants seront souillés de sang tzigane et vous serez méprisée.

— J'ai entendu dire qu'il allait épouser la veuve Leeds.

L'autre homme rit.

— Elle approche des quarante ans, mais elle a quatre fils

robustes et prétend qu'elle peut encore en avoir quelques-uns de plus. C'est le mieux qu'il puisse faire.

— Je ne le considérais pas comme un prétendant, protesta Letitia d'un air hautain. Simplement, je n'avais jamais vu d'homme tzigane auparavant. Vous devez admettre qu'il a l'air d'un prince russe.

La blonde se pencha vers elle.

— Il est renommé pour ses liaisons, Lettie.

Elles échangèrent un regard fasciné.

— Il est revenu. Devons-nous nous présenter ? Vous le trouverez peut-être moins superbe quand vous entendrez son accent et comprendrez que ses habits bien coupés dissimulent la classe la plus basse de l'humanité, dit le gros gentleman en soufflant avec mépris.

Ariella trembla de colère. Elle vit le quatuor se diriger vers Emilian, visiblement disposé à s'amuser à ses dépens. Les dames firent une révérence et les hommes sourirent largement, faussement, en lui serrant la main. Ariella savait que ce n'était que comédie. Savait-il qu'ils le méprisaient, le dédaignaient, l'insultaient ?

Son regard gris dépassa les quatre invités et la trouva.

Elle se mordit la lèvre et secoua la tête, espérant qu'il comprendrait que c'était un groupe de faux-jetons. A travers la pièce, elle le vit sursauter en se rendant compte qu'elle essayait de communiquer avec lui. A son expression, elle s'avisa qu'il ne saisissait pas ce qu'elle voulait dire.

Le premier gentleman, qu'elle abhorrait, était en train de lui parler. Ariella ne put le supporter. Elle ne laisserait pas ces chacals se servir d'Emilian pour leur amusement. Elle se dirigea farouchement vers lui.

Les femmes le contemplaient d'un air captivé. Elle vit qu'elles lui étaient indifférentes. Elle fut encore plus satisfaite quand il sentit sa présence et se détourna. Son expression se fit chaleureuse et intéressée.

— Bonsoir, milord. C'est un plaisir de vous voir ici.

Elle ignora le petit groupe, ne faisant la révérence que pour lui. Elle savait qu'elle se montrait grossière, mais elle n'en avait cure. Elle ne connaissait pas ces gens et serait damnée avant d'être présentée.

— Puis-je vous dire un mot, milord ?

Il esquissa son beau sourire, incroyablement lent et charmeur.

— Une offre que je ne peux refuser.

Il jeta finalement un coup d'œil aux deux dames et inclina poliment la tête. Il se montra distant avec les hommes. Il fit un pas de côté et ils laissèrent le détestable groupe derrière eux, prenant soin de ne pas se toucher.

Ariella regarda son profil à la dérobée. Sa contenance était si rigide et si correcte, si retenue. Il tenait sa tête avec une grande fierté. Il savait que les gens murmuraient dans son dos. Son cœur souffrit pour lui.

Pas de bohémiens ici.

— Que faites-vous ? demanda-t-il directement, quand ils s'arrêtèrent près d'un pilier.

— Je vous sauve.

Elle sourit.

Et, pour la première fois, elle le vit sourire d'un air amusé.

— Je n'ai guère besoin d'être sauvé.

— Permettez-moi de ne pas être d'accord — vous aviez besoin d'être sauvé de ces individus. Ils étaient infects et grossiers, déclara-t-elle, le cœur soudain empli de bonheur.

Elle adorait le voir sourire. Si seulement il souriait plus souvent !

— Comme vous avez voulu me défendre la première fois que nous nous sommes rencontrés ? s'enquit-il.

Il fallut un moment à Ariella pour se rappeler cet incident.

— Je refuse de condamner quiconque sans des faits, dit-elle fermement.

Le ton d'Emilian changea.

— Miss de Warenne, c'est un plaisir de faire convenablement connaissance.

Son sourire avait disparu et il s'inclina gravement.

Elle se tourna vivement et vit son père qui approchait. Son pouls se fit irrégulier. Elle avait l'impression d'avoir été surprise en galante compagnie.

— Père, il s'est produit un retournement étonnant, dit-elle.

Ses joues étaient brûlantes.

— Le *vaida* que nous avons rencontré à Rose Hill est lord St Xavier.

— Je viens de m'en apercevoir, déclara Cliff, qui ne paraissait pas ravi.

De la suspicion pointa dans ses yeux.

— Je pense qu'une présentation correcte s'impose.

Emilian inclina la tête et regarda Cliff avec un dédain évident. Ariella en fut alarmée. Il n'avait pas besoin d'être belliqueux maintenant !

Même son sourire fut arrogant.

— Vicomte St Xavier. Le plaisir est pour moi… capitaine.

Ariella parvint à s'empêcher de gémir. Emilian venait de jeter son titre à la figure de son père. Elle savait que ce dernier se moquait des titres, mais il adorait un défi, comme tous les de Warenne. Emilian ne pouvait-il se conduire convenablement, pour une fois ?

— Comme il est étrange, déclara Cliff, que vous n'ayez pas décliné votre identité quand vous feigniez d'être un Tzigane à Rose Hill.

— Ma mère est rom, rétorqua Emilian. Je suis un demi-sang. Ce n'était pas une feinte.

— J'avais entendu les ragots à votre sujet, reprit Cliff. J'aurais dû faire la relation. J'ai également entendu dire que vous n'assistez jamais à des événements mondains. Qu'est-ce qui vous amène chez les Simmons — ou ai-je besoin de le demander ?

Son regard bleu ne quittait pas le visage d'Emilian.

« Il a deviné une partie de la vérité », pensa Ariella. Il sentait qu'Emilian était venu au bal pour la voir. Elle trembla.

— Père ? Lord St Xavier et vous êtes voisins. Je trouve merveilleux que vous vous soyez enfin rencontrés. J'espère que ce sera le début d'une étroite relation.

Les deux hommes l'ignorèrent.

— Si vous pensez un instant que je vais vous expliquer mes motifs, capitaine, vous vous trompez, déclara doucement Emilian. Je vais où je veux, quand je veux.

— Vous êtes donc incapable d'une réponse polie ? Bien sûr que oui. Vous vous croyez au-dessus du besoin de vous expliquer. Je pense que vous êtes jeune, que vous avez la tête chaude et que vous n'êtes que trop prêt à livrer bataille à quiconque se met sur votre chemin. C'est de la stupidité, St Xavier, asséna Cliff d'un ton sec. Ariella, lord Montgomery souhaite une danse.

Puis il toisa Emilian du regard.

— Bonne soirée.

Arielle se tordit les mains à ce rejet caractérisé, mais Emilian montra ses dents blanches. C'était féroce et déplaisant.

— Oui, comment ai-je pu commettre le faux pas de parler à votre fille ? Miss de Warenne a le sang trop bleu pour supporter ma présence.

Cliff, sur le point de se détourner, se raidit.

— Ma fille est une dame et elle mérite les attentions d'un gentleman, pas d'un débauché. Elle n'acceptera que des prétendants aux intentions honorables, décocha-t-il. Quelles sont vos intentions, St Xavier ? Pouvez-vous vous donner la peine de répondre à cela ?

Emilian ne parut pas ennuyé.

— Il se trouve que je suis d'accord, de Warenne. Votre princesse devrait être courtisée par des gentlemen honorables. Quant à mes intentions ?

Il haussa les épaules.

— Je n'en ai aucune. Toutefois, nous étions simplement en train de converser et ce n'est pas un crime — même pour un Tzigane.

Ses yeux gris étincelèrent et il s'en alla.

Ariella tremblait violemment, plus que soulagée que cet entretien hostile soit terminé. Puis elle virevolta vers son père.

— Il souffre assez comme cela ! Aviez-vous besoin de l'attaquer de cette façon ? Ne voyez-vous pas comment les gens le traitent ?

Cliff fut stupéfait.

— Je ne l'ai pas attaqué, mais il avait besoin d'un avertissement, Ariella. Cet homme est un coquin — il est arrogant, tête brûlée et bien trop séduisant pour les femmes. Regarde ! La moitié des dames dans cette pièce essaient de l'attirer ! Je suis désolé de me montrer si grossier, mais je ne doute pas qu'il finira la nuit avec l'une d'elles — et sapristi, ce ne sera pas toi !

Ariella réprima une exclamation, rougissante.

— Nous ne faisions que parler, parvint-elle à dire, consciente de son terrible mensonge. Père, avez-vous entendu les choses horribles que les gens disent dans son dos ? Ils lui sourient au visage et le méprisent quand il tourne le dos. C'est injuste et cruel !

Les yeux étincelants de Cliff s'adoucirent.

— Oui, en effet, mais bonté divine, ce n'est pas ton affaire. Il profitera de ton cœur tendre. S'il te plaît, ne songe pas à défendre sa cause. Aucun bien ne peut en sortir.

Il sourit.

— J'ai inventé cette excuse à propos de Montgomery, mais pourquoi ne vas-tu pas le saluer ? Peut-être te demandera-t-il de danser.

— D'abord, je n'ai pas envie de danser avec Montgomery. Ensuite, je me moque complètement de quelque prétendant que ce soit et vous le savez.

Elle ferma les yeux et abandonna.

— Franchement, je souhaite être l'amie de St Xavier. Il en a besoin.

Son père pâlit.

— Tu es si naïve. Un homme comme lui n'a pas d'amie femme. Une amitié ne conduira qu'à une chose. Sur ce point, tu dois te fier à mon expérience.

Elle se raidit.

— Allez-vous me dire maintenant avec qui j'ai le droit d'être amie ?

Cliff se figea.

— Bien sûr que non.

— Merci. Je suis consciente de sa réputation, ajouta-t-elle.

Il serait tellement plus facile de discuter d'Emilian si elle n'avait pas déjà trahi la confiance de son père.

— Je serai prudente.

— Chéri.

Amanda apparut au côté de Cliff, souriante, mais ses yeux verts étaient agrandis par l'inquiétude. Ils allaient vivement du père à la fille.

— Comment pouvez-vous vous quereller par une si belle nuit ? Venez danser avec moi.

— Dans un moment, Amanda, répondit-il. Ariella, de grâce, écoute cet avertissement. Il ne veut pas d'amitié de toi, et je suis certain qu'il est dangereux. Tu vas perdre la tête.

Elle frissonna. Elle était déjà engagée bien plus profondément qu'elle n'aurait pu l'imaginer.

— Je promets d'être attentive et sur mes gardes.

Avec une grimace, Cliff s'éloigna en compagnie de sa femme. Ariella s'affaissa de soulagement, regardant sa belle-mère le prendre par la main et le tirer vers la piste de danse. Elle détestait tromper sa famille, mais elle ne pouvait regretter ce qui s'était passé.

Sentant le regard d'Emilian, elle jeta un coup d'œil à travers la salle.

Il se tenait au milieu des invités, mais visiblement seul et à l'écart de tout le monde. Leurs regards se joignirent aussitôt. Elle eut envie de lui dire que ces gens étaient détestables, que son père ne voulait que la protéger et qu'elle était son amie, quoi qu'il advienne, mais elle n'osa pas aller à lui.

— Aimeriez-vous danser ?

Elle pivota et se trouva face à un homme corpulent, blond et pâle, de quelques années de plus qu'elle. Elle eut du mal à sourire.

— Je suis navrée, j'ai deux pieds gauches. Vous ne pouvez souhaiter danser avec moi… sir.

Il s'inclina.

— Au contraire, miss de Warenne, ce serait un honneur de danser avec la dame la plus charmante de cette salle.

Son regard était perçant, mais il n'était ni sensuel, ni hardi. Elle allait insister sur le fait qu'elle ne savait pas danser, et lui offrir une autre excuse, quand il sourit et déclara :

— Comme c'est négligent de ma part. Je ne me suis pas présenté. Robert St Xavier.

Il s'inclina de nouveau.

Le pouls d'Ariella s'emballa. Etait-il le frère d'Emilian ? Il avait à peu près son âge, mais ils ne se ressemblaient pas du tout. Elle sourit.

— Je veux bien danser — si vous voulez bien m'ignorer quand je vous marcherai sur les pieds.

Elle tendit la main.

Il rit.

— Il est impossible d'ignorer une si belle femme.

Il la conduisit sur la piste et elle pivota dans ses bras. Elle était certaine qu'il ne la trouvait pas très attirante ; ses paroles étaient de pure routine. Etonnée, elle dit :

— Vous dansez bien, sir.

— Vous aussi.

Il sourit, l'étudiant avec attention.

— Habitez-vous aussi à Woodland ?

Trop tard, elle espéra qu'elle ne s'était pas trahie.

— Je réside à Londres, miss de Warenne. Mon cousin, le vicomte, vit à Woodland. Comme il vient très peu souvent en ville, je fais de fréquentes visites dans le Derbyshire. Autrement, nous perdrions notre proche affection familiale.

Il insistait pour se dire proche d'Emilian, mais d'une certaine façon ses mots donnaient à réfléchir à Ariella.

Elle se sentait incertaine — il lui faisait une drôle d'impression.

— Je viens de rencontrer le vicomte. Votre cousin est vraiment charmant.

Robert rit.

— Oui, toutes les dames le trouvent fort galant, bien que je n'aie jamais compris son charme. Mais il est disponible et Woodland est une belle propriété.

Ariella se raidit.

— Je l'ai trouvé charmant, sir, c'est tout.

— Vous le connaissez bien ?

— Non. Nous venons juste de nous rencontrer.

Robert sourit d'un air satisfait.

Emilian était fatigué de jouer le jeu avec les *gadjos*. Leurs murmures lui donnaient la nausée, et cependant il était étrangement réticent à s'en aller. Il y avait une raison — elle lui avait miraculeusement pardonné ce qu'il lui avait fait. Pas de scène hystérique ni d'accusations. A la place, elle voulait qu'ils soient amis ; elle avait même essayé de le sauver des *gadjos*. C'était stupéfiant. Il se tourna pour la regarder une dernière fois avant de partir.

Ariella était dans les bras de son cousin.

L'alarme qu'il éprouva fut rapidement remplacée par de la rage. Robert était un gredin, un vaurien sans valeur. Il était son rival. Et maintenant il courtisait Ariella ? Souhaitait-il contrecarrer ses plans comme il l'avait fait sans relâche pendant vingt ans ? Cela n'importait pas vraiment. La danse qu'ils partageaient était inacceptable et il ne le tolérerait pas.

Alors qu'il s'approchait d'eux, des images de leur nuit lui revinrent, Ariella criant d'extase tandis qu'il bougeait en elle. Puis les images changèrent et il la vit embrassée par son cousin. Il écarta avec brusquerie cette horrible fantaisie. Ariella n'était pas sotte. Elle ne laisserait jamais Robert la séduire. *Il* ne le laisserait pas faire.

Mais Robert était entièrement anglais. Il était issu d'une ancienne lignée et serait un prétendant acceptable, tout comme lui ne serait jamais un tel candidat. De Warenne l'approuverait certainement, au moins socialement.

Cela attisa sa rage.

Il avança, ses enjambées raides et résolues. Il vit le sourire poli d'Ariella et celui de Robert, plein d'affectation. Appréciaient-ils de danser ensemble ? Aucune importance. Il allait les arracher l'un à l'autre.

Ariella sursauta lorsqu'elle le vit. Son cousin lui jeta un coup d'œil narquois, et il comprit que Robert savourait ce moment.

— Je vous interromps, dit-il d'un ton bref, en saisissant le bras de son cousin et en l'écartant de la taille d'Ariella.

Robert la lâcha et se mit de côté.

— Naturellement, tu souhaites danser avec la plus belle femme de l'assemblée.

Il s'inclina galamment.

— Miss de Warenne, à une autre fois.

Elle parvint à sourire.

— Bien sûr.

Emilian bouillait. Il la prit prestement dans ses bras. Il avait du mal à penser clairement, à présent.

La jument noire était le plus beau cheval qu'il avait jamais vu. C'était son cadeau pour son treizième anniversaire, offert par son père peu après qu'il avait accepté de rester à Woodland et d'explorer les opportunités qu'Edmund voulait lui donner. Le premier soir, il avait dormi à l'écurie avec elle, refusant de la quitter. Il l'avait montée chaque jour et elle avait été une grande joie dans sa nouvelle vie, qui l'effrayait encore. Il était tombé amoureux de la jument et elle l'aimait en retour. Puis Edmund l'avait emmené à Londres pour la journée.

Quand ils étaient rentrés à Woodland, il était aussitôt allé voir son cheval pour lui donner des friandises. Il avait trouvé la jument brûlante, transpirante et estropiée, les antérieurs enflés, des marques de fouet sur la croupe et le cou. Robert l'avait prise et chevauchée jusqu'à la briser...

Au bord des larmes, il avait voulu tuer son cousin, mais son père les avait séparés. La jument avait survécu, guéri et le crime de Robert était resté impuni. Mais ce n'était que le début.

Son cousin s'était assuré de prendre tout ce qu'il pouvait, s'il pensait qu'Emilian le voulait.

— A quoi pensez-vous ? demanda Ariella. Vous paraissez prêt à commettre un meurtre !

Il l'entendit et concentra son regard sur elle, mais avec difficulté. Il lui fallut un moment pour oublier la jument noire et la façon dont Robert l'avait traitée. Combien de fois avait-il entendu Robert se plaindre à son père que Woodland devrait lui appartenir à lui, et non à Emilian ?

Ces jérémiades avaient cessé à la mort d'Edmund, certes, mais Emilian savait que son cousin convoitait le domaine, le titre, sa fortune et ses biens. Et maintenant il convoitait Ariella.

— Emilian ! s'écria-t-elle.

Il baissa les yeux sur elle et rencontra ses prunelles bleues, élargies et scrutatrices. A cet instant, il prit conscience qu'elle était dans ses bras.

Il la tint très serrée, comme un homme tiendrait sa maîtresse ou sa femme, mais pas sa cavalière. Il la tenait comme si c'était encore l'autre nuit. Il se remémora la passion qui l'avait consumée et songea à celle qui le consumerait s'il le permettait. A ce moment-là, il se rendit compte qu'il la voulait encore plus qu'avant d'arriver au bal.

Il jeta un coup d'œil au-delà d'elle et vit Robert qui les observait. Il inspira et remit entre eux une distance convenable.

— Vous dansez avec les autres, mais pas avec moi ? demanda-t-il, incapable de rendre son ton léger.

— Ce n'est pas juste, Emilian. Bien sûr, que je veux danser avec vous.

Ses yeux bleus s'étaient adoucis. Elle était si facile à amadouer. Elle était trop candide et trop gentille pour son propre bien. Il avait découvert combien elle était aimable lors de cette nuit. De Warenne était en droit de la protéger des vauriens et des goujats — il était en droit de la protéger de lui. Il la fit tournoyer sur la piste de danse et, aussitôt, elle trébucha. Il la soutint et murmura :

— Danser devrait être aisé pour vous. C'est un plaisir, Ariella.

Son humeur s'était enfin améliorée.

Le regard d'Ariella se réchauffa.

— J'ai du mal, chuchota-t-elle. Mais je suis contente que vous ayez insisté pour que nous dansions ensemble.

Il resserra sa main sur elle et l'attira plus près. Ses reins étaient engorgés de désir, à présent. Il laissa cette sensation lourde et brûlante l'envahir un moment. Pourquoi niaient-ils l'attirance qui les rapprochait ? Il n'avait jamais été aussi tenté par une femme.

— On nous regarde, dit-elle d'une voix altérée.

Il se rappela qu'elle méritait mieux que cela et qu'il avait déjà semé le chaos dans sa vie. Elle méritait son prince charmant, pas un vicomte *didikoi*. En outre, il allait partir.

Il vit son cousin qui les contemplait ouvertement.

— Avez-vous apprécié de danser avec Robert ?

— Non. En général, je n'aime pas danser.

— Alors, je dois changer cela, non ?

Elle lui sourit et il discerna la chaleur et la confiance sur son visage.

— Vous l'avez peut-être déjà fait, dit-elle, et elle lui marcha sur le pied.

Il crut s'entendre rire.

— Laissez-vous guider… comme vous l'avez fait l'autre nuit, et vous danserez superbement.

— Emilian…, chuchota-t-elle, et il sentit son corps fondre contre le sien.

Il s'abandonna à ce moment et à la femme qu'il tenait dans ses bras. Elle était douce et tremblait de tension, comme lui. Posant sa joue sur ses cheveux et songeant à la reprendre dans son lit, il murmura :

— Vous déplaît-il de danser, maintenant ?

— Non.

Leurs yeux se joignirent de nouveau. *Il serait si aisé de reprendre leur liaison. Ils le souhaitaient tous les deux. Elle ne regarderait pas Robert à deux fois si elle partageait son lit, jour après jour. Il ne pourrait jamais laisser son cousin l'avoir. Elle n'était plus innocente et elle souriait… elle lui souriait, à lui.*

Aussitôt, il mit de la distance entre eux.

— Qu'est-ce qui ne va pas ? demanda-t-elle doucement, et il sentit ses doigts sur sa nuque.

Il baissa les yeux sur elle. Il ne devait pas laisser son désir le dominer. Elle n'était ni indifférente, ni nonchalante. Elle déclarait vouloir qu'ils soient amis, et cela signifiait qu'elle voulait une part de lui qu'il ne donnerait jamais. Elle ne pouvait pas l'aimer, pas après la façon dont il l'avait séduite, mais l'expression de ses yeux lui indiquait qu'elle tenait à lui plus qu'elle ne le devrait. Elle méritait mieux qu'une liaison charnelle, sans profondeur. Elle méritait un ami, si c'était ce qu'elle cherchait en un amant. Il la blesserait, quoi qu'elle en dise, car il ne pouvait lui donner qu'une nuit ou deux.

— Est-ce Robert ? insista-t-elle. Ou quelqu'un d'autre a-t-il dit quelque chose ?

Il la fit tourner, ne voulant pas parler de son cousin.

— Est-ce que vous n'aimez pas votre cousin ? tenta-t-elle encore.

Il soupira. Une conversation au sujet de Robert serait le clou dans le cercueil du désir qui palpitait entre eux.

— Je le déteste.

Il s'arrêta, mais resserra sa main sur sa taille.

— Comment pouvez-vous détester votre propre sang ? Vous n'êtes pas sérieux !

— Nous ne sommes pas tous aussi fortunés que vous, qui jouissez de relations tendres et affectueuses.

— Robert dit que vous êtes proches.

Emilian s'aperçut qu'ils se tenaient au milieu des danseurs, et que d'autres regards étaient fixés sur eux. Il la ramena dans la danse, mais sans sentiment, à présent, en la tenant soigneusement à bout de bras.

— Stevan, Jaelle, Simcha et mes cousins tziganes sont ma famille. La tribu est ma famille. Robert n'est qu'une simple relation. Il est sans cœur. Tenez-vous loin de lui.

Ce fut elle qui s'arrêta abruptement, cette fois.

— Je n'ai pas l'intention de m'approcher de lui. Mais je suis navrée que vous détestiez autant votre propre cousin.

— N'éprouvez pas de pitié pour moi, l'avertit-il.

— Je n'éprouve pas de pitié pour vous. Je regrette que vous n'ayez pas de relation affectueuse avec la famille de votre père, ce qui doit vous faire sentir isolé.

La danse était une erreur. Ariella était une erreur. Il se raidit.

— Et que suggérez-vous ? Que je prétende avoir de l'affection pour mon cousin ? Ou encore mieux, que je prétende être anglais ?

Elle pencha la tête de côté.

— Vous auriez pu me le faire croire, ce soir.

Il savait qu'elle le taquinait, qu'elle essayait d'alléger le moment, mais il était agacé. Pire, il avait envie de l'écraser dans ses bras et de l'embrasser à lui en faire perdre la tête, jusqu'à ce qu'elle cesse de tenir à lui. S'ils avaient une liaison, peut-être apprendrait-elle à le détester et ce serait terminé.

— Je crains qu'il ne soit tard et que je doive partir.

— Lâche.

Il fut stupéfait par cette insulte.

Elle lui rendit son regard avec hardiesse.

— Je vous demande pardon ?

— Vous m'avez entendue.

— Et pourquoi, s'il vous plaît, me jugez-vous lâche ?

— Parce que vous avez peur d'affronter la vérité sur maintes choses, et peut-être même à mon sujet.

Elle rougit et jeta un coup d'œil autour d'elle.

— Nous devrions terminer cette discussion ailleurs.

— Qu'est-ce qui ne va pas ? Les regards et les murmures vous gênent-ils ?

Elle le fusilla du regard.

— Oui, ils me gênent, comme ils doivent sans doute vous gêner !

Il tournoya, dans l'intention de la laisser là, toute seule, mais c'était méprisable. Il lui refit face.

— Je n'ai jamais rencontré une femme plus agaçante ! Mes tracas me concernent, pas vous ! Pourquoi vous mêlez-vous de ce qui ne vous regarde pas ? Oh, attendez. Bien sûr, que je suis sot. Vous voulez être mon *amie* !

— Je suis votre amie, quels que soient vos efforts pour vous montrer grossier. Et vous avez besoin de quelqu'un avec qui partager vos soucis. C'est devenu très clair ce soir.

Il en resta incrédule.

Elle sourit.

— Et aussi agaçante que je sois, vous pouvez être insupportable. C'est ce qui fait que nous sommes bien assortis.

Il ne lui rendit pas son sourire. Elle se permettait de donner son opinion sur lui, comme s'ils étaient vraiment amis. Il était réellement en colère, mais elle se moquait de lui. Pensait-elle avoir la haute main sur lui ?

— Nous sommes très bien assortis, déclara-t-il.

Il se pencha vers elle.

— En un endroit, mon lit.

Son sourire vacilla, mais ne disparut pas complètement.

— Quoi que vous pensiez savoir à mon sujet, vous vous trompez, ajouta-t-il.

Elle se raidit, sérieuse, et dit calmement :

— Je sais que vous n'êtes pas sans cœur. Je sais que c'est une façade. Je comprends maintenant, après cette soirée, pourquoi vous aboyez si fort et menacez de mordre. Mais vous ne mordez pas. Pas moi, en tout cas.

— Vous ne savez rien.

Il était furieux contre elle, même s'il ignorait exactement pourquoi. Il s'inclina tel un courtisan.

— Je crains de devoir mettre fin prématurément à cette danse.

Elle lui prit lc bras.

— Je sais que vous êtes solitaire.

Elle le relâcha.

Il lui fallut un moment pour se remettre de cette accusation. Il ne daigna pas répondre.

— Merci pour la danse. Bonsoir.

— C'était un plaisir… Emilian.

Ne se souciait-elle pas d'être exposée ? Il avait conscience que des fragments de leur conversation avaient été écoutés. Feignant de ne rien entendre et s'obligeant à ne pas regarder en arrière, il quitta la piste de danse à grands pas. Mais tout ce à quoi il pouvait penser était la petite femme qui se tenait derrière lui, navrée pour lui. Elle le croyait *solitaire*.

A la porte, il se retourna.

Elle était là où il l'avait laissée, telle une magnifique statue, le visage aussi pâle que de l'albâtre. Plusieurs gentlemen s'étaient approchés d'elle, peut-être pour l'inviter à danser. L'un d'eux était Robert. Elle secoua la tête — ne regardant que lui.

Ses yeux étaient doux, brillants.

A ce moment-là, il sut qu'il devait rester aussi loin d'elle que possible. Son charme — et sa confiance — étaient simplement trop grands. Ebranlé, il se hâta de sortir.

11

Ariella se crispa quand son attelage s'arrêta dans l'allée circulaire de Woodland. Une autre voiture, moins riche que la sienne, était garée devant la porte d'entrée sculptée. Emilian avait des visites.

C'était l'après-midi après le bal. Il avait beau la rudoyer, ils étaient amis, à présent, même si c'était une amitié tendue et étrange. La nuit dernière, elle avait vu combien il avait désespérément besoin de son amitié. Il était quelque peu audacieux de venir le voir, mais comme il ne viendrait jamais à elle, elle n'avait pas le choix. Elle avait brièvement tenté de trouver une excuse à cette visite, puis elle avait abandonné. Elle détestait feindre.

Comment vivait-il de cette façon ? Elle ne pouvait imaginer tant de ragots malveillants dirigés contre lui. Etait-ce pour cela qu'il préférait ses accointances tziganes aux anglaises ? Robert était-il aussi mauvais qu'il le pensait ? Elle avait entendu les rumeurs disant qu'il n'était jamais venu chez les Simmons auparavant. Etait-ce à cause de ces ragots qu'il évitait la société ?

Sa nervosité s'accrut quand elle fut introduite dans la grand-salle de Woodland. La dernière fois qu'elle était venue chez Emilian, elle était entrée par la terrasse, à travers la bibliothèque. Elle regarda avec attention autour d'elle, très curieuse. La pièce était complètement anglaise, des portraits ancestraux accrochés aux murs à l'ancienne armure dressée dans un coin. Les fauteuils alignés le long des murs étaient passés et usés. Les tables avaient des siècles. Tout cela avait probablement été dans la famille de son père depuis des années.

Elle se remémora leurs deux premières rencontres, inoubliables, où il s'était montré aussi exotiquc et différent d'un Anglais qu'un Rom pouvait l'être.

— Miss de Warenne, si vous voulez bien me suivre, dit le majordome, ayant lu sa carte de visite.

Ariella fut surprise.

— Vous comptez sûrement informer M. le vicomte que je suis ici, d'abord ?

Le domestique, un petit homme mince aux yeux brillants, sourit.

— Le vicomte ne supporte pas les formalités, miss de Warenne. Et je suis certain qu'il sera heureux de votre visite.

Ariella sourit largement. Le majordome était particulièrement loquace.

— Mon brave homme, je suis certaine, moi, qu'il sera hargneux en me voyant.

— Nous verrons bien, n'est-ce pas ?

Ariella le suivit dans un couloir et jeta un coup d'œil à l'escalier central qui menait à l'étage.

— Quel est votre nom ?

— Hoode, miss de Warenne.

— Connaissez-vous le vicomte depuis longtemps ?

— J'étais au service du précédent vicomte quand Sa Seigneurie est arrivée à Woodland, jeune garçon.

Elle lui prit le bras.

— Hoode, je suis intriguée !

Il la fixa, surpris par sa familiarité.

Elle rougit.

— Il m'a dit qu'il avait douze ans quand son père l'a fait venir ici. Je sais qu'il a passé les premières années de son existence avec sa mère tzigane. Je suis si curieuse de sa vie !

Elle savait qu'elle était complètement transparente.

— Le vicomte n'est pas un homme bavard, dit le majordome, les sourcils froncés. Je suis surpris qu'il vous en ait révélé autant. Mais peut-être pas, après tout.

Ariella ne comprit pas ce qu'il voulait dire, mais elle savait que c'était une occasion qu'elle devait saisir.

— Comment était le précédent vicomte ?

Hoode sourit.

— C'était un homme fier et honorable — comme son fils. Toutefois, contrairement au vicomte actuel, il n'était guère apte à diriger le domaine, et il l'a laissé tomber en ruines. Les choses ont continué à empirer. C'est seulement quand le vicomte actuel est rentré d'Oxford que Woodland a été ressuscité et arraché à son état de délabrement et de dettes.

Ainsi, il était allé à Oxford et avait sauvé la propriété. Elle était stupéfaite par la première information et impressionnée par la seconde.

— Edmund St Xavier était encore en vie, mais il a laissé le jeune Emil s'occuper librement des comptes, des fermiers, des réparations et des dettes. Emil s'est vite rendu compte de la valeur du charbon, et il y en a en abondance ici. Tout a promptement été remis en ordre.

— Il a dû être très consciencieux et très efficace, dit lentement Ariella. Renverser le cours des choses à un si jeune âge, et si rapidement…

— Le vicomte ne fait guère autre chose que de s'occuper du domaine, déclara le majordome. Qu'il ait choisi de sortir hier soir m'a surpris.

Ariella détourna les yeux avec un petit frisson de plaisir.

— Puis-je supposer qu'il souhaitait faire votre connaissance au bal ?

Elle lui sourit.

— Vous êtes hardi, Hoode. Mais nous avons bel et bien dansé.

Elle rougit de nouveau.

— Cependant, nous nous étions déjà rencontrés.

Le domestique parut content.

— Ah, ainsi il est allé au bal pour vous courtiser.

Elle ne répondit pas, et demanda à la place :

— Il était un bon étudiant, n'est-ce pas ?

Elle ne doutait pas qu'il était d'une intelligence supérieure.

— Le vicomte a terminé ses études avec les honneurs les plus élevés.

Ariella essaya de dissimuler un sourire et échoua. Emilian était très instruit et très responsable. Elle était transportée. Puis elle s'assombrit. Il la croyait une lectrice avide de romans sentimentaux. Elle avait menti parce que très peu d'hommes trouvaient une femme intellectuelle attirante. Mais Emilian était différent de tous les hommes qu'elle connaissait. Elle espérait qu'il ne retiendrait pas contre elle son éducation inhabituelle. Il faudrait qu'elle lui dise la vérité — bientôt.

— Voulez-vous entrer ?

Hoode désigna d'un signe de tête la porte close.

Elle avait envie d'en savoir plus, mais elle désirait voir Emilian, aussi. Bien qu'elle l'ait vu quelques heures auparavant seulement, il lui semblait que cela faisait des jours, et même des semaines.

— Je vais entrer.

Elle saisit le bras du majordome.

— Est-il irascible, aujourd'hui ?

Hoode gloussa.

— Il est d'une humeur de chien, ma jeune dame. D'une humeur de chien.

Elle songea à la dispute sur laquelle ils s'étaient séparés. Elle ne pouvait être sûre que c'était la cause de sa mauvaise humeur, ou si celle-ci était due à la tension qui avait existé entre eux pendant le bal. Elle hocha la tête et le domestique ouvrit la porte.

Emilian était aussi élégant que la veille. Il portait une redingote sombre, des culottes fauves, une chemise et une écharpe blanches, et croisait les bras sur sa poitrine. Mais son visage exprimait la résignation tandis qu'il écoutait deux matrones et leurs filles. Elles étaient assises face à lui et bavardaient, s'étendant sur le temps agréable du Derbyshire. Ariella vit aussitôt qu'Emilian les supportait avec peine.

Un vrai goujat les aurait mises dehors. A la place, il s'efforçait de sourire et d'acquiescer poliment, mais ses lèvres étaient pincées et sa tête dodelinait étrangement.

— Parle à M. le vicomte de notre pique-nique du Premier Mai, Emily, ma chérie, dit une des matrones, vêtue de satin à rayures roses.

Une grande jeune fille, mince et blonde, leva les yeux en rougissant. Elle devait avoir dans les dix-huit ans.

— C'était très agréable, milord.

Elle baissa de nouveau les yeux sur ses mains, serrées sur ses genoux.

Emilian fit une grimace.

— C'était une journée parfaite pour un pique-nique, reprit la mère avec enthousiasme. Les Farrow, les Chatham, les Gold et bien sûr ma chère amie Mme Harris et son mari étaient tous là ! Vous auriez dû vous joindre à nous, puisque nous sommes tous voisins.

Emilian sourit d'un air crispé.

— Je crois que je n'étais pas ici.

Ariella s'aperçut que l'indignation la gagnait. Cette Emily était loin d'être assez intelligente pour Emilian. Elle regarda l'autre débutante. C'était une petite brune bien en chair, trop voluptueuse, assise près de l'autre matrone. Elle fixait une assiette de biscuits comme s'ils la fascinaient. Sa mère tapota sa cuisse rebondie.

— Lydia avait fait la tarte. Une tarte aux pommes exceptionnelle, n'est-ce pas, Cynthia ?

Toute alarme qu'Ariella pouvait éprouver devant leurs avances à Emilian disparut, remplacée par un sentiment d'outrage. Il méritait la princesse dont il parlait, une femme fière, courageuse et brillante, quelqu'un d'absolument extraordinaire — comme lui. Ces femmes étaient trop mijaurées, trop simples et trop ordinaires pour lui.

A ce moment-là, Emilian la vit et ses yeux s'élargirent.

— Miss de Warenne, milord, annonça Hoode.

Il s'empourpra, son embarras évident.

— Miss de Warenne, dit-il avec raideur. Je vous en prie, joignez-vous à notre joyeux petit groupe.

Les deux matrones étaient debout, poussant des exclamations ravies en la saluant. Ariella se souvint vaguement de les avoir vues la veille. Elle souffrit de nouveau pour Emilian, même si les blessures infligées étaient légères. Mais il était honteux d'essayer de l'unir à des femmes si communes. Elle lui jeta un regard. Il le lui rendit sombrement.

— Miss de Warenne, comme il est plaisant de vous revoir !

Ariella afficha un sourire en entrant dans la pièce. Elles n'avaient pas été présentées et elle ignorait le nom des visiteuses.

Emilian tira sur son écharpe.

— Hoode, d'autres rafraîchissements, je vous prie.

Il semblait s'étrangler.

— Je suis lady Dane et voici ma très chère amie, Mme Harris. Emily, viens saluer miss de Warenne. Lydia, ne prends pas un autre biscuit ! Approche.

Ariella salua les deux femmes et leurs filles. La blonde semblait incapable de parler, et la brunette avait du chocolat sur sa robe et au coin de la bouche.

— J'espère que je ne dérange pas. Je comptais discuter de certaines affaires avec le vicomte. J'élève une jument de prix et souhaite l'accoupler avec un de ses étalons.

Le mensonge lui était venu instantanément. Emilian se tenait maintenant près de la porte-fenêtre, et regardait au-dehors avec envie. En cet instant, il avait l'air d'un jeune garçon enfermé dans une salle de classe, et souhaitant désespérément aller jouer à l'extérieur. Il jeta à Ariella un coup d'œil surpris.

— Oh, comme c'est délicieux. Nous espérions tellement faire votre connaissance. Vous résidez à Londres, n'est-ce pas ? s'écria Mme Harris.

Ariella répondit, notant au passage que la petite brune avait pris un biscuit quand même et que la blonde se tournait simplement les pouces. Elle sourit à cette dernière.

— Avez-vous apprécié le bal hier soir, miss Dane ?

Emily la regarda comme si elle avait parlé chinois.

Puis elle devint écarlate et marmonna une réponse, les yeux baissés. Ariella ne comprit pas ce qu'elle disait et entendit soupirer Emilian.

— Emily adore les bals, déclara sa mère. Elle a assisté à quatorze rien que cette année. J'ai tellement admiré votre robe, miss de Warenne ! Il faut que vous me donniez le nom de votre couturière, je l'emploierai pour la prochaine saison. C'est une Parisienne, n'est-ce pas ?

— Je n'en ai aucune idée, répondit Ariella.

Emilian rencontra son regard et son visage s'adoucit enfin. Elle lui décocha un sourire chaleureux. « Je suis désolée, pensa-t-elle. Comme ceci doit être embarrassant pour vous ! »

Il se détourna.

— Oh, mon Dieu, il est 1 h 30 et nous avons encore deux visites à faire ! Ces jeunes filles doivent sortir, vous savez ! Emily, prends congé de M. le vicomte. Toi aussi, Lydia.

Un moment plus tard, le quatuor était parti. Ariella regarda Emilian arracher son écharpe, ôter sa belle redingote et aller à la console pour se servir un cognac. Il avait le teint échauffé. Il vida la moitié du verre.

— Etait-ce aussi désagréable ? demanda-t-elle en venant se placer derrière lui.

Il finit son verre.

— Grands dieux ! s'exclama-t-il en lui faisant face. Je vais à une de ces maudites soirées et je dois recevoir des moulins à paroles et des sottes !

— Vous vous êtes montré extrêmement poli, observa-t-elle en essayant de garder son sérieux.

Il lui jeta un regard noir.

— Pourquoi cela vous amuse-t-il ? Vous plaît-il de me voir pris d'assaut ?

L'humeur légère d'Ariella s'évanouit.

— Absolument pas. Ces débutantes ne vous convenaient pas. Elles devraient être attribuées à votre cousin, peut-être. Vous méritez une princesse.

Elle parvint à détourner les yeux. Il l'avait traitée plusieurs fois de princesse *gadjé*.

Il croisa les bras sur son gilet de brocart argenté et la fixa. Elle ne douta pas qu'il réfléchissait au choix de ses paroles.

— Votre conduite était exceptionnellement correcte. Combien de temps sont-elles restées ?

— Trop longtemps, répondit-il d'un ton coupant.

— Vous auriez pu trouver une excuse.

— J'étais sur le point de le faire quand vous êtes arrivée. Je pense qu'elles n'étaient pas là depuis plus de vingt minutes — mais c'est vingt minutes de trop.

— Aboyez — je commence à m'y habituer.

Il esquissa un sourire dangereux.

— Je suis de très mauvaise humeur

Cela devenait évident.

— Mais vous étiez si vaillant, et vous vous efforciez si fort d'être le parfait gentleman. Ce n'est sûrement pas moi qui vous ai fait exploser ?

Sa bouche s'incurva.

— Je vais prendre la mouche. Vous me faites toujours exploser.

Il lui tourna le dos et se servit un autre verre.

Elle songea à faire une objection et décida de ne pas intervenir. Elle doutait qu'il boive ainsi tous les jours.

— Vous n'êtes jamais aussi poli avec moi. C'est la raison ?

Il virevolta.

— Vous n'êtes pas stupide, et je n'avais pas envie de coucher avec ces filles !

Ariella se figea.

— Alors, vous êtes grossier avec moi à cause d'une attirance impossible ?

Il lui décocha un long regard dur.

— Il est très irritant, dit-il lentement, de continuer à vous désirer tout en ayant décidé de me conduire à tout prix comme un Anglais honorable. De fait, je me lasse de plus en plus de la notion d'honneur. Je suis fatigué de tous ces jeux et de toute cette comédie, et cependant vous êtes venue ici.

— Ma visite n'est pas un jeu ni une comédie. Je savais que vous alliez aboyer et gronder, mais nous avons trouvé un nouveau terrain d'entente, hier soir.

Elle hésita. Il ne sourit pas.

— Ainsi, c'est ce que c'est ? Un nouveau terrain d'entente ?

Ses yeux gris brillaient, et seulement en partie de suspicion.

— Je poursuis notre amitié.

Il rit.

— Notre amitié… ou moi ?

Elle sentit son cœur éclater.

— Je recherche notre amitié, Emilian.

Elle s'efforça d'être ferme et de ne pas penser à leur nuit d'amour.

— La soirée d'hier a tout changé pour moi.

— Oh, oui, bien sûr ! Vous avez décidé que je suis solitaire !

Ses yeux fulminaient.

— Vous êtes tellement à cran, aujourd'hui ! Vous vous teniez seul à ce bal, sans amis, avec des murmures dans votre dos. C'était horrible ! Pourquoi résistez-vous à mon offre d'amitié ? Vous avez besoin de moi !

Il désigna le sofa.

— Oui, j'ai besoin de vous — là. C'est là que nous finirons et cela n'a rien à voir avec de l'amitié. Je vous ai fait du mal une fois, et je suis très près de ne pas me soucier de vous blesser de nouveau.

Elle trembla.

— Mais vous vous souciez de moi. Sinon, vous me prendriez dans vos bras sur-le-champ. Je ressens une attirance impossible, moi aussi. Je sais que vous le savez. Je ne crois pas que je pourrais vous résister très longtemps si vous décidiez de me séduire — surtout après hier soir.

— Devez-vous être si directe, si candide ? Je ne veux pas savoir ce que vous ressentez, pas à propos de moi !

Le cœur d'Ariella tambourinait dans sa poitrine. Elle n'avait jamais perçu une telle tension venant de lui, si puissante et si mâle. Elle humecta ses lèvres.

— Mais j'y ai pensé — j'ai pensé à nous — toute la nuit.

Il inspira.

— Nous avons entamé une amitié, et cela ouvre toute sorte de possibilités merveilleuses.

Il élargit les yeux.

— Quand je partagerai de nouveau votre lit, ce sera parce que je serai certaine que le lendemain matin sera empli de gentillesse et de sourires, peut-être même d'affection et de rires.

Elle sourit, mais elle tremblait nerveusement. Elle n'avait jamais pensé plus fort ses paroles.

— Quand vous partagerez de nouveau mon lit, répéta-t-il.

Elle se raidit.

— Je pense que c'est inévitable.

— Vous avez conscience de me provoquer, n'est-ce pas ?

Il s'avança vers elle.

Elle recula instinctivement.

— Ce n'est pas mon intention ! Du moins, pas consciemment !

— Je suis heureux que vous vous rendiez compte que notre prochaine rencontre est inévitable. J'abandonne. Je cède.

Il s'arrêta quand le dos d'Ariella heurta la bibliothèque.

— Vraiment ? Qu'est-ce que cela signifie ?

Elle avait du mal à penser clairement.

Il esquissa un sourire et regarda sa bouche.

— Cela signifie que je suis au-delà de toute tentation. Je vous veux comme amante. Ni demain, ni après-demain. Et nous savons tous les deux que vous me voulez aussi.

Ariella écarquilla les yeux et son cœur s'emballa. Il avait raison. Le problème était qu'en dépit de ses meilleures intentions, il était incroyablement séduisant et qu'après la nuit dernière, elle n'était pas du tout sûre de vouloir lui résister, même si elle savait qu'elle le devrait.

Il posa une main au-dessus de son épaule, sur l'étagère.

— Je veux vous faire l'amour encore et encore. Mais je ne veux pas vous faire souffrir et je ne ferai pas de fausses déclarations.

— Je ne veux pas de fausses déclarations, assura-t-elle.

Le visage d'Emilian se durcit.

— Je pense que vous attendez de moi une profonde affection. Je me demande même si, d'une certaine manière, vous n'êtes pas toujours amoureuse de moi, ou croyez l'être. Vous seriez blessée si vous ne receviez pas d'affection de ma part, alors je serai franc : je veux coucher avec vous, mais il n'y aura rien de plus — pas même de l'amitié. Et je ne *suis pas* solitaire.

Ariella savait une chose — cette dernière affirmation était fausse. Il était l'homme le plus seul qu'elle avait jamais rencontré. A cause de cela, elle n'avait jamais été plus résolue à être son amie. D'une certaine façon il était sien, quoi qu'il dise. Il l'avait terriblement blessée, mais ils se trouvaient sur un nouveau terrain, maintenant. Elle n'était pas convaincue qu'il se montrerait de nouveau froid et indifférent le lendemain matin si elle acceptait son offre.

Elle respira à fond, très, très tentée.

— Je ne suis pas insultée par votre proposition.

Son visage se contracta.

— Je n'essaie pas de vous insulter.

— Je le sais. Néanmoins, je pense vraiment que nous devrions laisser notre amitié s'épanouir. Donc, aussi difficile que ce soit, je dois la décliner.

Elle se mordit la lèvre, le pouls en émoi. En vérité, elle regrettait presque sa propre détermination.

Ses yeux gris brillèrent.

— Je pensais que vous le feriez.

Il l'avait délibérément poussée à un refus.

— Vous êtes si intelligent, Emilian. Mais je ne renonce pas à notre amitié. J'attends avec impatience le jour où vous admettrez un peu d'affection pour moi.

Il s'empourpra.

— Ce n'est pas de l'affection, c'est de l'intérêt.

Elle sourit.

— Très bien. Aujourd'hui, je peux accepter une déclaration d'intérêt.

— Vous moquez-vous de moi ?

Il posa son autre main de l'autre côté de sa tête, l'emprisonnant.

Elle savait qu'il songeait à l'embrasser et elle acquiesça. Un baiser était acceptable. Elle prendrait un tel plaisir à un baiser… ou deux.

Sa bouche couvrit la sienne.

Elle retint son souffle, transportée. L'assaut était farouche et déterminé. Il était aussi affamé qu'elle de ce baiser. Puis sa bouche s'adoucit et s'immobilisa contre la sienne. Le cœur battant comme un fou, leurs lèvres jointes, elle attendit désespérément. Il se remit à l'embrasser, caressant doucement ses lèvres, charmeur et sensuel. Elle savait qu'il y avait de l'affection dans ce baiser. Elle ne pouvait pas se tromper.

Une larme de joie perla à sa paupière, réchauffée par l'intensité du désir. Elle lui ouvrit sa bouche et sa langue l'envahit aussitôt. Elle saisit ses épaules, le désir explosant en elle comme des feux d'artifice. Brièvement, il s'écarta pour la regarder, et en dépit de leur intensité elle vit quelque chose de doux dans ses yeux qui la scrutaient.

Elle posa une main sur sa mâchoire rugueuse.

— Emilian, chuchota-t-elle d'une voix rauque.

Son regard gris étincela et il pressa son corps dur contre le sien, réclamant sa bouche. D'autres larmes coulèrent. Elle lui rendit frénétiquement son baiser. Son sexe était si engorgé contre elle qu'elle commença à penser à la conclusion évidente de leur baiser. Malgré sa résolution, elle voulait être dans ses bras, dans son lit, dans son monde. Rien d'autre ne conviendrait ; rien d'autre ne pourrait être aussi juste.

Il lui arracha sa bouche, haletant.

— Il faut que vous partiez — ou nous devrons trouver une chambre.

Elle le fixa, tremblante. Elle savait ce qui se passerait s'ils quittaient la bibliothèque. Il lui ferait l'amour. Il y aurait des regards tendres, des caresses et tant de passion débridée. Mais ensuite il la rejetterait. Tout était mêlé à son refus d'amour et d'amitié. Elle commençait à le comprendre, maintenant. Elle pourrait *presque* supporter un tel rejet, mais elle serait blessée, même en sachant combien il était compliqué. Aussi tentée qu'elle soit, elle devait refuser leur passion — pour l'instant.

Elle toucha sa joue.

— Je tiens à vous, Emilian, et je me battrai pour cette amitié. Je me battrai pour vous, aussi, contre tous ces *gadjos* haïssables.

Ses yeux gris étaient attentifs, méfiants.

— Et quand nous coucherons de nouveau ensemble, le lendemain vous me direz que vous tenez à moi.

Elle voulut sourire, mais n'y parvint pas.

Il s'écarta des rayonnages.

— J'espère que vous ne comptez pas là-dessus.

Ariella décida de ne pas lui dire qu'elle avait de l'espoir, beaucoup d'espoir. Elle lui sourit. Il plissa les paupières.

On frappa à la porte. Ariella se tourna comme Hoode introduisait l'oncle d'Emilian.

— Stevan ? demanda-t-il vivement.

A son ton, elle devina que quelque chose n'allait pas au campement tzigane.

— J'espérais que tu aurais du laudanum, Emilian. Nous n'en avons pas et il y a eu un accident.

Ariella s'avança tandis qu'Emilian répondait :

— Oui, j'en ai. Que s'est-il passé ?

— Nicu est tombé sur un clou. Je dois l'extraire, mais il souffre et le whisky ne suffit pas.

Ariella saisit la manche d'Emilian.

— Nous devrions appeler le chirurgien.

Il lui jeta un regard dédaigneux.

— Il ne viendra pas. J'aimerais voir la blessure. Je vais chercher le laudanum.

Il sortit avec son oncle.

Pendant un moment, Ariella garda les yeux rivés sur la porte, espérant que le clou n'était pas vieux et rouillé. L'accident ne paraissait pas mettre la vie de Nicu en péril, mais une infection le pouvait. Elle se rua dans le vestibule.

— Hoode ?

Le majordome apparut aussitôt.

— Miss de Warenne ?

— Voulez-vous, je vous prie, envoyer un domestique de confiance à Kenilworth, pour quérir le chirurgien ? Qu'il se serve de ma voiture et lui dise que miss de Warenne le fait appeler. Qu'il lui dise aussi qu'il se dépêche — il peut y avoir urgence.

Hoode hocha la tête et s'éclipsa.

Ariella espéra que ce n'était pas grave. Elle ne savait même pas s'il y avait un bon chirurgien à Kenilworth, et Manchester était à plusieurs heures de là. Puis elle releva ses jupes et sortit en hâte de la maison pour se rendre au campement.

Ariella était assise dans l'herbe humide, adossée à la roue d'une roulotte. Elle serrait ses genoux contre sa poitrine. Le chirurgien n'était pas venu.

Elle ne pouvait croire que le chirurgien du village ait refusé de soigner le jeune Tzigane. Nicu était sous une tente, endormi par le laudanum. Stevan avait retiré le clou de sa main et recousu la blessure — Jaelle lui avait dit que son oncle avait soigné les siens toute sa vie d'adulte. Personne ne s'était attendu à ce que le chirurgien vienne. Personne n'avait même songé à l'appeler, sauf elle.

Elle posa son visage sur ses genoux.

Une ombre tomba sur elle.

Elle sut que c'était Emilian avant même de lever les yeux.

— Comment va-t-il ?

— Il se repose.

Elle serra plus fortement ses genoux contre sa poitrine. Le visage d'Emilian était dénué d'expression. Il était sûrement consterné et furieux contre le chirurgien. Ou bien était-il si habitué à un tel traitement qu'il ne se souciait plus de l'injustice ?

— Il doit être près de 5 heures. Vous n'aviez pas à rester. Vous devriez rentrer chez vous, maintenant.

Il lui tendit la main. Elle la prit et se leva, sans la lâcher.

— J'aimerais un cognac, dit-elle d'une voix mal affermie.

Elle n'avait pas envie de rentrer chez elle, pas maintenant. Elle voulait parler de ce qui était arrivé. Elle voulait qu'Emilian lui explique comment il pouvait vivre avec une telle mesquinerie.

Il se dirigea vers la maison. Ariella le lâcha, mais marcha à côté de lui dans un silence tendu, vivement consciente de sa proximité.

— Connaissez-vous bien Nicu ?

— Non.

Il la fit entrer devant lui et ils pénétrèrent dans la grand-salle.

— Mais Jaelle est inquiète. Ils ont le même âge et sont comme frère et sœur.

— Je suis tellement navrée.

Il la regarda sérieusement.

— Je n'en doute pas un instant.

Un nouveau silence tomba, vaste et puissant, et leurs regards restèrent joints.

Hoode apparut.

— Milord, que puis-je vous servir, à vous et miss de Warenne ?

Emilian la dévisagea. Elle secoua la tête. Il répondit :

— Nous n'avons besoin de rien, Hoode. Vous pouvez dire au chef que je ne pense pas dîner ce soir.

— Je vous préparerai un plateau, sir, dit le majordome.

Ariella serra ses bras autour d'elle en suivant Emilian dans la bibliothèque. Ainsi, il était bouleversé, en fin de compte. Elle s'arrêta devant la cheminée, heureuse que quelqu'un ait allumé du feu, car elle était glacée jusque dans son âme. Le dos tourné, Emilian servit deux cognacs.

— Hoode est un bon domestique, dit-elle.

— Oui.

Il s'approcha et lui tendit un verre.

— La plupart des dames n'aiment pas le cognac.

Elle sourit légèrement.

— J'en bois avec mon père depuis des années.

Il haussa les sourcils.

— Parfois, nous restons debout tard après dîner, discutant des derniers succès et échecs d'hommes comme Owens, Shaftesbury et Place, ou des personnalités de ceux qui nous gouvernent, ou même des derniers événements en Inde.

Elle marqua une pause.

— Je regrette tellement que le chirurgien ne soit pas venu.

Il émit un son âpre.

— Je savais qu'il ne viendrait pas.

Il se détourna et elle vit son corps frémir de tension.

— Cela n'a pas d'importance. Stevan est sûrement plus habile avec un couteau et une aiguille qu'un chirurgien de village.

Elle inspira fortement, fixant son dos raide.

— Cela a de l'importance.

— Non, insista-t-il, et soudain il lança violemment son verre contre le mur.

Le verre se brisa. Le cognac tacha le beau tissu vert et or qui couvrait le mur.

Ariella ferma les yeux, souffrant pour lui — souffrant pour eux tous.

Il garda le dos tourné.

— Je suis désolé. De grâce, allez-vous-en, Ariella. Je ne suis pas en état de recevoir, ce soir.

Il pouvait prétendre qu'il ne se souciait pas du détestable refus du chirurgien de soigner Nicu, mais ce n'était pas vrai. Comment parvenait-il à vivre ainsi, chaque pied dans deux mondes opposés ? Elle n'y réfléchit pas à deux fois. Posant son verre, elle alla se placer derrière lui. Elle passa les bras autour de lui et pressa sa joue sur son dos.

Il se raidit.

— Que faites-vous ?

Elle l'enlaça un moment encore, laissant couler ses larmes. Puis elle s'écarta.

Il pivota, les yeux élargis, et son expression se durcit.

— Vous faites une erreur, Ariella, la prévint-il. Je ne me sens pas noble — ni anglais — en ce moment.

— Non, dit-elle en secouant la tête. Je ne fais pas d'erreur.

Elle lui prit la main.

— Je ne peux pas vous laisser maintenant, comme cela.

Ses yeux gris étincelèrent.

— J'ai changé d'avis, Emilian, reprit-elle. Je veux être votre amante.

12

Il secoua la tête à son tour.

— Je ne veux pas de votre pitié, Ariella.

Elle toucha de nouveau son visage.

— Je n'ai pas pitié de vous. J'éprouve de la compassion.

Il inspira fortement.

— Revenez demain ou après-demain, quand vous aurez recouvré vos sens — et quand j'aurai recouvré les miens. Vous ne voulez sûrement pas de mes attentions maintenant.

Elle se raidit, mais tint bon.

— Je peux vous réconforter, murmura-t-elle. Je *veux* vous réconforter, Emilian.

— Je n'ai pas besoin de réconfort ! s'exclama-t-il. Il pivota et traversa la pièce. Elle se figea, pensant qu'il allait partir, mais il s'arrêta à la porte et la tint ouverte pour elle.

— Bonsoir.

Elle ne bougea pas. Elle ne le laisserait pas seul, pas après ce qui s'était passé.

Il referma la porte en la claquant, si fort qu'elle en trembla. Puis il fit face à Ariella, les yeux durs et brûlants.

— Vous êtes l'une d'eux, dit-il d'un ton d'avertissement. Et je ne me sens pas particulièrement *amical*.

Elle se crispa.

— Non ! C'est injuste. Je ne suis pas une Tzigane, mais je suis aussi différente que vous de ces *gadjos* ! Je suis de votre côté, Emilian.

— Très bien, vous êtes différente. Mais il n'y aura pas d'affection, et pas de maudite amitié ! Pourquoi voulez-vous rester avec moi maintenant ?

— Parce que je ne supporte pas de vous voir ainsi… Parce que je commence à comprendre votre vie.

— Vous ne comprenez rien du tout !

— Je comprends votre colère. Je suis en colère, aussi.

— Bien sûr, parce que vous êtes si diablement aimable !

La frustration crispait ses traits.

— Vous êtes trop bonne pour ceci.

Elle se le rappela debout avec ses visiteuses de l'après-midi, quelques heures plus tôt, péniblement contrarié, mais revêtu de l'apparence d'un gentleman anglais. Elle se le rappela la veille, au bal, dans son habit de soirée, se tenant parmi les invités mais tellement séparé de tout le monde. Elle vit Nicu allongé sous la tente, soigné par Stevan, Emilian penché sur eux. Elle vit Jaelle fuyant l'auberge du Cerf blanc, le visage empli de peur. Et elle le vit dansant avec ferveur sous les étoiles, si passionnément rom.

Il était déchiré entre deux mondes si différents. Malgré tout, il avait sauvé Woodland de la ruine, reçu l'éducation la plus élevée et choisi de se comporter avec honneur et dignité face à l'étroitesse d'esprit. Mais il souffrait chaque jour de sa vie, d'une manière ou d'une autre. Ce jour-là n'était qu'un jour parmi d'autres, emplis de peur, de haine et de mépris.

Elle alla vers lui. Il élargit les yeux et s'immobilisa. Elle s'arrêta et posa les mains sur ses épaules.

— Je ne suis pas trop bonne pour ceci, chuchota-t-elle. Je ne suis pas trop bonne pour vous.

Elle le sentit frémir sous ses mains.

— Ce n'est pas une bonne idée, déclara-t-il d'un ton rauque. Je suis furieux. Vous serez méchamment malmenée si nous continuons maintenant.

Elle se mit sur la pointe des pieds et se pressa contre lui, caressant sa bouche de la sienne.

— Tout ira bien, dit-elle dans un souffle.

Aussitôt, il la serra fortement contre lui.

— Vous n'êtes pas celle que je veux blesser. Mais vous êtes celle qui se trouve sur mon chemin.

— Je sais. Je veux être sur votre chemin.

— Le pensez-vous réellement ?

Elle hocha la tête.

Il abaissa ses cils épais. Elle crut voir du soulagement sur les durs aplats de son visage. Il lui pressa les épaules de ses mains.

— Alors, j'accepte votre offre, dit-il d'un ton sourd. Même si nous le regretterons tous les deux.

Avant qu'elle puisse protester, il caressa sa joue de la sienne, lentement, sensuellement, son grand corps tremblant. Le sang d'Ariella s'embrasa instantanément.

— *Ariella.*

Comme s'il craignait de la lâcher, il abaissa son visage, les yeux fermés, cherchant sa bouche. Elle se figea quand il posa ses lèvres sur les siennes. Le plaisir jaillit au plus profond de son être et gonfla sa chair intime tandis qu'elle se cramponnait à lui. Elle ferma les yeux à son tour et il taquina sa bouche, lui demandant de l'admettre. Ce qu'elle fit avec bonheur.

Il émit un son étranglé, ressemblant presque à un sanglot, et l'écrasa frénétiquement dans ses bras. Il l'embrassa avec fougue, tout en la guidant vers le sofa. Cette explosion de désir, de colère et de frustration mêlés la stupéfia, mais elle voulait être emportée avec lui dans ce tourbillon d'émotions. Avant qu'elle puisse réfléchir davantage, il la renversa et s'allongea sur elle, leurs bouches jointes.

Elle lui rendit follement son baiser, glissant les mains sous sa chemise, les ongles raclant son torse. Il grogna, ses cuisses dures écartant ses jambes. Il saisit ses jupes, les relevant abruptement, et elle cria quand il pressa sa paume sur sa chair moite et palpitante.

Son baiser se fit plus profond et plus frénétique encore. Elle s'accrocha à lui, se sentant faible devant la volupté qui l'envahissait. Il commença à la pénétrer, lentement et ardemment.

Une friction suave l'habitait et s'accroissait. Le plaisir l'embrasait et elle jeta les bras autour de son cou pour le serrer contre elle tandis qu'elle cherchait une merveilleuse extase. Il interrompit son baiser, gémissant du même plaisir qu'elle, et elle le sentit sourire tandis qu'il s'immobilisait profondément en elle. Il releva la tête.

Elle était sur le point d'exploser. Elle voyait tant de désir dans ses yeux, et tant d'angoisse, aussi.

Il abaissa ses cils noirs et se remit à bouger. Elle ne pouvait plus supporter cette pression qui l'ébranlait tout entière.

— *Emilian.*

Il glissa une main entre eux, en une unique et parfaite caresse. Elle retint une exclamation, au comble de l'extase.

Il grogna, nouant ses jambes autour de sa taille. Elle se mit à pleurer.

Il poussa un cri, se raidissant au-dessus d'elle.

Quand ce fut fini, elle flotta comme dans un rêve entre ses bras. *Emilian lui avait fait l'amour.* Elle ouvrit les yeux, l'amour emplissant sa poitrine. Il la contemplait avec attention. Elle toucha sa joue et lui sourit. *Ils étaient amants, maintenant.*

Il ne lui rendit pas son sourire. Il abaissa de nouveau ses longs cils, sa façon habituelle de lui cacher ses sentiments. Elle détestait tant cette habitude.

Elle prit conscience de l'endroit autour d'eux. Ils étaient allongés sur le petit sofa inconfortable de la bibliothèque. Un domestique pouvait les surprendre à tout moment. De fait, si quelqu'un était entré un instant plus tôt, ils ne s'en seraient rendu compte ni l'un, ni l'autre. Elle songea à cette terrible possibilité, mais elle ne pouvait nier combien il était merveilleux d'être avec Emilian. Elle caressa son dos à travers sa chemise. A présent, elle avait l'impression de flotter sur un nuage d'amour. Elle n'éprouvait aucun regret. Il se crispa sous sa main et frémit en elle.

Et comme elle savait combien il était insatiable et plein de vigueur, elle s'attendit à ce qu'il lui refasse l'amour. Mais ils devraient probablement se réfugier dans une chambre. Ils risquaient d'être découverts.

— Vous sentez-vous mieux, maintenant ? murmura-t-elle en le taquinant, les doigts dans ses cheveux longs.

Il s'écarta d'elle et s'assit.

— Oui.

Aussitôt, elle ramena ses jupes sur elle et replia ses jambes dessous. Elle toucha son bras, soucieuse. Son ton était distant.

Il lui décocha un regard sombre.

— Il est 5 h 30.

Elle se sentit déroutée. A quoi pensait-elle ? Elle ne pouvait guère s'attarder avec lui en fin d'après-midi, comme une courtisane. On l'attendait chez elle. Ils n'avaient pas le temps nécessaire pour des sourires, des rires et de l'affection.

— Si vous partez tout de suite, vous serez à Rose Hill pour le dîner.

Ariella sursauta. Il évitait de la regarder. Elle se rappela qu'ils étaient sur un chemin différent, à présent. Ils n'étaient plus des étrangers, comme auparavant. Il ne s'était pas servi d'elle. Elle avait choisi de le réconforter.

— Nous sommes amants, maintenant, dit-elle, mais elle perçut la question dans son intonation.

Il se leva, se détourna et ajusta ses vêtements.

— Souhaitez-vous continuer ouvertement ? demanda-t-il comme s'il parlait du temps.

Il refusait toujours de la regarder.

Elle se raidit.

— Bien sûr que non. Ma famille serait dévastée. Mon père, mon frère, mes oncles et mes cousins essaieraient sans doute de vous tuer.

Elle se leva à son tour, alarmée.

— Pourquoi suggérez-vous une chose pareille ?

— C'était une simple remarque. Si vous vous attardez, nous serons découverts. La discrétion est préférable, ne pensez-vous pas ?

Elle essaya de comprendre ce qu'il voulait dire.

Il se dirigea vers la porte.

— Vous devez arranger vos cheveux avant de quitter cette pièce. Je vais envoyer une soubrette avec une brosse et un miroir et vous laisser un moment.

Il s'écartait d'elle. Il n'y avait pas d'autre explication possible à son attitude fraîche et distante.

— Attendez ! s'écria-t-elle.

Il hésita, mais lui fit face.

— Je déteste que vous arboriez ce masque d'indifférence, s'exclama-t-elle. Je vous en prie, ne faites pas cela.

Il croisa les bras.

— Vous devez rentrer chez vous. Je vais voir Nicu.

Elle avait presque oublié le jeune homme qui gisait blessé dans le campement.

— Je vais attendre. Je veux savoir comment il va.

— Vous ne pouvez pas attendre. Vous serez en retard.

Elle inspira.

— Me poussez-vous à partir ?

— Pourquoi le ferais-je ? demanda-t-il, d'un ton moqueur et irrité. Pourquoi repousserais-je ma belle maîtresse *gadjé* ? Suis-je un sot ? Nous avons décidé d'une liaison. Une liaison inhabituelle, mais une liaison quand même. Les liaisons sont souvent sordides, bien que vous ne le sachiez pas.

Partir ainsi, après quelques instants passés sur son divan, était plus que sordide. Un peu de gentillesse aurait dissipé une partie de l'amertume qui suivait leurs transports, mais il l'avait prévenue qu'il n'y aurait pas d'affection. Et néanmoins elle avait voulu aller plus loin. Une fois de plus, elle ne l'avait pas cru, tout simplement. L'homme qui se tenait au milieu de la pièce — son amant — ne lui témoignait aucune chaleur. Ne se souciait-il pas d'elle ?

— Vous méritez bien plus qu'un bref accouplement sur mon sofa, dit-il platement, et nous le savons tous les deux.

Il alla à la porte et s'arrêta.

— Je resterai au campement, mais j'enverrai quelqu'un avec des nouvelles de Nicu, si cela peut vous tranquilliser.

Elle serra ses bras autour d'elle.

Il lui jeta un regard méfiant.

— Reviendrez-vous ?

Elle hésita.

— Je m'en doutais. Vous ne possédez pas la nature licencieuse requise pour une liaison détachée.

Leur liaison n'avait rien de détaché, pour elle ; comment pouvait-elle l'être pour lui ?

— Nous aurions dû laisser les choses dans l'état où elles étaient hier soir, dit-il.

Il ouvrit la porte et ajouta :

— Je ne retiens pas contre vous votre désir de mettre fin à cette histoire.

Elle le regarda sortir.

Qu'avait-elle pensé ?

C'était le lendemain de l'accident de Nicu ; le lendemain du jour où elle avait voulu réconforter Emilian dans la bibliothèque de Woodland. Ariella regardait par la fenêtre de sa voiture, assise à côté de sa cousine. Un petit écriteau était accroché sur la devanture d'une échoppe de barbier : « James Stone, barbier et chirurgien. »

— Pourquoi nous arrêtons-nous ici ? demanda Margery. Qui plus est, pourquoi sommes-nous venues au village si nous ne faisons pas d'emplettes ou ne prenons pas le thé ?

Ariella ne bougea pas, entendant à peine sa cousine. Elle se sentait malade, ne pensant pas à Nicu ou au chirurgien, mais à Emilian, quand il l'avait laissée seule dans la bibliothèque après leur étreinte. Etre avec lui ne lui avait pas paru sordide à ce moment-là, mais cela l'était maintenant, avec le recul, même si elle l'aimait.

Il était trop tard, mais elle se rendait compte qu'il avait eu raison, une fois de plus. Ils auraient dû laisser les choses telles qu'elles étaient le soir du bal chez les Simmons. Elle aurait dû se tenir loin de ses bras, ne recherchant que son amitié. Elle n'était pas le genre de femme à aller le trouver à Woodland pour passer une heure ou deux dans son lit. Elle n'était pas faite pour une liaison sexuelle, sans attachement. Cela lui était tout simplement impossible, elle tenait trop à lui. Elle avait supposé que l'intimité qu'ils avaient amorcée au bal continuerait et s'approfondirait, mais il ne voulait pas d'intimité. C'était devenu très clair.

Et elle se sentait de nouveau blessée.

— Que veux-tu au chirurgien ? demanda Margery en la touchant.

Ariella inspira.

— Il y a eu un accident au campement tzigane, hier.

— Tu n'as parlé de rien d'autre quand tu es arrivée en retard pour le dîner, hier soir. Tu étais aussi bouleversée que tu l'es maintenant. Mais je ne pense pas que tu sois chagrinée pour un jeune Rom inconnu.

Ariella se raidit.

— Ai-je précisé que le chirurgien a refusé de venir ?

— Une dizaine de fois.

Le regard de Margery était scrutateur.

— Et quand ton père a proposé de t'emmener à Londres, tu as refusé. Nous savons tous que tu adores la ville et que tu meurs d'ennui à la campagne. L'Ariella de jadis aurait sauté sur l'occasion de quitter Rose Hill pour quelques jours. Qu'est-ce qui ne va pas ? Et que veux-tu au chirurgien ?

— J'ai quelques mots à lui dire, répondit Ariella en saisissant la poignée.

Elle s'arrêta.

— Est-ce que tout le monde pense que je me conduis étrangement ?

— Oui. Quand tu es allée te coucher de bonne heure, tu as fait l'objet de nombreuses spéculations.

Ariella la fixa, déroutée.

Margery lui prit la main.

— Je ne crois pas que tu aies passé l'après-midi avec cette fille, Jaelle, au campement. Je pense que tu es allée à Woodland pour voir St Xavier.

— Tout le monde le pense ?

— Je ne sais pas. Mais Diana a mentionné combien vous étiez beaux en dansant, tous les deux, et ton père a brusquement quitté la pièce. A mon avis, il est allé ressasser la question.

Ariella se rendit compte que c'était une chance que Cliff et Alexi soient allés en ville pour régler quelques affaires. Elle ne voulait pas qu'Emilian s'oppose encore à son père.

— Il t'a encore fait souffrir, n'est-ce pas ? demanda Margery d'un ton accusateur. Pourquoi, sinon, serais-tu si morose ?

— Je suis allée le voir, hier.

— A quoi penses-tu ? se récria Margery.

— Je suis toujours amoureuse de lui — plus que jamais, maintenant que je comprends la vie qu'il mène.

Sa cousine semblait prête à pleurer.

— Je n'ai jamais rencontré quelqu'un de plus charmant, quand il veut bien l'être. Il a dû être si aisé pour lui de te séduire. Tu es la personne la plus confiante que je connaisse. Tu es peut-être instruite, mais tu n'as aucune expérience des hommes ! Je sais que tu as bâti une histoire incroyable à son sujet, et que tu y crois, mais j'ai de graves doutes sur sa personnalité.

Elle était incrédule.

— Quel genre d'homme prend l'innocence d'une jeune dame et se détourne d'elle ?

Ariella se crispa.

— Il est si profondément blessé, Margery. Il est comme un animal sauvage enfermé dans une cage. Et bien sûr, quand tu passes la main pour donner de l'affection à cet animal, il mord. Il ne peut réagir autrement. Il s'attend à de la cruauté et à des abus. Je t'en prie, ne le condamne pas.

— Tu as perdu l'esprit ! C'est un homme riche et puissant. On murmure à propos de ses origines, et alors ? Cela ne lui donne pas le droit de se jouer de toi. Et le comparer à un animal dans une cage ? Penses-tu gagner son amour en étant aimable et en partageant son lit ? Tu partages son lit, n'est-ce pas ?

Ariella n'avait jamais vu sa cousine, habituellement si placide, aussi furieuse et remontée. Elle hésita et Margery poussa un cri, comprenant la vérité.

— Ainsi, tu te contentes de miettes ? Je suis presque prête à pousser ton père à forcer St Xavier à t'épouser !

Ariella lui saisit la main.

— Ne songe pas à arranger les choses. L'obliger à m'épouser ne donnera rien. Je ne l'épouserais que s'il m'aimait en retour.

— Puis-je te convaincre de rester loin de lui avant de ruiner ta réputation, ainsi que ton corps et ton âme ? demanda Margery.

Ariella lui fit face.

— Il a besoin de moi. Je ne peux me détourner de lui, ni maintenant ni jamais.

— Tu es trop bonne pour lui ! protesta Margery, échauffée.

Ariella ne voulait pas discuter davantage.

— Je me fie à toi pour garder mes secrets.

Comme sa cousine ne répondait pas, elle ouvrit la portière et descendit, fixant la porte du barbier. Elle vit à travers la vitrine que Stone n'avait pas de clients.

Consciente que Margery venait se placer à côté d'elle, elle entra chez le chirurgien, faisant tinter la clochette. Stone, un homme grand et robuste, sortit d'une pièce de derrière, leur souriant d'un air obséquieux.

Ariella ne lui rendit pas son sourire.

— Monsieur Stone, j'ai requis vos services à Woodland hier, mais vous avez renvoyé mon cocher, refusant de venir.

Il ouvrit de grands yeux.

— Miss de Warenne, j'étais occupé avec un patient. Apparemment, votre cocher ne s'est pas expliqué correctement.

— Jackson a été très clair, rétorqua Ariella, tremblant de colère. Vous avez refusé de venir. Je crois que vos paroles exactes étaient : « Je ne traiterai pas un pouilleux de bohémien. »

Il la fixa, ne souriant plus.

— Je ne soigne pas les bohémiens, miss de Warenne, pas plus que les juifs ou les Noirs.

Elle inspira.

— Vous êtes méprisable.

Il haussa les épaules.

— Je me suis rendu plusieurs fois à Rose Hill, miss, et j'ai toujours beaucoup admiré votre père. Rentrez chez vous, où est votre place. Et quand vous aurez besoin de mes services à Rose Hill, je viendrai volontiers.

— Vos services ne seront plus jamais requis par ma famille ! se récria Ariella.

Margery lui prit le bras.

— Nous devrions partir.

— Non ! Ma mère était juive, monsieur Stone. Vous ne m'avez pas seulement insultée moi, mais vous avez aussi insulté mon père.

— Pas étonnant que vous aimiez les bohémiens, proféra-t-il.

Margery s'avança entre eux.

— Vous paierez pour cette remarque !

Elle tira Ariella hors de la boutique, le teint cendreux. Dehors, elles se regardèrent d'un air horrifié. Ariella ne se souvenait pas d'avoir été jamais apostrophée de la sorte.

Elle respira à fond.

— C'est ce qu'Emilian vit chaque jour de son existence.

Dès qu'il vit le sceau des de Warenne, il sut que la lettre était d'Ariella.

Une tension qu'il n'avait jamais éprouvée auparavant l'envahit alors qu'il ouvrait l'enveloppe. Il était assis à son bureau dans la bibliothèque, les mains tremblant légèrement. Après leur dernière rencontre, elle n'était pas revenue à Woodland. Il n'en avait pas été surpris.

Trois jours s'étaient écoulés depuis leur étreinte — trois jours sans fin durant lesquels il avait erré dans la maison, empli de regret, de culpabilité, de tourments et d'inquiétude. Il avait très occupé par ses affaires en vue de son départ, mais elle s'incrustait dans son esprit, sans qu'il puisse rien y faire. Il avait été résolu à nier son intérêt pour elle, son attirance et son désir. Il savait qu'un tel déni valait mieux pour elle, mais il avait si facilement succombé à la passion. Chaque jour depuis leur fougueux interlude, il s'était demandé si elle reviendrait jamais, les entrailles nouées par la tension. Il valait mieux qu'elle ne revienne pas ; il valait mieux qu'elle le déteste, maintenant. Mais elle était si imprévisible.

Il était navré de ne pouvoir être quelqu'un d'autre, un prétendant convenable, le genre d'aristocrate qui pourrait lui donner l'amitié à laquelle elle aspirait. Il était navré de s'être montré si distant après leur rencontre, mais à quoi s'attendait-elle ? La culpabilité avait jailli dès qu'ils avaient eu fini. Et il n'avait jamais eu une maîtresse qui réclamait autre chose que ses prouesses au lit.

Le haïssait-elle, finalement ?

Conscient qu'il craignait son rejet alors qu'il aurait dû le souhaiter, il déplia la lettre et se mit à lire.

« Cher Emilian,

J'espère que cette lettre vous trouvera en bonne forme et en bonne santé. Je me suis inquiétée pour Nicu. Comment va-t-il ? J'ai pensé que vous aimeriez peut-être savoir que j'ai réprimandé vertement le chirurgien, même si je doute que mes actions affectent sa conduite à l'avenir. Il est vraiment un individu méprisable, sans aucune notion d'humanité. »

Emilian en resta incrédule. Elle était allée voir le chirurgien pour l'affronter ? Etait-elle folle ? Il pouvait à peine imaginer le débat qu'elle avait dû susciter. Il poursuivit sa lecture.

« Mon père et mon frère se sont rendus à Londres pour quelques jours, laissant les dames à leurs occupations.

J'apprécie beaucoup la compagnie des femmes de ma famille, surtout celle de ma petite sœur, Dianna, avec qui je ne passe pas assez de temps. J'espère toutes les convertir à ma dernière cause, une expédition en Mongolie et sur la Muraille de Chine. »

Il rit.

Puis il s'arrêta, choqué par le bruit qui résonnait dans la pièce. Que lui arrivait-il ?

Il inspira et termina la brève lettre.

« Hélas, Dianna ne s'intéresse qu'à un mari et à la mode, et Margery, toujours la fille docile, prétend qu'elle ne peut quitter sa famille aussi longtemps. Toutefois, ma belle-mère est une aventurière et a dit qu'elle aimerait beaucoup venir. Je commencerai à faire le siège de mon père dès qu'il rentrera. »

Cliff de Warenne refuserait sûrement à sa fille un voyage aussi insensé. Emilian n'était jamais allé aussi loin à l'est, mais il n'en avait pas besoin pour savoir que ce serait dangereux pour elle et sa belle-mère. Aucun de ces pays n'était civilisé, à ce qu'il savait.

« Je voudrais que vous sachiez que vous êtes toujours le bienvenu à Rose Hill. La prochaine fois que vous serez dans le voisinage, je serai heureuse de vous recevoir. »

Il relut cinq fois ces dernières lignes.

Elle voulait qu'il lui rende visite.

Il jeta la feuille sur son bureau, soudain aussi furieux qu'incrédule. Quand perdrait-elle sa foi en lui ? Pourquoi ne comprenait-elle pas qu'elle aurait beau être aimable et indulgente, elle était une princesse *gadjé* et lui un demi-Rom ? Il n'était pas un prétendant ! Il n'avait pas envie de l'être ! *Que signifiaient ces lignes ?* Croyait-elle toujours qu'une amitié entre eux était possible ? Si oui, elle se trompait — leur étreinte l'avait prouvé !

Il s'appuya à son bureau. Il s'était attendu à tout sauf à une invitation à Rose Hill. Naturellement, il n'accepterait jamais.

Savait-elle seulement qu'il partait avec la tribu dans quelques jours ? Il ne se rappelait pas s'il lui avait mentionné ses plans.

Il était impatient de partir. Il s'était mis à ne plus pouvoir supporter d'être dans sa propre peau à Woodland — où était-ce dans la peau d'un Anglais ? La façon dont Ariella le hantait ne l'aidait pas, pas plus que sa culpabilité et ses soucis. Cette lettre avait soudain rendu la comédie de sa vie encore pire. Il était presque certain qu'une fois sur la route, il oublierait complètement son passé, y compris Ariella. Et ce serait mieux pour tous les deux.

Ariella était assise dans un fauteuil près de la fenêtre de sa chambre, essayant de lire un exemplaire du dernier programme de Francis Place pour des changements sociaux, la Charte du Peuple. Elle aurait dû être captivée, mais elle ne parvenait pas à démêler ce qu'il disait. Emilian lui manquait et elle pensait constamment à lui. Presque une semaine avait passé depuis qu'elle l'avait vu pour la dernière fois. Elle voulait poursuivre l'amitié qu'il lui refusait, mais aller le voir de nouveau lui paraissait très effronté, maintenant. En outre, il pourrait prendre cette visite pour une avance des plus inconvenantes. Comme elle lui avait déjà fait de telles avances — qu'il avait acceptées — elle ne le blâmerait pas de se méprendre.

Cependant, si elle n'encourageait pas leur amitié, elle était certaine qu'il ne le ferait jamais. Elle lui avait finalement envoyé un billet amical, terminant la courte missive par la suggestion polie qu'il s'arrête à Rose Hill lorsqu'il serait dans le voisinage. Non seulement il ne l'avait pas fait, mais il ne s'était même pas donné la peine de lui répondre.

Les derniers jours lui semblaient avoir duré une éternité.

Il commençait à apparaître qu'elle devrait aller le trouver, en fin de compte, ou au moins aller voir Jaelle au campement et se servir de sa sœur à son avantage.

— Ariella !

Elle fut soulagée de poser le pamphlet politique, même si Margery paraissait dans tous ses états. Elle jeta un regard à sa cousine, debout sur le seuil, et vit que quelque chose n'allait vraiment pas.

— Qu'y a-t-il ?

Margery était pâle et raide.

— Tu as un visiteur — quelqu'un que je suis plus que prête à renvoyer.

L'incrédulité submergea Ariella. *Emilian était venu.*

— Ne t'avise pas de refuser de le recevoir ! lança-t-elle en sautant sur ses pieds.

Margery ne bougea pas tandis qu'elle courait au miroir accroché au-dessus de sa coiffeuse. Elle portait une robe bleu clair, aux manches courtes, et elle ajusta vivement son corselet. Cette toilette était si ordinaire ! Elle ouvrit son coffret à bijoux et choisit des pendants d'oreilles en perles qu'elle mit à ses oreilles. Elle ajouta à son cou un camée passé sur un ruban noir, consciente que ses mains tremblaient. Voilà, c'était mieux. Enfin, elle tapota du parfum entre ses seins, puis elle commença à ôter ses épingles à cheveux. Il aimait ses cheveux dénoués.

— Que fais-tu ? s'exclama Margery. Tu ne peux recevoir une visite avec les cheveux à moitié défaits !

Ariella coiffa les boucles qu'elle avait laissées retomber sur sa nuque. Quand elle eut fini, elle se retourna.

— J'inaugure une nouvelle mode. Comment me trouves-tu ?

— Tu as l'air d'une femme amoureuse — ou d'une femme sur le point de rejoindre son amant.

Ariella alla à sa cousine et l'enlaça.

— J'ignore ce qu'il veut. Je lui ai envoyé un billet, mais j'étais certaine qu'il ne répondrait pas. J'ai peur d'espérer !

— J'ai joliment peur moi aussi, dit Margery, la suivant hors de la pièce.

Ariella dévala l'escalier, ses jupes relevées jusqu'aux chevilles. Elle prit une inspiration, ralentit son allure pour marcher posément, carra les épaules et s'efforça d'afficher un sourire calme et serein. Devant elle, elle le vit debout dans le parloir bleu, un chapeau haut de forme à la main. Il la vit au même moment.

Il avait l'air si anglais, avec une redingote vert foncé et un gilet crème, malgré ses cheveux trop longs, et c'était le plus bel homme qu'elle avait jamais vu. Il lui coupait le souffle.

Il inclina la tête.

— Miss de Warenne, dit-il poliment.

Il se redressa, mais ne sourit pas. Son regard était scrutateur, son attitude bien trop solennelle.

— Emilian, répondit-elle.

Une terrible tension l'envahit. Elle était toujours si sensible à cet homme.

— C'est une telle surprise — et une surprise très agréable.

Est-ce que quelque chose n'allait pas ?

Il porta les yeux au-delà d'elle.

— J'ai reçu votre invitation.

Elle s'avisa alors que Margery se tenait sur le seuil, résolue à les chaperonner. Elle se tourna vers elle.

— Peux-tu nous laisser seuls un moment ?

Sa cousine fut visiblement mécontente, mais elle s'en alla, laissant la porte grande ouverte. Ariella refit face à Emilian, le souffle court.

Il parut examiner chacun de ses traits avant de parler lentement, comme s'il choisissait ses mots avec soin.

— Votre lettre a été une surprise. Je ne pensais pas que vous souhaiteriez me recevoir.

Elle fut étonnée.

— Je vous recevrai toujours.

Son expression se durcit, sévère.

— C'est bien trop généreux, même venant de vous.

Ariella détestait ces formalités. Elle alla à la porte et la ferma, puis pivota vers lui.

— Rien n'a changé. Je reste votre amie, Emilian. Ce qui s'est passé récemment était autant ma faute que la vôtre.

Son regard gris ne fléchit pas.

— Permettez-moi de ne pas être d'accord. Nicu va mieux.

— J'en suis si contente ! s'exclama-t-elle, rayonnante.

Sa bouche s'incurva légèrement, puis redevint ferme.

— J'étais incrédule quand j'ai lu que vous étiez allée réprimander le chirurgien.

— Il le méritait, Emilian. Cela a été un peu embarrassant, mais j'ai fait ce que je jugeais juste.

Il la fixa.

— Je ne puis imaginer une rencontre quelconque vous embarrassant.

Elle sourit.

— C'est un beau compliment.

— C'était mon intention.

Ses yeux soutenaient les siens, sombres et intenses.

— Je ne veux pas que vous livriez mes batailles, Ariella.

Elle ouvrit de grands yeux.

— Je livre de nombreuses batailles, tout le temps. Je suis fière de mon indépendance d'esprit. Je me considère comme radicale.

— Oui, vous êtes indépendante d'esprit et radicale, ainsi qu'excentrique.

Son léger sourire s'évanouit.

— Mais vous avez été touchée au bal, et par l'incident du chirurgien. Vous n'avez pas à faire partie d'un monde de haine et d'étroitesse d'esprit.

Elle secoua la tête.

— Cette fois, c'est moi qui ne suis pas d'accord. Je fais partie de ce monde, Emilian, de ce monde dans sa *totalité*, même avec les ombres que nous n'apprécions pas — des ombres que la plupart des gens préfèrent ignorer.

Le silence frémit entre eux comme s'il était chargé d'électricité, tel le ciel avant un orage.

— Je suis si contente que vous soyez venu. Je ne pense pas que j'aurais pu tenir beaucoup plus longtemps, murmura-t-elle, souhaitant soudain être dans ses bras.

Elle avait envie de tendre la main et de chasser ses soucis d'une caresse, mais elle n'osa pas.

— Je n'aurais pas dû accepter vos avances, Ariella, déclara-t-il abruptement. Et je suis empli d'encore plus de regrets qu'auparavant.

Elle fut consternée.

— Je n'ai pas de regrets ! Aucun !

— Alors, nous sommes dans une impasse.

Son expression se durcit.

— Vous n'avez sûrement pas décidé que vous souhaitez une relation sordide et détachée.

— Non ! Bien sûr que non ! Vous aviez raison. Une liaison sans amitié ou sans amour est beaucoup trop crue pour ma nature.

Elle se demanda s'il pouvait entendre tambouriner son cœur.

— Je suis venu ici pour plusieurs raisons. L'une est de m'excuser. Vous ne regrettez peut-être rien, mais moi si.

Son visage s'adoucit presque.

— Je ne veux pas que vous soyez celle sur mon chemin, Ariella.

— Il n'y a rien à pardonner, Emilian, dit-elle sincèrement. Et vous parlez comme si vous étiez un ouragan !

Il se raidit et leurs yeux se joignirent.

— J'ai l'impression de l'être devenu — et vous êtes le carnage que je laisse derrière moi.

Ce n'était pas la visite qu'elle avait escomptée. Elle ressemblait trop à une fin.

— Quelque chose ne va pas, n'est-ce pas ? Pourquoi êtes-vous réellement venu ?

— Je suis venu vous dire au revoir.

Et à l'instant où il prononça ses paroles, elle sut qu'il partait pour très longtemps.

— Que voulez-vous dire ?

— Je pars dans le Nord avec la tribu. Nous irons à la frontière avec l'Ecosse, où je suis né. J'ignore quand je reviendrai — si je reviens un jour.

Elle se figea.

— *Quoi ?*

Il ne pouvait pas s'en aller ! Qu'en était-il de leur amitié, de leur liaison ?

— Mais vous êtes le vicomte St Xavier ! Que va devenir Woodland ? s'écria-t-elle, choquée et emplie d'appréhension.

— J'ai engagé un intendant. Il a pris ses fonctions aujourd'hui. J'ai été anglais trop longtemps, dit-il platement.

Elle était incrédule.

— Vous *êtes* à moitié anglais, Emilian !

— Edmund m'a enlevé à ma mère, de force. Bien que j'aie choisi de rester avec lui, je me suis mis à douter gravement de mon choix.

— A en douter gravement ! répéta-t-elle, horrifiée.

Il allait abandonner l'héritage de son père, son domaine, son titre, sa vie — l'abandonner, elle —, pour devenir un Tzigane ?

Elle se remémora comment elle l'avait vu cette première nuit, quand elle le prenait pour le *vaida*. Il dansait sous les étoiles avec cette ferveur passionnée que seul un vrai Rom pouvait montrer. Leur musique était dans son sang, dans son âme, car il était aussi rom qu'anglais.

Les Tziganes étaient son peuple, aussi.

Mais laisser toute sa vie derrière lui ?

Ariella s'affala dans un fauteuil. Il ne pouvait partir pour toujours.

— Vous devez revenir, dit-elle dans un souffle, et la douleur explosa dans son cœur.

Il fallait qu'il revienne à elle.

— N'est-ce pas le mieux pour tout le monde ? demanda-t-il gravement. Regardez les dommages que j'ai déjà causés. Vous trouverez votre prince charmant, Ariella.

— Vous êtes mon prince charmant, s'écria-t-elle, la vision brouillée par les larmes.

La panique la submergea et elle bondit sur ses pieds, tendant les mains vers ses bras. Il ne s'écarta pas.

— Je sais que vous le croyez. Un jour, vous vous rendrez compte que vous vous trompiez. De fait, un jour viendra où vous ne vous souviendrez même pas de moi.

Elle ne l'oublierait jamais.

— Quand vous reverrai-je ?

Il secoua la tête.

— Je ne sais pas.

Elle s'accrocha à ses bras puissants.

— Comment ceci peut-il arriver ? Je vous aime !

— Non, dit-il durement, en se dégageant.

Elle l'entendit à peine. Son esprit était en proie à une folle confusion.

— Partez-vous maintenant ?

— Nous partirons peu après le lever du soleil, demain.

Passez la nuit avec moi.

Il élargit les yeux. Elle prit son visage dans ses mains.

— Je sens que vous me désirez encore. Faites-moi l'amour cette nuit, Emilian. Donnez-moi quelque chose à quoi me raccrocher jusqu'à votre retour.

Il s'immobilisa, respirant fort.

— Quel bien peut sortir d'une telle soirée ?

Elle l'avait choqué.

— J'ai besoin d'être avec vous une autre fois. Je ne veux pas que vous partiez. Vous devez m'accorder des souvenirs que je pourrai chérir !

Elle perçut la chaleur mâle et intense qui l'embrasait et ses yeux se firent brûlants, mais il secoua la tête.

— Vous méritez un grand amour et cette amitié dont vous parlez toujours. Vous ne méritez pas une liaison condamnée à l'avance.

Elle ne put parler. Il quittait le Derbyshire. Il la quittait. Pourquoi ne voyait-il pas qu'ils avaient entamé ensemble un voyage précieux, marqué par le destin ?

— Ne pleurez pas, dit-il d'une voix rauque. Je vous en prie.

Elle étouffa un sanglot et se glissa dans ses bras, qui s'ouvrirent pour l'accueillir. Elle se cramponna à lui, souhaitant que cela dure toujours. Son grand corps était raide et dur contre le sien, et il tremblait aussi.

— Je vous fais de nouveau du mal, dit-il.

Elle était incapable de parler.

Il la tint un moment, resserrant son emprise sur elle, puis il s'écarta. Il jeta un coup d'œil à la porte fermée.

— Votre cousine fait probablement les cent pas dans le vestibule.

Ariella ne s'en souciait pas. Si seulement elle avait le courage de partir avec lui. Mais cela exigerait la perte de toute fierté. En outre, elle savait qu'il la renverrait.

— Ariella ? demanda-t-il.

Elle ne pouvait bouger. Il se détourna, la mine sombre, et alla ouvrir la porte. A ce moment-là, il se raidit. Ariella regarda au-delà de lui, dans le vestibule.

Margery se tenait là, parlant avec Jack Tollman, l'aubergiste du Cerf blanc.

Elle se précipita vers Emilian et vit changer son visage. L'expression dure et dangereuse, il s'enquit :

— Que fait-il ici ?

— Je l'ignore. Je suis sûre qu'il a une bonne raison, répondit-elle d'une voix incertaine.

— Il est ici pour moi.

Emilian s'avança d'un pas déterminé et elle courut pour le suivre. De quoi parlait-il ?

Tollman les vit et sourit d'un air déplaisant à Emilian.

— Votre majordome m'a dit que vous étiez ici.

Quelque chose n'allait pas, pas du tout.

— Pourquoi me cherchez-vous ? demanda Emilian.

L'aubergiste sourit largement.

— Parce qu'on a pensé que vous aimeriez nous voir pendre un voleur de chevaux.

13

L'incrédulité d'Emilian se changea en fureur.

— Sûrement pas ! gronda-t-il.

Ariella se précipita devant lui, horrifiée par les événements qui se déroulaient mais déterminée à empêcher une bataille. Emilian lui décocha un regard sombre.

— C'est l'idée de Tollman d'une vengeance.

— Que se passe-t-il ? demanda-t-elle d'une voix altérée.

— Ce n'est pas un jeu, St Xavier, cracha l'aubergiste. Un des jeunes bohémiens a volé le cheval rouan de Pitt et il a été pris sur le fait, en train de le revendre à son voisin !

Ariella allait faire remarquer que l'on ne pendait pas les voleurs de chevaux, quand Emilian dit :

— Y a-t-il des preuves ? Ou avez-vous fait porter le blâme à un Tzigane innocent ?

Ceci allait exploser en quelque chose de terrible ! Pourquoi ces deux hommes se haïssaient-ils tellement ?

— Il n'y a pas de Tziganes innocents.

Ariella commença à protester, mais Emilian lui jeta un coup d'œil furieux et elle se tut.

— Qui accusez-vous ? demanda-t-il.

— Djordi.

Ariella se couvrit la bouche, de plus en plus alarmée.

Djordi était le jeune garçon qui l'avait surprise à son entrée dans le campement tzigane. Il avait seize ans, tout au plus.

— On ne pend pas les voleurs de cet âge, à notre époque, parvint-elle à dire. Je vais rappeler mon père. Il réglera cette affaire.

L'ignorant, Emilian sortit de la maison à grands pas. Tollman émit un grognement et le suivit. Ariella l'imita.

— Emilian ! Je vais avec vous ! Monsieur Tollman, de grâce, attendons mon père. Vous savez combien il est juste.

Emilian sauta sur un étalon gris. Tollman grimpa dans un cabriolet.

— Miss de Warenne, ne tracassez pas votre jolie tête avec ces histoires.

Il prit son fouet.

— Une pendaison n'est pas un spectacle pour les dames.

— Oserez-vous enfreindre la loi ? s'écria-t-elle, affolée.

— Il faut faire un exemple. Plus aucun bohémien n'osera venir nous duper, déclara fermement l'aubergiste. Hue !

Ariella ne regarda pas le cabriolet s'éloigner dans l'allée, car Emilian amena son étalon jusqu'à elle, la faisant bondir de côté. Il tira sur la bride et l'animal se cabra.

— Vous restez à Rose Hill ! lança-t-il.

Puis il éperonna le cheval et partit au galop, faisant gicler de la terre et du gravier.

Ariella regarda Margery, choquée par ce qui se passait. Sa cousine déclara, le teint cendreux :

— Il faudra cinq minutes pour préparer la voiture.

*
* *

Ariella s'accrochait aux brides de sécurité tandis que le coupé filait vers la place du village, les quatre chevaux au galop. Margery et elle étaient ballottées sur la banquette à chaque ornière et chaque virage. Une foule s'était rassemblée sur la place. Des femmes et des enfants étaient présents, et elle entendit des cris et des sifflets. Puis elle aperçut Stevan et quelques hommes tziganes. Incrédule, elle vit qu'ils avaient été étroitement regroupés. Deux villageois avaient des fusils et ne voulaient pas les laisser passer.

Au centre de la place se dressait un grand orme. Un nœud coulant pendait déjà de ses branches, se balançant dans la brise, et dessous se trouvait une charrette sans cheval. Djordi se tenait debout sur la plateforme, les mains attachées dans le dos. Le nœud coulant lui frôlait les épaules. Son visage était belliqueux, mais il était pâle de frayeur.

Puis Ariella vit Jaelle près de Stevan, le visage livide et contracté.

— Oh, mon Dieu ! murmura Margery. Nous devons arrêter ceci.

Ariella sauta de la voiture avant qu'elle soit complètement arrêtée. Relevant ses jupes, elle courut frénétiquement vers la foule. Alors elle aperçut Emilian debout près de la charrette, face à Tollman et au maire Oswald. Non loin du maire se tenait Robert St Xavier, les bras croisés, avec deux gentlemen de son âge. Ils arboraient un petit sourire satisfait.

Elle se fraya brusquement un passage en poussant les hommes, les femmes et les enfants, ignorant leurs marmonnements contrariés et leurs cris de surprise. Quelques-uns, la reconnaissant, s'écartèrent de son chemin.

— St Xavier, justice doit être faite, disait le maire, les joues rouges, tandis qu'elle accourait.

Mais il ne semblait pas sûr de lui.

— Vous ne le pendrez pas ! rétorqua Emilian, les yeux étincelants.

Il vit Ariella et son regard se fit incrédule, mais il ramena son attention sur le maire.

— Une pendaison est illégale dans ce cas. Il n'y aura plus d'incidents — je vous en donne ma parole. Nous partons demain matin.

Oswald se tordit les mains et regarda Tollman pour quêter son aide.

— La parole d'un demi-sang ? se moqua ce dernier. Ce n'est pas une parole !

Emilian se tourna de nouveau vers le maire en grondant.

— Ecoutez-vous un aubergiste, ou le vicomte de Woodland ?

— Toute la ville réclame justice, lâcha Tollman d'un ton mordant. Toute la ville veut que ces maudits bohémiens s'en aillent !

— Maire Oswald ! s'écria Ariella, hors d'haleine. Vous ne devez pas laisser la colère commander ici !

Elle jeta un coup d'œil suppliant à Robert, attendant qu'il s'avance pour aider à résoudre la crise.

Mais Robert resta près du maire, la mine sombre. Il détourna les yeux.

Emilian tournoya vers elle.

— Je vous ai dit de rester à Rose Hill !

Elle l'ignora.

— Nous avons fait prévenir mon père, à Londres. Il sera de retour d'ici la tombée de la nuit, j'en suis sûre. Je vous en prie, remettons cette affaire entre ses mains.

Avant que le maire puisse répondre, Emilian la saisit.

— Ne vous en mêlez pas.

— Je ne resterai pas sans rien faire devant un terrible déni de justice.

Il la poussa rudement vers Margery.

— Lady de Warenne, aucune de vous ne devrait être présente. Vous devez rejoindre votre voiture et rentrer chez vous.

Margery s'avança, blanche comme un linge.

— Ariella a raison. Le capitaine de Warenne peut régler cette affaire — ou mon père, le comte d'Adare.

Mais sa mention du puissant comte n'arrangea pas les choses. Tollman déclara :

— Il sera pendu.

Le maire se tordit de nouveau les mains.

— Ce n'est pas légal, Jack, commença-t-il.

L'aubergiste était furieux.

— Vous ne pouvez pas le relâcher ! s'écria-t-il. D'autres de ces vermines viendront voler nos chevaux et nos vaches ! Ils séduiront nos sœurs et nos filles ! Ils nous vendront des roues pourries !

La foule murmura son approbation.

— Alors, qu'allons-nous faire ? demanda le maire, pâle et transpirant. Nous sommes tous des Anglais respectueux de la loi, ici.

Le chirurgien s'avança.

— Fouettez-le copieusement et renvoyez-le dans le Nord. Qu'il sache que s'il revient, ce sera au péril de sa vie.

Stone avait à peine fini de parler que la foule se mit à acclamer son plan avec des cris avides.

— Fouetter un jeune garçon est une pratique barbare !

s'écria Ariella, saisie. Nous pouvons sûrement attendre quelques heures de plus pour résoudre cette affaire !

Tollman parla au maire, sans détacher son regard brûlant d'Emilian.

— Il a volé le cheval et il est coupable. Justice doit être faite. Je peux accepter la flagellation et le bannissement.

Emilian le regarda avec haine, et l'aubergiste lui rendit un regard tout aussi haineux.

— Pourquoi ne pas attendre le retour de mon père ? insista Ariella.

Oswald la regarda, visiblement indécis.

— Elle aime les bohémiens, intervint James Stone. Son père penserait probablement comme nous. Tout le monde est d'accord — le Tzigane sera fouetté et chassé.

Ariella trembla.

— Mon père n'approuverait jamais une flagellation, dit-elle. Il suivrait la loi.

Margery lui pressa fortement la main. Stone, Tollman et Oswald se penchèrent les uns vers les autres et entamèrent une conversation animée, à mi-voix. Le maire écoutait, sans parler.

Emilian s'adressa à Ariella, les yeux d'un gris de glace.

— Montez dans votre voiture et partez, tout de suite. Je ne veux pas que vous voyiez ce qui va se passer.

Ses paroles l'effrayèrent encore plus.

— Je ne vous laisserai pas, et Djordi non plus.

Rien ni personne ne pouvait la forcer à s'en aller.

— Ils n'iront pas jusqu'au bout, ajouta-t-elle désespérément, mais elle n'était pas sûre que Tollman et ses alliés puissent être arrêtés.

Pourquoi Robert n'intervenait-il pas ? A la place, il les

observait, elle et Emilian, avec un air spéculateur qu'elle détesta aussitôt.

— Ne pouvez-vous la faire partir ? lança Emilian à Margery. Je ne veux pas qu'elle reste là !

Margery tremblait aussi.

— Nous voulons vous soutenir, sir.

Il se détourna.

— Robert, escorte ces dames hors de la place.

Son cousin dénoua enfin ses bras et s'avança.

— Mon cousin a raison. Ce n'est pas un spectacle pour des dames.

Ariella le fixa, se demandant s'il était un sot incompétent.

— Allez-vous aider votre cousin, sir ? Allez-vous vous tenir à son côté comme un parent le devrait ?

— Emil semble avoir un plan, répondit-il en haussant les épaules.

Il se moquait de ce qu'Emilian voulait et ne tenait pas à prendre son parti, s'avisa-t-elle.

Robert tendit le bras.

— Pourquoi n'allons-nous pas prendre le thé à l'auberge ?

Ariella lui tourna le dos.

— Je ne pars pas, dit-elle à Emilian.

Son regard lui promit une rétribution à venir.

— Relâchez Djordi, ordonna-t-il au maire et à Tollman.

Il ôta sa redingote et la jeta par terre. Il commença à déboutonner son gilet.

— Je me chargerai de le punir.

Il jeta le gilet.

— Je subirai la flagellation à sa place.

L'horreur rendit Ariella muette. *Il ne pouvait songer à faire cela !*

Tollman sourit lentement, avec un vrai plaisir, tandis que le maire paraissait stupéfait.

— Milord, sir !

L'aubergiste rit.

— Il est l'un d'eux. Il l'a prouvé depuis qu'il est arrivé ici. Il est à moitié tzigane, et au diable son titre !

Très pâle, Oswald rétorqua :

— Tollman, le vicomte s'est occupé de nos affaires pendant des années.

— Peu importe qui nous fouetterons, à partir du moment où justice sera faite, répliqua l'aubergiste d'un ton farouche.

Se rendant compte qu'une terrible vendetta personnelle était en jeu, Ariella se tourna pour regarder Robert, mais visiblement il n'était toujours pas disposé à intervenir. Elle abandonna et se rua en avant tandis qu'Emilian jetait sa chemise.

— Est il le maire, ou est-ce vous ? cria-t-elle à Oswald. Vous ne pouvez permettre ceci ! Il est le vicomte St Xavier, un bon citoyen de ce village, de ce pays !

— Relâchez le garçon, lança Tollman à ses hommes comme si elle n'avait pas parlé.

Il se tourna vers elle.

— Miss de Warenne, c'est votre droit de rester et d'assister à la flagellation. Mais je vous suggère de partir. L'hystérie féminine n'aidera personne.

— Vous ne pouvez faire ceci ! s'écria-t-elle désespérément, tandis que deux hommes robustes sautaient sur la charrette et déliaient les poignets de Djordi.

Il sauta agilement à terre, mais son visage était contracté. Il marcha vers Emilian, suivi par un groupe de Roms.

Emilian le prit par l'épaule et lui parla fermement, d'un ton rassurant. Ariella ne doutait pas que le jeune garçon voulait être fouetté et qu'Emilian le lui refusait.

Puis elle vit tout le monde écouter Emilian qui parlait dans la langue rom. Les regards étaient fascinés, captivés. Tollman parut satisfait, ainsi que Robert. Le désespoir d'Ariella fut complet. Elle alla à lui.

— Ne faites pas ceci, le supplia-t-elle doucement.

— Vous voudriez qu'un jeune garçon soit fouetté ?

— Non, parvint-elle à dire. Je veux que personne ne soit fouetté.

Son torse nu frémit tandis qu'il respirait à fond.

— Rentrez chez vous.

Il hésita, le visage contracté.

— S'il vous plaît.

Elle ne le quitterait jamais, se promit-elle en lui rendant son regard. Ses larmes coulaient. Elle les chassa brusquement.

Un bras fort l'enlaça. C'était Djordi.

— Venez, lui dit-il.

Emilian s'était détourné. Il marchait vers la charrette. Un grand homme le suivait, un fouet de cocher à la main. Emilian s'appuya des deux mains au côté de la charrette, la tête courbée, le dos et les épaules tendus, ses biceps saillants.

Ariella poussa Djordi.

— Arrêtez ceci ! Arrêtez ceci maintenant ! cria-t-elle, mais le jeune Tzigane la prit dans ses bras et elle ne put bouger.

Puis il entreprit de l'éloigner, afin qu'elle ne puisse pas regarder.

Tollman parla à un des jeunes hommes avec qui il se tenait et celui-ci partit en courant.

— Commencez ! ordonna-t-il.

Le fouet claqua, laissant une marque rouge sur le dos d'Emilian. Il se tenait appuyé à la charrette, figé, comme s'il était de pierre. Il n'avait même pas sursauté.

Le fouet claqua de nouveau. Ariella flancha, le cœur explosant dans sa poitrine, mais Emilian resta immobile. On le fouetta une troisième fois et elle trembla, s'accrochant à Djordi, submergée par la panique, enragée d'être impuissante. Emilian n'émit toujours pas un son. Anéantie, elle parvint à contrôler ses larmes. Ce serait bientôt fini. Emilian supporterait les coups.

Alors Tollman s'avança, un chat à neuf queues à la main, l'expression impitoyable.

Comprenant ce qu'il comptait faire, Ariella hurla, luttant pour se libérer de Djordi.

Il fit claquer le terrible fouet. La foule cria son approbation tandis que les lanières hérissées de pointes s'abattaient sur le dos d'Emilian, déchirant sauvagement sa chair et laissant une traînée de sang.

— Arrêtez ! cria follement Ariella, mais Tollman frappa de nouveau Emilian, vicieusement.

Il flancha, tombant presque à genoux. La foule poussa des acclamations. Il lutta pour rester debout et se cramponna à la charrette, haletant.

Tollman le fouetta sans pitié.

Ariella cria encore, Djordi la tenant pour l'empêcher d'intervenir.

Emilian tomba à genoux.

La foule jubila.

Tollman voulait le tuer. Alors que l'aubergiste flagellait Emilian une fois de plus, il s'affala, le visage contre terre. Ariella mordit la main de Djordi pour se libérer. Elle courut vers Tollman, mais quelqu'un l'attrapa par-derrière. Elle fut rejetée en arrière, dans la foule.

Margery l'appelant en hurlant.

Elle tomba. Brièvement, la panique l'aveugla, mais elle entendit claquer le fouet. *Tollman le tuerait si on ne l'arrêtait pas.* Elle sentait de nombreuses mains sur elle et s'y accrocha, au désespoir de se relever, de sauver Emilian. Les gens la soutenaient, la soulevaient, et elle entendit de nouveau le claquement brutal du fouet. Elle se mit debout, les poussa et courut à sa voiture. Son cocher se tenait près des chevaux, le visage horrifié.

— Le pistolet, Jackson ! Le pistolet que père garde sous le siège ! hurla-t-elle.

Le cocher tournoya, sautant sur son siège. Quand il redescendit, elle lui prit l'arme.

— Il est chargé ?

— Oui, miss de Warenne.

Elle était déjà derrière la foule excitée. Elle tira en l'air et l'assemblée s'écarta comme la mer Rouge. Ariella la traversa en courant et vit Tollman, son fouet à la main, tandis qu'Emilian gisait par terre, ensanglanté, le visage dans l'herbe. Elle pointa le pistolet sur la poitrine de l'aubergiste.

— Assez, le prévint-elle.

Juste ciel, elle était prête à le tuer pour ce qu'il avait fait.

Tollman la regarda, les yeux élargis.

— Ne tirez pas.

La vision d'Ariella se brouilla et le pistolet dansa dans sa main, sans qu'elle puisse le contrôler.

— Est-il vivant ? parvint-elle à demander.

Si Emilian était mort, elle allait commettre un meurtre. Elle allait abattre ce scélérat.

— Posez ce pistolet, dit Emilian d'une voix enrouée, en s'asseyant.

Stevan, Djordi et d'autres Roms l'atteignirent, s'agenouillèrent près de lui et le soutinrent. Jaelle apparut en pleurant et s'accroupit à son côté, lui prenant la main.

Les larmes aux yeux, Ariella regarda Tollman. *Emilian était vivant.* Mais il fallait voir ce qu'on lui avait fait. Elle haïssait ces gens — elle haïssait l'aubergiste.

Ce dernier lui rendit son regard, les yeux emplis de peur.

— Ariella, ne fais pas cela, murmura Margery, qui était venue se placer derrière elle.

Elle chassa furieusement ses larmes. Le pistolet ne voulait pas rester immobile. Elle regarda Emilian, ses yeux gris. La souffrance était inscrite sur chaque trait de son visage. Même s'il était surtout blessé dans le dos, du sang coulait sur son torse, le chat à neuf queues étant passé par-dessus son épaule gauche.

— Non, dit-il dans un souffle.

Ariella sentit son esprit réagir. Il avait raison. Elle ne pouvait tuer quelqu'un de sang-froid. Elle abaissa le pistolet.

Tollman passa près d'elle en lui sifflant quelque chose. C'était une menace, mais elle ne put distinguer ses mots. Elle lâcha l'arme et courut à Emilian.

Stevan l'aida à se lever. Il la regarda brièvement, mais son visage était si las et si douloureux qu'elle ne put déchiffrer rien d'autre. Puis il ferma les yeux et tomba en arrière, s'évanouissant dans les bras de son oncle.

Ariella s'agenouilla et lui prit les mains. L'horreur s'évanouit, laissant place à de la résolution.

Soudain, Robert se tint au-dessus d'eux.

— Je vais le ramener à Woodland.

Elle leva les yeux, furieuse.

— Restez loin de lui !

Il se raidit et, avec un haussement d'épaule, s'éloigna.

Elle lutta pour se ressaisir et regarda l'oncle d'Emilian.

— Stevan, s'il vous plaît, portez-le à ma voiture.

Il la dévisagea avec surprise.

— Nous allons l'emporter, maintenant.

Elle lui rendit son regard.

— Non. Je vais le soigner à Rose Hill.

Ariella se tenait dans le vestibule, retenant son souffle, tandis que Stevan et un autre homme aidaient Emilian à entrer. Jaelle était debout près d'elle, tremblante et s'efforçant de ne pas pleurer. Ariella passa un bras autour d'elle. Emilian était conscient et essayait de marcher, mais il souffrait tellement qu'elle savait qu'il ne se rendait pas compte de l'endroit où il était ni de ce qui se passait. Il saignait encore et laissait une trace de sang sur le parquet.

— Pouvez-vous lui faire monter l'escalier et le mettre dans la première chambre à droite ? demanda-t-elle, surprise de paraître si calme.

Elle avait si peur pour sa vie.

Aucun des deux hommes ne répondit. Tandis qu'ils se dirigeaient vers l'escalier, Ariella vit les yeux d'Emilian se fermer, mais elle sentit qu'il luttait pour rester conscient. Jaelle gravit précipitamment les marches derrière eux.

Il y eut un léger bruit de pas. Ariella pivota tandis que sa belle-mère entrait vivement dans le vestibule, juste à temps pour voir les deux Roms portant à moitié Emilian dans l'escalier. Les yeux d'Amanda s'élargirent, allant de son dos lacéré au parquet ensanglanté.

— Qu'est-il arrivé ? demanda-t-elle.

— Lord St Xavier a choisi de se faire fouetter à la place d'un jeune Tzigane, répondit Ariella en lui faisant face, l'air sombre. Il a été flagellé à deux doigts de perdre la vie. Je vais le soigner ici.

Sa belle-mère la regarda fixement. Ce n'était pas une requête, elles le savaient toutes les deux. Rien n'avait jamais été si important pour Ariella.

Amanda hocha la tête.

— Je vais faire dire à ton père d'amener le Dr Finney et Rob Marriot, un bon chirurgien.

— Merci, dit Ariella, soulagée.

Le médecin de famille et le chirurgien habitaient Londres.

— Pouvez-vous m'envoyer une soubrette avec de l'eau, du savon, des linges et du whisky ?

— Bien sûr.

Ariella monta l'escalier en courant vers la chambre la plus proche, utilisée d'ordinaire par Alexi. Emilian était allongé sur le ventre, la respiration difficile, les paupières crispées, le visage humide de sueur. Son dos était à vif. Elle ne pouvait croire ce qu'on lui avait fait. Tollman avait-il délibérément essayé de le tuer ?

Stevan dit doucement :

— Ses plaies doivent être nettoyées.

— Je sais. Je vais le faire.

Elle ne pouvait pas se dorloter, maintenant. Elle écarta son sentiment d'horreur.

— Savez-vous comment soigner un homme qui a été fouetté ? demanda Stevan.

— Vous pouvez me dire comment faire.

Il n'allait pas interférer et il n'emmènerait pas non plus Emilian.

Le Tzigane la regarda.

— Je vais lui apporter une potion à boire. Elle aidera pour la douleur et l'enflure. J'apporterai des cataplasmes pour les plaies.

Ariella hocha la tête, allant au lit et tirant une chaise.

— Nous avons envoyé chercher un chirurgien et un docteur de Londres.

— Ils ne viendront pas.

Ariella lui jeta un regard noir. Ce genre de raisonnement ne les mènerait nulle part. Elle savait que le médecin de famille, au moins, viendrait à Rose Hill. Elle écarta les longs cheveux châtains d'Emilian de son visage et se figea. Une marque blanche était visible sur son oreille droite, et c'était clairement la lettre V.

— Qu'est-ce que c'est ? demanda-t-elle dans un souffle.

— Il a été marqué comme voleur, dit sombrement Stevan. Je l'ignorais. Cela a dû arriver il y a longtemps. On a dû le prendre en train de voler.

Elle était atterrée. Une autre terrible injustice… Cela finirait-il un jour ? Elle prit les mains crispées d'Emilian dans les siennes.

— Pouvez-vous aller chercher Hoode, le majordome de Woodland ? demanda-t-elle à Stevan. Non seulement il sert bien Emilian, mais je pense qu'il est attaché à lui. Il peut aider.

Stevan hocha la tête, mais ne bougea pas.

— Je vais demander à Djordi d'y aller, murmura Jaelle.

Le teint cendreux, elle se tenait au pied du lit.

Ariella ne se souciait pas que Stevan veuille rester. La soubrette allait arriver et elle entreprendrait d'ôter le sang pour inspecter l'étendue des blessures. Elle avait peur de ce qu'elle découvrirait. Elle était à peu près certaine que quelques lacérations pouvaient avoir besoin d'être recousues. Et elle craignait tellement une infection.

Il fallait trois heures de train pour venir de Londres. Elle espérait farouchement que le Dr Finney et le chirurgien arriveraient d'ici minuit.

Elle porta le poing d'Emilian à sa bouche et l'embrassa.

— Vous avez été si héroïque… même si j'aurais préféré que vous ne soyez pas un héros, aujourd'hui. Mais ne vous inquiétez pas. Vous êtes en sûreté, maintenant, et je prends soin de vous. Ma famille s'occupera de vous, Emilian.

Elle s'avisa qu'elle se mettait à pleurer. Elle souffrait tant, elle aussi. Il n'avait pas mérité ceci. Elle souhaitait pouvoir guérir miraculeusement toutes ses blessures, même celles de son cœur.

Ses cils bougèrent.

— Et ne songez pas à retourner à Woodland, dit-elle d'une voix étranglée.

Elle se pencha pour baiser sa joue. Des larmes coulèrent sur son visage.

— Aujourd'hui, je les hais, moi aussi.

Il ouvrit les yeux et la regarda.

Elle se força à sourire.

Il blêmit ; ses yeux se refermèrent. Elle l'entendit étouffer un gémissement. Elle pivota et vit que Stevan était toujours là.

— S'il vous plaît, faites vite. Il souffre tellement.

Le Tzigane déclara :

— Il est jeune et fort. Il faudra plus que des coups de fouet pour le tuer.

Elle trembla violemment.

— C'est ce que Tollman voulait, n'est-ce pas ? Il voulait le tuer ! Ce genre de brutalité n'avait pas lieu d'être.

— Vous étiez là, dit-il.

Il sortit et Ariella rencontra le regard de Jaelle.

— C'est à cause de moi, murmura-t-elle. L'autre jour, Emilian s'en est pris à Tollman pour ce qu'il a essayé de me faire. Maintenant, Tollman le poursuit.

— Ce n'est pas votre faute, assura Ariella d'un ton bref. Voulez-vous aller chercher Hoode ? Djordi ou vous pouvez prendre la voiture.

Jaelle acquiesça, passant vivement devant Amanda qui entrait, une soubrette avec elle, les bras chargés de ce qu'Ariella avait demandé. Sa belle-mère était sombre lorsqu'elle s'arrêta près d'elle.

— J'ai apporté du laudanum. Il faudrait mieux le droguer fortement avant que tu essaies de soigner ces coupures.

Ariella prit le flacon en hochant la tête. Mais tandis qu'elle versait cinq gouttes dans la bouche d'Emilian, son esprit s'agitait sombrement. Ceci avait été plus qu'un châtiment ; cette flagellation avait quelque chose de personnel. Tollman avait voulu le tuer.

Elle craignait que ce ne soit pas la fin des ennuis d'Emilian.

Ariella était assise dans le fauteuil au chevet d'Emilian et le regardait dormir. Elle avait laissé les rideaux ouverts. Le ciel était constellé d'étoiles et un croissant de lune brillait. Elle devinait qu'il était près de minuit. Elle avait vérifié, les derniers trains étaient arrivés depuis plus d'une heure. Il ne semblait pas que le docteur ou le chirurgien viendraient ce soir-là. Elle était plus que consternée.

Elle avait nettoyé ses blessures à fond, Hoode étant arrivé bien avant qu'elle ait fini, et quelques heures plus tôt elle lui avait redonné du laudanum. Amanda, Margery, sa tante Lizzie et Dianna étaient passées à plusieurs reprises, pour exprimer leur souci et voir si elles pouvaient aider. Jaelle était endormie sur le canapé devant la cheminée.

Emilian ne semblait pas souffrir, mais c'était seulement parce qu'il était drogué. La peau qui restait sur son dos était enflammée, mais il n'avait pas de fièvre. Toutefois, il fallait absolument qu'il voie le médecin. Elle se rappela qu'il était jeune et fort, comme avait dit Stevan.

— Ariella ?

Elle se tourna au son de la voix de son père. Cliff se tenait sur le seuil, ses yeux allant d'elle à Emilian. Elle courut se jeter dans ses bras.

Il l'étreignit brièvement.

— Le Dr Finney est dans le vestibule, ainsi que Marriot.

Le soulagement lui mit les larmes aux yeux.

— Le Ciel soit loué.

— Apparemment, nous avons tous reçu ton message simultanément, dit-il en ramenant les yeux sur Emilian. De quelle gravité sont ses blessures ?

— Il a été méchamment flagellé. Si je n'y avais pas mis fin, je crois qu'il aurait été frappé à mort, dit-elle à voix basse, d'un ton âpre.

Cliff passa un bras autour d'elle.

— J'ai entendu dire ce que tu as fait. Je suis fier de toi.

Ariella ne put sourire.

— Je suis encore sous le choc. Il est incroyable que des hommes puissent agir si violemment et si cruellement, dit-elle d'une voix tendue. Jack Tollman a fait cela alors que la majeure partie du village regardait — y compris les hobereaux.

— Tu as mené une vie protégée, déclara Cliff. J'ai toujours voulu t'épargner ce genre de haine et de tragédie.

— Ma mère a été traitée de cette façon, n'est-ce pas ?

Son père la regarda.

— Oui. Elle a souffert du même genre de racisme.

Ariella inspira.

— Que va-t-il se passer maintenant ?

— Tollman a enfreint les lois de ce pays, répondit Cliff d'un air sérieux. Il s'est attaqué à un innocent.

— Il doit être poursuivi pour ce qu'il a fait !

— J'ai bien l'intention de le voir convenablement et légalement puni pour ses actions.

Satisfaite de cette information, Ariella pivota. Le Dr Finney se tenait là avec un autre gentleman, le chirurgien. Son frère était avec eux. Elle laissa Cliff et alla dans les bras d'Alexi.

Il l'enlaça.

— Je m'en vais un jour et il y a un drame, dit-il d'un ton laconique.

Il cherchait à plaisanter, mais il était grave.

— Je suis sûre que si tu avais été là, rien de ceci ne serait arrivé, murmura Ariella.

Alexi la regarda d'un air perçant un moment, mais peu lui importait qu'il devine ses secrets maintenant. Jaelle s'était réveillée. Cliff fit un signe et ils allèrent tous dans le couloir. Ariella saisit la main du Dr Finney avant que Marriot et lui pénètrent dans la chambre.

— Merci, docteur Finney. Merci !

Il lui sourit gentiment.

— Comment aurais-je pu vous refuser cela, Ariella ?

Il soignait la famille depuis plus de vingt ans. Il entra dans la chambre et referma la porte derrière lui.

Cliff dit à Alexi :

— Si tu trouvais une chambre d'hôte pour miss St Xavier ? J'imagine qu'elle voudra rester ici pendant que son frère se remet.

Ariella savait que son père voulait lui parler en privé. Elle se raidit, certaine qu'il commencerait à fouiller dans les vraies raisons personnelles qui l'avaient poussée à prendre la défense d'Emilian ce jour-là. Quand Alexi et Jaelle furent partis, Ariella croisa les bras et le regarda.

Il l'étudiait avec attention.

— Es-tu amoureuse de lui ?

Sa tension s'accrut. Une réponse honnête ne pourrait mener qu'à la vérité de leur liaison, car son père était très perspicace. Cliff serait ravagé et furieux. Toute compassion qu'il pouvait éprouver pour Emilian s'évanouirait. Il ne chercherait peut-être même pas à faire justice. Mais comment pouvait-elle mentir ?

— Tu n'as pas besoin de me répondre, Ariella. C'est évident.

Elle essuya ses larmes.

— Je suis amoureuse de lui.

Il l'étudia encore.

— Je ne l'aurais pas choisi pour toi.

— Parce qu'il est rom ?

— Non, parce qu'il me rappelle un lion blessé, et que les bêtes blessées frappent chaque fois qu'elles peuvent, qui elles peuvent. Rien n'est aussi dangereux.

Elle serra ses bras autour d'elle.

— Il *est* blessé. Il a eu une vie difficile, étant méprisé par les Anglais comme Tzigane tout en vivant parmi eux comme un Anglais.

— Je peux l'imaginer. J'ai vu comment il a été reçu chez les Simmons. Et toi, bien sûr, tu crois que tu peux guérir ses blessures ?

— J'ai l'intention d'essayer.

Elle déglutit.

— Vous m'avez dit que lorsque je viendrais à vous avec l'homme de mon choix, qui qu'il soit, vous me donneriez votre bénédiction.

— En effet. Et je le pensais. Mais j'ai de graves réserves, à présent.

Ariella savait qu'elle devrait s'arrêter. Emilian ne l'aimait pas et son père ne devait jamais deviner qu'il ne lui retournait pas ses sentiments. Elle n'avait nul besoin d'une bénédiction, mais elle demanda quand même :

— Ainsi, vous désapprouvez ? Ou pire ?

— J'essaierai d'approuver, Ariella.

Il l'attira à lui et l'embrassa sur le front.

— Je laisserai à St Xavier le bénéfice du doute.

Le soulagement la submergea. Puis Cliff s'enquit :

— T'a-t-il demandé de t'épouser ?

Son soulagement disparut. Elle parvint à dire :

— Nous venons juste de nous rencontrer.

Cliff la dévisagea avec attention.

— Ainsi, il n'a pas l'intention de t'épouser.

Elle se raidit.

— Ce n'est pas ce que j'ai dit.

— Chérie, j'ai quarante-six ans. Je sais lire entre les lignes. Je peux arranger un mariage pour toi. Je ne doute guère de pouvoir convaincre St Xavier des avantages d'une telle union.

Ariella le fixa. Certes, il y avait des avantages — son nom, sa fortune.

— Je ferai un mariage d'amour, dit-elle, ou je ne me marierai pas.

Une expression résignée se peignit dans les yeux de Cliff.

— Bien entendu. Tu es ma fille. Bon. Je n'interviendrai pas pour le moment.

— Merci, dit-elle.

14

— Par Dieu, Sa Grâce est audacieuse de se fier à ces traîtres… Ils seront appréhendés l'un après l'autre. Comme ils se comportent d'une façon lisse et égale !

Qu'est-ce que c'était que cela ? se demanda Emilian, en proie à la confusion. Où était-il ?

— Comme si l'allégeance siégeait dans leur poitrine, couronnée de foi et de constante loyauté.

Son dos était en feu, et sa tête lui semblait sur le point d'exploser. Pire, il avait la gorge si sèche qu'il ne pouvait pas déglutir. Que s'était-il passé ?

Il n'y a pas de Tziganes innocents.

Son esprit, assommé et amorphe, le pressait de se réveiller, et une étrange horreur le saisit. Son estomac était dangereusement au bord de la nausée. Il allait vomir, ce qui signifiait qu'il devait se lever. Mais son corps était si lourd qu'il avait beau s'ordonner de se redresser, rien ne se passait. Il se rendit compte qu'il était couché sur le ventre, serrant un oreiller.

Il n'y a pas de Tziganes innocents.

Arrêtez ! Vous allez le tuer !

Ariella ! Il se raidit, se rappelant soudain pourquoi il était allongé à plat ventre dans un lit qu'il ne reconnaissait pas. Il s'était fait flageller à la place de Djordi, et le châtiment avait été si cruel… Ariella était là, criant et pleurant pour lui.

— Le roi est au courant de tout ce qu'ils projettent, par des moyens qu'ils ne peuvent imaginer.

Il s'immobilisa. *Ariella lui faisait la lecture.*

Sa voix était douce, mélodieuse, apaisante. L'horreur cessa et la nausée se dissipa. Il avait une joue sur l'oreiller, le visage tourné vers le son de sa voix. Il devait être à Woodland, et elle était à son chevet.

Il voulait ouvrir les yeux, mais ses paupières semblaient peser des tonnes. Il battit des cils, farouchement, déterminé à l'apercevoir. Et finalement il la vit.

Elle était assise à côté de lui dans un fauteuil qu'elle avait tiré, le livre qu'elle lisait dans les mains, son intonation changeant avec les dialogues, mais jamais trop forte. Elle était plongée dans sa lecture ; elle était la vision la plus émouvante qu'il avait jamais vue.

Elle pointait le pistolet qui tremblait terriblement, le visage un masque de rage, et il savait qu'elle était à deux doigts de tuer Tollman.

Personne n'avait jamais essayé de le défendre avec une telle ardeur, jamais.

Il pensa soudain se rappeler le doux contact de ses doigts sur son dos enfiévré, frais et humides contre des flammes incandescentes. Il crut se la rappeler penchée sur lui, ajustant ses oreillers et remontant les couvertures sur lui. Avait-elle posé des compresses froides sur son front, aussi ? Ou tout ceci n'était-il que des rêves ?

Peut-être que ceci était un rêve, se dit-il. Elle était si belle et si aimable, si courageuse, que ce devait être un rêve.

— Emilian ! Vous êtes réveillé, s'exclama-t-elle doucement en refermant le livre, les yeux posés sur lui.

Il voulut sourire, mais il ne cessait de la voir avec le pistolet, sur le point de tuer un homme pour lui.

Son expression était inquiète.

— Vous allez aller bien, chuchota-t-elle, fermant sa petite main sur la sienne, plus grande. N'essayez pas de bouger. Il faut que vous restiez immobile plusieurs jours afin de pouvoir guérir convenablement.

Le cœur d'Emilian battait très fort. Pourquoi cette petite femme s'était-elle conduite comme elle l'avait fait ? Pourquoi restait-elle à son chevet maintenant ?

Elle se leva, lâchant sa main.

— Avez-vous soif ? Laissez-moi vous aider à boire. Vous devez encore souffrir. J'ai du laudanum. Le Dr Finney m'a conseillé de vous en donner jusqu'à la fin de la semaine.

Elle versait déjà de l'eau dans un verre, avec le pichet de la table de nuit.

Elle était un ange, pensa-t-il, un ange de miséricorde. Elle était *son* ange de miséricorde.

Puis ses paupières se refermèrent d'elles-mêmes et il n'y eut plus que du noir.

Il s'éveilla lentement, par étapes, la lumière du jour contre ses paupières closes. Une appréhension lancinante surgit tandis qu'il émergeait des lourdes et épaisses nuées du sommeil. Ce sentiment était familier — il le hantait dans des moments comme celui-ci. Il avait quelque chose à faire, à affronter. Et lorsqu'il se réveilla davantage, il sut que quelque chose n'allait pas du tout.

Emilian se raidit. Il ne se sentait pas très bien. De fait, son dos était tendu et à vif — non, il était raide et meurtri sur tout son corps, et il ignorait pourquoi. Il s'allongea sur le flanc, mais quand il commença à passer sur le dos, l'irritation augmenta. Complètement réveillé, enfin, s'interrogeant sur ce lent et douloureux processus, il cligna des yeux dans la lumière du jour, les tempes le lançant fortement, la bouche insupportablement sèche. Il s'avisa qu'il était dans un lit inconnu. Par tous les diables !

Il jeta un coup d'œil au bord du lit et vit Ariella.

Elle était assise dans un grand fauteuil capitonné, tiré si près du lit qu'il touchait le matelas. Endormie, elle serrait un livre sur sa poitrine, les jambes remontées sous ses jupes, quelques orteils revêtus de bas visibles. Ses cheveux dorés étaient relevés lâchement, et de nombreuses boucles s'en échappaient. Son cœur manqua un battement.

Je le soignerai à Rose Hill.

Il se poussa lentement pour s'asseoir. Maintenant, il avait de vagues souvenirs d'Ariella penchée sur lui, le soignant, lui donnant de l'eau, comme dans un rêve. Et elle lui faisait la lecture. Il se rappelait cela, aussi.

Son ange de miséricorde.

De la chaleur se déploya dans sa poitrine. Il ne la comprenait pas. Il n'osait pas la contempler de trop près, maintenant. Il finit par s'asseoir, le dos à vif mais pas trop, et cela l'intrigua, car il avait été en proie aux flammes de l'enfer quand on l'avait amené à Rose Hill. Il était faible, sapristi, et terriblement affamé. Il était aussi complètement nu sous les draps et les couvertures qui le couvraient.

Il vit le pichet d'eau et le verre sur la table de nuit et fit soigneusement passer ses jambes sur le bord du lit, gardant les draps sur lui. Quand il tendit la main vers le cruchon, il vit qu'elle tremblait. Il jura.

Que signifiait ceci ? Combien de temps était-il resté couché ? Visiblement, il avait été drogué, sans doute avec du laudanum. Il souleva le pichet, en transpirant.

— Laissez-moi faire ! s'écria Ariella, en se levant et en lui prenant le récipient.

Il se laissa retomber sur ses oreillers, grimaçant quand son dos entra en contact avec le coton et le duvet.

Elle était si belle, exactement telle qu'un ange devait être.

Elle versa de l'eau et approcha le verre de sa bouche. Il le lui prit.

— Ariella, arrêtez. Je ne suis pas un invalide.

Elle hésita avant de lui laisser prendre le verre. Pendant qu'il buvait, elle resta debout, se tordant les mains, comme si elle doutait qu'il puisse boire tout seul.

Combien de temps l'avait-elle soigné ?

Il vida le verre, prit le pichet, se resservit et but de nouveau. Sa main tremblait encore, mais moins fort que la première fois.

— Comment vous sentez-vous ? murmura-t-elle, en lui prenant le verre vide pour le poser.

— Fichtrement mal, répondit-il. Je suis raide, meurtri et faible, apparemment. Depuis combien de temps suis-je ici ?

— Sept jours.

Il élargit les yeux.

— Et vous m'avez drogué tout ce temps ?

Elle hocha la tête.

— Vous aviez besoin de points de suture. Le médecin et le chirurgien voulaient tous les deux que vous restiez au lit, immobile, le plus longtemps possible. Vous avez eu un peu de fièvre pendant plusieurs jours, aussi.

Elle toucha son front.

Il ne bougea pas. Il fut sombrement satisfait lorsqu'il sentit son pouls s'accélérer et commencer à engorger ses reins. Manifestement, il était en bonne voie de guérison.

— Vous n'avez pas de fièvre, maintenant, dit-elle calmement, et sa main descendit vers sa joue.

Elle l'avait soigné pendant sept jours. Elle avait été prête à tuer Tollman pour lui. Par réflexe, il saisit son poignet. Il était peut-être faible, mais il avait envie de la tirer dans le lit avec lui. Il avait envie de la caresser, de la tenir et de lui faire lentement l'amour. Il avait envie de lui montrer sa gratitude.

— J'aurais pu vous dire que je n'étais pas fiévreux, dit-il doucement.

Il fit glisser sa main dans la sienne et la tint.

Elle sourit un peu.

— Je suis si heureuse d'entendre cette intonation charmeuse !

— Suis-je charmeur ? murmura-t-il.

La séduction était sans risque, pensa-t-il. Toute autre chose était bien trop dangereuse.

— Vos yeux brillent, chuchota-t-elle.

— Je suis assis là tout nu, Ariella, et je ne suis pas mort.

Elle porta sa main à sa bouche et l'embrassa vivement, en rougissant. Puis elle s'assit et s'empara du livre par terre.

Quand quelqu'un s'était-il occupé de lui de cette façon ? Dans toute sa vie, il ne pouvait songer à personne, hormis sa mère, qui serait restée comme elle à son chevet et aurait menacé Tollman comme elle l'avait fait. Elle était si différente de toutes les femmes *gadjé*. Mais il l'avait su la première fois où leurs yeux s'étaient rencontrés.

— Souffrez-vous ? demanda-t-elle.

Il secoua la tête.

— Mon dos est meurtri, c'est tout, et pas étonnant, si j'ai dormi pendant une semaine. Merci.

Elle le regarda, le souffle court.

— Emilian, vous n'avez pas à me remercier.

— Est-ce mon imagination, ou êtes-vous restée près de moi pendant tout le temps où je dormais ?

Elle sourit.

— Je suis restée.

Il lui rendit son sourire.

— Peut-être votre véritable vocation est-elle de soigner.

Elle secoua la tête.

— Vous aviez besoin d'aide. J'étais déterminée à être celle qui s'occuperait de vous.

Ses paroles firent à Emilian l'effet d'un coup de poing dans la poitrine. Elle avait encore les yeux brillants. Ils contenaient tant d'amour et tant de confiance. Mais il ne méritait pas cette confiance. Il ne méritait pas autant d'amour. Il ne pouvait pas lui retourner ses sentiments — il ne le souhaitait même pas. Mais son cœur lui paraissait si bizarre. Il y avait cette étrange chaleur, à l'intérieur. Il lui devait tellement, maintenant.

Il se rappela qu'elle était une princesse *gadjé*. Un jour, il y aurait un prince *gadjo*.

Mal à l'aise, il jeta un coup d'œil au livre qu'elle serrait. Ses yeux s'élargirent quand il vit « Shakespeare » sur le dos. Soulagé par cette distraction, il demanda :

— Vous me lisiez *Roméo et Juliette* ?

Il était amusé.

— Je vous lisais *Henry V*.

Son sourire disparut et il se redressa.

— Ce n'est guère un roman sentimental.

— J'ai menti. Je ne lis pas de romans sentimentaux.

Ce mensonge était difficile à comprendre.

— Pourquoi *Henry V* ?

— J'admire le roi Henry.

Son regard était direct.

— Malgré ses faiblesses. Il était fier — trop fier, de fait — mais si courageux. Il était si aisément poussé à la bataille. Une simple moquerie lui donnait envie de faire la guerre.

Emilian se sentit mal à l'aise.

— Il avait la vue courte.

— Peut-être, mais c'était un chef fort.

Son regard ne cilla pas.

— Ses hommes avaient confiance en lui. Il possédait du charisme et ils le suivaient n'importe où.

— Il était impitoyable, objecta lentement Emilian.

— Oui — quand il était trahi.

— Il a été trahi et les jeunes Anglais de son armée ont été abominablement assassinés, insista Emilian en s'asseyant encore plus droit.

Parlaient-ils d'Henry, ou de lui ?

— Cette tragédie m'a rendue encore plus attachée à lui, déclara fermement Ariella.

— Bien sûr.

Elle comprenait les parallèles à la perfection.

— Et approuvez-vous sa vengeance ? Il s'est assuré que ces garçons soient vengés.

— Non, je ne l'approuve pas, car Henry a fait tuer tous les prisonniers français qu'il détenait, dit-elle d'un ton sec. La violence engendre la violence, Emilian. C'est la morale de cette histoire. Vous le savez sûrement. Vous ne songez sûrement pas à vous venger !

Il regarda au-delà d'elle, se remémorant le sourire satisfait de Tollman. Il lui jeta un coup d'œil.

— Henry a épousé la reine de France et est devenu roi

de France, déclara-t-il d'une voix âpre. Tel est le résultat d'une telle violence.

— Je ne peux m'empêcher d'admirer la fierté d'Henry, son courage, ses talents de chef, mais chaque fois que je lis ce livre, je pleure quand ces enfants sont injustement tués. Et je me crispe, sachant ce qu'Henry va faire après ! Je pleure sur les injustices que les Roms ont subies et continuent à souffrir, et j'ai pleuré sur ce qu'ils vous ont fait ! Mais je me crispe devant votre expression, à présent.

Il respira fortement, les bras croisés, pensant à la façon dont il ferait payer Tollman. Des coups de fouet semblaient appropriés — brutaux. Il trembla de colère et de haine.

— Vous auriez dû choisir un autre drame, Ariella.

— Vous êtes si fier, si courageux, mais je prie que vous ne laissiez pas votre fierté vous dicter une vengeance, déclara-t-elle avec virulence.

— Je me souviens de chaque détail de ce qui s'est passé, Ariella. Et bien que je remercie Dieu que vous n'ayez pas tué Tollman, il doit payer.

— Il a été arrêté. Une enquête a été lancée. Il finira en prison, Emilian.

Cette arrestation le surprit, mais il pensa qu'elle avait été derrière, d'une manière ou d'une autre. Bien sûr que oui.

— Sera-t-il déclaré coupable ?

Il jeta ses jambes par-dessus le bord du lit, si rapidement que son dos lui fit mal et qu'il grogna. Il perdit un grand morceau du drap et le rattrapa, ne se souciant pas de montrer son nombril.

Ariella regarda et rougit.

— Mon père est un homme juste, répondit-elle. Tollman a enfreint la loi en décidant de vous punir pour une faute que vous n'aviez même pas commise. Le châtiment est réservé aux juges et aux jurés. Nous ne pouvons prendre la loi dans nos propres mains.

Il était certain qu'elle avait poussé son père à réclamer justice pour lui.

— Je n'ai pas besoin et ne veux pas de charité *gadjo*.

Elle prit une inspiration.

— C'est injuste. Je ne vous ai pas veillé par charité.

— Je sais. Je parle de votre père, se donnant du mal pour vous satisfaire, alors qu'il ne se soucie guère de mon sort.

— C'est également injuste, et faux.

Elle quitta son fauteuil et s'assit sur le bord du lit, près de sa hanche. Son pouls, déjà emballé par la colère, réagit aussitôt à sa proximité. Elle osa lui caresser de nouveau la joue, et le désir fut le bienvenu. Il ne pouvait imaginer ne pas la convoiter ardemment, fiévreusement, même au milieu d'une sérieuse conversation.

— Il se soucie de la justice. Il se soucie de l'étroitesse d'esprit. Et j'ai été élevée dans les mêmes soucis, les mêmes valeurs. Emilian, promettez-moi de laisser Tollman tranquille.

Il traversa l'esprit d'Emilian qu'elle était devenue cette personne extraordinairement généreuse et à l'esprit ouvert grâce à sa famille.

— Je ne promettrai rien de tel, déclara-t-il platement. Comment va Djordi ?

Elle se crispa.

— Il a bel et bien volé le cheval, Emilian. Il a été arrêté, aussi.

Il poussa un cri furieux.

— Et Stevan et la tribu ?

— Ils sont toujours à Woodland, murmura-t-elle, les

yeux rivés aux siens. Il n'y a pas eu d'autre incident, pas vraiment.

— Qu'est-ce que cela signifie ?

Il devait quitter cette chambre et rentrer chez lui.

— Les tempéraments sont échauffés. Les villageois veulent qu'ils s'en aillent. Mon père essaie de calmer tout le monde.

— Vous êtes inquiète, dit-il, le voyant dans ses yeux.

Elle fit une grimace.

— Oui.

— Laissez-moi m'inquiéter. Vous en avez assez fait.

Mais le cœur d'Ariella était trop grand et trop généreux pour cesser de s'inquiéter pour les Roms. Il lui prit la main et la regarda dans les yeux.

— Vous avez passé une semaine de votre vie à me soigner. Je ne peux vous le rendre par une querelle. Vous avez peut-être raison au sujet de votre père. Mon expérience m'a appris que la majeure partie de la société est intolérante, mais pas toute la société. S'il cherche à détendre la situation, je lui en sais gré, ainsi qu'à vous.

— Si vous voulez que les gens aient l'esprit ouvert à propos des Tziganes, ne devriez-vous pas avoir l'esprit ouvert à propos des *gadjos* ? Nous ne sommes pas tous les mêmes. Je ne peux pas croire que vous ne l'ayez pas découvert, au cours de toutes vos années à Woodland.

Il la dévisagea, songeant combien elle était extraordinaire.

Elle lui sourit.

— Vous êtes trop intelligent, Emilian, pour être mesquin envers tous les *gadjos*.

Elle avait raison. Il connaissait certains Anglais corrects. Quelque chose dans son cœur s'adoucit incroyablement.

— Ainsi, je devrais entrer dans un salon et assumer que tout le monde est avide de me fréquenter, que les murmures que j'entends ne sont pas emplis de condescendance ?

— Oui, murmura-t-elle. Cela peut être une expérience, ajouta-t-elle d'une voix enrouée. Cela peut être *notre* expérience.

Le cœur d'Emilian se contracta de nouveau. Il laissa ses yeux se fermer et cette fois il baisa lentement sa paume, savourant sa peau douce tandis que son sang grondait. Il existait une façon dont il pouvait rembourser cette femme, et cela n'avait rien à voir avec des expériences sociales.

Elle émit un petit bruit de gorge, très doux.

Il l'attira à lui, passant une main sur sa nuque. Ses cheveux croulèrent. De son autre main, il guida la sienne sur son ventre, très bas. Elle retint une exclamation, frôlant les plis raides du drap.

— Je veux vous remercier, Ariella, pour vous être chargée de Tollman, et pour m'avoir soigné.

Il caressa sa bouche de la sienne. Il n'avait jamais été plus sincère.

Ses yeux bleus étaient élargis, chauds, aimants.

Il éprouvait un besoin fou de lui faire l'amour.

— Mais ne vous mêlez plus d'affaires aussi violentes, insista-t-il.

Il scruta son visage, leurs lèvres toutes proches.

— Comment ne pouvais-je pas interférer ? chuchota-t-elle. J'avais si peur, Emilian.

Il faillit lui dire « moi aussi ». A la place, il caressa de nouveau sa bouche, cette fois avec plus d'insistance. Elle gémit et lui ouvrit ses lèvres. Il laissa sa langue l'explorer, librement, lentement, sensuellement. Elle posa les mains sur ses épaules, se cramponnant à lui, un signe qu'il connaissait bien, à présent. Il serait facile de l'allonger et de s'allonger sur elle, en elle, les satisfaisant tous les deux.

Mais, bon sang, il était à Rose Hill, et il avait une dette envers son hôte. Et il devait la vie à Ariella.

Il murmura, voulant plaisanter mais trop excité pour le faire :

— Quand pourrai-je reprendre une activité normale ?

Et il fit ce qu'un gentleman anglais ferait : il la relâcha.

— Aujourd'hui, j'espère, murmura-t-elle.

Emilian était conscient du regard attentif de son majordome tandis qu'il dévorait le bol de ragoût. Quand il eut fini, il soupira.

— Dois-je vous en apporter encore ? demanda Hoode en souriant.

— Non, merci. Vous pouvez m'aider à m'habiller et me parler de miss de Warenne.

Il se leva, ne portant que ses culottes. Il avait déjà inspecté son dos dans le miroir. Il était strié de croûtes et de peau rose, toute neuve. Il était sûr qu'il aurait des cicatrices. Il en était content, car cela lui rappellerait d'en finir avec Tollman, et durant le reste de ses jours cela lui rappellerait que la plupart des *gadjos* méritaient sa haine.

— Miss de Warenne, milord, s'est montrée la plus loyale des amies.

Emilian traversa la chambre pour aller à une chemise ample accrochée à un support.

— Comment cela ?

— Elle n'a quitté votre chevet que lorsque son père le lui ordonnait, et jamais plus d'une heure ou deux.

Emilian sourit à son reflet, étrangement satisfait, en commençant à enfiler la chemise. Il tressaillit.

— Toute sa famille a été des plus accommodantes, poursuivit Hoode. Ce sont des gens exceptionnels. Le capitaine et Mme de Warenne sont venus vous voir, ainsi que M. Alexi de Warenne, la plus jeune sœur et lady Margery. Et ils ont donné une chambre à votre sœur, même si je ne crois pas qu'elle l'ait utilisée.

— Ma sœur a dû s'inquiéter. Pouvez-vous aller la chercher ?

— Certainement, milord.

On frappa à la porte. Tandis que Hoode allait ouvrir, Emilian boutonna sa chemise. Il se raidit quand son hôte entra dans la chambre.

Cliff de Warenne lui adressa un signe de tête poli.

— Je suis content de vous voir debout, dit-il avec précaution.

Emilian lui fit face.

— J'aimerais vous remercier de votre générosité et de votre hospitalité.

Il le pensait, mais il restait méfiant, car de Warenne était probablement venu chercher des informations sur sa relation avec Ariella.

— Je vous en prie. Cette flagellation a été un simulacre de justice.

Cliff regarda Hoode.

— Je voudrais dire un mot en privé au vicomte.

Le domestique s'en alla aussitôt, fermant la porte derrière lui.

Le capitaine considéra Emilian d'un regard intense.

— Bien que nous ne passions qu'un mois ou deux par an à Rose Hill, je me sens l'obligation de diriger cette communauté, et de donner l'exemple. Tollman est dans une prison de Manchester, mais sa famille a engagé des avocats et je pense qu'il sera bientôt libéré sur caution. Il y a une controverse pour savoir si des charges peuvent être retenues, étant donné que vous vous êtes porté volontaire pour la flagellation.

Emilian rit.

— Bien sûr, qu'il y a une controverse. Je ne suis pas inquiet au sujet de Tollman, même s'il est libéré.

Cliff secoua la tête.

— Je reconnais l'expression dans vos yeux. Je vous suggère de laisser le système légal régler cette affaire. Chercher à vous venger n'aidera pas votre cas, et vous avez une responsabilité envers Woodland et le comté.

— Dernièrement, j'en suis venu à penser que mes devoirs sont envers mes frères et sœurs roms, répondit Emilian. Qu'en est-il de Djordi ?

— Je me suis arrangé pour qu'il parte avec les Tziganes. Il est jeune, c'est pourquoi il sera relâché aisément, mais il doit quitter le Derbyshire, St Xavier, et ne pas revenir.

— Evidemment.

Emilian sentit sa haine enfler. Djordi était banni, une persécution ancestrale.

— Vous pourriez lui suggérer que la prochaine fois où il voudra voler un cheval, il n'en choisisse pas un aussi reconnaissable, dit doucement Cliff.

Emilian ignora cette remarque. Au moins, Djordi pourrait rejoindre la caravane. Mais il serait damné s'il laissait Tollman tranquille, pas s'il était libéré sur caution.

— Je voulais parler de ma fille avec vous.

Emilian rencontra le regard bleu et perçant du capitaine. Il se raidit.

— J'ai une grande dette envers votre fille, dit-il platement.

— En effet. Je crois qu'elle vous a sauvé la vie.

Le regard de Cliff ne vacilla pas.

— J'en ai conscience.

— Je vous ai demandé chez les Simmons quelles étaient vos intentions. Vous m'avez dit que vous n'en aviez aucune.

Emilian ne répondit pas.

— Il est évident qu'Ariella tient beaucoup à vous. Lui retournez-vous ses sentiments ? demanda Cliff, s'échauffant de plus en plus.

Emilian se détourna, saisi par cette question. De Warenne ne voulait sûrement pas qu'il se présente comme un prétendant.

— Votre fille est une dame exceptionnelle. Je n'ai jamais rencontré une femme comme elle.

— Répondez à ma question.

Elle était son ange de miséricorde. Il respira à fond.

— Je m'en vais, de Warenne. Je pars dans le Nord avec la caravane.

Cliff sursauta.

— Ariella le sait-elle ?

— Oui.

— Vous parlez comme si vous ne deviez pas revenir.

— Je serai peut-être parti des mois, des années. Je l'ignore.

— Et votre domaine ?

— J'ai engagé un intendant.

— Je ne comprends pas. Vous êtes vicomte depuis des années. Pourquoi partir maintenant ?

— C'est mon affaire, de Warenne.

Il ne s'expliquerait à personne.

— Vraiment ? Parce qu'il me semble, à moi, que vous

avez entraîné ma fille. Auquel cas vos affaires deviennent les miennes.

Les yeux de Cliff étincelèrent.

Emilian se prépara à livrer bataille, mais avec quelque réticence. Non seulement il avait une dette envers Ariella et son frère, mais il avait une dette envers cet homme, aussi.

— Je n'ai jamais insinué de fausses intentions à votre fille. Au contraire, je me suis montré brutalement honnête avec elle.

Il pensa qu'il rougissait.

— Je suis un demi-sang. Je n'ai jamais courtisé une Anglaise et ne le ferai pas. Franchement, je ne compte pas me marier, jamais. Je vais dans le Nord. Je ne sais pas si je reviendrai. Ariella sait tout cela.

Un silence tendu s'ensuivit.

— Il y a un mythe familial qui ne s'est jamais démenti. Un de Warenne aime une fois dans sa vie — et pour toujours.

Emilian s'empourpra. Par tous les diables, qu'est-ce que cela signifiait ?

— Je me méprends sûrement sur vos paroles. Vous ne pouvez suggérer que vous souhaitez me voir me présenter comme prétendant ?

Il s'attendit à ce que de Warenne se moque de lui. Mais il n'y eut pas de rire. Cliff répondit sombrement :

— Si cela rend ma fille heureuse, oui.

Emilian en fut stupéfait.

— N'ayez aucun doute, vous êtes le dernier homme que j'aurais choisi pour elle. Je me suis renseigné durant cette semaine, St Xavier. Vous évitez la société du Derbyshire et de Londres, mais vous gérez magnifiquement Woodland. Vous avez une vive intelligence des affaires, mais vous êtes un homme à femmes — ouvertement. Je peux admirer un homme d'affaires et je le fais, mais un reclus et un débauché ? Ma fille devrait faire mieux et je crains pour son cœur.

Emilian avait le tournis. Son hôte souhaitait réellement qu'il courtise Ariella ? Etait-ce une mauvaise plaisanterie ?

— Vous semblez avoir oublié qu'une grande partie de la société m'évite à cause de mon sang tzigane, dit-il.

— Vous êtes à Woodland depuis votre enfance. Cela vous rend aussi anglais que moi. Mais vous avez droit à vos origines — toutes vos origines — comme Ariella a droit aux siennes. Je n'ai pas d'objection contre votre héritage. J'ai des objections contre votre conduite.

Emilian se souvint qu'Ariella lui avait confié que sa mère était juive. Mais de Warenne prenant cette femme pour amante ressemblait beaucoup aux *gadjos* qui prenaient des femmes roms dans leur lit, non ?

— J'ai été informé du meurtre de votre mère à Edimbourg, reprit soudain Cliff.

Emilian se raidit.

— Est-ce pour cela que vous êtes sur le point d'abandonner la vie que votre père vous a donnée ?

— J'ai un devoir envers elle, répondit-il, furieux.

— Je suis désolé de votre perte. Mais vous avez de nombreux devoirs, et pas seulement envers votre défunte mère.

Il n'allait pas discuter de Raiza avec ce *gadjo*.

— Merci, parvint-il à dire, espérant mettre un terme à cette conversation.

— J'ai eu de graves doutes à votre sujet dès l'instant où nous nous sommes rencontrés, dit Cliff, platement. Je suis un excellent juge des caractères, et mes tracas portent sur beaucoup plus que sur vos manières de vaurien. Vous êtes en colère, belliqueux et vous portez des cicatrices — je ne veux pas dire physiques. Ma fille mérite un grand amour, durable. On peut changer un débauché, mais un homme abîmé ne peut lui donner l'amour qu'elle mérite.

Emilian trembla, étrangement dérouté, et plein de colère.

— Ariella mérite un prince *gadjo*. J'espère que vous lui en trouverez un.

Il le pensait.

Les yeux de Cliff devinrent brûlants.

— Si vous lui brisez le cœur, je vous le ferai payer, personnellement.

Emilian se crispa. La réputation de de Warenne comme ami loyal et ennemi impitoyable était connue.

Cliff regagna la porte d'un pas raide.

— Le plus tôt vous quitterez cette maison, le mieux ce sera. Je ne me sens plus ni très généreux, ni très hospitalier. Et le plus vite votre relation avec ma fille prendra fin, le mieux ce sera également. Assurez-vous qu'elle reste platonique.

Il sortit.

Dès qu'il ouvrit la porte de la chambre, Emilian sut qu'il avait découvert le domaine d'Ariella. Il pouvait à peine distinguer son parfum de jasmin et de tubéreuse, mais chaque pouce de la pièce bleue et beige était si simple et si élégant que cela ne faisait aucun doute. Un moment, le cœur battant, il resta là, se pénétrant de ce décor serein.

Il quittait Rose Hill. Hoode était déjà en bas et sa voiture l'attendait devant la porte. Il n'avait pas vu Ariella depuis le matin, et il était certain qu'elle ne savait même pas qu'il partait. Mais ce n'était pas pour cela qu'il se tenait sur le seuil de ses appartements privés.

Il entra et ferma la porte derrière lui, s'y adossant. C'était là qu'elle se couchait chaque soir et se réveillait chaque matin ; c'était là, s'il avait accepté son invitation, qu'il lui aurait fait l'amour. C'était là qu'elle se baignait, s'habillait, se coiffait. C'était son sanctuaire privé, personnel.

Un terrible besoin de la connaître complètement, de remplir les failles qui restaient, l'assaillit, et il ne put nier que la perspective de s'en aller lui déplaisait.

Un vase de roses blanches était posé sur la table près du canapé rayé, venant certainement du jardin, et un livre retourné était posé à côté. Il porta son regard du canapé au lit à baldaquin, dont la courtepointe et les draperies avaient l'exacte couleur de ses yeux. Un livre était posé sur le lit, aussi, comme si elle l'y avait laissé après avoir lu.

Il regarda lentement autour de lui, notant chaque détail : les deux robes d'après-midi, sobrement élégantes, accrochées sur un support dans un coin ; le beau coffret à bijoux peint à la main posé sur la coiffeuse, des bijoux semés à côté ; une brosse ; un autre livre sur la table de nuit, avec une seule rose jaune dans un vase en cristal. Il jeta un coup d'œil à la bibliothèque dressée contre un mur. Personne de sa connaissance n'avait une bibliothèque dans sa chambre, et la sienne était pleine. C'était étrange, mais pas vraiment.

Il alla vers le manteau de la cheminée. Un portrait de famille était accroché au-dessus. Il reconnut son père et sa belle-mère, peut-être jeunes mariés, car à leurs toilettes et à leur jeunesse il supposa que le tableau avait été peint une vingtaine d'années auparavant. La petite fille dorée assise à côté d'eux, un livre à la main, était manifestement Ariella.

Son frère était debout, souriant largement, une main sur un chien-loup. Ariella était solennelle et grave.

Elle paraissait avoir six ou sept ans. Il s'avisa qu'il souriait. Elle avait été élevée dans une famille aimante et proche, il le savait, et il en était farouchement heureux pour elle. Tout ce qu'il lui fallait maintenant était un prince *gadjo*. Il ne doutait pas que de Warenne lui en trouverait un.

Il rejoignit la table de chevet. Elle supportait plusieurs miniatures, dont une de son frère et de sa sœur. Il ne pouvait imaginer ce que c'était d'avoir une telle famille.

Il lança une œillade vers le lit, souhaitant pouvoir l'ignorer. Malgré sa récente conversation avec Cliff de Warenne, il avait une envie folle de faire l'amour à Ariella. Il ne pensait pas pouvoir quitter le Derbyshire sans le faire. Ce serait sa façon de la remercier — et de lui dire adieu.

Il prit le livre posé sur le lit et fut surpris par le titre. C'était le dernier programme politique du radical Francis Place.

J'ai menti. Je ne lis pas de romans sentimentaux.

Il avait déjà lu des parties de la Charte du Peuple, et le texte était aride. Pourquoi se donnait-elle cette peine ?

Il alla à la bibliothèque et fut surpris, encore, de trouver des œuvres de Voltaire et de Rousseau en français. Il vit aussi des Histoires des Ottomans, d'Egypte, de Chine, de Russie et de l'empire austro-hongrois. Ces derniers volumes étaient écrits en russe et en allemand. Il y avait des biographies d'une douzaine de rois et de reines de différents pays, ainsi que de Sulaiman, Gengis Khan, Cnut et Alexandre le Grand. Et même un traité sur l'origine des aborigènes.

Emilian se rendit compte que son cœur avait ralenti. Les

femmes ne lisaient pas ce genre d'ouvrages et d'études. Mais Ariella était si différente…

Il tira un pouf jusqu'aux rayonnages et s'assit, fixant les livres et les étagères. Ariella avait lu toutes ces œuvres, il en était certain.

Elle n'était pas seulement belle, aimable et courageuse ; elle était intelligente et intellectuelle. Pour avoir une telle bibliothèque, elle devait être aussi curieuse qu'un étudiant d'Oxford, aussi curieuse que lui. Etait-elle d'accord avec Place ? Quelle Histoire préférait-elle ?

Comment allait-il laisser cette femme derrière lui ?

La pensée de la quitter semblait faire naître une douleur dans sa poitrine. Mais de tels sentiments étaient inconvenants. Il était rom. Elle méritait un Anglais honorable et de qualité, et un monde anglais de qualité, plein de privilèges et de luxe.

De Warenne avait laissé entendre qu'il serait ouvert à une cour de sa part.

C'était impossible. Il avait mal compris, ou le père d'Ariella n'avait pas bien réfléchi et allait se ressaisir, changer d'avis.

Peut-être aurait-il pu lui donner une telle vie, avant le meurtre de Raiza. Il aurait pu lui offrir de jolies robes, des bijoux et une belle propriété, mais chaque fois qu'ils sortiraient dans le monde, elle entendrait les murmures et percevrait le mépris.

Ses amis la déserteraient.

Il n'y aurait que de la comédie.

La porte s'ouvrit. Il ne bougea pas tandis qu'elle entrait dans la pièce.

Les yeux écarquillés, elle ferma la porte.

— Que faites-vous ici ?

— Je regarde vos livres.

— Je le vois.

Il allait partir, comme prévu, mais pas sans un adieu très inconvenant, un adieu dont elle se souviendrait très, très longtemps.

— Vous craignez que nous soyons découverts et que l'on nous accuse d'être amants ? demanda-t-il en se levant.

Elle respira avec difficulté.

— Je crains que nous soyons découverts, en effet, et que *vous* soyez accusé d'être le pire des débauchés, un homme qui me harcèle.

Mais elle resta contre la porte, immobile.

— Je *suis* le pire des débauchés. Je vous ai déjà séduite.

Il s'avança vers elle.

Elle trembla.

— Vous êtes en pleine forme, je vois.

— Oui.

Il ne bougea pas.

— Pourquoi ne m'avez-vous pas dit que vous êtes une intellectuelle ?

Sa rougeur s'accrut.

— Ce n'est pas à la mode. Les femmes intelligentes sont méprisées.

— Je méprise les femmes stupides. Je suis très impressionné.

Elle élargit les yeux.

— Vraiment ?

— Quelle est votre biographie préférée ?

Elle sursauta.

— J'ai un faible pour le roi Cnut et Gengis Khan.

Elle battit des cils.

— Du moins, c'était le cas jusqu'à récemment.

— Jusqu'à récemment, murmura-t-il. Osez-vous me faire du charme, maintenant ?

Elle hocha la tête.

— Absolument.

Emilian céda. Une telle tension régnait dans la pièce qu'il était impossible de faire autrement. Il écarta ses cheveux de sa joue.

— Et à présent ?

— J'ai un faible pour un prince rom, chuchota-t-elle.

C'était ce qu'il pensait. Il se sentit transporté, même si ceci était le prélude à un adieu.

— Vous ne trouverez de biographie d'aucun Rom. Et je suis navré de vous décevoir, mais je suis un demi-sang et nous n'avons pas de rois ni de princes.

— Je n'ai pas besoin de lire sur mon prince tzigane, ne pensez-vous pas ? lança-t-elle en haussant un sourcil.

Il était son prince tzigane. Le désir explosa, se mêlant à quelque chose de beaucoup plus profond, quelque chose qui n'avait pas de fond, quelque chose qu'il ne devait surtout pas analyser ou identifier. Il pressa son sexe dur contre ses hanches. Plaçant ses avant-bras sur la porte, de chaque côté de sa tête, il l'embrassa à pleine bouche, profondément.

Elle était, sans aucun doute, la plus extraordinaire des femmes et il lui devait la vie.

Elle lui rendit son baiser, faisant glisser sa main au creux de ses reins et plus bas.

Il songea à l'endroit où il désirait qu'ils soient et enfonça une cuisse entre les siennes.

— Je veux vous faire l'amour, Ariella.

Elle hocha la tête, s'accrochant à lui.

— Oui.

Il s'écarta d'elle et de la porte. C'était difficile, quand son corps lui réclamait à hauts cris d'être assouvi.

— Je rentre à Woodland.

Elle pâlit.

— Déjà ?

— Je me porte assez bien — c'est évident.

Il sentit sa bouche s'incurver.

Elle humecta ses lèvres, respirant avec peine.

— Je suis heureuse que vous soyez remis — et pas pour des raisons égoïstes, ajouta-t-elle en rougissant.

Il sourit de nouveau, lui touchant la joue.

— Vous n'avez pas une once d'égoïsme en vous.

Elle saisit sa main.

— Dois-je passer vous voir tout à l'heure, ou demain ?

Il était très sérieux, à présent. Il ne voulait pas qu'elle soit découverte et blessée, mais il n'y avait pas de façon commode de mener une liaison. Soit il devait abuser de la générosité de son hôte et s'accoupler avec elle à Rose Hill, tard dans la soirée, soit ils devaient voler un après-midi ensemble à Woodland. Elle méritait de longues nuits avec toute son attention, et de longs matins avec encore plus d'attention. Elle méritait du champagne à minuit et des fraises à la crème au matin. Mais elle n'était ni une fiancée, ni une épouse, et il ne pouvait lui donner qu'une heure ou deux de passion.

Une nuit à Rose Hill était légèrement moins sordide qu'un après-midi à Woodland, mais beaucoup plus dangereuse. Il allait assez bien pour voyager, maintenant ; la tribu partirait probablement le lendemain matin.

— Venez me voir tout à l'heure, dit-il.

Il ajouta :

— Promettez-le.

Elle sourit.

— Je le promets.

15

Tout avait changé entre eux.

Ariella descendit lentement au rez-de-chaussée. Emilian était parti depuis une heure environ. Quelque chose de merveilleux était sorti de cette terrible flagellation. Elle le voyait à la façon dont il la regardait maintenant, avec une expression tendre. Une chaleur qu'elle n'avait jamais vue briller dans ses yeux.

Dans une heure ou deux, elle le retrouverait à Woodland. Elle pouvait à peine attendre. Elle savait déjà que cette fois, quand il la prendrait dans ses bras, elle ressentirait cette chaleur. Cette fois, il lui ferait l'amour. Elle ne doutait pas qu'après coup elle recevrait le genre de sourire qu'il lui avait décoché cet après-midi dans sa chambre.

Elle posa la main sur son ventre. Ils n'avaient couché ensemble que deux fois, mais elle s'était aperçue durant la semaine où elle le soignait qu'elle avait manqué ses dernières menstrues. Elle avait rarement du retard, mais il y avait eu tant de pression récemment. Ceci expliquait certainement cela. Et elle avait des affaires bien plus graves à l'esprit.

Le comté ressemblait à un baril de dynamite dont la mèche était allumée. Aussi longtemps que les Roms resteraient dans la paroisse, elle brûlerait. Il n'en faudrait pas beaucoup pour que le baril s'enflamme, et l'hostilité entre les Anglais et les Tziganes ternissait terriblement son nouveau bonheur. Elle avait peur de ce qui pouvait arriver. Emilian voulait pourchasser Jack Tollman pour se venger, et elle remerciait le ciel que l'aubergiste soit en prison à Manchester. Sinon, elle ne pouvait imaginer ce qu'Emilian aurait fait.

Elle entendit des voix qui venaient du parloir et reconnut le maire Oswald. Elle s'empressa d'y aller. Que faisait-il ici ? Elle restait furieuse contre lui et tous les autres pour avoir laissé fouetter Emilian.

Le maire était assis avec une tasse de thé, comme deux autres gentlemen qu'elle reconnut. Son père et Amanda étaient assis avec eux. Les trois hommes avaient tous été présents lors du supplice d'Emilian. Elle trembla d'outrage quand le maire parla.

— Nous sommes heureux que le vicomte soit remis et rentré à Woodland, capitaine. Ce qui s'est passé a été un terrible incident et je ne puis commencer à vous exprimer l'étendue de mes regrets.

Ariella vacilla.

Son père la vit et sourit, mais avec une lueur de mise en garde dans les yeux.

— Le maire Oswald est venu voir lord St Xavier et lui présenter ses respects, ainsi que le hobereau Liddy et M. Hawkes. Ils sont également venus il y a quelques jours, mais tu étais occupée.

— Je l'ignorais.

L'esprit d'Ariella tournoya tandis que les gentlemen se levaient. Leurs regrets étaient-ils sincères ?

— Malheureusement, Tollman aurait dû être arrêté sur-le-champ. Le vicomte n'aurait jamais dû être maltraité ainsi, dit-elle.

Oswald s'empourpra.

— Je suis d'accord avec vous, miss de Warenne. Le vicomte est un membre éminent de la société du Derbyshire depuis la mort de son père. Nous nous en référons tous à lui. Je ne parviens toujours pas à croire ce qui est arrivé. Je suis fort désolé et j'espère que le vicomte continuera à participer à nos affaires. Nous l'espérons tous.

Ariella se rendit compte qu'il était sincère.

Le maire serra la main de Cliff.

— Nous irons voir St Xavier à Woodland, s'il veut bien nous recevoir.

— J'en suis sûr, répondit Cliff.

Il escorta ses visiteurs dehors, Ariella allant jusqu'au seuil pour les regarder partir. Lorsqu'ils se furent éloignés, il pivota vers elle.

— C'est un vrai retournement, dit-elle.

— Oswald a fait une erreur. Il n'est pas insignifiant qu'il l'ait admis.

— Comment lui et les autres ont-ils pu assister passivement à la flagellation et regarder Emilian être presque battu à mort ? s'écria-t-elle. Je ne le comprendrai jamais !

— Je n'ai jamais pu comprendre la psychologie d'une foule en colère, Ariella. J'ai vu des hommes et des femmes bien, devenir vicieux et cruels, complètement transformés par les émotions d'une populace. Le maire est horrifié par ce que Tollman a fait à St Xavier.

— Mieux vaut tard que jamais, je suppose, marmonna Ariella. Mais franchement, je ne suis pas d'humeur à pardonner, et je doute qu'Emilian le soit.

— St Xavier est vicomte depuis plus de huit ans. Bien qu'il se soit montré très réservé et qu'il y ait eu des ragots à son sujet, il a été respecté, presque craint. Il ne s'est jamais produit un incident comme celui avec Tollman.

Mais depuis l'arrivée des Tziganes, il a pris leur parti dans ce conflit. Cela n'a pas aidé les choses.

— Il vit avec des préjugés chaque jour de sa vie. Il pourrait difficilement rester neutre, pas en étant confronté à une telle mesquinerie. Moi, je ne le peux pas.

— Je comprends et admire ta fougue, Ariella. Tu ne serais pas ma fille si tu ne réagissais pas comme tu le fais, dit Cliff, l'air sombre. Mais aussi indépendante et radicale que tu sois, tu ne peux pas changer la mentalité des gens et tu ne peux pas changer le monde.

Ariella lui sourit.

— Je peux essayer.

Son père la fixa.

— Tu ne sembles pas bouleversée. Tu parais de très bonne humeur.

— Pourquoi serais-je bouleversée ? Emilian s'est remis. Je suis ravie !

En parlant, elle pensa combien elle l'aimait et rougit. Elle déclara vivement :

— Pour moi, l'arrivée des Tziganes a déclenché une terrible chaîne d'événements. Elle a certainement intensifié le conflit intérieur qu'Emilian ressent. Je souhaiterais presque qu'ils ne soient pas venus, mais alors nous ne nous serions peut-être pas rencontrés.

— C'était le devoir de son oncle de lui apprendre le drame, Ariella, déclara sérieusement Cliff. La vie est totalement imprévisible, et un événement peut changer quelqu'un pour toujours.

— De quel drame parlez-vous ?

Il ne parlait pas de la flagellation, et c'était le seul drame qu'elle connaissait.

— Il ne t'a pas dit que sa mère a été récemment assassinée par une foule excitée à Edimbourg ?

Ariella fut terriblement choquée. Emilian ne lui en avait pas dit un mot.

— Ce serait assez pour donner envie à un homme de quitter tout ce à quoi il a consacré sa vie, reprit Cliff.

Je les hais tous.

— Pas étonnant qu'il soit si en colère contre nous. Pas étonnant que leur arrivée ait fait exploser sa vie. Il doit avoir du chagrin. Pourquoi ne m'a-t-il rien dit ?

Cliff la toucha.

— C'est un homme sombre et courroucé, Ariella, et je suspecte qu'il l'était déjà avant l'arrivée des Roms.

— Mais maintenant je le comprends totalement ! s'écria-t-elle.

Il avait besoin de son réconfort, encore plus qu'auparavant.

— Je sais que tu n'es pas d'accord, mais je ne pense pas que tu puisses guérir ses blessures. Je ne pense pas qu'il te laissera faire, Ariella.

— Vous vous trompez. Même si je ne peux entièrement le guérir, je peux être son amie.

Cliff émit un son âpre.

— Jusqu'à ce qu'il parte avec les Roms, et que feras-tu ensuite ?

Le cœur d'Ariella se contracta.

— De quoi parlez-vous ? Emilian ne partira pas maintenant.

Les yeux de son père s'élargirent, puis il plissa les paupières.

— Ariella, nous avons eu une conversation très déplaisante ce matin. Il a prétendu t'avoir tout dit — y compris ses plans de partir avec les Roms.

Elle inspira à fond.

— Il m'a tout dit, mais c'était avant les événements de

la semaine dernière. Emilian ne part pas. Nous sommes parvenus à une nouvelle entente, père. Il tient à moi, maintenant.

— Ariella, il m'a dit, en termes très clairs, qu'il s'en va. Il est très déterminé. Il ne cédera pas d'un pouce. Il n'a pas d'intentions sérieuses à ton égard. Même s'il tient à toi, le meurtre de sa mère a changé le cours de sa vie.

— Non. Vous avez mal compris, ou il n'a pas bien réfléchi — il a été si malade. Il ne me quittera pas, pas maintenant, pas après ce qui s'est passé.

Elle inspira fortement.

— Ceci doit être notre début.

Cliff la dévisagea.

— J'ai peur pour toi, dit-il finalement, et je n'ai pas confiance en St Xavier.

— Moi, j'ai confiance en lui, père. J'ai totalement confiance en lui.

Quand Emilian pénétra dans la maison, Hoode l'accueillit, rayonnant.

— Bienvenue chez vous, milord.

Emilian lui sourit. Il était vivement conscient que cette soirée serait l'une dcs dernières qu'il passerait à Woodland avant longtemps. Ce serait peut-être même sa dernière nuit ici. Il savait que son choix de partir dans le Nord avec la tribu était le bon choix — le seul possible. Il jeta un coup d'œil au portrait de son père, au mur de l'entrée, en passant devant. Edmund se retournait sans nul doute dans sa tombe, de détresse devant ses plans. Il lui avait tant donné, mais il devait ignorer leur passé, désormais. Ce que son père avait voulu ne comptait plus.

Il traversa la maison, ses pensées dérivant vers Ariella.

Le beau sourire qu'il voyait dans son esprit changea, et son attitude devint blessée et accusatrice. Une chose était très claire. Elle lui manquerait peut-être lorsqu'il partirait, mais c'était pour le mieux. Elle était la lumière la plus brillante de sa vie, mais il était l'ombre la plus obscure dans la sienne.

— Emilian ?

Il se tourna et vit approcher son oncle. Il fit demi-tour et ils s'étreignirent.

— Comment vas-tu, Stevan ? Comment vont Simcha, le nouveau bébé et tous les frères ?

Stevan sourit.

— Nous allons bien, maintenant que tu es revenu parmi nous. Comment te sens-tu, Emilian ?

Il hésita.

— Je suis prêt à voyager.

— Vraiment ?

Stevan le dévisagea avec attention.

— Je suis plus que prêt à partir. La caravane peut-elle partir demain ?

— Nous sommes prêts à partir depuis une semaine. Nous t'attendions.

Son oncle le prit par l'épaule.

— Et la femme de Warenne ?

Il se raidit.

— Quoi ?

— Viendra-t-elle avec nous ?

Emilian fixa Stevan, choqué. Jamais, pas même en cent mille ans, il ne pousserait Ariella à adopter le mode de vie des Roms.

— Non, elle ne viendra pas avec nous.

— Tu reviendras pour elle, alors ?

La tension d'Emilian s'accrut.

— Je n'en sais rien, dit-il d'un ton dur. Si je reviens, j'espère qu'elle sera avec un Anglais.

Tandis qu'il parlait, son cœur se serra. Il *haïrait* son mari *gadjo.*

— Je peux voir ta confusion.

Son oncle lui reprit l'épaule.

— Emilian, pourquoi ne restes-tu pas ici, à Woodland ? Tu peux aller dans le Nord n'importe quand — tu es libre et tu es ton propre maître. Mais nous devons partir. Les choses vont mal maintenant entre les Roms et les *gadjos.* Il y a trop de tension, d'insultes, de regards mauvais et de menaces. Même les enfants se battent. Je ne suis pas sûr de la façon dont c'est arrivé. Peut-être que dans le Nord, ils sont plus habitués à nous. Ils s'attendent à ce qu'on arrive en été pour moissonner leurs champs. Ils savent qu'on s'en va en hiver et savent où nous trouver pour faire réparer leurs roues de chariots et leurs chaises, raccommoder leurs habits et leurs chaussettes. Je n'aime pas les *gadjos* du Sud.

Emilian le regarda froidement.

— Ce sont des *gadjos* du Nord qui ont tué Raiza.

Stevan haussa les épaules.

— Edimbourg est un endroit dangereux pour les Roms.

— Dieu a voulu que les Tziganes soient des voyageurs, dit Emilian, dont la frustration semblait grandir. Cependant, dans toute l'Histoire, les Roms n'ont jamais pu voyager librement. Vous devriez pouvoir voyager librement.

— Il y a toujours eu des lois contre nous, dit Stevan d'un ton résigné. Si tu insistes pour partir avec nous, qu'il en soit ainsi. Tu es toujours le bienvenu.

Il mit la main dans sa poche, et tendit un mouchoir plié à Emilian.

— Je voulais te le donner au cas où tu resterais. Mais je vais te le donner quand même.

Emilian prit le carré de tissu.

— Qu'est-ce que c'est ?

— C'était à ta mère. Ton père le lui avait donné.

Stevan pivota pour partir, puis s'arrêta.

— C'est une femme bien et elle t'aime. Tu ne trouveras jamais plus une telle épouse. Je ne la laisserais pas trop longtemps si j'étais toi et je ne souhaiterais pas qu'elle épouse un Anglais.

Il sourit et s'en alla.

Emilian était incrédule. Ariella serait la parfaite épouse… mais pas pour lui.

Puis il déplia le mouchoir et vit un petit collier de perles luisantes, auquel pendait un petit cœur en or.

Son cœur explosa de chagrin et de douleur.

Il alla à son bureau et contempla les perles. Son père avait donné ce collier à Raiza. Ce n'était pas de la pacotille. Edmund avait-il tenu à elle ?

Il était profondément peiné — et peut-être pour eux deux.

Il posa les perles sur le bureau, puis regarda la miniature exposée près de son encrier. Edmund arborait l'expression sévère qui convenait pour le portrait, peint quelques années avant l'arrivée d'Emilian à Woodland. Il prit la miniature et l'étudia.

Ils avaient voulu tous les deux qu'il soit le seigneur et maître de Woodland. Mais tandis qu'il devait presque tout à Edmund, il devait encore plus à Raiza.

Un léger coup résonna à la porte. Il avait laissé la porte de la bibliothèque ouverte et, levant les yeux, il vit Robert sur le seuil. Il se figea, se rappelant son cousin se tenant près de Tollman et du maire après les premiers coups de fouet. Il avait vu de la méchanceté briller dans ses yeux.

Il avait banni Robert de la propriété, et celui-ci osait revenir ? Emilian se leva lentement, se sentant très, très courroucé.

Robert s'avança d'un pas vif, en souriant.

— Je suis si heureux que tu sois remis et de retour chez toi !

— Vraiment ?

Une rage silencieuse le consumait.

— Es-tu aussi heureux de me voir de retour à Woodland que tu l'étais en me voyant flageller ?

Robert se crispa.

— Je voulais l'arrêter, mais je suis un étranger, ici. Je n'ai aucune autorité.

— Combien de fois t'ai-je soutenu financièrement depuis que je suis devenu vicomte ?

Robert s'empourpra.

— Je ne sais pas, deux ou trois fois…

— Tu es venu me trouver au moins une fois par an pendant huit ans, Robert, coupa Emilian. Mais tu me rembourses avec de la moquerie et un manque flagrant de loyauté. Que penses-tu faire ici ?

Robert pâlit.

— Je te suis très loyal, Emilian. Tu dois me laisser le prouver.

— Non, c'est terminé.

Robert étouffa une exclamation.

— Tu plaisantes ! Nous sommes tout ce qui reste de la jadis grande famille St Xavier !

— En ce qui me concerne, je n'ai plus de cousin.

Emilian n'avait jamais été aussi sérieux.

— Maintenant, va-t'en. Quitte ma maison. Ne reviens pas ou je te mettrai dehors de mes propres mains.

Robert avait du mal à respirer.

— Tu m'as toujours traité comme un rebut, alors que nous savons tous les deux que *tu* es le rebut — un sale bohémien menteur, rien de plus !

La fureur d'Emilian explosa.

— Sors d'ici, ordonna-t-il calmement, à deux doigts de se jeter sur son cousin et de lui causer de graves dommages physiques.

Robert rougit, se rendant compte qu'il était allé trop loin. Il pivota et heurta Ariella qui entrait dans la pièce. Alors qu'ils s'attrapaient l'un l'autre pour se redresser, il ne la salua même pas, et s'excusa encore moins. Il se dégagea brusquement et sortit en trombe.

Ariella se tourna vers Emilian avec de grands yeux.

— Vous voulez le poursuivre ?

Il était encore furieux.

— Ce que je veux, répondit-il lentement, c'est ne plus jamais poser les yeux sur lui.

Elle hocha sombrement la tête.

— Bien. Il ne vous a pas défendu contre Tollman, et il n'est pas venu une seule fois à Rose Hill prendre de vos nouvelles.

Emilian la regarda fixement. Elle était si sérieuse, si déterminée et si adorable. Sa rage se dissipa. Ce n'était pas important — *elle* était importante.

Tu ne trouveras jamais plus une telle épouse.

Il souhaita que Stevan n'ait pas parlé d'elle de cette façon. Son oncle ne comprenait pas qu'elle était trop bonne pour lui, et qu'il ne pouvait pas lui donner l'avenir qu'elle méritait. Quand il serait parti, elle recouvrerait ses sens. Il n'était pour elle qu'une toquade, voilà tout. En outre, il savait qu'en fin de compte sa famille n'accepterait pas un mariage, malgré ce que de Warenne avait suggéré. L'idée d'une union entre eux était franchement absurde.

Tout ceci n'avait rien à voir avec le mariage. Il ne s'agissait que de plaisir sensuel ; d'amour physique.

Il allait lui faire l'amour, lentement, sensuellement, jusqu'à ce qu'elle le supplie d'arrêter. Il ne voulait rien pour lui-même. Il voulait la satisfaire, lui montrer combien il était reconnaissant, et qu'il en était venu à l'admirer, à la respecter.

Tenait-il à elle, aussi ?

Elle parut percevoir son désir et ses yeux changèrent.

— Je sais que je suis arrivée tout de suite après vous. Cela vous ennuie-t-il ?

Il ne devait pas s'autoriser d'affection. N'avait-il pas pensé plus tôt que la séduction était sans risque, alors que tout le reste était dangereux ?

— Cela ne m'ennuiera jamais de vous avoir juste derrière moi, murmura-t-il en tendant les bras vers elle.

Il l'attira lentement à lui, jusqu'à ce qu'elle frôle son sexe durci.

Son teint s'aviva.

— Est-il possible que vous soyez encore plus enclin à la passion ?

— C'est ma gratitude que je veux exprimer, chuchota-t-il.

Les yeux bleus d'Ariella brillèrent.

— Peut-être devriez-vous retomber malade, si cela doit susciter un tel élan de gratitude.

— Peut-être, fit-il d'une voix rauque.

Elle était son ange. Comment aurait-il pu ne pas s'attacher à elle ? Etait-ce pour cela qu'il était si excité ? Etait-ce pour cela qu'il la voulait de cette façon ?

Il fit remonter sa main sur sa taille, sur ses seins, et l'entendit retenir son souffle. Il caressa sa gorge de ses doigts. Son regard joint au sien, il coula une main sur sa nuque. Puis il se pencha. Il comptait lui donner un baiser tout juste taquin, mais à l'instant où leurs lèvres allaient se joindre, il lui sembla que son estomac chavirait. Tant de désir l'envahit, aigu et ardent, qu'il se figea.

Elle était tellement différente de toutes les maîtresses qu'il avait eues. Elle méritait tellement plus qu'un amant tzigane. Elle méritait tellement plus que ceci.

Que lui arrivait-il ? Il n'allait pas s'embarrasser d'une conscience maintenant.

— Emilian ?

Elle méritait d'être chérie, abritée dans une tour d'ivoire quelque part. Il ne pourrait jamais lui donner cela. Il s'écarta d'elle.

— Est-ce vraiment ce que vous voulez ?

Sa rougeur s'accrut.

— Je ne veux rien davantage, dit-elle simplement, que d'être dans vos bras. C'est notre progression naturelle.

Il la dévisagea.

— Vous n'avez pas à avoir peur de moi, ajouta-t-elle.

Il croisa les bras, sur la défensive.

— Je n'ai pas peur.

Bonté divine, avait-elle raison ? Avait-elle achevé sa progression naturelle ? Etaient-ils maintenant amis, sur le point de devenir amants ?

— Vous voulez tant de moi.

Un grand silence tomba. Elle murmura :

— Pourquoi vous apprêtez-vous à me rejeter de nouveau ?

— Ariella, je vous dois plus que je ne peux vous rendre — bien plus que ceci.

Elle inspira.

— Vous ne me devez rien. Je suis venue à vous par amour et par amitié, et je suis certaine que vous voulez me donner un peu d'amour et d'amitié en retour.

— Vous voulez plus que ce que je suis prêt à donner. Je ne ferai que vous décevoir et vous blesser. Il faut que vous partiez.

Elle se précipita vers lui.

— Vous ne me décevrez pas. Vous ne me blesserez pas. Je vous aime trop — et vous avez trop besoin de moi.

Il avait tellement besoin d'elle qu'il en avait mal, mais la pression n'était pas juste sexuelle ; son cœur était douloureux.

— Je crains d'avoir développé une conscience. Ariella, je ne suis pour vous qu'une passade.

Elle secoua la tête.

— Vous êtes ma première passade, mais vous êtes aussi la dernière.

Elle ne céderait pas, pas sur ce point.

— J'ai besoin de vous, confirma-t-il d'une voix rauque. J'ai besoin de vous dans mon lit, et j'ai besoin que vous me regardiez avec de l'amour et de l'espoir. Mais cela ne rime à rien de continuer ainsi. Ce ne serait pas juste pour vous.

— Comment pouvez-vous dire que cela ne rime à rien après tout ce qui s'est passé, quand nous devenons proches l'un de l'autre ?

Elle essaya de caresser sa joue.

Il s'écarta d'un bond et saisit son poignet, pour qu'elle ne puisse pas le toucher. Ils devenaient proches, mais il ne devait pas lui céder, ni sur ce point ni sur un autre.

— Vous m'effrayez, s'écria-t-elle, les yeux rivés sur son visage.

— Je m'effraie peut-être moi-même, murmura-t-il, mais alors qu'il parlait, sa voix fut étouffée par Hoode qui l'appelait.

Alarmé, il courut à la porte et l'ouvrit en coup de vent.

— Sir ! s'écria Hoode, très pâle. Il y a un incendie au campement tzigane !

Même en courant aussi vite qu'elle le pouvait, ses jupes remontées jusqu'aux genoux, Ariella restait plusieurs mètres derrière Emilian, Hoode et une poignée d'autres domestiques. Les femmes et les enfants s'étaient rassemblés à l'écart des roulottes, le visage défait, mais les hommes couraient du ruisseau au camp avec des seaux d'eau, déterminés à circonscrire le feu. Ariella s'arrêta, haletant tellement que la tête lui tournait, tandis qu'Emilian fonçait dans la fournaise. Plusieurs roulottes étaient la proie des flammes. Les seaux d'eau jetés sur elles ne servaient à rien, aussi inutiles qu'un verre d'eau lancé sur un feu de joie. La peur l'envahit. Elle n'aimait pas voir Emilian si près du brasier, mais il parlait rapidement à Stevan, qui était couvert de cendres et de suie.

Emilian revint en courant vers Hoode et les autres.

— Allez chercher toutes les pelles des écuries et de l'appentis. Hoode, prévenez les fermiers Brown et Cowper, demandez-leur d'amener tous les gens et toutes les pelles qu'ils pourront. Nous devons creuser un fossé pour contenir l'incendie. Dépêchez-vous !

Alors que les hommes partaient à toute allure, il tourna ses yeux durs sur elle.

— Restez avec les femmes et les enfants ou rentrez chez vous.

Il courut rejoindre les hommes qui combattaient le feu.

Ariella regarda de nouveau les roulottes qui brûlaient. Elle en compta cinq et sut qu'elles étaient perdues, même si l'on pouvait éteindre les flammes, ce qui était impossible, elle en était sûre. Emilian apparut de l'autre côté des roulottes en feu avec un certain nombre d'hommes et ils se mirent à pousser la roulotte indemne la plus proche. Il était clair que le feu pouvait s'étendre à d'autres véhicules et, au-delà, aux arbres qui bordaient le ruisseau. Elle savait que l'incendie ferait rage et deviendrait hors de contrôle si les bois prenaient feu aussi. Le domaine entier pourrait être menacé.

Elle jeta un regard anxieux autour d'elle. Les chevaux s'étaient enfuis, ce qui rendait plus difficile et plus lent le fait de déplacer les roulottes. Puis elle se précipita vers les femmes et les enfants.

— Est-ce que quelqu'un est blessé ?

Jaelle se leva. Juste avant, elle tenait un bébé sur ses genoux et le tendit à une autre femme.

— Personne n'est blessé. Mais cinq familles ont tout perdu, Ariella, absolument tout.

Ariella la toucha. Elles s'écartèrent.

— Comment cela est-il arrivé ? Est-ce que quelqu'un a négligé un feu ?

— On est au milieu d'un après-midi de printemps. Personne ne cuisinait.

— Alors quoi ? s'écria Ariella, n'aimant pas l'expression de ses yeux.

Jaelle se mouilla les lèvres.

— Je crois que j'ai vu Tollman, qui courait dans les bois avec un autre homme.

Ariella se figea. Puis elle jeta un coup d'œil vers Emilian, en tremblant. Il y avait maintenant tous les hommes aux roulottes, pour tenter de mettre une distance de sécurité entre elles et le brasier. Plus personne n'essayait de jeter des seaux d'eau sur les flammes.

— Tollman est en prison, dit-elle en regardant Jaelle. Vous vous trompez. C'est un accident.

— Vraiment ? s'écria la jeune Tzigane. Vous avez passé la semaine à Rose Hill avec Emilian. Nous étions ici, craignant de quitter le campement. Chaque fois que nous le faisons, on nous menace et on nous dit de retourner d'où nous venons !

Elle ajouta :

— Nous partons demain matin, et ce n'est pas trop tôt !

Ariella ne réfléchit pas à deux fois.

— Pourquoi ne restez-vous pas ici, à Woodland, avec Emilian et moi ? Votre frère a besoin de vous, et je veux vous montrer que tous les *gadjos* ne sont pas cruels et haineux.

Elle hésita.

— Je veux que nous soyons amies.

Jaelle la dévisagea.

— Nous sommes amies. J'aime bien votre famille. Et je sais que tous les *gadjos* ne sont pas cruels. Mme Cowper nous a apporté une dinde et un autre fermier des poissons de la rivière.

— Et je vous apporterai d'autres provisions, déclara fermement Ariella.

— Vous ferez bien de faire vite, dit Jaelle, laconique. Parce que nous serons partis demain à midi.

Ariella se raidit, mais avant qu'elle puisse penser clairement, des bruits de sabots résonnèrent. Elle pivota et vit son frère qui galopait vers eux, tenant trois chevaux par la bride. Il démonta et tendit la bride de son étalon à Jaelle.

— Tu vas bien ? demanda-t-il.

— Oui. Alexi, si le feu atteint la forêt, Woodland peut être détruit.

Elle s'arrêta. Les domestiques d'Emilian étaient revenus avec des hommes supplémentaires, manifestement des fermiers, et tous portaient des pelles et des pioches.

— Je sais.

Il jeta un coup d'œil à la troupe qui arrivait.

— Nous devrons creuser largement et vite pour arrêter ce monstre. Ariella, pourquoi n'emmènes-tu pas les femmes et les enfants dans la maison ? Ils ne feront que gêner.

Avant qu'Ariella puisse hocher la tête, il avait déjà ôté sa redingote et rejoint les hommes. Emilian apparut de l'autre côté des roulottes enflammées. Il fit un signe à Alexi, puis indiqua les roulottes, comme s'il traçait une ligne imaginaire. Il cria quelque chose. Alexi avait pris une pelle et il cria une réponse, en faisant également des gestes. Et soudain vingt hommes se trouvèrent d'un côté du feu, le reste de l'autre, et ils se mirent à creuser frénétiquement.

De la fumée emplissait le ciel du soir, mais l'incendie avait été éteint. Ariella noua ses bras autour d'elle, se tenant à l'écart du campement. Les femmes couraient vers leurs maris, leurs frères ou leurs fils harassés et les enlaçaient. Les femmes tziganes avaient été rejointes par les épouses des domestiques de Woodland et des fermiers voisins qui avaient participé au combat. Les hommes étaient noirs de suie. Des squelettes restaient de six roulottes, et plusieurs arbres au-delà du camp avaient été brûlés. Ariella ne vit pas Emilian, mais elle aperçut Alexi qui émergeait du bout du campement détruit, aussi sale et fatigué que tout le monde. Où était Emilian ? se demanda-t-elle, essayant de ne pas s'inquiéter.

Un violon lança sa plainte.

Ariella se raidit et pivota, pour voir un jeune homme brun assis sur un tabouret près d'une roulotte, jouant de l'instrument. La mélodie était prenante et triste. Elle parlait d'une terrible perte.

Elle trembla. Personne n'avait été blessé. Les Roms étaient pauvres, mais les roulottes pouvaient être reconstruites et les possessions remplacées. Elle savait que les cuisines de Woodland étaient en pleine activité, car elle avait demandé à Hoode de faire cuire tout ce qui était disponible et de le faire apporter par les domestiques aux hommes épuisés. Pour ce qui était des affaires personnelles perdues dans l'incendie, le lendemain elle embrigaderait Margery et Dianna et elles achèteraient de la literie, du linge, des habits et autres articles nécessaires. La caravane ne partirait sûrement pas demain. Il y aurait des réparations à faire, au moins.

Un mouvement accrocha son regard. Elle vit Emilian qui allait vers la maison, son dos habituellement droit légèrement courbé, comme s'il ressentait le poids de la défaite.

Elle avait déjà prié Jaelle de ne pas mentionner à son frère ce qu'elle avait cru voir. Elle se hâta derrière lui.

— Emilian.

Ses enjambées hésitèrent.

— Emilian !

Elle se mit à courir.

Il s'arrêta et se tourna.

Elle ne put distinguer son expression avant d'arriver à son côté, car il n'y avait pas de lumières si loin de la maison, et seules la lune et les étoiles éclairaient la nuit. Son visage était dur et contracté.

— Allez-vous bien ? demanda-t-elle, hors d'haleine.

— Oui.

Il croisa les bras sur sa poitrine. Sa chemise blanche était devenue grise. Du noir maculait ses traits et ses cheveux étaient repoussés derrière ses oreilles, révélant sa cicatrice.

— Quelqu'un a-t-il été blessé ?

— Non, personne.

C'était comme s'ils étaient revenus à l'époque de leur première rencontre. Il se comportait comme un étranger. Elle toucha sa manche.

— J'ai demandé à votre personnel de cuisine de préparer un repas pour tous les hommes. Vous devez être épuisé et affamé.

Ses froids yeux gris rencontrèrent les siens.

— Je sais que vous êtes en colère.

Elle se mordit la lèvre.

— C'était un accident, n'est-ce pas ?

Il trembla.

— Djordi et deux garçons ont vu Tollman dans les bois avant que le feu se déclare, avec un autre homme.

Ariella inspira.

— Tollman est en prison.

Il lui décocha un regard.

— Il a été relâché ce matin, sur caution.

— Promettez-moi que vous ne le poursuivrez pas.

Il eut un sourire amer.

— Je ne vous ai jamais fait de promesses, si ?

Elle n'aima pas son ton.

— Vous ne pouvez faire justice vous-même.

— Pourquoi pas ? Parce que j'ai la responsabilité d'être un chef, comme votre père ? Parce que je devrais montrer l'exemple à la communauté, comme de Warenne ?

— Oui ! s'écria-t-elle, effrayée. Et parce que vous valez mieux qu'eux !

Il souffla d'un air désobligeant.

— Je n'ai jamais compris ce que vous avez vu en moi, à part mon visage et mon corps assez plaisants.

Elle se crispa.

— C'est fini, Ariella.

Elle sentit le monde s'arrêter.

— *Quoi ?*

— C'est *fini,* cria-t-il.

Le choc la terrassa.

— C'est fini entre nous ? Juste comme cela ? A cause d'un scélérat comme Tollman ?

— C'est fini parce que vous êtes une princesse *gadjé* et que je suis un Rom, rugit-il.

Elle recula.

Mais il lui saisit le poignet et la domina, ne lui permettant pas de battre en retraite.

— Quoi ? Pas de charmantes supplications ? Vous avez peur du sauvage demi-sang ?

Elle sentit des larmes rouler sur ses joues.

— Je déteste quand vous êtes ainsi.

— Tant mieux, car je déteste tout le monde, tous ces maudits *gadjos,* jusqu'au dernier.

Il la lâcha.

Elle essuya ses larmes.

— Vous savez que vous ne détestez pas tout le monde.

Vous savez que vous ne haïssez pas tous les *gadjos*. Vous savez que vous ne me haïssez pas, moi.

Il secoua furieusement la tête.

— En cet instant, si.

Elle poussa un cri.

— Je me libère, dit-il d'un ton dur. Ici et maintenant, je suis *libre*.

— *Emilian !*

Il s'éloigna à grands pas.

16

Ariella fixait la soubrette qui sortait ses vêtements de la penderie. Ses sacs étaient sur son lit, emplis de ses menues affaires ; ses robes seraient transportées sur des cintres, soigneusement enveloppées. Elle rentrait à Londres. C'était terminé.

Son cœur se contracta de douleur. Deux semaines avaient passé. Au début, elle s'était dit qu'il ne partirait pas. Puis, quand il avait été clair que les Roms s'en étaient allés, elle avait espéré qu'il se rendrait compte de son erreur et reviendrait. Elle avait prié, fait les cent pas, regardé par la fenêtre et prié encore. Mais à chaque heure et chaque jour qui s'écoulaient, son espoir s'était amenuisé. Finalement, il ne lui en restait plus.

Il ne reviendrait pas.

Elle regarda par la fenêtre, au-delà du terrain où les Roms avaient campé, vers le nord, vers là où ils se dirigeaient. Combien de fois lui avait-il dit qu'il ne pouvait pas lui retourner ses sentiments — qu'il ne le ferait pas ? Elle serra ses bras autour d'elle. Elle s'était éprise d'un homme sombre, tourmenté, très compliqué. La question, maintenant, était de savoir comment oublier qu'il avait jamais existé.

Ce serait impossible.

En vérité, son cœur obstiné ne voulait pas oublier ; son cœur obstiné était certain que ce n'était pas fini et que ça ne le serait jamais. Son cœur avait l'intention de l'aimer de loin et de chérir chaque souvenir. Il avait l'intention d'attendre qu'il revienne à elle, même si cela prenait des années.

Toutefois, elle ne devait pas laisser son cœur dominer son esprit ou sa vie. Elle avait été incapable de manger ou de dormir. Elle était épuisée et tombait malade. Ce matin-là, elle avait eu la tête qui tournait et s'était sentie nauséeuse. Elle espérait qu'il s'agissait de la grippe. Pour son propre équilibre mental, sa propre santé et son bonheur, elle devait quitter Rose Hill et essayer de reprendre son ancienne vie. L'alternative était d'attendre qu'il revienne, de se vautrer dans le chagrin et le désespoir et de mettre sa santé en danger, alors qu'il ne reviendrait peut-être pas avant des années. Même alors, il ne reviendrait pas obligatoirement pour elle ; même alors, il pourrait être aussi monté contre leur avenir que jamais.

Sa porte était ouverte. Elle se tourna quand elle s'avisa qu'elle avait de la compagnie. Sa belle-mère lui sourit brièvement, ses yeux verts interrogateurs, et Dianna était éplorée.

— J'ai appris que tu partais cet après-midi, dit posément Amanda.

Ariella savait que toute la maisonnée avait compris qu'elle était amoureuse d'Emilian et que son départ lui avait brisé le cœur. Elle n'avait pas pu cacher son chagrin.

— Je rentre à Londres, dit-elle, sans se soucier de sourire. Je ne peux pas rester ici, comme ceci.

Amanda l'enlaça, ce qui fit souhaiter à Ariella de pouvoir être totalement honnête. Cela la mit également au bord des larmes.

— Je suis inquiète que tu te rendes toute seule en ville. Il y fait si chaud, en été ! déclara Amanda. Pourquoi ne restes-tu pas avec nous à Rose Hill ? Le bal est la semaine prochaine et nous partirons deux jours après. Tu peux venir à Windsong avec nous, ensuite, ajouta-t-elle en se référant à leur maison dans le sud-ouest de l'Irlande.

Ariella ne ferait rien à Windsong à part errer comme une âme en peine en pensant à Emilian, comme elle l'avait fait à Rose Hill.

— Je vais à Londres, où sont mes amis. Là-bas, je peux me plonger dans mes recherches, dans des débats publics, et passer des jours dans les bibliothèques et les musées. Je serai heureuse, assura-t-elle.

Ses paroles sonnèrent creux.

Je me libère.

Tout d'abord, elle avait cru qu'il voulait se libérer d'elle. Puis elle avait vite compris qu'il souhaitait se libérer du tourment de vivre dans un monde où il était insulté chaque jour dans son dos et où il était impuissant à protéger les Tziganes de la haine, la mesquinerie et la violence.

Elle ne serait jamais libre. Même se réfugier à Londres ne modifierait pas le passé, n'effacerait pas ses souvenirs et ne vaincrait pas l'amour dans son cœur.

— Je suis si soucieuse pour toi, dit Amanda. Mais il y a tout de même une bonne nouvelle.

Ariella en doutait.

— Tollman a avoué avoir mis le feu et a été arrêté. Cette fois, il n'y a pas d'échappatoire. Il a enfreint la loi et sera jugé.

— Comment est-ce arrivé ?

— Alexi, répondit Amanda en souriant. Apparemment, il a poussé Tollman aux aveux.

— Bien.

— Je t'en prie, réfléchis à ce que cela signifie de quitter la famille maintenant, insista Amanda.

Elle lui pressa la main et sortit.

Ariella jeta un coup d'œil à sa sœur, qui s'écria :

— Je le déteste pour ce qu'il t'a fait ! Je le déteste pour avoir volé ton cœur et l'avoir abandonné sans pitié. Je déteste te voir ainsi. Oh, Ariella, il n'en vaut pas la peine. Il y aura quelqu'un d'autre.

Ariella fit une grimace.

— La seule chose dont je suis sûre est qu'il n'y aura jamais quelqu'un d'autre. Cela n'a pas d'importance, mentit-elle. Avant de rencontrer Emilian, je ne m'intéressais pas aux hommes. Maintenant, je retourne à mon ancienne vie, où je reprendrai mes poursuites intellectuelles. Je n'oublierai pas Emilian, mais j'espère qu'avec le temps mes souvenirs deviendront moins douloureux.

Dianna l'étreignit fortement.

— Je sais que cela paraît banal, alors que tu es si blessée, mais le temps guérit toutes les blessures. Je t'aime — nous t'aimons tous. S'il te plaît, songe à venir à Windsong cet été.

Ariella céda.

— J'y songerai, mais je sens que je dois aller à Londres maintenant.

Dianna sourit tristement et s'en alla. Ariella en fut soulagée, car il était très difficile de dire non à sa petite sœur et elle ne voulait pas s'éterniser sur le sujet. Mais alors Margery entra dans la pièce, l'expression sévère. Ariella comprit immédiatement que d'autres pressions l'attendaient.

— Tu es si pâle ! s'exclama sa cousine.

Elle portait un plateau avec des assiettes couvertes.

— Je sais que tu n'as pas pris ton petit déjeuner. Je

t'ai apporté des œufs et des saucisses. Peux-tu t'asseoir et manger ?

Ariella n'avait pas faim, mais elle savait qu'elle devait se sustenter. Elle s'assit.

— Tu me rappelles de plus en plus tante Lizzie.

Margery sourit brièvement et posa le plateau.

— Eh bien, comme ma mère est renommée pour être une des dames les plus aimables et les plus généreuses qui soient, j'espère pouvoir être la moitié de ce qu'elle est.

Son sourire disparut.

— J'aimerais pouvoir te réconforter.

Ariella but docilement une gorgée de jus de fruit.

— Personne ne peut me réconforter. Mais peut-être, avec le temps, trouverai-je le moyen de naviguer entre mes souvenirs avec moins de douleur. Etre en ville devrait m'aider.

Margery s'assit en face d'elle.

— Nous allons à Adare pour l'été. Je t'en prie, Ariella, viens avec nous.

Adare était le siège du comté, non loin de Windsong, et était traversé par la rivière Shannon. Elle secoua la tête.

— Je vais à Londres. Tu penses que je serai seule, je le sais, mais je me plongerai dans tant d'études et de recherches que je ne me sentirai pas du tout solitaire.

Margery dit vivement :

— J'ai une idée magnifique ! Pourquoi ne voyageons-nous pas ? Nous pouvons visiter la Grèce et l'Italie — tu sais combien ces pays sont beaux en été !

A son ton, Ariella devina qu'elle avait déjà conçu ce plan auparavant. Elle piqua ses œufs de sa fourchette et eut aussitôt mal au cœur.

Comme elle ne répondait pas, Margery déclara :

— Si tu ne veux pas voyager, alors j'irai à Londres avec toi, point final.

Ariella combattit sa nausée, y échoua, et courut à un pot de chambre pour se soulager. Margery vint s'agenouiller près d'elle. Les haut-le-cœur étaient horribles, comme les deux derniers jours. Ariella serra le pot de chambre dans ses mains, pensant qu'elle n'était pas malade à part ces nausées et le fait qu'elle n'avait pas eu ses dernières menstrues. Ce qui signifiait qu'elle n'était pas exactement souffrante…

Finalement, elle s'accroupit sur ses talons et regarda sa cousine qui la fixait, les yeux élargis par le choc.

Elle chuchota :

— Margery, et si j'attendais son enfant ?

Elle dansait pour lui.

Il était tard et les étoiles scintillaient. De nombreux feux étaient allumés, et une odeur de poulets grillés flottait dans le campement. La plupart des enfants étaient couchés et Nicu jouait du violon, un autre homme de la guitare. La musique était profonde et triste ; nul n'avait oublié l'incendie ni la flagellation. Il n'avait pas oublié.

Stevan l'avait empêché de poursuivre Tollman et de le faire payer, le suppliant de renoncer à plus de violence. Comme ils étaient prêts à partir, il avait accepté, mais avec beaucoup de réticence.

Maintenant il la regardait, appréciant vaguement sa beauté et sa grâce, mais ses observations restaient froides. La façon dont elle bougeait ses hanches lui indiquait qu'elle serait une amante passionnée, farouche et plaisante. En tournoyant, elle releva audacieusement ses jupes sur ses cuisses. Il ne sourit pas. Il ne se sentait pas vraiment concerné.

Il était assis à l'écart des autres. Jadis, il aurait goûté sa performance et partagé sa propre passion avec elle. Mais elle ne l'intéressait pas, plus maintenant. L'image d'Ariella surgit dans son esprit. Son cœur lui parut douloureux et ses reins réagirent enfin. Il détestait ces maudits sentiments.

Il était déterminé à laisser le passé derrière lui. Mais durant les longues journées oisives sur la route, son image envahissait lentement ses pensées, comme les souvenirs de tous les moments qu'ils avaient partagés. Pour fixer son esprit vagabond sur un autre sujet, il pensait à Woodland et se demandait si l'intendant, Richards, s'en sortait bien. L'état du domaine continuait à le préoccuper. Son devoir envers la propriété semblait faire partie de lui, maintenant, aussi gravé en lui que l'empreinte de ses mains. Et, inévitablement, il se demandait si Ariella allait bien. Il se détestait, car il avait de nouveau trahi sa confiance.

Il la connaissait trop bien, à présent. Elle souffrait parce qu'il était parti, mais, sapristi, il ne lui avait jamais rien promis à part une nuit de plaisir.

S'il la revoyait un jour, ses yeux brilleraient-ils encore de confiance et d'amour ?

Jaelle s'assit soudain à côté de lui, l'air sombre. Il lui sourit, mais cela lui parut forcé. Sa sœur désigna la danseuse d'un signe de tête.

— Elle te veut. Elles te veulent toutes, toutes les femmes qui n'ont pas de mari, et même certaines qui en ont.

Les reins d'Emilian avaient commencé à s'engorger, mais pas à cause de la danseuse. Il avait besoin d'assouvir ses sens. Le bal des Simmons remontait à des semaines. Depuis quand passait-il des semaines sans maîtresse ?

Pourquoi n'avait-il pas fait l'amour à Ariella avant de partir ? Ah, oui, il avait brusquement développé une conscience.

Il n'avait pas été d'humeur à faire l'amour à une femme depuis qu'il avait quitté le Derbyshire. C'était insensé.

— Tu n'es pas heureux, ici.

Il regarda Jaelle. Il allait le nier, mais ce n'était pas juste. Il passa un bras autour d'elle.

— J'ai vécu dix-huit ans avec les *gadjos*. Il n'est pas simple pour un homme de quitter une vie et d'en commencer une autre du jour au lendemain.

De fait, c'était terriblement difficile et peut-être impossible.

— Tu es plus *gadjo* que rom.

Ses paroles sonnaient vrai et cela le perturba, car si elle avait raison, qu'est-ce que cela signifiait ? Mais alors il pensa à Raiza, qui était morte dans les bras de Stevan, pas dans les siens.

— Je suis un demi-sang, déclara-t-il fermement.

— Et alors ? Moi aussi. Mais mon père n'a pas voulu de moi — il ne me connaît même pas — et je suis Tzigane. Ton père a voulu de toi. Tu as de la chance, Emilian, et tu es un *gadjo* à cause de ça. Pourquoi es-tu ici ?

— Tu sais pourquoi. A cause de notre mère. Je lui dois ceci, Jaelle.

Elle parut déconcertée.

— Elle est morte, Emilian, et ta présence ici ne la ressuscitera pas.

Il regarda les feux au-delà d'elle. Il pensait qu'il devait à Raiza cette tentative de réclamer son héritage rom. Mais les paroles de sa sœur avaient l'accent de la vérité.

La danseuse s'était arrêtée et buvait du vin, contemplant Emilian entre ses cils sombres. Jaelle se leva.

— Vas-tu la prendre ?

Il hésita. Il avait besoin d'une femme, cela ne faisait aucun doute. Mais elle n'était pas la femme qu'il convoitait.

— C'est ce que je pensais. Retourne à ta femme, Emilian. Elle est bonne et belle, et si tu attends trop longtemps, un autre homme la prendra.

Il élargit les yeux. Jaelle haussa les épaules et s'éloigna d'un pas léger.

Il voulait qu'un autre homme la prenne, se dit-il. Il voulait qu'elle l'oublie. Le voulait-il ? Son cœur s'emballa. En vérité, il détestait cette idée. Et plus important encore, elle lui manquait.

Le fait qu'elle lui manque avait des implications qu'il ne devait pas considérer. Qu'elle lui manque était dangereux.

Mais il n'avait pas envie de la belle Tzigane qui était si avide de réchauffer son lit. Il avait envie d'Ariella, parce qu'ils n'avaient pas terminé ce qu'ils avaient commencé. Parce qu'il ne lui avait pas montré sa gratitude. Il n'avait fait que la blesser par sa colère, et elle n'avait pas encore son prince anglais.

Il fallait qu'il retourne la voir, juste pour une nuit. Rien n'avait changé. Même si Jaelle avait raison, même si sa partie anglaise était plus forte que sa partie rom, il avait fait une promesse à Raiza et à lui-même. Il irait sur sa tombe. Il trouverait son héritage tzigane, et rien ne pourrait l'arrêter. Mais la caravane avançait lentement et il avait son étalon avec lui.

Il se leva, empli d'une terrible excitation.

Dans quatre ou cinq jours, il pourrait être à Rose Hill.

*
* *

Il était 10 h 30 du soir. Le dîner était fini depuis longtemps. Ariella était assise dans son lit, les mains sur son ventre encore plat, pensant à l'enfant qu'elle portait probablement. Le choc se dissipait. Elle avait commencé à avoir des nausées matinales depuis quelques jours et ses seins paraissaient gonfler. Si elle avait conçu lors de la première nuit qu'ils avaient passée ensemble, elle en était presque à six semaines.

Une grossesse semblait très probable et elle était effrayée. Pas une fois dans sa vie, elle n'avait songé qu'elle pourrait avoir un enfant sans être mariée. Elle ne pouvait commencer à imaginer ce qu'elle ferait ou comment elle se débrouillerait. Sa famille serait sens dessus dessous. Et il y avait Emilian. Il devait être mis au courant, non ?

Elle ne pouvait penser à tous les problèmes maintenant. *Elle portait l'enfant d'Emilian.*

Des cendres du chagrin et du désespoir, la joie se mit à se déployer.

Elle caressa son ventre en pleurant. Elle n'avait pas de regrets. Comment pourrait-elle regretter d'être enceinte d'Emilian, même s'il ne l'aimait pas ? Car elle l'aimait et l'aimerait toujours. Même si elle ne le revoyait jamais, elle aurait cette part de lui — cette part d'eux. L'enfant était un merveilleux cadeau, une bénédiction. Pour la première fois depuis qu'il l'avait quittée, elle sentit son cœur réagir et battre, redevenant vivant, et soudain l'avenir lui apparut, plein de lumière. Elle s'avisa qu'elle était impatiente de tenir leur enfant dans ses bras. *Elle aimait ce bébé.*

Mais c'était doux-amer, car alors qu'elle s'imaginait tenant leur petite fille ou leur petit garçon, elle voyait Emilian au-dessus d'elle, leur souriant. Elle n'était pas sûre que cela arriverait un jour, elle n'était sûre de rien, pour l'instant, sauf qu'un miracle lui avait été accordé.

— Ariella ? chuchota Margery, passant la tête dans la pièce, vêtue de sa chemise de nuit.

Ariella lui sourit.

— Entre.

Margery ferma la porte derrière elle, gagna vivement le lit et monta dedans.

— J'ai pensé à toi toute la journée. Tu pleures ?

— Non.

Ariella toucha sa main en souriant.

— Ne t'inquiète pas. Je suis heureuse, Margery, tellement heureuse. Je vais avoir son enfant !

Sa cousine la dévisagea, consternée.

— Tu dois envoyer une lettre à Emilian. Il reviendra et t'épousera s'il sait la vérité.

La joie d'Ariella fit place à l'appréhension.

— Non. Ce n'est pas une bonne idée.

Margery retint une exclamation.

— Tu vas lui dire, n'est-ce pas ? Tu vas l'épouser ?

Ariella fit une grimace.

— Je l'aimerai toujours. Et je crois vraiment qu'il tient à moi. Mais je ne le contraindrai pas au mariage, et sûrement pas avec notre enfant.

Margery pâlit.

— Il t'a séduite. Il a l'obligation de veiller sur toi et cet enfant.

— J'ai voulu être séduite. Il n'a pas profité de moi. Et j'ai les moyens de donner une très bonne vie à cet enfant.

Margery ouvrit de grands yeux.

— Ariella, ton père forcera Emilian à t'épouser, quoi que tu souhaites.

Ariella craignait que sa cousine n'ait raison.

— Ce serait une erreur. Emilian verrait cela comme

une attaque ou un piège, et il serait furieux. Non. Mon père ne fera rien de tel, parce qu'il ne saura rien de l'enfant.

Margery poussa un cri.

Ariella se mordit la lèvre, son euphorie se dissipant. Ceci devrait rester un secret. Elle pouvait à peine croire qu'elle ne pourrait pas partager sa joie avec sa famille.

— Il va falloir que je m'en aille et que j'aie cet enfant seule.

— Tu es aussi indépendante et excentrique que toujours ! Comment peux-tu avoir l'intention d'être une mère célibataire ? s'écria Margery. Tu seras méprisée et bannie ! Et tu ne peux garder indéfiniment un tel secret, de toute façon !

Ariella la regarda.

— Je devrai peut-être partir un certain temps.

Margery pâlit.

— Tu devras bien revenir chez toi, finalement, et ton secret sera divulgué, fit-elle remarquer. Ils le pourchasseront, alors, tu le sais, même si c'est dans un an d'ici — même si c'est dans *des années*. Dès qu'ils comprendront que tu as eu son enfant, il sera condamné.

Ariella se raidit.

— Je vais les convaincre de ne pas le faire. De toute façon, je commence à me rendre compte qu'aller à Londres maintenant n'est pas la meilleure idée. La ville n'est pas saine, durant les mois d'été.

— Ariella, Emilian a le droit de savoir, insista Margery.

— Oui. Et je le lui dirai, mais je n'ai pas décidé quand.

Elle ne pouvait tout simplement pas penser à ce problème maintenant.

— Tu es déterminée à vivre ceci toute seule, constata Margery.

— Pour l'instant, c'est mon seul choix.

Sa cousine prit une inspiration.

— Bon sang ! s'exclama-t-elle, surprenant Ariella. Sache que d'après moi tu prends la mauvaise décision. Je pense que tu devrais lui dire la vérité et qu'il devrait t'épouser, quoi qu'il ait envie de faire, pour ton bien et celui du bébé.

— Alors, nous ne sommes pas d'accord, déclara Ariella.

Elles se dévisagèrent. Margery lui prit fermement la main.

— Si tu projettes vraiment d'avoir ce bébé en secret, tu sais que je resterai avec toi.

Ariella regarda ses yeux inquiets et sentit des larmes lui monter aux paupières. C'étaient des larmes de gratitude et de soulagement.

— Tu es l'amie la plus loyale que je possède. J'ai peur, Margery, avoua-t-elle en tremblant. J'ai peur d'être seule durant les prochains mois. J'ai peur d'être seule pendant la naissance et j'ai même peur d'être seule quand le bébé sera là !

Sa cousine l'enlaça.

— Tu n'es pas seule. Tu ne le seras pas. Je serai avec toi aussi longtemps que nécessaire.

Elle essuya ses yeux humides et son ton se fit brusque.

— Commençons à réfléchir où tu veux vivre pendant une bonne année. Nous prétendrons que nous voulons faire un voyage, et dans quelques mois nous partirons. Nous pouvons peut-être louer une villa dans le sud de la

France. Le climat est bon, tu parles bien la langue et je peux me débrouiller.

Ariella hocha la tête, saisie d'une nouvelle excitation.

— Cela me plaît, dit-elle lentement. Le sud de la France est magnifique. Ce sera un endroit merveilleux où avoir ce bébé.

La semaine suivante s'écoula dans une profusion de plans. Afin de ne pas éveiller les soupçons, Ariella et Margery firent de longues promenades dans les jardins d'Amanda, Margery emportant son carnet de croquis et son fusain. Elle était par chance une excellente artiste, et elle prétendit vouloir faire une étude à l'aquarelle des fameuses roses corail d'Amanda lorsqu'ils auraient quitté Rose Hill, ce qui exigeait de nombreuses esquisses et de longues heures dans les jardins. Selon toute apparence, Ariella s'était replongée dans l'histoire des Mongols, et il était assez simple d'aller lire dehors pendant que Margery « dessinait ».

Le carnet de croquis était empli de notes. Des lettres avaient été envoyées à plusieurs agents immobiliers de Londres, et des réponses étaient arrivées. Il y avait plus d'une villa agréable aux environs de Nice, disponible pour une longue location. Margery avait envoyé son secrétaire personnel dans le sud de la France afin d'inspecter les diverses possibilités. D'ici un mois, elles pourraient définir quelle villa louer.

Ariella avait commencé à suggérer à sa famille qu'elle souhaitait voyager. Son père en semblait satisfait, et elle savait qu'il était soulagé qu'elle se remette d'Emilian. S'il connaissait la vérité ! Mais elle n'éprouvait pas de culpabilité.

Elle devait protéger Emilian de sa fureur et cela signifiait aller de l'avant dans le secret le plus absolu.

Le père de Margery, le comte d'Adare, était arrivé pour le bal avec son héritier, Ned, et ses plus jeunes fils. Margery allait bientôt s'entretenir avec lui et lui demander la permission de faire un voyage. Ariella savait que son oncle ne repousserait jamais une telle requête.

Elles venaient bel et bien à bout de leur stratagème. Si tout allait comme prévu, Margery et elle seraient bientôt en route pour la France, sans que personne ne se doute de quoi que ce soit.

Ariella n'avait aucune envie d'assister au bal d'Amanda, mais elle n'avait pas le choix. Alors que tout le monde savait qu'elle n'aimait pas ce genre de fête, c'était son habitude de ronchonner et ensuite de s'exécuter docilement. Elle avait l'intention de se conduire comme toujours.

Tandis qu'elle approchait lentement de la salle de bal, la maison était déjà animée par les rires, les conversations et la musique de l'orchestre. Devant elle, elle apercevait la salle emplie de dames dans leurs robes du soir colorées et leurs bijoux scintillants, les hommes dans leurs habits noirs, les serviteurs en veste blanche passant les flûtes de champagne. Elle vit son père et Amanda qui se tenaient à l'entrée, entourés par une poignée d'invités qu'ils saluaient. Cliff était blond et beau, Amanda, superbe, avait posé une petite main gantée sur son bras. Ariella sourit pour elle-même. Un soir comme celui-là, il était si évident qu'ils restaient profondément amoureux.

Elle s'arrêta, n'allant pas plus loin dans la salle. Et elle se vit valsant dans les bras d'Emilian.

Elle ne voulait pas être ramenée à cette soirée de mai.

Elle avait été immergée dans ses plans et elle n'avait guère eu de temps pour déplorer ce qu'elle avait eu et perdu. Elle était devenue habile à détourner instantanément ses pensées. Dès qu'il lui manquait, dès qu'elle avait mal, elle songeait à la vie minuscule qui grandissait en elle et s'imaginait tenant son nouveau-né pour la toute première fois.

Son cœur se serra. Emilian lui semblait si proche. Si elle osait, il lui serait facile de se rappeler chaque moment qu'ils avaient partagé. Il lui serait facile de se remémorer chaque détail de cette unique nuit. Elle le vit la fixant depuis l'autre bout de la pièce, ou lui souriant tandis qu'ils dansaient et qu'elle lui marchait sur les pieds. Elle vit l'expression chaude et passionnée de ses yeux, et elle put presque sentir son corps dur et fort pendant qu'il la tenait de beaucoup trop près.

Ariella inspira. Il lui manquait encore terriblement, et elle aspirait à son retour. Avoir son enfant ne ferait pas disparaître cela.

Elle ne devait pas s'autoriser à entretenir de telles fantaisies et de tels souvenirs maintenant. Emilian était parti. Elle ne le reverrait peut-être pas avant des années. Elle était déterminée à avoir un enfant en bonne santé. S'appesantir sur le passé ne serait pas bon pour sa propre santé, ni pour le bébé. Elle décida qu'elle resterait une heure, puis prétexterait une migraine et se retirerait.

— Aimeriez-vous danser, miss de Warenne ?

Ariella se raidit en entendant la voix de Robert St Xavier. Elle lui fit face, incrédule. Elle n'avait pas oublié son ignoble trahison le jour où Emilian avait été flagellé. Et elle se rappela les insultes qu'il avait lancées à son cousin lorsqu'il avait été chassé de Woodland. Elle se crispa et le regarda froidement, mettant toute la condescendance qu'elle put dans son intonation.

— Je crains que non.

Il parut déconcerté et rougit.

— Il n'y a qu'un St Xavier avec qui je danserais, et le vicomte n'est pas ici, ajouta-t-elle impérieusement.

Robert était cramoisi, à présent.

— Vous pourriez changer de chanson, riposta-t-il avec colère. Emilian est devenu tzigane. J'ai toujours su que ce jour viendrait. Il ne reviendra pas et cela vous blesse, n'est-ce pas ?

Il haussa les épaules et regarda insolemment son décolleté.

— Vous êtes la bienvenue à Woodland quand vous voudrez, miss de Warenne.

— Qu'est-ce que cela signifie ? demanda-t-elle, choquée.

Osait-il insinuer qu'il désirait une liaison avec elle ?

Il ouvrit de grands yeux faussement candides.

— Vous m'avez mal compris.

Il rit froidement.

— Aucun domaine ne peut se passer de son maître pendant longtemps, et Woodland n'est pas une exception.

Ariella comprit aussitôt ce qu'il sous-entendait. Robert ne songeait tout de même pas à devenir le maître de Woodland en l'absence d'Emilian !

— Woodland a un maître — et un intendant.

Robert s'esclaffa de nouveau.

— Je suis le plus proche parent d'Emilian, son héritier. S'il renonce au domaine par une absence prolongée, je suis le premier en ligne. Quoi qu'il en soit, j'ai établi ma résidence à Woodland. Je n'ai pas l'intention de laisser un intendant me voler.

— Rien ne peut vous être volé, se récria-t-elle, saisie. Woodland appartient à Emilian. Il est vicomte, et je ne doute pas que l'intendant qu'il a nommé est un homme de grande valeur !

Robert lui sourit.

— Alors, pourquoi ne pas dire que je veille aux intérêts de mon bien-aimé cousin pendant son absence ?

Il s'inclina.

— Je vous en prie, miss de Warenne, venez me voir. Vous vous êtes intéressée au mauvais St Xavier, et je suis certain de pouvoir vous en convaincre.

Elle trembla sous l'outrage tandis qu'il s'éloignait. Il détestait Emilian et ce dernier le méprisait. Ils étaient rivaux. Etait-il au courant de sa liaison illicite et pensait-il encourager une affaire de cœur pour l'enlever à Emilian ? Ou bien ses intentions étaient-elles acceptables ? Peut-être souhaitait-il la courtiser. Il espérait peut-être un mariage et sa fortune.

Margery lui toucha le bras.

— Est-il un prétendant ? demanda-t-elle, incrédule.

— Non.

Ariella restait confondue. Robert songeait-il vraiment à posséder Woodland, à le prendre à Emilian ? Mais c'était impossible ? Elle jeta un coup d'œil à sa cousine.

— Si Emilian ne revient jamais, que va-t-il advenir de son domaine ?

Mais en posant la question, elle le sut.

Son enfant était l'héritier d'Emilian. Son enfant, s'il était un fils, serait le prochain vicomte de Woodland.

Margery lui décocha un long regard.

— Pour que ton enfant hérite du titre, il faudrait que tu fasses valoir ses droits très publiquement. Mais je ne sais pas si tu pourrais réussir, Ariella, pas sans le soutien d'Emilian. Et vous devriez vous marier.

Ariella se raidit. Devait-elle parler à Emilian de leur

enfant, finalement ? *Son enfant avait tous les droits sur Woodland.* La traîtrise de Robert l'obligerait peut-être à dire la vérité à Emilian, plus tôt qu'elle n'en avait l'intention.

— Je suis certaine de très peu de choses, mais l'une d'elles est qu'Emilian reconnaîtra cet enfant quand je lui demanderai de le faire. Espérons qu'il ne restera pas absent indéfiniment. Pas pour moi, mais pour ce bébé — et pour son avenir.

Margery se pencha vers elle.

— Je pense toujours que tu devrais dire la vérité à Emilian maintenant. Son cousin est un scélérat, et je crains qu'il ne songe à causer des ennuis.

Ariella espéra que sa cousine se trompait, et que St Xavier était un homme inoffensif et vantard. Elles se serrèrent les mains un moment et se séparèrent, partageant un regard silencieux. Ariella vit Robert qui se tenait à une certaine distance, à présent. Mais bien qu'il fût avec plusieurs gentlemen, il la fixait sans ciller. Il leva sa flûte pour la saluer quand leurs yeux se rencontrèrent.

Elle se détourna, troublée. Margery avait raison. Robert ne préparait rien de bon. Elle pouvait laisser passer sa conduite, mais seulement pour le moment. Elle avait besoin de réfléchir avec soin à la situation.

— Veux-tu danser avec ton père ?

Cliff apparut à côté d'elle, lui souriant, mais ses yeux étaient emplis de spéculation.

Elle ne parvint pas à sourire.

— Vous savez que je déteste danser, répondit-elle. Père, le cousin d'Emilian s'est installé à Woodland et semble penser qu'il y est le maître en l'absence d'Emilian.

Cliff jeta un coup d'œil à Robert.

— Je l'ai entendu dire.

— Vous l'avez entendu dire ! Emilian ne permettrait

jamais ceci. Il méprise Robert. Peut-il simplement s'installer et prendre la propriété en main ?

— Il paraît que c'est ce qu'il a fait, et que l'intendant, un homme de qualité, est incapable de s'opposer à lui. Ariella, je pensais que tu avais oublié St Xavier.

Elle savait qu'elle devait être honnête.

— Je ne l'oublierai jamais. Mais je ne vais pas continuer à pleurer quelque chose qui ne sera pas.

Son père sursauta.

— Je l'aimerai toujours, mais je me rends compte que j'ai fait une erreur.

Elle osa ajouter :

— Le voyage que je prévois m'a remis du baume au cœur.

Elle l'embrassa sur la joue.

— Je sais que vous approuverez les plans que Margery et moi avons faits.

— Je flaire une conspiration, dit Cliff, mais il sourit.

— Elle est énorme, dit-elle d'un ton léger. Je vais sortir prendre l'air.

Elle s'éclipsa, et tout en traversant la salle elle évita de croiser des regards pour ne pas être détournée de son but. Mais elle était presque certaine que Robert l'observait.

Elle frissonna. Elle n'avait pas confiance en lui et il était devenu une menace pour l'avenir de son enfant. Elle devait décider quoi faire — et bientôt.

Elle se faufila sur la terrasse dallée de pierre, éclairée par des lampes à gaz. Bien que ce fût une belle soirée de juillet, elle était seule, et cela la soulagea. Elle toucha son ventre. « Ne t'inquiète pas, pensa-t-elle. Je ne laisserai jamais personne mettre ton avenir en péril, et ton père non plus. »

Et, soudain, elle sentit sa présence.

17

Emilian.

Son cœur se mit à battre follement. Elle tournoya, scrutant les ombres avec frénésie, se demandant si ses instincts lui jouaient un tour cruel. Puis son cœur s'arrêta.

Emilian se tenait à l'autre bout de la terrasse, et la fixait.

Elle ne put bouger. Elle ne put même pas pousser un cri. *Il était revenu.*

Il avança à longues enjambées, les yeux rivés sur elle. Elle se mit à trembler. *Il était revenu et tout irait bien, maintenant.*

Il s'arrêta abruptement devant elle, le regard pénétrant, un sourire hésitant sur les lèvres. Elle parvint d'une manière quelconque à respirer ; elle réussit même à sourire. Ses yeux gris avaient l'éclat de l'argent dans le noir et il posa les mains sur ses épaules.

— Vous m'avez manqué.

Elle jeta les bras autour de lui et s'accrocha à lui, fortement, enfouissant son visage dans la solide paroi de son torse.

Il lui caressa le dos.

— Ariella, ne vous méprenez pas, dit-il.

Elle leva les yeux.

— Me méprendre sur quoi ? Vous m'avez manqué aussi, terriblement.

Elle prit sa mâchoire ombrée de barbe dans ses mains.

Ses yeux étincelèrent.

— Me détesterez-vous jamais ? Ne me condamnerez-vous pas ? Ne me jugerez-vous pas, me trouvant des défauts ?

— Jamais, s'écria-t-elle.

Il tourna son visage et embrassa sa main, sa bouche dure et exigeante sur sa paume. Alors qu'Ariella le sentait frémir, il passa un bras autour d'elle et l'attira à lui ; elle sentit sa virilité, dure et massive contre sa hanche. Son regard argenté sembla fondre tandis qu'il se joignait au sien. Elle trembla, son désir aigu.

— Il n'y a eu personne après vous, dit-il.

Ses larmes coulèrent. Il lui disait qu'il lui avait été fidèle. Elle se haussa sur la pointe des pieds, cherchant sa bouche.

Leurs lèvres fusionnèrent. La bouche d'Emilian était dure et avide. L'ardeur de son baiser lui causa un choc, puis elle le lui rendit, folle de joie. Elle se cramponna à ses épaules et ses dents touchèrent les siennes. Elle se mit à tourner. Elle avait désespérément besoin de lui ; elle l'aimait désespérément. *Grâce au ciel, il était revenu.*

Ils descendirent en chancelant les marches de la terrasse, lèvres jointes. Ariella voulait qu'il l'allonge dans l'herbe, qu'il bouge son grand corps dur contre elle, en elle. Elle avait besoin d'être unie à lui maintenant. Elle avait besoin de pleurer d'extase. Elle ne se souciait pas que la salle de bal soit toute proche de là.

Mais Emilian lui arracha sa bouche et l'entraîna à travers les pelouses, loin de la terrasse. Il la fit pivoter contre un mur plongé dans l'ombre et reprit ses lèvres, les réclamant avidement. Alors qu'elle avait le dos pressé contre le mur, il commença à relever ses jupes. Elle but sa bouche tandis que ses mains déchiraient la fente de ses pantalons. Il poussa un grognement sensuel et glissa les doigts sur la chair moite qui palpitait. Elle libéra sa bouche pour crier.

Il tomba à genoux et sa langue la chercha, la trouva. Elle rejeta la tête en arrière, n'étant plus capable de penser, transportée de plaisir. Serrant les cheveux d'Emilian dans ses doigts, elle pleura en un farouche moment d'extase.

Alors qu'elle était encore au comble de la volupté, ses genoux flanchèrent. Elle sentit le mur érafler son dos nu tandis qu'elle s'affalait dans l'herbe humide. Emilian s'allongea sur elle, sa bouche couvrant la sienne, et elle le sentit dégrafer ses culottes. Puis ses lèvres parcoururent sa gorge, faisant naître de nouveau d'exquises sensations dans tout son corps. Sa bouche descendit plus bas. Quelque chose de dur et de brûlant caressa l'intérieur de ses cuisses.

Elle parvint à le regarder. Ses yeux étincelaient.

— Je suis revenu pour vous faire l'amour, dit-il d'une voix rauque. Je veux vous faire l'amour toute la nuit.

Elle n'était pas sûre de pouvoir répondre, car il la caressait de son sexe durci, tandis qu'elle se cramponnait à ses bras musclés.

— Dieu du ciel, murmura-t-elle dans un souffle.

Ses yeux gris lancèrent des flammes. Il bougea, s'enfonçant profondément en elle.

Ariella se tint à lui, pleurant d'amour et de désir. Il grogna, se mouvant vite et fortement, mordillant sa gorge, enfoui en elle, et alors qu'elle était secouée de spasmes, il lui chuchota à l'oreille des mots roms qu'elle ne comprenait pas, mais dont le sens était clair. *Je vous aime.*

Elle se brisa une fois de plus, en mille morceaux de pure volupté.

Il cria, s'affalant sur elle, et tandis qu'elle le tenait, flottant dans la joie et l'apathie suivant l'extase, il fut parcouru de frissons, le visage dans son cou.

Ni l'un ni l'autre ne vit l'homme qui se tenait dans l'ombre de la terrasse, les observant.

Robert St Xavier pénétra en sautillant dans la salle de bal, résolu. Il parcourut la foule du regard, cherchant son hôte. Une terrible impatience s'empara de lui. Cliff de Warenne était invisible. Son prochain choix serait le frère de Cliff, le comte d'Adare, mais il ne vit pas non plus Tyrell de Warenne. Il se sentit furieux. Son bohémien de cousin pourrait en avoir fini avec sa petite maîtresse le temps qu'il prenne les choses en main.

Alors Alexi de Warenne apparut, une belle femme blonde au bras. Ils badinaient l'un avec l'autre, mais Robert ne s'en soucia pas. Il se précipita derrière Alexi, lui tapant rudement sur l'épaule. Le jeune homme tournoya, l'expression froide et incrédule.

— Je vous demande pardon, dit vivement Robert. Mais je crois que vous devriez sortir dans le jardin. Vous serez intéressé par ce qui se passe derrière la terrasse, du côté nord.

— De quoi diable parlez-vous ? demanda Alexi, agacé.

— Votre sœur est là-bas, et elle est loin d'être seule.

Il réprima un petit sourire suffisant, de justesse.

Les yeux bleu vif d'Alexi s'élargirent. Puis il regarda sa compagne.

— Excusez-moi, dit-il, et il s'éloigna à grandes enjambées.

Robert sourit, très content de lui.

Ils restèrent mêlés l'un à l'autre, le grand corps d'Emilian joint à celui d'Ariella. Elle soupira et toucha sa mâchoire râpeuse. Il releva la tête et lui sourit. Il ne l'avait jamais regardée si tendrement, ni si sincèrement. Ses yeux gris étincelaient.

Elle toucha encore son visage.

— Vous avez un sourire magnifique. J'espère que je le verrai plus souvent.

— Vous ai-je déjà dit que vos yeux sont mon obsession ?

Elle sursauta.

— Vous avez les yeux les plus fascinants qui soient. Je souhaite souvent pouvoir mériter la confiance que je vois dedans.

Il effleura sa bouche d'un baiser et se remit à bouger en elle.

Elle caressa son dos à travers sa redingote et sa chemise.

— Vous méritez ma confiance, commença-t-elle.

Puis elle soupira, frémissant d'une volupté croissante, car il était dur et la pénétrait profondément. Elle gémit et il sema des baisers sur sa gorge et dans le creux de son décolleté.

— J'ai besoin de vous, chuchota-t-il. Tellement.

Il s'enfonça encore et s'immobilisa.

Elle se cramponna farouchement à lui, ayant du mal à penser et encore plus à parler. Elle planta les ongles dans ses épaules revêtues de drap.

— Ne vous arrêtez pas.

Elle le sentit sourire et il bougea.

— Prenez votre plaisir, chérie, murmura-t-il.

Ariella s'abandonna à la tension qui grandissait en elle et laissa la volupté devenir le centre de sa vie. Tandis qu'il se mouvait en elle, son amour la submergea et elle pleura doucement en atteignant l'extase, dans un tourbillon de sensations et de sentiments.

Elle revint à lui en flottant, à demi consciente, se rendant compte qu'il l'embrassait doucement, palpitant en elle et se retenant. Elle sourit pour elle-même. « Je suis si heureuse », pensa-t-elle.

— *Otez-vous d'elle !*

Ariella s'accrocha à Emilian, s'avisant vaguement qu'elle devrait être alarmée. Non, ce n'était pas son frère qu'elle avait entendu crier à leur adresse !

— Scélérat ! rugit Alexi.

Elle recouvra ses esprits quand Emilian fut arraché à elle et jeté dans l'herbe. Elle se redressa sur son séant juste à temps pour voir Alexi assaillant Emilian, le bourrant de coups de poing, ivre d'une fureur meurtrière.

On les avait découverts.

Rabattant ses jupes, elle hurla :

— Alexi, arrête ! Alexi, arrête tout de suite !

Elle bondit sur ses pieds.

Mais Alexi passait à tabac Emilian qui se contentait de protéger sa tête de son avant-bras.

Ariella empoigna son frère par-derrière, en lui criant après. Emilian s'esquiva aussitôt et se mit debout. Il porta la main à sa bouche, qui saignait. Ariella se cramponna au bras de son frère, refusant de le lâcher, mais il se libéra en la secouant.

— Arrête ! cria-t-elle encore tandis qu'Alexi se jetait

de nouveau sur Emilian. Je l'aime ! Arrête immédiatement !

Mais Alexi frappa une nouvelle fois. Cette fois, Emilian se servit de son bras comme bouclier, bloquant l'attaque.

Trois hommes passèrent en courant près d'elle, se dirigeant vers Alexi et Emilian. L'horreur d'Ariella ne connut plus de bornes, car un attroupement s'était formé sur la terrasse derrière eux — et les trois arrivants étaient son père, son oncle et le frère aîné de Margery, Ned.

Ned et le comte d'Adare saisirent Alexi et le continrent. Le jeune homme était toujours furieux, le souffle court. Cliff s'arrêta devant Emilian, incrédule.

— Ceci est-il ce que je pense ?

— Oui, répondit doucement Emilian.

Cliff le frappa.

Emilian s'affala.

Ariella était figée, horrifiée.

Ils s'étaient réunis dans la bibliothèque. Ariella tremblait, serrant ses bras autour d'elle. Elle n'avait jamais vu son père aussi enragé. Elle n'était pas sûre d'avoir déjà été aussi effrayée de sa vie, non plus. Elle ne pouvait commencer à imaginer ce qu'il serait capable de faire à Emilian. Elle jeta un coup d'œil à ce dernier. Il se tenait à l'autre bout de la pièce et elle savait qu'elle n'avait pas intérêt à aller à lui, même si c'était ce qu'elle souhaitait désespérément faire.

Emilian était dangereusement en colère, lui aussi. De fait, elle connaissait bien son attitude — elle était belliqueuse, car il était piégé et attendait une attaque. Son regard était froid et dur, et dirigé sur Cliff.

Aucun bien n'allait sortir de cette confrontation, elle le

savait. Elle trembla de plus belle, se sentant violemment malade, faible et avec la tête qui tournait. Elle espéra qu'elle n'allait pas succomber à une version du soir de ses nausées matinales. Margery et Amanda étaient rapidement arrivées, la nouvelle du rendez-vous galant s'étant visiblement répandue comme une traînée de poudre. Sa cousine lui tenait la main, la pressant d'un geste rassurant, mais Ariella n'était pas rassurée.

Son oncle Tyrell posa une main sur son épaule.

— Es-tu blessée, Ariella ?

Son ton était sombre, mais son regard bleu aimable.

— Non ! s'écria-t-elle. Je vais bien, oncle Ty !

Cliff pivota vers elle, incrédule.

— Tu vas bien ? Il t'a séduite !

Ariella n'essaya même pas de le nier. Elle était franchement lasse de tant de secrets et de mensonges.

Son père jeta un regard meurtrier à Emilian, mais avant qu'il puisse exploser, Amanda vint le rejoindre.

— Elle l'aime, dit-elle doucement.

Cliff respira avec force.

— Et c'est tout ce qui le sauve de la balle que j'ai envie de lui mettre entre les yeux.

Ariella retint une exclamation.

— Père, de grâce, soyez calme et rationnel.

— Comment puis-je être calme ? Et je suis très rationnel. Je lui ai demandé s'il avait des intentions, et il m'a répondu qu'il n'en avait aucune. Je savais qu'il voulait te séduire — je savais qu'il ne présageait rien de bon, qu'il était un homme sans honneur ! Je l'ai su dès l'instant où je l'ai vu avec toi, quand les Tziganes campaient à Rose Hill. Mais je me suis laissé convaincre de le garder sous ce toit quand il a été gravement blessé. Et voici comment ma générosité et mon hospitalité sont récompensées !

— Ce n'est pas sa faute, protesta Ariella, au désespoir de défendre Emilian et de le protéger du courroux de son père. Si quelqu'un est fautif, c'est moi.

Finalement, Emilian parla. Le visage dur, il dit :

— Je prends tout le blâme. Vous avez raison, de Warenne. J'ai séduit votre fille, intentionnellement.

Ariella eut un mouvement de recul.

Cliff se jeta sur lui. Ni le comte, ni Alexi ne bougèrent pour l'arrêter et Ariella poussa un cri quand il assena son poing sur le visage d'Emilian. Ce dernier chancela, mais ne recula pas. Amanda attrapa son mari par-derrière.

— Se battre ne résoudra rien, s'écria-t-elle. Pourquoi ne pensez-vous pas à ce qui est le mieux pour Ariella maintenant ?

— C'est précisément ce que je fais ! tonna Cliff.

— Ce *n'est pas* sa faute, insista Ariella, atterrée. Je savais ce qui arriverait si je lui accordais des libertés, et je l'ai fait quand même. Je *voulais* être séduite !

Alexi lui décocha un regard incrédule.

— Tu es la personne la plus confiante que je connaisse. Il est évident que tu étais la proie la plus facile qu'un homme comme lui pouvait trouver. Je suis certain qu'il a profité de ta naïveté de toutes les façons possibles.

Il jeta un coup d'œil mauvais à Emilian.

— Ma sœur est trop bonne pour vous.

— Il se trouve que je suis d'accord avec vous, déclara Emilian. Elle ne méritait rien de ceci.

Cliff respirait avec difficulté.

— Je vous ai indiqué que j'accepterais une cour de votre part. Maintenant, il n'y a plus le choix. Les ragots s'assureront que le pays entier ait vent du déshonneur de ma fille. Vous allez l'épouser, sir.

Emilian le fixa, le visage rigide et indéchiffrable.

Ariella sentit les larmes lui monter aux yeux. Ce n'était pas ainsi qu'elle voulait qu'ils procèdent ! Il était revenu parce qu'elle lui manquait. Avec le temps, il aurait peut-être même pu se présenter comme prétendant à sa main. S'ils n'avaient pas été découverts, elle aurait pu lui parler du bébé. Mais à présent Emilian était prêt à exploser, et cela aggraverait encore les choses. Elle ne voulait pas qu'on le force à se marier avec elle !

Margery lui toucha le bras, mais elle l'ignora.

— Père, non.

Cliff tournoya.

— Par tous les diables, qu'est-ce que cela signifie ? Comment as-tu pu faire cela, Ariella ? Comment ? Est-ce ainsi que je t'ai élevée ? Pour batifoler dans mon dos comme une catin d'East End ?

Ariella réprima une exclamation.

Emilian s'avança.

— J'ai profité de votre fille. Elle n'est pas une catin.

— Vous la défendez ? s'écria Cliff.

— C'est moi qui devrais être insulté.

La bouche de Cliff se pinça.

— Votre père a pu être honorable, mais vous êtes méprisable — un homme sans le moindre honneur.

Ariella était sur le point de vomir. Margery la soutint, comme si elle le devinait.

Le comte d'Adare s'avança entre Cliff et Emilian.

— Vous êtes conscient que nous insistons sur un mariage ?

Emilian haussa les épaules, mais son regard glissa vers Ariella. Un instant, elle vit tant de regrets dans ses yeux, or elle ne voulait pas qu'il regrette un seul moment de ce qu'ils avaient partagé.

— En dépit de ce que pense le noble capitaine, je ne

suis pas entièrement dénué d'honneur. Si elle y consent, je m'exécuterai.

Ariella sursauta, consternée par son choix de mots et son ton froid et coupant.

— Nous devrons nous marier immédiatement, cependant, car je vais rejoindre les miens et voyager vers le Nord. Elle pourra rester à Woodland et attendre mon retour.

Il haussa de nouveau les épaules, terriblement indifférent.

Ariella se figea, le dévisageant. Il n'était pas revenu pour rester ?

Cliff explosa.

— Vous l'épouseriez et l'abandonneriez ? Sur mon cadavre !

— Espèce de scélérat, dit Alexi d'un ton sifflant. Ne voyez-vous pas combien vous la faites souffrir ?

— Elle sera bien soignée, avec tout mon personnel à sa disposition. Appelez cela un abandon si vous voulez.

Cliff se dirigea vers lui. Amanda le saisit en suppliant :

— De grâce, contrôlez votre humeur. Nous allons régler ceci, d'une manière ou d'une autre !

Il n'était pas revenu pour rester, pensa Ariella, anéantie. Il était revenu pour lui faire l'amour. Mais elle lui avait manqué, il l'avait dit. Et maintenant il l'épouserait par sens de l'honneur et du devoir et même parce qu'il regrettait, mais pas par amour ou affection ? Maintenant il laisserait sa famille l'entraîner de force à l'autel ? Elle le fixa. Comment pouvait-elle réconcilier l'homme qui se tenait dans cette pièce avec celui dans les bras duquel elle avait été un moment auparavant ? Elle se rappela désespérément que traquer Emilian était toujours la pire initiative.

— Ma fille ne sera *jamais* abandonnée à l'autel, gronda

Cliff. Il y aura un mariage, et vous retournerez tous les deux à Woodland quand les vœux auront été prononcés.

— J'ai quitté Woodland pour mes propres raisons, déclara Emilian. Je ne suis pas votre esclave. Vous ne pouvez m'obliger à y rester. J'ai dit que je réparerais, mais je dis aussi ceci : votre fille mérite beaucoup plus que ce que je peux lui donner, de Warenne. Vous devriez peut-être réfléchir soigneusement à la vie qu'elle mènera comme épouse d'un demi-sang. Vous devriez peut-être considérer de lui trouver pour époux un vrai sang bleu.

— Vous n'y échapperez pas ! dit furieusement Cliff. Vous l'avez déshonorée, vous l'épouserez !

Tyrell s'immisça de nouveau entre eux.

Ariella se rendit compte qu'elle était faible et avait la tête qui tournait. Elle n'avait jamais vu son père aussi haineux et ne pouvait supporter l'hostilité entre Emilian et lui. Elle alla vivement vers un fauteuil. Margery se pencha sur elle.

— Vas-tu bien ?

Elle réprima des larmes.

— Non.

Elle regarda Emilian, souhaitant qu'il lui donne un petit signe d'affection. Cliff se détourna en tremblant. Le comte déclara :

— Vous êtes le vicomte de Woodland. D'après ce que j'ai entendu dire, vous pouvez lui donner exactement le genre de vie qu'elle mérite. Vous ne voulez sûrement pas vous opposer à moi et aux miens. Vous ferez ce qui convient — et l'abandonner sous le piètre prétexte que vous êtes déficient d'une certaine manière, un demi-sang, n'est pas convenable. Je suis certain que vous et moi pouvons nous mettre d'accord sur vos conditions d'existence.

Maintenant, son oncle allait lui acheter Emilian. Elle

couvrit son visage de ses mains. Comment leurs joyeuses retrouvailles avaient-elles pu se changer en quelque chose de si laid et détestable ?

Emilian la regarda enfin.

— J'irai dans le Nord — même si cela signifie aller contre la formidable dynastie de Warenne.

Elle essaya de ne pas pleurer en lui rendant son regard. Son expression était trop dure, trop froide.

— Je ne peux pas épouser Emilian, murmura-t-elle. Pas de cette façon.

Tous les yeux se tournèrent vers elle. Elle ne regardait qu'Emilian, mais son visage était un masque impassible. Elle humecta ses lèvres et demanda :

— Puis-je lui dire un mot en privé ?

Cliff eut un rire glacial.

— Quand l'enfer gèlera.

Tyrell lui toucha le bras.

— Il ne s'enfuira pas, Cliff. Accordons-leur un moment.

Cliff secoua la tête.

— Je ne veux pas le laisser seul avec ma fille.

Le comte dit :

— As-tu attendu de prononcer tes vœux pour avoir une liaison avec Amanda ? Ai-je attendu avant de prendre Lizzie pour femme ? Nous ne sommes pas sûrs que ceci soit la fin du monde pour ta fille. Cela pourrait être un début. Espérons-le.

— Tu ne serais pas si calme s'il s'agissait de Margery ! s'exclama Cliff, mais il tourna les talons. Cinq minutes. Et, St Xavier… Je suis à deux doigts de commettre un meurtre, aussi je vous suggère de garder vos mains pour vous et de rester dans cette pièce jusqu'à mon retour.

Il sortit.

Quand tout le monde fut parti, Ariella se rassit, consciente d'être de nouveau terriblement bouleversée. Ce devait être l'enfant, se dit-elle, impuissante.

— Vous n'êtes pas revenu pour rester avec moi.

— Je ne suis pas revenu pour rester, confirma-t-il tranquillement.

Il alla à elle et mit un genou en terre, lui prenant les mains. Elle les lui retira et les noua sur ses genoux. Il se remit aussitôt debout.

— Mais je suis revenu pour vous, dit-il. Je suis revenu vous voir. Je vous dois tant… et c'est ainsi que vous avez été récompensée.

Elle le regarda dans les yeux, cherchant la vérité de son cœur.

— Je suis tellement désolé, reprit-il, son regard ne vacillant pas. Je n'ai jamais eu l'intention que quelque chose de semblable arrive.

— Alors, quelles étaient vos intentions ?

— Je ne suis pas habile avec les mots, répondit-il. Je suis revenu en espérant vous montrer combien je vous suis reconnaissant pour tout ce que vous avez fait pour moi, pour Djordi, Nicu, Jaelle et les autres. Je ne pensais pas que nous serions découverts, Ariella. Je voulais vous faire l'amour. Je voulais vous sourire, après, et peut-être même rire avec vous.

Elle faillit crier.

— Tenez-vous à moi, Emilian ?

Leurs regards se joignirent. Il finit par dire, sombrement :

— Je tiens à vous.

Elle ne s'était pas trompée, finalement. Elle pouvait trouver un peu de réconfort.

— Je vous épouserai, Ariella, si c'est ce que vous souhaitez vraiment.

Elle se redressa.

— Mais ce n'est pas ce que vous souhaitez.

Ses yeux étincelèrent.

— Je n'ai jamais envisagé le mariage ! Ni avec vous, ni avec quiconque. En étant ma femme, vous vivrez avec des murmures et du mépris. Ce ne sera pas agréable. Mais si nous ne nous marions pas, ce sera encore pire pour vous.

Elle humecta ses lèvres et dit à voix basse :

— Je veux plus que le mariage, de vous.

Il inspira.

— Je sais. Mais je ne suis pas un homme comme votre père, capable d'une grande passion éternelle pour une femme. Je ne serai jamais cet homme-là.

Lui disait-il qu'il savait qu'il ne l'aimerait jamais ?

— Je ne me soucie pas de ma réputation. Je ne l'ai jamais fait.

— Vous penserez peut-être différemment la prochaine fois que vous sortirez en société.

— Essayez-vous d'encourager ce mariage forcé, alors que vous avez déclaré crûment que vous ne souhaitez pas vous marier ? s'écria-t-elle.

— Je suis assez anglais pour faire ce qu'il faut, rétorqua-t-il en rougissant. Si vous me dites que vous désirez le mariage, je m'inclinerai. Mais je vais dans le Nord. Vous pouvez vivre dans le luxe à Woodland ou rester ici.

S'il devait y avoir un moment pour lui parler de leur enfant, c'était maintenant. Une partie d'elle-même souhaitait lui dire la vérité, mais cela ne ferait que troubler la situation. Il insisterait pour se marier pour toutes les mauvaises raisons. Il pourrait peut-être même changer ses plans de voyage. L'effet serait le même que de braquer un pistolet sur sa tempe. Il fallait qu'il vienne à elle de sa propre volonté. Elle n'abandonnerait jamais l'espoir qu'il le ferait un jour.

Elle couvrit son cœur douloureux de sa main et pria de faire le bon choix, en particulier pour leur enfant.

— Je ne vous épouserai jamais de cette façon, dans des circonstances aussi horribles, déclara-t-elle enfin.

Une longue pause s'ensuivit.

— Je pense qu'avec le temps votre père pourra réparer les torts causés ce soir. Il est assez puissant pour vous trouver l'aristocrate que vous méritez. Je sais que vous finirez par m'oublier, Ariella. Il y aura quelqu'un d'autre, un Anglais convenable, qui vous donnera une vie parfaite. Vous serez heureuse.

Il haussa les épaules.

— Vous pourrez même décider de me haïr pour tout ce que j'ai fait.

— Je ne vous haïrai jamais, dit elle en essuyant une larme. Et il n'y aura jamais quelqu'un d'autre.

Il inspira.

Mais il partait, peut-être pour des années. Elle se leva.

— Avez-vous eu un aperçu de la liberté que vous recherchez, Emilian ? Avez-vous trouvé le bonheur ?

— Non.

Son visage se durcit.

— Je suis content que vous ayez refusé de m'épouser. Vous méritez plus que la vie d'épouse d'un demi-sang.

Elle le dévisagea, s'avisant qu'il voulait la protéger des tourments qu'il subissait.

— Vous me sous-estimez, dit-elle.

— Vous êtes une de Warenne ! s'exclama-t-il, comme si cela expliquait tout.

— Et vous êtes à la fois le vicomte St Xavier et le fils d'une fière Tzigane.

Il respira fortement.

— Non, c'est l'un ou l'autre. Suis-je anglais, ou rom ?

Et la liberté à laquelle il aspirait devint claire, tout à coup. Il ne s'agissait pas simplement d'échapper à la condescendance et au mépris.

— Emilian, si vous partez dans le Nord pour devenir un Rom, vous ne serez jamais libre. Vous êtes trop anglais. Vous appartenez à deux mondes, pas à un seul.

— Aucun homme n'appartient à deux mondes, s'écria-t-il, les yeux étincelants.

Elle le fixa, le conflit qu'il vivait visible sur son visage et dans son regard. Jusqu'à ce qu'il mesure qui il était et ce qu'il était, il ne serait jamais en paix. Il ne pouvait pas découvrir qui il était vraiment sans prendre conscience de son héritage perdu. Et elle avait beau vouloir le guérir, elle ne le pouvait pas.

Il fallait qu'il s'en aille.

Son cœur se serra d'angoisse. Elle sentit les larmes lui monter aux yeux.

— Je vous aimerai toujours, chuchota-t-elle. Vous me manquerez toujours.

Il ouvrit de grands yeux.

— Me dites-vous adieu ?

Elle ne put parler ; elle hocha la tête.

Il franchit la distance qui les séparait et la prit par les épaules.

— Je vous fais de nouveau du mal. Je ne suis pas revenu pour vous blesser, Ariella.

— Je sais, murmura-t-elle.

Elle passa ses bras autour de lui et le serra.

Il la serra aussi fort.

Puis elle s'écarta.

— Partez. Allez dans le Nord, avec le peuple de votre mère. Je vais prier que vous trouviez ce que vous cherchez — et que vous décidiez de rentrer chez vous. Je serai là quand vous reviendrez, Emilian, quand vous serez prêt à vous autoriser à être heureux.

— Je ne trouverai peut-être jamais ce que je cherche.

Elle pensa à leur enfant, qui aurait un jour besoin de son père.

— Si, vous le trouverez. Je n'en doute pas. Je pense que les réponses à vos questions sont beaucoup plus proches que vous ne le croyez.

Il élargit les yeux.

— Ariella, ne m'attendez pas.

— Il n'y aura personne d'autre, Emilian.

Elle toucha sa joue rugueuse, soudain épuisée.

— Partez maintenant, avant qu'ils reviennent. Et, Emilian… je vous aime.

Il se raidit, le visage tendu, ses yeux argentés aveuglants. Puis il hocha la tête et s'en alla.

Quand Ariella regagna enfin sa chambre, elle s'adossa à la porte, au-delà de l'épuisement. Cliff, qui tenait toujours à un mariage forcé, avait menacé de poursuivre Emilian et de le ramener à Rose Hill, mais finalement Amanda l'avait persuadé de le laisser partir, puisque c'était ce qu'Ariella souhaitait. Elle serra ses bras autour d'elle. Son père était furieux et elle le jugeait capable de sauter sur un cheval et de partir derrière Emilian.

Elle essaya de ne pas pleurer. Il n'était parti que depuis une heure environ, et tandis qu'elle avait désespérément besoin d'un répit par rapport à sa famille, qui était sens dessus dessous, il lui manquait tant que la douleur la consumait. Avait-elle fait ce qu'il fallait ? Il avait été prêt à se plier à un mariage forcé — et il tenait à elle. Il l'avait enfin admis.

Ariella se figea. Que faisait-elle, à le laisser la quitter de cette façon, pour affronter seul son avenir ?

Il devait aller dans le Nord. Elle le comprenait, à présent. Mais elle pouvait aller avec lui.

Elle devait l'accompagner dans le Nord.

Stupéfaite, elle laissa son esprit considérer cette idée. Tout était arrivé si vite qu'elle n'avait pas eu le temps de vraiment réfléchir. Bien sûr, qu'il fallait qu'elle parte dans le Nord avec lui, comme amante, amie et pour finir mère de son enfant ! Le mariage n'importait pas, plus maintenant. Ce qui comptait, c'était qu'ils soient ensemble dans cette terrible période !

Ariella se tourna vers sa penderie, mais ne l'ouvrit pas. Il objecterait à sa décision, au début. Elle n'en doutait pas. Il ne voulait pas qu'elle souffre en étant à son côté, et il ne voulait pas qu'elle mène la dure vie des Roms. Mais il ne la renverrait pas lorsqu'elle le rattraperait. Sa décision était prise. Elle l'aimait assez pour se battre pour eux deux.

Elle sortit de sa chambre en courant. C'était seulement quelques heures avant l'aube, et elle frappa à la porte d'Alexi. Il l'ouvrit aussitôt, tout habillé, et elle s'avisa qu'il ne s'était pas couché. Elle savait qu'il était bouleversé pour elle et qu'il avait ressassé ses griefs. Le verre de whisky qu'elle vit sur la table devant la cheminée le confirma.

Il fut alarmé en la voyant.

— Tu devrais être couchée, dit-il d'un ton sec.

Elle passa devant lui et referma la porte pour qu'ils soient tranquilles.

— J'ai besoin de ton aide, dit-elle. Et je ferai n'importe quoi pour l'avoir.

Il plissa les paupières.

— Je vais suivre Emilian, annonça-t-elle.

— Sûrement pas ! s'exclama-t-il.

— Il faut que tu m'aides à le rattraper, ainsi que la caravane, Alexi. Si tu ne m'aides pas, j'irai seule.

Il élargit les yeux.

— Ainsi, tu penses l'épouser, finalement, et devenir une Tzigane ? Père ne le permettra pas.

Elle se raidit et esquiva la question.

— Père ne le saura pas, car nous allons nous faufiler hors de la maison en pleine nuit. Alexi ! Je suis profondément éprise. Tu sais ce que cela signifie pour une de Warenne.

Il la dévisagea furieusement.

— Cela signifie que rien ni personne ne peut m'arrêter.

18

— Les voilà, dit Alexi, la mine sombre.

Le cœur d'Ariella bondit tandis qu'elle suivait son regard. Ils étaient sur une route qui serpentait le long d'une crête, dans un cabriolet qu'ils avaient loué à York. Même par chemin de fer, il leur avait fallu trois journées interminables pour atteindre la caravane tzigane. Alexi savait que celle-ci se trouvait à York, car Jaelle lui avait dit qu'ils s'arrêteraient dans cette ville avant de continuer vers Carlisle. Maintenant, elle regardait en bas dans la prairie où les roulottes colorées campaient, les chevaux paissant en liberté, les feux du soir flambant déjà.

Il n'y avait pas eu d'adieux à Rose Hill. Ariella n'avait pas eu le courage de dire à Cliff ce qu'elle avait l'intention de faire. A la place, elle lui avait écrit une longue lettre, en se montrant aussi franche qu'elle osait. Il serait en colère, mais elle espérait qu'Amanda le calmerait. Elle l'avait supplié de ne pas se lancer derrière elle et Emilian.

Elle avait mal partout, pas d'être restée assise si longtemps, mais de la tension d'oser poursuivre Emilian et parce qu'elle supposait qu'il serait furieux de la voir.

— Allons-y, dit Alexi.

Avant qu'il puisse lever les rênes, elle le retint.

— Je sais que je ne t'ai pas convaincu qu'Emilian vaut

mes efforts, parce que je vois tes doutes chaque fois que je te regarde dans les yeux. Alexi, je vais y aller seule.

Il explosa.

— Pourquoi ? Laisse-moi deviner ! Il sera hors de lui que tu aies eu le toupet de le poursuivre !

La tension d'Ariella s'accrut.

— Il sera fâché contre moi au début. Mais c'est le mieux pour lui — comme c'est le mieux pour moi. Quoi qu'il en soit, je veux y aller seule. Tu n'arrangeras pas les choses.

— Non.

Alexi lui jeta un regard noir.

— Je sais que tu es follement amoureuse. J'ai décidé de te donner une chance de gagner cet amour, parce que je n'avais jamais rêvé que je te verrais un jour ainsi. Aussi furieux que je sois contre St Xavier, il doit avoir des qualités qui le rachètent. Mais je ne te laisserai pas seule sur la route. Je partirai quand je serai sûr que tu es installée en sûreté dans le campement. Et Ariella, le jour viendra où je le forcerai à t'épouser.

Elle avait été assez fortunée d'obtenir qu'il l'aide dans sa poursuite. Elle accepta le fait qu'il n'allait pas la laisser affronter seule la dernière étape. Elle choisit d'ignorer sa dernière remarque — une remarque qu'il avait faite maintes fois. Elle se soucierait du mariage quand le moment viendrait.

Elle acquiesça et il fit claquer les rênes. Le cabriolet commença à descendre vers la caravane. Le cœur d'Ariella tambourinait, à présent. Tout ce qu'elle avait à faire était de dépasser la colère initiale d'Emilian, d'une manière ou d'une autre. Et il existait un moyen simple et très ancien d'y parvenir, un moyen que chaque femme comprenait d'instinct. Mais les enjeux étaient si élevés, et elle redoutait tellement un échec ! Elle ne pouvait imaginer de retourner à Rose Hill maintenant.

Des enfants pieds nus jouaient à cache-cache, leurs chiens malingres jappant sur leurs talons. Elle vit Djordi, Nicu et les autres jeunes gens dresser la dernière d'une douzaine de grandes tentes. Quelques femmes commençaient à préparer le repas du soir. Ariella inspecta l'autre bout du campement. Torse nu, Emilian avait posé une roue de charrette sur une souche et la réparait. Il était si beau que sa bouche s'assécha, mais à la façon dont il frappait le métal, elle comprit qu'il était frustré et en colère.

Alexi avait arrêté le cabriolet. Ariella sauta à terre alors que le campement devenait silencieux. Même les enfants cessèrent de crier et de rire, et se tournèrent pour la regarder. Un des plus petits garçons sourit, puis une petite fille. Une enfant plus âgée, Katya, agita la main.

Ariella réussit à sourire en retour, mais elle était si nerveuse qu'elle se sentait malade. Toutefois, elle ne devait pas montrer à Emilian qu'elle était incertaine et anxieuse. Elle devait être hardie et sûre d'elle ; elle devait se montrer terriblement séduisante.

Jaelle se redressa près d'un feu de camp, les yeux élargis.

Stevan s'écarta d'une tente vert vif. Il lui fit un signe de la main.

Ariella voulut lui répondre, d'un air détaché si possible, mais Emilian s'était redressé à son tour. Il la vit et se figea.

Le cœur d'Ariella battait si fortement maintenant qu'elle était sûre qu'il devait l'entendre, malgré la distance qui les séparait. Elle se rendit compte qu'elle allait vers lui, lentement, fermement. Elle était incapable de sourire, mais ceci était si juste. Il devait le savoir, lui aussi.

De la lumière flamboya dans ses yeux gris et la colère à laquelle elle s'était attendue contracta son visage. Il lâcha son marteau, mais ne bougea pas.

Elle s'arrêta devant lui.

— J'ai décidé de venir avec vous, finalement.

Son torse large se souleva.

— Je ne pense pas.

Elle sourit.

— Je vous manque et vous tenez à moi. Vous ne pouvez retirer un tel aveu.

Son visage semblait sur le point de craquer.

— Un homme dit beaucoup de choses dans la fièvre du moment.

Elle trembla et s'exhorta à ne pas abandonner. Elle carra ses épaules et lui décocha un long regard intense entre ses cils.

— Vous ne m'avez pas dit que vous teniez à moi dans l'ardeur d'un moment de passion. A ce moment-là, vous m'avez dit que vous aviez désespérément besoin de moi.

Il s'empourpra.

— Vous devriez être trop fière, dit-il, pour poursuivre un homme qui ne veut pas de vous !

Ses paroles ne la blessèrent pas, car elle savait que la dernière partie de sa déclaration n'était pas vraie. Elle sourit et posa sa paume sur son torse nu et moite. Elle sentit son cœur s'emballer et en éprouva une bouffée de satisfaction. *Il réagissait à sa caresse.*

— Emilian, nous savons tous les deux que vous me voulez — de maintes façons. Je ne rentrerai pas chez moi. Je reste avec vous.

Il était incrédule. Il saisit sa main, mais pendant un moment ne l'ôta pas. Puis il la repoussa d'un geste brusque.

Il porta son attention d'Ariella à Alexi qui restait assis dans le cabriolet, les observant tel un faucon.

— Alors, vous vous êtes décidée pour le mariage, finalement ? demanda-t-il.

— Non. Je ne vous épouserai pas, pas tant que vous ne me le demanderez pas avec de l'amour dans le cœur.

Il ouvrit de grands yeux.

— Je suis ici comme votre amie et votre amante, ajouta-t-elle doucement.

Il se colora.

— Et votre frère a accepté de vous laisser être ma maîtresse ?

— Vous savez que je ne lui dirais jamais une chose pareille.

Elle posa la main sur son bras nu. Il frémit quand elle caressa son biceps. Son regard argenté devint brûlant et elle s'avisa qu'elle avait plus de pouvoir sur lui qu'elle le pensait.

— Je vous ai manqué et vous êtes revenu à Rose Hill. Vous m'avez manqué dès que vous êtes parti. Ma place est avec vous, Emilian, insista-t-elle. Même ici, dans la tribu.

— Bonté divine, votre place est à Rose Hill, ou à Londres ou même à Woodland !

Il se libéra de sa main, mais son contact et ses paroles avaient produit leur effet, car elle nota qu'il y avait du doute dans ses yeux, à présent.

Elle allait triompher, pensa-t-elle avec soulagement.

— Laissez-moi passer la nuit ici, demanda-t-elle. Je suis trop fatiguée pour repartir ce soir. Nous pourrons discuter demain, si vous voulez.

Ses yeux gris pleins d'une chaleur intense, il se pencha vers elle et murmura :

— Vous jouez à un jeu dangereux, si vous pensez m'avoir assez séduit à l'aube pour que je ne vous renvoie pas !

Le cœur d'Ariella s'emballa. Elle pouvait le séduire pour le plier à sa volonté, non ? Elle humecta ses lèvres et chuchota :

— Vous ne serez pas capable de me renvoyer à l'aube.

Il la dévisagea et elle lui rendit son regard.

— C'est un défi que j'accepte, dit-il.

Elle trembla, consciente que ses efforts étaient à double tranchant, car son propre corps était bien trop échauffé.

— Bien, fit-elle.

Il croisa les bras sur sa poitrine, faisant saillir ses pectoraux.

La tension d'Ariella augmenta.

— Où est votre tente ? J'aimerais me rafraîchir.

Ses yeux étincelèrent, en partie de colère et en partie de désir, et il désigna une tente vert foncé. Ariella lui sourit, puis alla dire au revoir à Alexi.

Ariella se demanda si toutes les tentes étaient aussi agréables que celle d'Emilian. Un beau coffre sculpté contenait ses vêtements et ses affaires personnelles. Il avait un petit bureau portatif et un fauteuil, ainsi qu'un élégant tapis de Chine. Le lit consistait en un large matelas, couvert de draps de soie bleue sous une courtepointe bleu marine et dorée. Les chandeliers près du lit étaient en argent massif.

Elle trouva un miroir à main dans le coffre et fut heureuse de voir que ses yeux étaient brillants et ses joues avivées. Elle paraissait plutôt sensuelle, mais pas suffisamment.

Son ventre se creusa. Elle était avec Emilian, maintenant, et ils allaient enfin passer la nuit entière ensemble. Ce serait la première de nombreuses nuits. Elle ne le laisserait pas la chasser au matin. Elle devait s'assurer qu'il soit si séduit par elle qu'il ne puisse pas supporter de se séparer d'elle.

Elle sourit d'un air incertain à son reflet. Elle n'avait pas beaucoup d'expérience, mais dans ses bras elle devenait une femme très différente, une femme complètement éhontée, sans la moindre inhibition. Elle devait se le rappeler maintenant et s'en servir pour aviver sa confiance en elle. Elle allait le séduire ; elle allait lui faire l'amour. Il pensait qu'il s'agissait d'un jeu et d'un défi, mais ce n'était ni l'un, ni l'autre.

— Puis-je entrer ? demanda Jaelle.

Ariella pivota, contente de la voir. Jaelle entra, laissant la tente ouverte derrière elle. Ariella nota sa jolie blouse vert pâle qui dénudait ses épaules et sa jupe violette qui moulait ses hanches minces avant de s'évaser joliment. Sa ceinture brodée, marron, mettait en valeur sa taille fine, et ses cheveux étaient dénoués.

Ariella portait une robe ivoire et beige à manches longues, avec un décolleté arrondi et un petit col, et ses cheveux étaient tirés en un chignon serré. Il ne faisait pas de doute que son apparence n'allait guère la servir.

Elle étreignit brièvement Jaelle.

— J'espère que vous ne pensez pas que j'ai eu tort de poursuivre votre frère.

— S'il ne vous aimait pas, il ne serait pas retourné à Rose Hill pour vous voir — et il ne refuserait pas toutes les jolies filles du campement.

Emilian lui avait dit qu'il n'y avait eu personne d'autre, néanmoins Ariella se sentit transportée.

— Il est bien que vous soyez venue, car une autre femme l'aurait volé tôt ou tard, reprit Jaelle.

Elle haussa les épaules.

— Vous l'aimez. Alors poursuivez-le s'il songe à fuir. C'est ce que je ferais.

Ariella lui prit la main.

— Il a l'intention de me renvoyer chez moi demain.

Jaelle rit.

— Vraiment ? Vous devez donc le faire changer d'avis. Ce devrait être assez facile.

Ariella inspira et pensa à la nuit à venir.

— Oui, je compte le faire changer d'avis cette nuit. Pouvez-vous m'aider ?

Emilian serrait son verre de vin, fixant sa tente. Puis il s'avisa de ce qu'il faisait et se détourna aussitôt. Mais rien ni personne d'autre ne l'intéressait. Il ramena son attention sur la tente. Elle était fermée depuis au moins une heure. Qu'est-ce qui prenait si longtemps à Ariella ?

Il savait ce qu'elle faisait — elle se lavait, brossait ses cheveux, se mettait du rouge, peut-être, et une touche de parfum à chaque endroit de son corps où battait son pouls. Elle se préparait pour la nuit qu'elle passerait avec lui.

La tension raidit son corps. Le soleil se couchait. Nicu jouait du violon, mais l'air était entraînant, ce qui l'agaçait. La plupart des enfants avaient fini de manger et les plus jeunes étaient couchés. Une des femmes qui avait essayé de le séduire pendant des jours dansait avec un autre homme. Comme si elle savait qu'il était perdu pour elle, à présent, elle n'avait d'yeux que pour son partenaire. Il les ignora, regardant sa tente avec intensité. Il pensait presque voir l'ombre d'Ariella se mouvoir à l'intérieur, mais c'était impossible à travers la toile épaisse.

Il était toujours incrédule. Non seulement elle l'avait suivi à travers la moitié de l'Angleterre, mais elle comptait rester avec lui. Et elle ne désirait même pas le mariage. Bien sûr, elle était beaucoup trop indépendante pour son propre bien. Il ne voulait pas d'elle ici avec lui, en aucune circonstance. Elle n'était pas une Tzigane et n'en serait jamais une.

Il jura et jeta son vin. Comment un acte de vengeance s'était-il changé en tant d'anxiété et de passion ? Pourquoi fallait-il qu'elle soit si différente des autres jeunes dames ? N'importe quelle autre *gadjé* aurait exigé le mariage, plutôt hystériquement. Elle voulait être son amante et son amie et voyager comme une Rom avec lui.

Bon, cela lui convenait. Il lui ferait l'amour toute la nuit, mais au matin il la remettrait dans le premier train pour le Sud.

Le rabat de la tente bougea, et il vit sortir dans le soir un ange de désir.

Elle lui sourit.

Il inspira profondément, saisi. Son regard était malicieux et aguicheur. Ses longs cheveux dorés étaient dénoués et flottaient en boucles sauvages sur ses épaules nues. Elle portait un corsage jaune et une ceinture dorée, aussi révélateurs qu'un corset. Il vit qu'elle était nue sous la blouse et sentit sa bouche s'assécher. Sa jupe violette était irisée et glissait sur ses hanches et ses cuisses comme de la soie fine. Le pouls d'Emilian battait la chamade, à présent, et il avait du mal à se rappeler pourquoi il ne voulait pas d'elle ici, après tout.

Elle s'avança et ses hanches se balançaient, ses seins aussi. Il s'avisa qu'elle était pieds nus.

— Qu'en pensez-vous ? demanda-t-elle, et elle pirouetta devant lui.

Il saisit son poignet et l'attira contre son corps dur et douloureux.

— Je pense que nous devrions rentrer sous ma tente.

Ses grands yeux bleus se réchauffèrent et elle abaissa ses cils. Elle rit, d'un rire de gorge.

— Mais vous ne vous pressez jamais, murmura-t-elle.

— Je suis toujours pressé quand je suis avec vous, répondit-il sur le même ton. Je parviens à peine à me contrôler.

Il sentait ses seins se soulever contre son torse, leur pointe dure et crispée.

Elle posa les mains sur sa poitrine, par-dessus sa chemise ample, et bougea, frôlant de sa hanche son sexe durci.

— J'ai envie d'un verre de vin, dit-elle. Et je veux danser.

Il la lâcha et recula.

Elle rejeta ses cheveux en arrière et entra d'un pas sautillant dans le cercle de lumière. Il l'observa un moment et quand elle pivota, levant les bras, son corsage moula étroitement sa poitrine. Les bras en l'air, elle se balança sur la musique.

Bien que son désir soit embrasé, Emilian se figea tandis qu'elle faisait rouler son bassin et ses hanches en un rythme sensuel, immémorial. Elle tourna lentement, lui montrant son dos, et lorsqu'elle lui refit face, elle se servit de ses mains pour déployer ses cheveux, les yeux sur lui. Son cœur explosa. Elle lui sourit de nouveau, les cils baissés.

Il pénétra dans la lueur du feu et l'attrapa ; elle rit. Tandis qu'il couvrait sa bouche de la sienne, rudement, il lui traversa l'esprit que le son qu'il venait d'entendre avait été assez triomphant. Il plongea sa langue dans sa bouche, profondément, et lorsqu'elle se cramponna à lui, il s'écarta et déclara :

— Vous n'avez pas encore gagné.

Elle le surprit en s'échappant de ses bras et en s'élançant en avant. Ses reins s'engorgèrent incroyablement tandis qu'elle courait légèrement vers la tente. Alors, sauvagement décidé, si excité qu'il ne pouvait penser de façon cohérente, il la suivit. Elle disparut à l'intérieur.

Il entra à son tour, laissant tomber le rabat derrière lui.

Des bougies brûlaient dans des lanternes de verre. Elle défit sa ceinture et la laissa tomber à ses pieds.

Il se figea, comprenant ce qu'elle faisait.

Elle commença à tirer le corsage jaune par-dessus sa tête, très lentement, et le jeta sur le côté. Puis elle s'arrêta. Emilian la contempla fixement, le pouls emballé. La pointe de ses seins était tendue, partiellement dissimulée par la cascade d'or de ses cheveux. Il ne parvenait pas à respirer. Elle sourit et lui tourna le dos.

Elle dégrafa sa jupe et la fit glisser sur ses hanches. Quand il comprit qu'elle était nue sous l'étoffe violette, il s'immobilisa, fasciné, incroyablement rigide. Elle abaissa lentement la jupe sur ses fesses hautes et plus bas, le long de ses cuisses. Puis elle la lâcha et le vêtement tomba en nappe sur le sol.

Emilian céda, l'empoignant par-derrière, serrant sa taille entre ses mains. Il l'attira contre son sexe qui palpitait.

— Vous amusez-vous bien ? demanda-t-il d'une voix rauque.

Elle s'appuya à lui en tremblant.

— Beaucoup, répondit-elle, la voix également altérée.

— Je suis le maître ici, murmura-t-il.

Il promena sa bouche sur sa nuque et dans son cou.

Elle frémit et retint une exclamation, s'arquant complètement contre lui. Il la fit pivoter et leurs regards se rencontrèrent ; il saisit ses cheveux sur sa nuque, les enroula autour de sa main et l'embrassa profondément.

Il savait qu'il devait aller lentement, mais il en était incapable. Il s'arracha à sa bouche. Peu après, elle était allongée sur son lit et il défaisait déjà le devant de ses culottes. Elle avait les mains enfouies dans ses cheveux et leurs yeux restaient joints.

Son regard bleu brillait de bien plus que du désir. Il y avait tant d'amour, dedans. Emilian gémit et pénétra lentement en elle. A ce moment-là, il sut que le fait qu'elle soit là, avec lui et la tribu, était terriblement juste.

Elle étouffa un cri et se mit à pleurer de désir. Elle toucha sa joue, son dos, nouant ses jambes autour de lui. Il parvint à aller lentement, savourant chaque long assaut, s'étonnant de ce plaisir stupéfiant, de cette joie qui éclatait en lui, du chaos qui habitait son cœur.

Elle donnerait tout pour être avec lui, simplement.

Mais ne donnerait-il pas tout pour elle, également ?

— Emilian, oui !

Elle pleura de volupté et il s'abandonna, criant sous sa propre extase, s'unissant à elle dans le miracle du plaisir et de l'amour.

Il la serra fort contre lui quand ils eurent fini de trembler, le visage mouillé de larmes. Il ne voulait pas la lâcher.

*
* *

Il la regarda, endormie, tandis que l'aube pâle filtrait dans la tente. Elle avait glissé dans le sommeil une demi-heure auparavant, peut-être, blottie contre son torse. Il avait un bras passé autour d'elle et son beau visage parfait était tourné vers lui, si bien qu'il pouvait étudier ses traits exquis. Son cœur battait très fort, tandis qu'il la contemplait. Ils avaient fait l'amour toute la nuit, mais il pouvait recommencer aisément.

Il arracha son regard à son visage et fixa le plafond sombre de la tente. Il n'avait jamais connu une femme comme elle. Il était temps pour lui d'admettre qu'il n'avait jamais convoité une femme comme il convoitait Ariella. Il n'avait jamais tenu à une femme de cette façon, auparavant.

Il faillit rire. Elle avait obtenu ce qu'elle voulait, non ? Ils étaient devenus amis, il ne pouvait plus le nier. Elle avait accompli sa « progression naturelle ».

Il se dégagea doucement et mit ses mains sous sa tête. Elle méritait mieux que lui et plus que ceci. Ils étaient peut-être amis et amants, maintenant, mais il était un demi-sang et elle était trop bonne pour être la maîtresse d'un homme, à plus forte raison d'un Tzigane. Elle méritait un mariage convenable avec un Anglais.

La pensée qu'il pouvait retourner à Woodland et l'épouser s'immisça dans sa tête.

Il n'en fut pas vraiment choqué et il s'assit lentement, la contemplant.

Il ne retournerait pas à Woodland. Mais elle devait rentrer, même s'il la voulait avec lui. C'était une autre admission stupéfiante. *Il ne verrait pas d'inconvénient à ce qu'elle reste avec lui, comme ceci. Il en était venu à tenir à elle à ce point.*

Mais c'était impossible. Ce qu'il voulait n'importait pas.

Il ne pouvait tout simplement pas la laisser faire partie du monde dur dans lequel vivaient les Roms, et il ne lui permettrait pas d'être sa maîtresse.

Toutefois, tout le Derbyshire était déjà au courant de leur liaison, après le bal de Rose Hill. Le fait qu'elle l'avait rejoint à York était peut-être connu, aussi. Les domestiques écoutaient aux portes et jasaient. Tôt ou tard, l'escapade d'Ariella ferait fureur parmi les amateurs de ragots. Ils la traiteraient de « catin de bohémien » — s'ils ne le faisaient pas déjà. Mais seulement dans son dos, jamais de face.

De Warenne aurait du mal à lui trouver un époux convenable. Ce n'aurait pas été facile auparavant, ce serait encore plus difficile maintenant.

Il lui achèterait un mari, pensa Emilian. Mais il le savait déjà. Il savait que son père choisirait avec soin.

Il détestait l'idée qu'elle soit enchaînée à quelqu'un qu'elle n'aimait pas.

Il détestait l'idée qu'elle épouse quelqu'un d'autre.

Il explosa. Elle était souillée par son association avec lui. Il n'avait rien souhaité de tout ceci. S'il avait laissé la famille de Warenne les obliger à se marier, elle vivrait avec la tache d'être sa femme, mais c'était beaucoup mieux que la souillure d'être son amante. Il ne pouvait pas lui permettre de rester avec lui et de mener la dure vie d'une Tzigane, et il ne pouvait pas non plus la renvoyer déshonorée. Sa décision était prise.

Elle couvrit sa main de la sienne.

— Vous n'allez pas dormir ? demanda-t-elle.

Surpris, il la regarda.

— Je prends plaisir à vous contempler.

Le sourire d'Ariella pâlit et elle scruta ses yeux.

— Qu'est-ce qui ne va pas ?

Il parvint à sourire.

— Rien.

Elle le surprit encore en portant sa main à sa bouche et en embrassant sa paume.

— Vous êtes triste ! Comment pouvez-vous l'être après la nuit que nous avons passée ?

Il hésita.

— Vous ne pouvez rester ici, Ariella.

Elle s'assit.

— Je ne partirai pas.

Il se redressa à son tour.

— Je suis sérieux.

— Tant pis ! Et n'essayez pas de prétendre que vous ne voulez pas de moi. C'est de la sottise.

Il sourit presque.

— Je voudrai toujours de vous.

— Bien.

Elle prit sa joue dans sa main.

— Alors, le sujet est clos.

— Non. Vous m'avez poursuivi jusqu'ici contre ma volonté. Je vais vous renvoyer. Mais je ne vous laisserai pas être une catin de bohémien.

Elle écarquilla les yeux de surprise et s'empourpra.

— C'est ainsi qu'ils vous appelleront, dans votre dos. Assez fort pour que vous puissiez les entendre, néanmoins, dit-il d'un air sombre.

Elle releva le menton.

— Bien. Alors, je suis une catin.

Elle haussa les épaules.

— Je suppose que l'insulte sera blessante, mais je m'en sortirai et cela passera. Je ne vous quitte pas.

Il sourit. Elle ouvrit de grands yeux, mais il savait quand se montrer charmeur.

— Ce n'est pas le sujet dont je souhaite discuter, chérie.

Et il la prit dans ses bras.

— Pourquoi ai-je la nette impression qu'il ne s'agit pas de faire l'amour ?

— Je vais vous faire l'amour dans un instant.

Il l'enlaça.

— Nous aurions dû nous marier à Rose Hill.

— Quoi ? fit-elle dans un souffle.

Il scruta ses beaux yeux.

— Mais vous ne souhaitez pas m'épouser, dit-elle.

— Je n'aime pas être forcé à quoi que ce soit. Personne ne me force maintenant. Je veux faire de vous une femme honnête.

Il l'allongea sous lui.

— Arrêtez ! Ceci est très important !

— Je ne veux pas vous voir blessée. Je ne veux pas vous voir méprisée. Vous n'auriez jamais dû venir, Ariella, mais vous l'avez fait, et maintenant nous sommes liés, murmura-t-il, bougeant sur elle pour produire plus d'effet.

— Vous voulez donc m'épouser pour me protéger ? demanda-t-elle d'une voix altérée.

— Quelque chose comme cela, répondit-il sur le même ton.

— Quand vous pourrez me dire que vous m'aimez, j'accepterai, dit-elle dans un souffle.

— Je tiens à vous — j'ai besoin de vous — et vous me manquez quand nous sommes séparés. N'est-ce pas suffisant ?

S'il disait les mots, elle accepterait. Et serait-ce vraiment un mensonge ?

— Vous approchez, murmura-t-elle, mais vous n'êtes pas encore assez près.

Elle soupira quand il se mit à caresser sa bouche.

— Homme impossible, chuchota-t-elle.

Il passa les cinq minutes suivantes à les préparer tous les deux. Quand elle gémit de plaisir et qu'il pénétra profondément en elle, il dit doucement :

— Je vous aime bel et bien.

Elle retint son souffle, ouvrant de grands yeux.

Et il n'était pas sûr de ne pas le penser.

— Venez vous asseoir avec moi, dit Emilian quelques heures plus tard, l'expression difficile à déchiffrer.

Il était si impassible qu'il aurait pu être assis à une table, jouant aux cartes.

Mais il était juché sur le banc d'une roulotte tirée par deux juments alezanes. La caravane s'ébranlait. Les premières roulottes étaient déjà sur la route. Ariella était trop heureuse pour se sentir fatiguée, même si elle n'avait dormi que quelques minutes, et elle releva ses jupes pour le rejoindre. Il fit claquer les rênes et les juments démarrèrent.

Elle demeurait incroyablement sensible à sa présence. Il fleurait bon l'herbe coupée, le pin et quelque chose de beaucoup plus exotique, peut-être une épice orientale. Elle sourit, admirant son beau profil, songeant à son aveu. Son cœur s'envola.

— Combien parcourt la caravane, en une journée ?

— Dix ou quinze milles.

Ses yeux gris parcoururent son visage. Ils s'arrêtèrent sur sa bouche.

— Nous ne sommes pas pressés.

Elle pensa de nouveau à sa déclaration et son cœur s'emballa. Serait-elle oubliée à la lumière du jour ?

— C'est une si belle matinée ! s'exclama-t-elle.

Elle n'était pas sûre que le ciel ait jamais été aussi bleu, le soleil aussi brillant, les oiseaux aussi joyeux. Elle n'était pas sûre qu'Emilian ait jamais été aussi beau.

Il regarda devant lui.

— Peut-être que d'ici un jour ou deux la vie nomade vous paraîtra ennuyeuse.

— Je ne suis pas allée aussi loin dans le Nord depuis des années, dit-elle vivement, pensant que tant qu'ils seraient ensemble elle ne s'ennuierait jamais. En outre, c'est une partie de mon héritage, aussi, même si je n'ai fait que l'étudier dans des livres d'histoire.

— Vous avez été élevée en anglaise, dit-il lentement. Vous êtes-vous jamais interrogée sur la vie de votre mère ?

— Bien sûr que si. C'était une vie de racisme et d'exode, de ghettos et de haine. J'aimerais l'avoir connue, ainsi que sa famille, ou au moins savoir s'ils ont souffert ou bien vécu.

— Vous n'avez pas le désir de les retrouver ?

— Quand elle était avec mon père, elle lui a dit que son père était mort à Tripoli, et qu'elle n'avait personne d'autre. Alors, non, je n'ai jamais eu envie d'essayer de retrouver ce côté de mes ancêtres.

— Envisagerez-vous de retourner à Rose Hill ? s'enquit-il sérieusement.

Elle le regarda en face, et posa une main sur sa cuisse.

— Vous savez que vous ne voulez pas que je parte.

Il s'empourpra.

— Vous vous prenez pour une enchanteresse, maintenant ?

Ariella décida qu'elle n'avait pas besoin de répondre. Il connaissait la réponse.

Il déclara finalement :

— J'attends une réponse à ma proposition.

— Emilian, vous ne le pensiez sûrement pas !

— Si, répondit-il doucement. Et n'exigez pas une autre confession.

Etait-elle si sotte ? Elle était follement heureuse parce qu'il lui avait finalement dit qu'il l'aimait et qu'elle portait son enfant. Elle rayonna.

— J'attendrai une autre confession, dit-elle.

Elle se pencha vers lui et posa ses lèvres sur sa joue.

— Je suis une femme indépendante, et forte. La vie tzigane ne me brisera pas.

— Qu'est-ce que cela signifie ? demanda-t-il.

— Cela signifie : oui, je vous épouserai.

— Voulez-vous, Emilian St Xavier, prendre cette femme pour épouse légitime ? demanda le pasteur en souriant.

C'était seulement quelques heures plus tard. Ariella se tenait dans une petite chapelle de village, vêtue d'une robe de dentelle ivoire qui avait appartenu à la grand-mère de Jaelle. Elle était parée de ses propres perles. Emilian portait une redingote sombre, une chemise de soie et une écharpe noire, avec des culottes claires et ses bottes. La tribu entière s'entassait dans la vieille église, qui avait été décorée de fleurs sauvages, de pommes de pin et de couronnes de marguerites.

Il avait insisté pour qu'ils se marient le jour même. Ariella s'était étonnée de cette hâte, mais il avait refusé de discuter d'un mariage convenable ou d'une date ultérieure. Cela n'avait pas vraiment eu d'importance, car épouser Emilian était la réalisation de son rêve le plus fou. Elle regrettait seulement que sa famille ne soit pas présente.

Les préparatifs avaient été faits dans une telle précipitation qu'elle avait la tête qui tournait, même alors qu'Emilian répondait, très fermement :

— Oui, je le veux.

Le pasteur, un homme jeune dont l'épouse bien en chair ouvrait des yeux excités au premier rang, se tourna vers Ariella.

— Et voulez-vous, Ariella de Warenne, prendre cet homme pour époux légitime, dans la santé comme dans la maladie, pour le meilleur et pour le pire, jusqu'à ce que la mort vous sépare ?

Elle rencontra le regard d'Emilian. Son attitude était en partie grave et en partie sombre. Elle n'avait jamais vu un homme aussi déterminé, et sûrement pas à son propre mariage. Avait-il des doutes à son sujet ? Cela importait-il ? Leur voyage ensemble avait bel et bien commencé et rien ni personne ne pourrait les arrêter maintenant.

— Ariella ? questionna Emilian.

Elle lui sourit.

— Je prends cet homme pour époux légitime, jusqu'à ce que la mort nous sépare.

Le soulagement flamba dans ses yeux gris.

Avait-il vraiment pensé qu'elle changerait d'avis et le laisserait en plan devant l'autel ? Ne savait-il pas combien elle l'aimait, et qu'elle ne cesserait jamais de l'aimer ? Ou bien quelque chose d'autre le tourmentait-il ?

— Vous pouvez échanger vos alliances, dit le pasteur.

Ariella ne fut pas très surprise quand Stevan présenta deux simples anneaux d'or, peut-être achetés au village, peut-être empruntés. Emilian lui décocha un regard et murmura :

— Je vous achèterai le diamant de votre choix quand nous rentrerons à Woodland.

Retournaient-ils à Woodland ? Tandis qu'il glissait l'alliance à son annulaire gauche, elle la fixa, le souffle court. Des larmes de bonheur lui montèrent aux yeux.

Stevan lui tendit la bague d'Emilian, et elle la passa à son doigt. Elle leva les yeux, la vision troublée.

— Je vous déclare maintenant mari et femme, dit le pasteur.

Sa femme se mit à pleurer et les Roms applaudirent et poussèrent des vivats.

— Vous pouvez embrasser la mariée, déclara chaudement le pasteur.

Ariella ne parvint pas à sourire, mais Emilian lui sourit, les yeux étrangement doux. Il se pencha vers elle et effleura sa bouche d'un baiser, puis se tint là, la regardant. Elle le sentit trembler.

Il ne bougea pas, serrant les mains sur ses épaules. Elle perçut qu'il voulait dire quelque chose, mais ne le pouvait. Puis ils furent entourés de leurs amis, les hommes entraînant Emilian, les femmes étreignant Ariella avec enthousiasme. Quelqu'un se mit à jouer de la flûte.

Ariella s'essuya les yeux. Mon Dieu, pensa-t-elle, étourdie, en regardant les hommes qui tapaient Emilian dans le dos en guise de félicitations. Ils étaient mariés, enfin.

19

Ariella s'arrêta sur une butte, regardant la vallée en contrebas. Un pittoresque petit village de la frontière écossaise était niché au-dessous de la crête. Il se composait surtout de fermes en pierre, bordées par de riches champs de foin et d'avoine. De la fumée montait des cheminées en pierre et des oiseaux s'attroupaient sur les toits de chaume. Des moutons broutaient dans les champs, avec quelques vaches. Ariella vit une paire d'ânes gris, au pelage épais. C'était charmant et son cœur terriblement heureux bondit.

Elle voyageait avec Emilian comme sa jeune femme depuis plus d'une semaine, à présent, et elle était plus profondément amoureuse qu'elle l'aurait jamais cru possible. Ils faisaient route ensemble durant la journée, Emilian conduisant la roulotte, discutant des œuvres de Shakespeare, Chaucer et Keats, des idées radicales et des programmes d'Owens, Shaftsbury et Place, de l'histoire des Roms, des Vikings et des Juifs. Ils débattaient de l'efficacité de la police de Peel et de la réforme parlementaire. Ils se querellaient sur l'étendue et le contenu de cette réforme. Emilian était bien éduqué, et aussi intelligent et instruit qu'elle. Et il était un penseur progressiste. Elle ne pouvait être plus transportée.

Il ne la condamnait pas pour l'indépendance de son attitude et de ses façons de penser. Chaque débat faisait briller ses yeux d'admiration. De fait, il cédait souvent lorsqu'ils étaient en désaccord. Elle l'avait entendu dire maintes fois, d'une voix douce et charmeuse :

— Vous marquez un point.

Ariella serra ses bras autour d'elle et esquissa quelques pas de danse, se sentant aussi légère et primesautière que les nuages. C'était la fin d'après-midi. Ils s'étaient arrêtés pour le soir un peu plus tôt que d'habitude. Derrière elle se dressait un bosquet et au-delà le campement. Elle devrait y retourner et aider Jaelle à préparer leur dîner.

Elle entendit soudain un étrange hennissement.

Il était aigu, le son d'un jeune animal en détresse.

Ariella regarda autour d'elle. Il lui fallut un moment pour voir un jeune cheval d'un an prisonnier d'un fourré. Il renâcla de nouveau, montrant le blanc de ses yeux. Il était effrayé et pris au piège des ronces.

Elle aurait besoin d'une corde. Elle débattit brièvement du bien-fondé d'aller chercher Emilian. Puis elle vit que le poulain avait les antérieurs ensanglantés, il avait dû paniquer et se blesser. Elle descendit vivement la pente.

Le jeune animal s'immobilisa quand elle approcha. Elle défit sa ceinture et lui parla doucement. Il se mit à ruer, battant les buissons de ses jambes, quand elle essaya de lui passer la ceinture autour du cou. Elle le calma de nouveau et réussit enfin à le prendre au lasso. Un moment plus tard, elle le fit sortir des fourrés.

Elle était sur le point de le laisser partir, quand elle vit deux hommes qui venaient rapidement dans sa direction, arrivant visiblement de la ferme voisine. Ils étaient furieux et elle fut aussitôt alarmée.

Elle lâcha le poulain. Tous ses instincts lui soufflèrent de fuir, mais c'était absurde.

— Bonsoir, commença-t-elle en souriant, mais le plus jeune des deux hommes ne s'arrêta pas.

Elle fut choquée quand il la saisit par le bras, si rudement qu'elle poussa un cri.

— Il semble que nous ayons une bohémienne voleuse de chevaux, dit-il. Et jolie, qui plus est.

Elle fut si surprise que pendant un moment elle ne parla pas. *Qu'avait-il dit ?*

Il lui jeta un regard concupiscent, posant directement les yeux sur son corsage décolleté.

— Vous vous méprenez ! s'écria-t-elle, essayant de remonter son corsage.

Ses joues s'enflammèrent.

— Laissez-moi partir !

L'homme l'attira brusquement à lui.

— Fermez-la.

Un instant, Ariella fut si stupéfaite qu'elle fut incapable de penser, et plus encore de parler. *Personne ne lui avait jamais parlé ainsi auparavant.*

— Nous marquons les voleurs tziganes au fer rouge, à Skirwirth, mais nous couchons avec leurs catins.

Il eut un large sourire.

Une peur réelle s'empara d'Ariella.

Ils la prenaient pour une Tzigane — c'était ainsi qu'ils traitaient les Roms — il n'y avait qu'à voir ce qui était arrivé à Jaelle et Raiza !

L'horreur se mêla à la peur.

— Lâchez-moi, immédiatement ! Comment osez-vous me parler ainsi ? s'écria-t-elle.

Cela ne pouvait pas arriver. Elle était Ariella de Warenne, vicomtesse St Xavier !

— Elle parle comme une grande dame, dit l'homme le plus âgé.

Il donna une tape sur la croupe du poulain, qui s'enfuit.

Ariella était immobile, à présent, horriblement consciente du corps de l'homme pressé contre le sien. Ses intentions étaient abominables — il fallait qu'elle s'échappe.

— Lâchez-moi, répéta-t-elle fermement. Je suis la vicomtesse St Xavier.

— Bon Dieu, elle se prend pour une comtesse ! Etes-vous une comtesse bohémienne, ma douce ?

L'homme rit.

— Je vais vous dire. Donnant donnant. Vous me faites plaisir et nous vous laisserons tranquille.

Elle ferma les yeux pour lutter contre sa peur. Puis elle dit :

— Lâchez-moi ou vous le paierez.

— Johnnie, elle a l'air d'une Anglaise, dit le plus âgé, l'air indécis.

— Ce doit être une Tzigane anglaise.

L'autre posa la main sur sa poitrine.

Ariella se débattit, y voyant rouge. Il rit encore, abaissant son corsage et révélant ses seins. Elle ne réfléchit pas — elle réagit. Elle lui mordit le bras aussi fort qu'elle put. Il poussa un hurlement et la lâcha.

Elle s'enfuit en courant.

Elle releva ses jupes et gravit la pente, allant aussi vite que possible, saisie de terreur. Elle entendit l'homme qui jurait, perçut le bruit de ses pas, son souffle lourd. *Il était si près derrière elle.* Elle força ses jambes à courir plus vite encore, aspirant de l'air, étourdie par la peur. *Il fallait qu'elle lui échappe.* Elle trébucha en arrivant en haut, mais elle ne s'arrêta pas. Les poumons sur le point d'éclater, elle courut vers le bosquet. Des branches lui griffèrent les mains, les bras, les joues, et il attrapa sa jupe par-derrière.

Elle tomba rudement à plat ventre.

— Je te tiens, gronda-t-il.

Ariella appela Emilian en hurlant. Tandis que l'homme rampait vers elle, elle se retourna et voulut lui griffer les yeux de ses ongles.

Il sursauta en arrière et elle lui griffa le visage, à la place. Puis elle saisit une pierre. En se redressant, elle l'écrasa contre sa mâchoire. Elle fut stupéfaite quand les yeux de l'homme s'élargirent et partirent en arrière. Il s'affala un instant plus tard.

Ariella se mit à quatre pattes, tremblante, choquée, à bout de souffle. Puis elle entendit Emilian. Elle réussit à se relever, remonta son corsage et partit vers lui en chancelant à travers bois.

« Je suis désolée, Emilian, mais Emma était la femme de Cnut et d'Ethelred. Vous vous trompez. »

Emilian sourit pour lui-même, car elle avait probablement raison, puis il pensa à leur récent débat sur l'émancipation des catholiques. Ariella avait fait remarquer que les universités excluaient encore les dissidents, tandis qu'il essayait d'expliquer que parfois les réformes progressives étaient les meilleures. Elle avait commencé à le réfuter — jusqu'à ce qu'il l'embrasse.

Il posa la brassée de bois qu'il portait, son esprit dérivant à présent vers la nuit dernière et la nuit à venir. Des images se bousculèrent dans sa tête de sa magnifique princesse et épouse, nue et échauffée, bougeant au-dessus de lui, l'enfourchant, exigeant tant de lui. Il avait du mal à ignorer son pouls. Elle était devenue une amante très hardie et très habile, et il n'y voyait pas d'inconvénient. Pas du tout.

Il avait pensé la renvoyer à Woodland tout de suite après leur nuit de noces. Mais cela avait été la plus belle nuit de sa vie, emplie de désir, d'une passion explosive et de simples sourires. Il s'était dit qu'il la renverrait le lendemain — mais la journée avait été aussi plaisante, aussi enthousiasmante que celles qui avaient suivi. Il savait qu'elle devrait rentrer, finalement. Elle ne pouvait pas vivre avec lui comme une Tzigane. Cet interlude devait s'achever — plutôt plus tôt que plus tard. Il savait qu'elle protesterait et qu'elle lui manquerait. Mais il ne faisait que repousser l'inévitable.

Il jeta un coup d'œil au soleil, qui ne se coucherait pas avant une heure environ. Pas une soirée n'arrivait sans qu'il soit aussi impatient qu'un jeune garçon d'être avec elle.

Alors, il l'entendit hurler.

Le temps d'un battement de cœur, il resta incrédule. Il tournoya, courant vers le bois, le cœur explosant d'alarme.

— Ariella !

Il n'eut pas de réponse.

Il courut plus vite encore. Mais avant qu'il atteigne le bosquet, elle émergea des arbres, en chancelant. Elle était sale, les habits en désordre, son corsage déchiré. Il se figea d'horreur.

Que lui avaient-ils fait ?

Elle tituba, tendant les bras vers lui. Il se précipita en avant et l'attrapa.

— Allez-vous bien ? demanda-t-il d'une voix rauque.

Elle frissonna dans ses bras.

— Maintenant, je sais ce que c'est que d'être une Tzigane, dit-elle d'une voix brisée.

Le monde s'immobilisa. Emilian sentit la partie froide, sauvage et impitoyable de lui-même prendre le dessus.

— Avez-vous été violée ? s'enquit-il calmement.

Il tuerait les *gadjos* qui avaient fait cela.

— Non, répondit-elle. Je vais bien, Emilian, commença-t-elle.

Puis son expression se figea. Les yeux élargis, elle retint un cri, se plia en deux et serra son ventre.

Il la tint contre lui, s'agenouillant avec elle, terrifié.

— Ariella ! Qu'y a-t-il ?

Elle ne parla pas — visiblement, elle ne le pouvait pas. Il arracha ses mains de son ventre, s'attendant à y trouver une terrible blessure, mais ses habits étaient intacts. Il releva sa jupe. Son ventre n'était même pas meurtri. Elle cria de nouveau, chassant ses mains, se courbant de douleur.

Il la tint tandis qu'elle luttait contre un tourment qu'il ne parvenait pas à identifier. Il y avait tant de peur.

— Qu'y a-t-il ? Qu'est-ce qui ne va pas ? Ariella, répondez-moi !

En haletant, elle leva les yeux vers lui, les joues aussi blanches qu'un linge, son regard brillant de souffrance.

— Le bébé..., dit-elle dans un souffle. Je ne peux pas perdre notre bébé !

Emilian était assis devant sa tente, la tête dans les mains. Sa tante lui avait ordonné de sortir des heures plus tôt, quand il avait été paralysé par la vue d'Ariella serrant son ventre dans ses mains avec douleur. Ses gémissements l'avaient suivi dehors. Ils avaient cessé depuis un moment.

Elle portait son enfant. Pourquoi ne le lui avait-elle

pas dit ? L'avait-il mise enceinte la première nuit où ils avaient été ensemble, une nuit de *budjo* et de vengeance, ou la fois suivante, quand il l'avait utilisée avec presque autant de colère ? Il était malade de la voir souffrir et à l'idée que leur enfant avait pu être conçu à la suite d'actes aussi sauvages et impitoyables.

Il voyait sans arrêt ses yeux brillants, son sourire joyeux. Elle méritait du bonheur. Elle ne pouvait pas perdre leur enfant !

Le silence était lourd, pesant. Que se passait-il ? Il frissonna, ayant du mal à respirer. Il avait égoïstement retardé le moment de la renvoyer à Woodland et maintenant elle faisait une fausse couche.

Il sentit quelqu'un lui saisir fermement l'épaule.

C'était Stevan. Il ne s'était pas rendu compte que son oncle était sorti de la tente et il se mit debout. Dès qu'il rencontra son regard grave, il comprit. *Non,* pensa-t-il, saisi de panique.

— Elle a perdu l'enfant, Emilian.

Emilian s'écarta, secouant la tête, si défait qu'il était au bord des larmes.

— Ariella ?

— Elle se repose. Elle ira bien.

Vraiment ? Il essuya une larme. *Ils avaient perdu leur enfant parce qu'il ne l'avait pas renvoyée à Woodland.*

— C'était encore tôt dans la grossesse. Elle a dit qu'elle n'était qu'à dix semaines, dit Stevan, essayant de le consoler.

Il se couvrit le visage de ses mains. Elle avait conçu lors de cette première nuit à Woodland. *Croyez-vous au coup de foudre ?*

Ariella croyait qu'elle était tombée amoureuse de lui au premier regard.

Croyez-vous au destin ?

Cette perte était-elle prédestinée ? Ariella ne méritait pas cela. Que lui avait-il fait ?

Sa tante approcha, s'essuyant les mains sur un linge humide. Elle sourit gentiment.

— Elle est jeune et forte. Il y aura d'autres enfants, tu dois le lui dire.

Il trembla, empli de dégoût pour lui-même.

— Bien sûr. Comment va-t-elle ?

Simcha lui décocha un coup d'œil.

— Elle a du chagrin. C'est normal.

Emilian se raidit. Elle allait le haïr, maintenant. Mais il méritait sa haine.

Il se baissa pour pénétrer sous la tente. Il pensait qu'il était préparé au pire, mais quand il la vit allongée là, ses larmes ruisselant, sans un bruit, il fut ravagé. Son cœur se brisa en deux.

Tandis qu'elle pleurait silencieusement, il mesura l'étendue de sa propre dévastation. Il n'était pas au courant de sa grossesse, mais elle avait porté son enfant. *Ils ne connaîtraient jamais cet enfant. Ils ne sauraient même pas si c'était un garçon ou une fille.*

D'une manière quelconque, pour elle, il écarta les vagues noires de l'angoisse, du chagrin et de la culpabilité. Il s'agenouilla à son côté et lui prit la main. Il ne savait pas que dire.

Elle avait été accostée dans les bois — à cause de lui. Elle avait perdu leur enfant — à cause de lui. Elle souffrait et avait du chagrin — à cause de lui.

— Ariella ?

Comme elle ne répondait pas, il lui toucha la joue.

— Je suis désolé.

Son visage se contracta. Puis, finalement, elle releva ses cils et d'autres larmes roulèrent sur ses joues.

— J'ai perdu notre bébé, dit-elle d'une voix étranglée.

Il y avait une chance qu'elle n'ait pas été enceinte, en réalité. Néanmoins, Simcha avait dit qu'elle en était certaine.

— Vous en êtes sûre ?

Elle hocha la tête.

— Je n'ai jamais manqué mes menstrues une fois. Là, j'ai manqué deux fois et mon corps était différent...

Elle ferma les yeux, se mordit le poing et sanglota.

Emilian attira son poing sur son torse, mais cela ne lui suffit pas. Il prit son corps raide et résistant dans ses bras. Elle pleura contre lui et il la tint, impuissant. Et finalement ses larmes se mêlèrent aux siennes.

Ariella fixa le plafond vert foncé de la tente. *Le bébé n'était plus là.*

Le sentiment de vide s'intensifia, la sensation de perte la consuma. Elle n'avait plus de larmes à verser, et son chagrin était devenu un puits noir et sans fond dans son cœur. Elle ne cessait de se représenter à quoi leur enfant aurait ressemblé. Elle s'imaginait que c'était un garçon, avec les yeux gris d'Emilian. Comment ceci avait-il pu arriver ?

Elle serra ses bras autour d'elle. Les Roms vivaient dans un monde de mesquinerie et de haine, un monde empli d'injustice. Même si elle savait, rationnellement, qu'elle aurait pu faire une fausse couche à Rose Hill ou à Woodland, des *gadjos* ignorants et haineux lui avaient fait cela. Ils l'avaient accusée de voler un cheval et attaquée d'une façon cruelle et brutale. A cause des deux fermiers, elle avait perdu son bébé. Et c'était ainsi que les Roms vivaient. Comment pouvait-on le supporter ?

Elle crispa les paupières, tremblant. Elle avait compris combien la vie des Roms était difficile avant d'arriver à leur campement pour être avec Emilian, mais, d'une certaine manière, la vérité lui avait échappé jusqu'à cette tragédie. Maintenant, elle haïssait les *gadjos* et comprenait très bien la haine d'Emilian.

Elle trembla et fut surprise quand une larme roula sur sa joue.

— Vous êtes réveillée, dit Emilian, paraissant soulagé.

Il était le père de son enfant, l'homme qu'elle aimait, l'homme pour qui elle avait tout abandonné. Il était son mari et partageait sa perte. Elle avait besoin de lui, mais son cœur ne s'émut pas. Il y avait trop de chagrin.

Il s'assit à côté d'elle, lui prit la main et la serra fortement.

— Ariella, puis-je vous apporter quelque chose à manger ? Je vous en prie.

Il parla calmement, mais elle reconnut l'incertitude dans sa voix.

— Comment puis-je manger ? parvint-elle à dire.

— Vous devez vous nourrir, même si vous n'avez pas d'appétit, insista-t-il.

Elle remarqua qu'il avait l'air fatigué, comme s'il n'avait pas dormi. Il paraissait plus âgé — il y avait des lignes sur son front et ses traits étaient tirés.

— Vous avez dormi pendant deux jours entiers, reprit-il, sans sourire.

— Je suis si malade, murmura-t-elle. Mon cœur me

fait si mal. Je ne sais pas que faire, Emilian. J'ignore comment traverser ceci.

— Je sais.

Il tendit la main vers elle.

— Mais vous vous en sortirez, je le promets.

Elle se coula dans ses bras, mais son étreinte ne chassa pas le chagrin. Elle pleura de nouveau, étonnée d'avoir encore des larmes à verser.

Il la tint jusqu'à ce qu'elle se calme. Puis il se leva.

— Je vais vous chercher de la soupe faite par Simcha, dit-il, la voix rauque.

Elle n'eut pas la force de discuter. Elle leva les yeux vers lui et vit qu'il la contemplait avec intensité. Il était visiblement bouleversé. Avait-il aimé leur enfant, lui aussi ?

— Emilian ? chuchota-t-elle. J'aurais dû vous le dire… J'allais le faire. J'attendais le bon moment.

Il hocha la tête, semblant incapable de parler.

Il avait du chagrin aussi, pensa-t-elle.

— Nous aurons d'autres enfants… plus tard.

Son visage se contracta.

— Ariella.

Il s'arrêta, comme s'il réfléchissait à ce qu'il devait dire. Il inspira et déclara :

— Je suis désolé.

Elle fit un signe de tête.

— Je sais.

Ses yeux étincelèrent d'angoisse et il s'en alla.

L'idée traversa le cerveau engourdi d'Ariella que quelque chose d'autre n'allait pas de son côté — gravement —, mais elle n'avait tout simplement pas la force ni la volonté d'essayer de comprendre ce que c'était. Elle s'allongea sur le dos et fixa le plafond.

*
* *

Ils avaient traversé la frontière plusieurs jours plus tôt. La caravane s'était arrêtée pour la nuit. Ils étaient à deux jours de la ville où il était né — celle où Raiza était enterrée. Cependant, l'importance de ce fait était perdue d'une certaine manière dans le choc de la fausse couche d'Ariella.

Il avait dressé leur tente, et Ariella faisait leur lit. Il se tenait près de sa roulotte, l'observant à travers le rabat ouvert. Elle avait perdu du poids. Elle mangeait très peu et ne dormait pas bien. Elle s'éveillait au milieu de la nuit, en pleurant. Il la tenait contre lui, se sentant impuissant, consumé par la culpabilité.

Elle se mouvait lentement, sans enthousiasme, bordant les draps sous le matelas. Naguère, elle était vive comme du vif argent. Naguère, elle était terriblement, adorablement bavarde. Il comprenait qu'elle était dans la peine. Elle avait droit à son chagrin. Il se sentait en deuil, lui aussi.

Il avait fait ceci à sa jeune femme en bonne santé et heureuse.

Il était trop tard pour avoir des regrets, mais il savait qu'il n'aurait jamais dû l'épouser. Il n'aurait jamais dû retourner à Rose Hill pour la voir. Il aurait dû la renvoyer dès qu'elle l'avait rejoint à York.

Il la regarda finir de faire le lit, secouant la lourde courtepointe. Elle était assez forte pour retourner à Woodland, se dit-il.

Elle le surprit à la contempler et lui sourit faiblement. Soudain, des larmes lui montèrent aux yeux et elle tourna la tête pour les lui cacher.

Il la surprenait dans de tels moments de chagrin chaque jour et chaque nuit.

La haine qu'il se vouait avait grandi.

Il alla à leur tente, mais n'entra pas.

— Je ferai la cuisine ce soir, dit-il.

Ce n'était pas ce qu'il voulait dire. Il devait lui dire qu'elle allait retourner à la vie d'une Anglaise. Il était certain qu'elle ne protesterait pas.

Il aurait dû être soulagé. Il ne l'était pas.

— Emilian ?

Elle lui fit face en s'essuyant les yeux.

— Pouvez-vous venir ici ?

Il fut surpris, incertain de ce qu'elle voulait lorsqu'il pénétra sous la tente. Elle commença à dénouer sa ceinture dorée.

— Que faites-vous ? demanda-t-il, et il comprit aussitôt.

Elle laissa tomber la ceinture et lui sourit faiblement.

— Nous n'avons pas été ensemble depuis... une semaine. Faites-moi l'amour.

Elle porta la main à son corsage.

Il arrêta sa main. Pour la première fois de sa vie, il savait qu'il était incapable de faire l'amour à une femme.

— Pourquoi ?

Elle s'efforça de nouveau de sourire.

— N'avez-vous pas besoin de moi ? murmura-t-elle.

Elle pensait à assouvir ses besoins ? Il était incrédule.

— Je vais bien, dit-il vivement.

Un parfait mensonge.

Il n'irait plus jamais bien. Il avait fait bien plus que de déshonorer cette femme.

Elle toucha sa joue.

— Vous n'allez pas bien. Ni l'un ni l'autre, nous n'allons bien. Je n'oublierai jamais ce qui s'est passé, mais tôt ou tard nous devrons essayer de mettre le passé derrière nous. Je pensais que faire l'amour pourrait nous aider tous les deux.

— Ariella, vous n'êtes visiblement pas d'humeur passionnée.

Elle mit ses bras autour de lui.

— Alors, tenez-moi, s'il vous plaît.

Il le fit, en tremblant.

— Je ne veux pas vous décevoir, dit-elle.

Sa gorge se noua et il ne put plus jouer la comédie. Il la prit par les épaules, l'écarta et baissa les yeux sur elle.

— Je savais qu'aucun bien ne sortirait du fait que vous soyez attirée dans la fange avec moi.

Elle battit des cils.

— De quoi parlez-vous ?

— Combien de fois vous ai-je dit que vous méritiez un prince charmant ?

Elle ouvrit de grands yeux, puis s'écria :

— Je ne peux discuter de cela maintenant !

Il la lâcha.

— Je n'ai pas l'intention de discuter avec vous, Ariella. Naguère, vous étiez la lumière la plus brillante que je pouvais voir — aussi brillante que l'étoile polaire. Naguère, vous souriiez constamment, et votre rire vous suivait. Vos yeux me souriaient !

— J'ai perdu notre enfant. Je suis navrée, Emilian, mais je lutte contre mon chagrin.

— Je sais. Bonté divine, ne vous excusez pas !

Elle tressaillit.

— Je vous ai séduite pour le *budjo* — vous êtes avec nous depuis assez longtemps pour savoir ce que cela signifie.

Elle pâlit terriblement et il comprit qu'elle n'en avait pas eu conscience.

— J'ai commencé ceci. J'ai pourchassé une belle et parfaite princesse anglaise et je l'ai abaissée.

— Non, chuchota-t-elle. Arrêtez ! Pourquoi faites-vous cela ?

Elle se mit à pleurer.

— Je souffre, Emilian.

Elle lui tendit la main.

— Je vous en prie, ne faites pas cela maintenant.

Il secoua la tête, refusant de prendre sa main.

— J'ai commencé ceci et j'y mets fin. Ce mariage a été une terrible erreur.

Elle s'assit comme si ses jambes lui manquaient, retenant un cri.

— Regardez ce que je vous ai fait ! s'écria-t-il.

Puis il s'avisa que son visage était mouillé. Il essuya brusquement ses larmes.

— Ce n'est pas vous qui l'avez fait, dit-elle d'une voix implorante.

— Vous vivez comme une Tzigane à cause de moi ! Pouvez-vous honnêtement me dire qu'il vous plaît de vivre ainsi ? Vous a-t-il plu d'être traitée de catin de bohémien ? Vous a-t-il plu que ces hommes posent les mains sur vous ? Vous a-t-il plu d'être attaquée ?

— J'ignore comment n'importe qui peut vivre ainsi, dit-elle en sanglotant. Je déteste cette vie ! Je déteste ce campement !

Finalement, il lui avait extorqué la vérité. Elle ne pouvait pas vivre comme une Tzigane. Et en un sens, il était soulagé. Ne s'était-il pas attendu à cette condamnation depuis qu'ils s'étaient rencontrés ?

Elle se couvrit le visage de ses mains.

— Je ne peux pas me battre pour nous maintenant. Je ne peux pas.

— Il n'y a rien pour quoi se battre. Je mets un terme à ce mariage, dit-il.

Elle laissa tomber ses mains et le dévisagea, horrifiée.

Le cœur d'Emilian hurlait, mais il ne voulait pas entendre ses protestations. Il ne pouvait pas lui donner la vie qu'elle méritait. Il lui avait donné du chagrin et de la douleur. Pire, il avait échoué à la protéger, sa propre femme.

Il retrouva sa voix.

— Ce mariage est une erreur. Il n'aurait jamais dû avoir lieu. Je vais vous accorder le divorce.

— Comment pouvez-vous me faire ceci maintenant ?

— Vous me remercierez plus tôt que vous le pensez.

Elle ouvrit de grands yeux. Il sentit son cœur se durcir et se ratatiner. Puis il tourna les talons et s'en alla.

Elle le suivit en chancelant et s'accrocha au rabat de la tente.

— Scélérat ! Maudit soyez-vous ! Maudit soyez-vous de me faire ceci !

Il retint son souffle, sans regarder en arrière, mais ses paroles lui firent l'effet d'un coup de poignard dans le dos. Il l'avait tournée contre lui, enfin.

Il s'éloigna dans les bois, sans flancher. Puis la rage jaillit, telle une bête hurlante, noire de désespoir. La femme qu'il aimait avait disparu avec la perte de leur enfant. Maintenant, trop tard, il savait qu'il aimait Ariella de Warenne.

20

La tombe était dans le cimetière de famille d'Adare.

Ariella marchait lentement le long de pierres tombales en marbre, de sépultures avec des effigies en pierre et de plusieurs splendides mausolées. Le cimetière où ses ancêtres étaient enterrés depuis la fin du règne de la reine Elizabeth était tranquille. Elle frissonna. On était en octobre. Le ciel était couvert et la pluie menaçait. Même vêtue d'une chaude robe de lainage et d'un lourd manteau à capuche, elle était trop mince et avait toujours froid.

Pas un jour ne s'était écoulé depuis qu'Emilian l'avait laissée dans le vestibule de Windsong, deux mois plus tôt, sans qu'elle rende visite à la stèle qui commémorait son enfant. Mais, ce matin-là, elle s'était aperçue qu'elle n'était pas venue la veille. Elle avait été occupée par des visiteurs de la ville. Elle fronça les sourcils, troublée. Pour la première fois depuis des siècles, elle avait apprécié un débat animé sur les élections parlementaires qui approchaient.

Elle s'avisa que Londres lui manquait.

Elle eut une hésitation. Elle avait un devoir sacré envers son enfant, mais voilà qu'elle se remémorait un après-midi agréable et qu'elle aspirait à retourner en ville. Elle regarda le ciel. Le soleil se trouvait derrière les épais nuages gris, comme s'il était déterminé à sortir.

« Je me sens mieux », pensa-t-elle.

Elle sourit un peu en passant près du mausolée où les précédents comte et comtesse d'Adare étaient enterrés. Elle avait beaucoup aimé ses grands-parents. Ils s'étaient éteints paisiblement dans leur sommeil à quelques mois de distance. Elle était toujours réconfortée quand elle longeait leur tombe. En cet instant, elle pouvait presque les sentir marcher avec elle, contents et satisfaits.

« Je deviens romantique », se dit-elle.

Mais derrière l'édifice en pierre s'étendait un lopin de terre vide, l'emplacement que son père avait réservé pour sa famille immédiate. Le sourire d'Ariella s'éteignit. Parmi l'herbe verte et les vieux chênes se trouvait une petite stèle blanche.

Deux mois plus tôt, cette vue l'avait fait pleurer. Maintenant, elle s'agenouilla simplement devant la pierre, solennellement, et déposa un bouquet de roses blanches.

ENFANT BIEN-AIMÉ
D'ARIELLA ET EMILIAN ST XAVIER
27 JUILLET 1838
Repose en paix à jamais

— Comment vas-tu ? chuchota-t-elle.

Elle n'était plus capable de se représenter son enfant aussi nettement qu'auparavant. Dans son esprit, le nouveau-né était devenu vague, à part les frappants yeux gris qu'elle imaginait. Ceux qu'elle voyait à présent étaient ceux d'Emilian.

Elle se raidit. Elle ne pouvait pas se rendre au cimetière

sans penser au père de son enfant. C'était impossible, comme si Emilian était avec elle à chacune de ses visites.

Elle inspira fortement et se concentra sur leur enfant, car, étrangement, elle était presque prête à penser à son mari.

— Ta mère va mieux, mais cela ne veut pas dire que je t'aime moins.

Elle soupira.

— Je pense que je vais aller à Londres, dit-elle. Je crois qu'il est temps que je me remette à vivre.

Son sourire vacilla.

— Mais je reviendrai te voir avant de partir, et je serai de retour à Noël.

Les yeux d'Emilian la fixaient, brûlant de colère.

J'ai commencé ceci et j'y mets fin. Ce mariage a été une terrible erreur.

Ariella se leva. Elle détestait se rappeler leurs derniers moments ensemble dans la tribu. Elle avait été si malade de chagrin que leur terrible dispute était vague et floue dans son esprit, ce qui la soulageait. Mais cela ne signifiait pas qu'elle ne comprenait pas combien il avait été impitoyable. Il avait décidé de mettre fin à leur mariage alors qu'elle était si rompue par le chagrin qu'elle n'avait pu se défendre. Ce soir-là il l'avait conduite à la gare la plus proche, refusant de lui parler. Elle avait été trop submergée par le désespoir pour essayer de le convaincre de renoncer. Il avait ajouté un poids insurmontable à sa peine et à son deuil.

Je suis désolé, mais c'est pour le mieux. Vous vous en rendrez compte quand vous pourrez penser clairement.

Ils avaient voyagé en chemin de fer à travers les Basses-Terres, puis pris un ferry pour l'Irlande. Ariella était consumée de douleur, mais elle était furieuse, aussi, le haïssant presque de choisir ce moment pour détruire leur mariage alors qu'elle avait droit à son chagrin. Elle n'oublierait jamais son expression dure et résolue, jour après jour. Elle s'était blottie contre la vitre du train, essayant de se tenir aussi loin de lui que possible, souffrant et rageant en silence, tandis qu'il était assis rigidement à côté d'elle, regardant fermement devant lui. La tension était insupportable.

Je vais directement à Londres pour demander un divorce.

Comment pouvez-vous me faire ceci ? Comment pouvez-vous nous faire ceci ?

Il n'avait pas passé plus d'un moment dans la maison. Il pleuvait à verse.

Nous savons tous les deux que c'est ma faute.

Il était monté dans la voiture de location et était parti, sans regarder en arrière.

Ariella se rappelait vaguement s'être évanouie dans l'allée et avoir été portée à la maison par son frère. Elle se rappelait Alexi se proposant de le tuer, mais elle l'avait supplié de ne pas intervenir, de ne pas aggraver les choses. Elle était si malade de chagrin et d'épuisement qu'elle avait essayé de tourner le dos à Emilian et à ses souvenirs, à ses pensées de lui et à leur mariage. Elle avait été trop anéantie pour le combattre. Et d'une certaine façon elle avait été contente — et soulagée — d'être chez elle. Windsong était le refuge le plus sûr qu'elle connaissait. Ses appartements privés étaient un sanctuaire encore plus sûr, où elle pouvait se mettre au lit quand elle voulait pour soigner ses blessures.

Mais l'image d'Emilian se glissait dans son esprit sans prévenir, furtivement, chaque jour, plusieurs fois. Aussitôt, elle était submergée de douleur, de colère et de confusion.

Puis elle écartait ses pensées. Elle souffrait suffisamment. Elle n'avait pas besoin de souffrir davantage.

Elle avait essayé, très fort, de ne pas penser au divorce. Maintenant, pour la première fois, elle se demandait si un acte de séparation avait été accordé à Emilian par les tribunaux ecclésiastiques.

La douleur la consuma et elle s'affala de nouveau près de la tombe de son enfant. Pourquoi faisait-il ceci ? Ils avaient été si heureux, pendant quelque temps.

Des souvenirs poignants l'assaillirent. Elle le vit lui sourire tandis que leur roulotte suivait une route de campagne, et qu'elle bavardait gaiement. Elle le vit danser à la lueur du feu, son regard brûlant rivé sur elle, un prélude à la passion qu'ils partageraient sous sa tente. Elle se rappela comment il l'avait regardée après l'échange de leurs vœux, quand toute la tribu les entourait, les hommes le félicitant. Ses yeux avaient été si chauds.

Je voudrai toujours de vous.

Elle se leva, ébranlée. Image après image, Emilian lui apparaissait — quand il levait les yeux, agenouillé près d'un feu de camp ; quand il s'avançait vers elle, charmeur, résolu ; au bal des Simmons, quand il l'observait de loin tel un faucon. Elle le vit vêtu seulement de sa chemise, de ses culottes et de ses hautes bottes, la toute première fois où ils s'étaient rencontrés. Elle le vit manier le marteau du forgeron, torse nu, les muscles saillants. Elle le vit assis à son bureau de Woodland, quintessence du seigneur du manoir.

Je vous aime.

Etaient-ils toujours mariés ? Avait-il reçu l'acte de séparation ? Pour l'obtenir, il devrait l'accuser d'adultère. *Elle pouvait combattre ce divorce si elle le voulait.*

Ariella releva ses jupes et traversa le cimetière en courant, jusqu'à sa voiture qui attendait. Car, soudain, elle était prête à se battre pour leur mariage et leur avenir.

Elle pénétra en courant dans le grand vestibule de Windsong, hors d'haleine.

— Ariella, es-tu allée au cimetière ? demanda Dianna d'un ton plaisant.

Elle marqua un temps d'arrêt, ouvrant de grands yeux.

— Oh ! Quelque chose est arrivé. Tu as l'air prête à débattre farouchement avec quelqu'un — tu es redevenue toi-même !

— Dianna ! s'écria Ariella. Savons-nous si Emilian a obtenu un acte de séparation ou, pire, si une requête pour notre divorce a atteint le parlement ?

Sa sœur la regarda avec attention.

— Je l'ignore.

Ariella scruta son visage, sachant très bien que sa famille pourrait vouloir la tenir à l'écart de nouvelles aussi profondément déplaisantes.

— Où est père ?

Cliff était rentré de Londres depuis plusieurs jours avec Amanda.

— Il est dans la bibliothèque, résolu à rattraper son retard après son absence.

Ariella se tourna pour partir, puis virevolta. Elle serra sa sœur dans ses bras aussi fort qu'elle put, la laissant à bout de souffle.

— C'était pour quoi ? cria Dianna à son dos.

Ariella lui jeta un coup d'œil par-dessus son épaule.

— Tu as veillé sur moi pendant deux mois interminables

comme si j'étais une invalide. J'espère ne jamais avoir à te rendre la faveur. Je t'aime !

La porte de la bibliothèque était ouverte et Cliff était assis à son bureau, visiblement plongé dans ses comptes et ses registres. Ariella frappa. Quand il leva les yeux, elle sourit et entra. Il haussa les sourcils.

— J'espère que je ne vous dérange pas. J'ai décidé qu'il est temps que j'aille à Woodland.

— Je vois.

Il se leva et contourna son bureau.

— Emilian n'y est pas.

— Je le pensais. Mais en tant que sa femme, c'est ma maison, aussi. Suis-je toujours sa femme ?

Cliff passa un bras autour d'elle.

— Il n'a toujours pas demandé de séparation aux tribunaux, Ariella.

Elle en fut stupéfaite.

— Qu'est-ce que cela peut bien signifier ?

La requête aux tribunaux venait toujours d'abord, avant que le parlement considère la procédure de divorce.

— Je l'ignore, mais un homme qui veut se débarrasser de sa femme ne traîne pas les pieds. Emilian traîne certainement les siens.

Ariella poussa un cri, son cerveau s'emballant. Emilian avait-il changé d'avis ?

Je vous aime.

— Ainsi, tu vas te battre pour ton mariage, à présent ?

Le linceul s'était écarté — il y avait de l'espoir, tout à coup. Elle inspira à fond.

— L'enfant que je n'ai pas eu la chance de connaître me manquera toujours. Mais Emilian me manque aussi.

En cet instant, elle s'avisa que personne ne lui avait jamais autant manqué.

Alors que Cliff l'étudiait, elle s'écria :

— Je sais que vous ne l'aimez pas, mais nous sommes mariés. J'ai besoin de votre soutien et de votre bénédiction.

— Je vous ai déjà donné ma bénédiction, Ariella, à tous les deux.

Elle le regarda avec attention.

— De grâce, ne le blâmez pas de ce qu'il a fait. Il a déjà assez souffert.

— Blâmer est un jeu dangereux. Je pourrais blâmer ton frère de t'avoir conduite à lui, non ? Je pourrais blâmer Emilian de t'avoir laissée rester avec les Tziganes. Je pourrais aussi me blâmer moi-même, Ariella, pour ne pas avoir surveillé Emilian de plus près, pour l'avoir accueilli sous mon toit, pour ne pas t'avoir surveillée avec attention. Je pourrais me blâmer de ne pas m'être lancé à ta suite et de ne pas t'avoir ramenée à la maison quand tu es allée le rejoindre.

Elle l'enlaça, consciente qu'il s'estimait responsable de la perte de son enfant.

— Ce n'est la faute de personne, y compris la vôtre.

— J'essaie de ne pas me blâmer, mais c'est très difficile.

Il lui sourit, des larmes dans les yeux.

— Tu es jeune et les médecins disent qu'il n'y a pas de raison que tu n'aies pas d'autres enfants.

— Je dois regagner Emilian, d'abord, et il n'est *pas* un homme facile. Je ne sais même pas où il est, et je ne peux le forcer à revenir à Woodland.

Cliff passa un bras autour d'elle.

— Il était bouleversé quand il t'a ramenée ici. Tu étais

trop affligée pour t'en rendre compte, mais j'ai vu combien il tient à toi. Quand il est parti, j'ai vu son angoisse, même s'il essayait de la cacher. J'ai changé d'avis sur lui, Ariella. Je pense qu'il t'aime.

Le cœur d'Ariella s'envola.

— Je crois aussi qu'il m'aime, mais cela ne signifie pas qu'il veuille se réconcilier avec moi. Je compte lui laisser quelque temps, mais s'il ne revient pas à Woodland, j'irai le chercher.

— Ma chérie, tu es capable de relever les nombreux défis qu'il représente.

Cliff retourna à son bureau et sortit plusieurs lettres d'un tiroir.

— La nouvelle de votre mariage s'est apparemment répandue après ton retour ici. Ces lettres sont de l'intendant de Woodland.

Ariella fut surprise.

— Il m'écrit ?

— Tu es la maîtresse de Woodland.

Cliff hésita.

— Robert a pris le domaine en sa possession. Il se fait même appeler vicomte. Mes avoués m'ont informé que si des années s'écoulent sans qu'Emilian revienne, il existe des lois qui pourraient permettre à Robert de prétendre que Woodland lui appartient légalement.

Ariella le dévisagea, outragée.

— Je me rends immédiatement à Woodland !

Ariella se percha sur le bord de son siège quand sa voiture franchit les grilles de Woodland. Il était douloureux de revenir ainsi, sans Emilian et sans savoir où il se trouvait. Tandis que le coupé longeait l'allée gravillonnée, elle s'attendit presque à voir Emilian sortir de la maison. Il y avait tant de souvenirs doux-amers et elle était assaillie par chacun d'entre eux. Il ne lui avait jamais manqué autant.

Margery lui prit la main et la serra.

— Nous allons affronter ce scélérat ensemble, dit-elle.

Ariella était trop tendue pour sourire. Elle se battrait pour leur mariage, mais d'abord elle devait se battre pour leur propriété.

Quand elle était arrivée à Windsong, Margery se trouvait à Londres. Mais elle s'était aussitôt précipitée à Adare pour réconforter Ariella, comme l'avait fait le reste de la famille. Et elle avait insisté pour accompagner sa cousine dans le Derbyshire.

En vérité, Ariella avait souhaité sa compagnie, et elle avait accepté son offre. Son père avait voulu venir, aussi, mais elle lui avait dit qu'elle l'enverrait chercher si elle ne pouvait pas venir à bout seule de Robert. Alexi était à Hong-Kong, une chance, car il aurait insisté pour la rejoindre et s'en serait pris sans aucun doute à Robert St Xavier, violemment.

Ariella dit d'un ton bref, pour cacher son agitation :

— Le domaine paraît soigné. Les terrains sont impeccables et les dépendances en bon état. A ce que je vois, Richards a été autorisé à faire une partie de ce pour quoi Emilian l'a engagé.

Les lettres de l'intendant étaient alarmantes. Robert faisait plus que se dire vicomte. Il avait réussi à avoir accès aux comptes bancaires de la propriété. D'après Richards, il était résolu à redécorer Woodland à son goût, tout en donnant des soirées somptueuses l'une après l'autre. Il dilapidait les fonds du domaine. Bientôt, il n'y aurait plus de bénéfices et plus de réserves. L'intendant l'avait suppliée de rappeler Emilian pour redresser la situation. Nonobstant cela, il lui avait demandé de venir elle-même et d'agir.

— C'est ta maison aussi, maintenant, lui rappela Margery, sentant sa détresse. Tu dois combattre cet escroc pour elle !

— Je sais. Je dois l'avouer, je n'ai jamais été entraînée dans une telle bataille auparavant.

Ariella dévisagea sa cousine.

— Si seulement Emilian pouvait revenir. Il chasserait Robert à coups de pied.

— Ne te soucie pas d'Emilian maintenant, lui conseilla Margery. Occupons-nous d'abord de son méprisable cousin.

— Tu es la meilleure amie que j'ai jamais eue, dit Ariella en l'étreignant.

— Je peux te dire la même chose, murmura Margery.

La voiture s'arrêta. Ariella se raidit quand sa portière s'ouvrit. Elle remercia le cocher et descendit, le cœur battant, suivie par sa cousine. Puis, carrant les épaules, elle monta jusqu'à la grande porte et frappa, s'attendant à voir Hoode. Le majordome était un allié, au moins, et elle ne doutait pas qu'il la mettrait rapidement au courant de la sordide situation à Woodland.

Mais un grand domestique aux cheveux blancs qu'elle ne connaissait pas lui ouvrit.

— Oui ?

Ariella ne put imaginer qui était ce valet. Elle jeta un coup d'œil au-delà de lui et se figea. Les portraits ancestraux qui ornaient jadis le vestibule avaient disparu, remplacés par des tableaux qu'elle n'avait jamais vus.

Certains étaient franchement érotiques ; d'autres étaient simplement bizarres. Aucun des beaux meubles anciens qui meublaient autrefois la grand-salle n'y figurait. A la place, du mobilier neuf, coûteux, encombrait la pièce. Des tapis de grand prix couvraient le sol de marbre. Margery, qui se tenait derrière elle, inspira.

— Il a dépensé une petite fortune.

— Où est Hoode ? demanda Ariella, outragée.

Visiblement, Robert était enclin à dilapider l'argent d'Emilian selon ses choix. Elle vit que les bougies posées sur une table neuve avaient fondu sur le dessus de marbre. Elle remarqua aussi une tache sur le sol et la garniture déchirée d'un sofa recouvert de velours rouge flambant neuf. La pièce avait été réaménagée, mais elle avait souffert de négligence et de mauvais soins.

— Je crains que Hoode ne soit plus employé par le vicomte, répondit le domestique.

Ariella se redressa.

— Hoode est certainement employé par le *vrai* vicomte, rétorqua-t-elle farouchement. Où est Robert ?

— Le vicomte ne doit pas être dérangé.

Elle combattit sa colère et échoua.

— Votre nom ?

— Barnes.

— Barnes, mon mari est le vicomte. Je vous le redemande, où est Robert ?

Le valet pâlit.

— Dans la bibliothèque, milady.

Ariella partit d'un pas agressif, puis virevolta.

— Trouvez Hoode et amenez-le-moi !

— Oui, milady, dit le domestique en s'inclinant.

Ariella traversa précipitamment la grand-salle, Margery derrière elle. En passant, elle jeta un coup d'œil dans le salon et fut consternée de voir plusieurs gentlemen qui jouaient aux cartes et buvaient du vin. Aucun n'était correctement vêtu. Pire, la pièce sentait la bière aigre, le tabac et les corps pas lavés.

La porte de la bibliothèque était fermée. Ariella ne songea même pas à frapper. Elle l'ouvrit brusquement et se figea.

Margery lui rentra dedans et étouffa un cri.

Robert St Xavier forniquait activement avec une femme sur le bureau d'Emilian.

Ariella pivota abruptement et poussa sa cousine dans le couloir, à l'abri de cette scène aussi vile que dégoûtante. Les yeux de Margery étaient exorbités.

— Tu n'as pas à voir cela, dit-elle fermement.

— Que vas-tu faire ? chuchota Margery. Je pense que tu devrais appeler ton père pour traiter avec Robert !

— Reste ici, déclara Ariella.

Elle pivota et retourna dans la bibliothèque, dont elle avait laissé la porte ouverte. Rien n'avait changé.

— Je vous demande pardon, je vois que je dérange ! lança-t-elle furieusement.

Robert s'écarta d'un bond de la femme, les yeux s'élargissant de surprise. La créature glapit et plongea derrière le bureau.

Ariella savait qu'elle était rouge, mais elle garda les yeux rivés sur le visage de Robert.

— Sortez de chez moi ! ordonna-t-elle d'une voix rauque.

Il sourit, l'éclat de ses yeux changeant tandis qu'il ajustait ses habits.

— Eh bien… eh bien… Miss de Warenne, la maîtresse de mon cousin. Vous dérangez en effet, miss de Warenne.

Il lui faisait face, à présent, les mains sur les hanches.

Ariella trembla de rage.

— Je ne tiens pas à me répéter. Je vous veux hors de cette maison sur-le-champ. Je n'accepterai pas que Woodland soit transformé en bordel.

Il se moqua d'elle.

— Etes-vous sûre que c'est ce que vous voulez ? Je suis certain qu'il y a autre chose.

Elle frémit à ce sous-entendu salace.

— Je veux bel et bien davantage. Je veux que vous nous remboursiez chaque penny que vous nous avez volé.

Il battit des cils.

— Je suis vicomte, à présent, et à moins que vous ne vouliez me rejoindre cet après-midi, je veux que *vous* partiez.

Ariella trembla et pivota. Une paire d'épées de cérémonie était accrochée au-dessus de la cheminée. Elle sauta sur un divan et en décrocha une, même si elle n'avait jamais appris l'escrime. Robert se mit à rire, ce qui ne fit qu'accroître sa détermination. Elle reprit pied agilement par terre. L'expression de Robert changea quand elle marcha sur lui, devenant alarmée lorsqu'elle pointa la lame sur sa poitrine.

— Vous ne savez pas ce que vous faites ! s'écria-t-il, blêmissant.

— Vous vous trompez. Je sais exactement ce que je fais. J'ai observé mon père et mon frère sur le pont de leurs bateaux, tuant des pirates qui tentaient de les aborder !

Elle exagérait un peu. Elle le frappa, traversant sa chemise en linon. Elle n'avait pas eu l'intention de le blesser si profondément, mais elle ne s'en souciait pas.

Il devint livide et essaya d'attraper sa main.

Elle enfonça encore la lame et il cria, la lâchant.

— Vous m'avez blessé ! s'exclama-t-il en reculant.

Elle le suivit.

— Emilian est vicomte ici et je suis sa femme. Cette pièce est à moi, cette maison est à moi. Je vous ai dit de partir. Je perds patience.

Robert heurta le mur. Elle pressa de nouveau la lame sur sa poitrine.

— Vous êtes folle ! s'écria-t-il en esquivant le coup, déchirant sa chemise.

— Je suis la vicomtesse de Woodland, assena furieusement Ariella. J'ai épousé Emilian et j'ai le certificat pour le prouver. Vous, sir, n'êtes qu'un goujat et un vaurien qui cherche à nous voler notre maison — notre vie ! *Sortez !*

Robert s'enfuit en courant.

Quand il eut franchi la porte, Ariella se tourna et regarda la femme. A moitié habillée, elle prit ses chaussures et se rua dehors. Ariella se mit à trembler. Il y avait du sang à la pointe de l'épée, et la lame ne semblait pas particulièrement émoussée. Elle se sentit malade, mais pas à cause de ce qu'elle avait fait. Elle regarda le beau bureau d'Emilian. Il avait été profané.

Elle jeta un coup d'œil autour d'elle et vit des accrocs sur le canapé de brocart. Il y avait partout de la nourriture et des boissons ; un plateau de restes gisait même sur le sol. La maison tout entière avait été profanée, pensa-t-elle.

— Vas-tu bien ? demanda Margery depuis le seuil.

Elle hocha la tête.

— Je dois encore faire quelque chose.

Elle passa devant sa cousine, l'épée à la main. Lorsqu'elle approcha du salon, la puanteur l'assaillit. Elle s'arrêta sur le seuil, mais les cinq hommes étaient ivres et concentrés sur leur jeu. S'ils savaient qu'elle était là, ils ne s'en souciaient pas.

— Madame ? Milady ? se corrigea Barnes, apparaissant derrière elle. Puis-je chasser ces gredins ?

— Oui, vous le pouvez, répondit-elle, soulagée.

Elle le regarda interrompre la partie et informer les gentlemen qu'ils devaient rassembler leurs affaires et quitter Woodland immédiatement.

— La vicomtesse est revenue et elle insiste, déclara-t-il fermement, ignorant leurs protestations d'ivrognes.

Quand ils furent enfin partis, Ariella pénétra dans la pièce et se tint au milieu. Elle avait réussi. Elle avait débarrassé Woodland de Robert, au moins pour le moment, jusqu'à ce qu'Emilian revienne — s'il revenait un jour. Elle trembla.

Puis, se rendant compte qu'elle tenait toujours l'épée, elle pivota.

— Barnes, nettoyez cette épée et remettez-la à sa place. Rassemblez tout le personnel à 5 heures. Je veux leur dire un mot. Et, Barnes… Je veux que cette maison soit remise exactement dans l'état où elle était avant que Robert ait décidé de supplanter mon mari et de la redécorer. Je compte que tout soit en ordre quand le vicomte reviendra.

Barnes prit l'épée et hocha la tête.

— Et quand le vicomte est-il attendu ?

Ariella se crispa.

— Je l'ignore. Mais il reviendra, cela ne fait aucun doute.

Le domestique s'inclina et sortit.

Ariella serra ses bras autour d'elle. Il devait revenir tôt ou tard, non ?

La vérité était qu'elle n'en savait rien.

*
* *

Emilian descendit lentement la colline herbeuse dans le morne crépuscule d'automne. Le cimetière où était enterrée Raiza se trouvait devant lui. Il se rappelait à peine la nuit qu'il avait passée là deux mois et demi auparavant, assis sur la terre mouillée, sous la pluie, devant la petite croix de bois blanchie à la chaux qui marquait la sépulture de sa mère. Il venait juste de ramener Ariella à Windsong. Il n'était pas revenu sur la tombe de Raiza depuis.

Il avait passé les deux derniers mois à voyager avec les Roms, aussi loin dans le nord qu'Inverness. Ils étaient revenus à la frontière un jour plus tôt, car ils y passeraient l'hiver, comme chaque année. Stevan prenait des commandes pour les chaises, les tables et les bureaux qu'il réparerait ; Emilian en prenait pour les roues qu'il arrangerait et celles qu'il fabriquerait. Un long hiver sombre l'attendait.

Il n'avait toujours pas présenté sa demande de divorce.

Il s'en occuperait bientôt.

Il était très déterminé, à présent, car il avait appris comment survivre à la perte de ce qui lui paraissait sa vie entière en s'exerçant à l'autocontrôle et au détachement émotionnel. Ses pensées ne s'égaraient pas ; elles restaient fermement fixées sur le présent. Son cœur était gainé de fer. Il ne devait pas penser à la seule fois où il était venu sur cette tombe, l'esprit et le cœur consumés par Ariella. Il ne devait pas se rappeler le chagrin qui l'avait rongé. Cette nuit-là il était venu pleurer Raiza, mais il avait pleuré sa femme.

Il essaya de penser au travail qu'il commencerait le lendemain. Ses talents à la forge étaient désormais reconnus.

Il rit avec amertume, une image de Woodland lui surgissant à l'esprit. Il évitait de penser au domaine, aussi. C'était trop dangereux. Il ne devait pas se soucier de Woodland. Il n'en serait plus jamais le vicomte.

De vicomte à forgeron, d'Anglais à Rom…

Son cœur se contracta désagréablement dans sa poitrine, une sensation déplaisante dont il se méfia aussitôt. Il avait délibérément enterré son cœur le jour où il avait laissé Ariella à Windsong, avec tous les souvenirs qu'ils partageaient, et il n'avait pas l'intention de le redécouvrir. Elle avait apporté tant de lumière et de joie dans sa vie. Maintenant, il vivait dans l'ombre. Maintenant, il connaissait la différence. Il méritait de vivre l'enfer.

S'apitoyer sur lui-même était hors de question. Il se concentra tandis qu'il passait le long des premières modestes tombes. Il s'arrêta devant la stèle de marbre qu'il avait commandée pour Raiza. Il devait la pleurer convenablement, maintenant. Il devait lui dire adieu.

Mais son cœur tambourinait et il ne semblait pas pouvoir le contrôler. Pour la première fois depuis des mois, il vit sa mère telle qu'elle était quand il était jeune garçon, souriante et contente, reprisant ses chaussettes devant un feu de camp tandis qu'il était assis à ses pieds. Le jeune garçon prit un violon et se mit à jouer ; il était rom, et cette vie simple le contentait.

Il ferma les yeux et soudain, clairement, il se rappela ses derniers moments à Rose Hill, quand il se remettait de la flagellation. Ariella était avec lui, les yeux brillants tandis qu'ils discutaient d'Henry V. En cet instant, il sut que c'était le moment précis où il était tombé amoureux d'elle.

Vous appartenez à deux mondes, pas à un seul.

Comment quelqu'un pouvait-il appartenir à deux mondes ? Comment était-ce possible ?

Son cœur lui faisait mal, à présent. N'avait-il pas passé les six derniers mois à vivre comme un Rom ? Et n'avait-il pas passé les dix-huit années précédentes à vivre comme un Anglais ?

La nuit dernière, un jeune Rom et une fille de la région s'étaient mariés. Cela avait été une nuit de musique, de chants, de rires et de danses. La jeune fille était écossaise, la fille du maître-chien d'un noble. Le jeune marié allait rester avec sa femme à Glasgow, et travailler pour un salaire honnête. Elle ne voulait pas voyager ; elle ne voulait pas quitter sa famille. Personne n'en était surpris, à part Emilian. Il y avait tant de Roms qui abandonnaient la vie tzigane, et tant de demi-sang avec un pied dans chaque monde.

La douleur l'envahit, ses tempes le lançant, et il craignit que sa tête explose.

— Aucun homme n'appartient à deux mondes ! tonna-t-il, et à sa surprise il sentit des larmes sur son visage. Je suis rom !

Les *gadjos* avaient tué Raiza — et ils avaient tué son enfant et celui d'Ariella.

Ton père est un homme bien, Emilian. Il peut te donner une vie que je ne peux pas t'offrir.

Il entendit très nettement sa mère, vit son expression implorante alors qu'elle le suppliait de comprendre, juste avant qu'elle l'envoie avec l'enquêteur vers sa nouvelle vie anglaise et sa nouvelle famille.

Je peux t'offrir tant d'opportunités, Emil. Laisse-moi le faire !

Edmund l'avait aimé, s'avisa-t-il soudain, et pas seulement parce qu'il était son héritier. Il l'avait aimé de cette façon prudente, polie et très anglaise, ne montrant jamais ouvertement d'affection mais le laissant explorer toutes les voies qu'il voulait, l'encourageant à le faire. Edmund l'avait aimé parce qu'il était son fils, et il était si fier de ses réussites.

Et Stevan avait dit que Raiza avait été fière de lui, aussi.

Il tomba à genoux. Il n'avait plus de chagrin pour Raiza. Il regrettait d'avoir choisi une vie si complètement par rapport à l'autre, mais il n'était pas sûr qu'il aurait pu y avoir des compromis. Ses deux parents avaient choisi pour lui le mode de vie anglais et, finalement, il comprenait pourquoi.

Que faisait-il, à réparer des roues ? Il détestait ce travail banal. Les longues journées oisives sur la route l'ennuyaient. Ses comptes, ses œuvres d'art, ses livres lui manquaient. Sa luxueuse maison lui manquait.

Il vit Woodland dans toute sa splendeur — une splendeur qui rendait hommage à ses efforts et à ses soins. Il pensa à sa magnifique bibliothèque, aux centaines de livres qu'il avait personnellement choisis, lus et relus ; il pensa à ses jardins anglais, qu'il avait soigneusement dessinés ; il pensa à ses écuries de juments pur-sang, toutes grosses de son étalon de prix. Il pensa à son personnel efficace, à ses affaires et à ses relations, à ses fermiers et leurs fermes. Il était attaché à ses fermiers — il connaissait même le nom de leurs enfants ! *Que faisait-il ?*

Il tendit la main pour toucher la stèle de marbre, l'image aimante de Raiza lui revenant à l'esprit.

— Je ne suis pas rom, s'entendit-il murmurer. Je suis un *didikoi,* un demi-sang.

Le sourire de sa mère ne vacilla pas.

En cet instant saisissant, il eut presque l'impression

qu'elle venait à lui depuis le ciel pour lui donner sa bénédiction silencieuse. Il sentit une caresse sur son épaule, mais c'était sûrement le vent du soir.

Il se leva, restant ébranlé. Il était allé dans le Nord pour la pleurer et trouver son héritage rom. A la place, il avait épousé et perdu une femme, perdu un enfant, tout en découvrant une vérité à laquelle il ne s'attendait pas. Il ne pouvait pas s'adapter au mode de vie tzigane, pas pour une existence entière. Woodland et les défis d'en faire un domaine profitable lui manquaient. Une grande partie de sa vie anglaise lui manquait. Mais sa moitié rom était forte, aussi.

Il n'y avait plus de doute, à présent. Il appartenait à deux mondes, pas à un seul.

Et pendant un instant, il eut une vision si vive qu'il pensa qu'Ariella s'était matérialisée devant lui. Puis son visage se modifia et il vit que c'était Raiza qui se tenait là dans le clair de lune.

Il cligna des paupières et comprit qu'il l'avait vue dans son esprit.

Il était resté aussi longtemps avec les Roms non parce que sa mère avait été assassinée, mais parce qu'il fuyait la douleur d'avoir perdu Ariella. Il ne se remettrait jamais de l'avoir perdue, s'avisa-t-il, mais il ne pouvait continuer à fuir. Des devoirs et des responsabilités l'attendaient à Woodland. Des gens l'attendaient à Woodland.

Il y aurait toujours des murmures — mais pas de tout le monde. Certains *gadjos* étaient bons, aimables et justes, comme les de Warenne. Comme Ariella.

Je vais prier que vous trouviez ce que vous cherchez et que vous décidiez de rentrer chez vous. Quand vous le ferez, je serai là...

Il se raidit, stupéfait par ce souvenir. Ariella avait

pensé ces paroles, lorsqu'ils avaient été découverts à Rose Hill, mais tout avait changé depuis. Elle était à Londres, maintenant, débattant avec ses amis radicaux, remise de la perte de leur enfant. Il espérait que c'était le cas. Elle aimait tellement débattre, et elle y excellait. Maintenant, elle était indifférente à lui.

Woodland l'attendait.

Il rentrait chez lui.

Elle ne serait pas là, mais cela vaudrait mieux. Et peut-être, lorsqu'il la reverrait, lui aurait-elle pardonné tout ce qu'il lui avait fait. La connaissant, il savait qu'il n'y aurait pas de blâme ni de rancœur. Elle serait peut-être même avec son prince charmant, mais il avait l'intention de l'accepter et d'en être heureux pour elle. Il espérait seulement qu'ils pourraient être amis, finalement.

Il se contenterait de son amitié, maintenant.

Son cœur tambourina d'excitation quand il descendit de la voiture de location devant les portes de Woodland. Il se tint immobile un instant, dans le froid de début décembre, notant que les terrains et les dépendances semblaient en parfait état. Richards avait fait du bon travail. Il était très satisfait.

Un valet d'écurie qui passait le vit et marqua un temps d'arrêt, puis sourit largement et ôta son bonnet.

— Milord ! C'est bon de vous revoir !

Emilian lui sourit, surpris de constater qu'il se sentait plutôt heureux.

— Comment vont les choses, Billy ?

— Très bien, milord. Nous avons de beaux poulains, sir.

L'excitation d'Emilian s'accrut. Lorsqu'il pivota, les

jardiniers qui se trouvaient sur la pelouse près de la fontaine ôtaient aussi leur bonnet. Son plaisir augmenta. Il leur adressa un signe de tête, en souriant. Au-delà de la fontaine, derrière les écuries, il vit la portée de poulains du printemps, sur leurs jambes dégingandées. Ils couraient plus vite que le vent, et il ressentit encore plus de plaisir en voyant qu'ils étaient tous en grande forme.

Juste ciel, il était bon d'être chez soi.

Il s'approcha de la maison et gravit en bondissant les marches du perron. Il ne frappa pas, et quand il pénétra dans sa grand-salle il fut satisfait de voir que tout était exactement comme il l'avait laissé. Hoode arriva au pas de charge du couloir, les yeux agrandis dans son visage pâle.

— Milord, vous êtes revenu !

Il rayonnait.

— Bonjour, Hoode, dit Emilian en lui donnant son chapeau haut de forme. Oui, je suis revenu, et je suis très satisfait de ce que je vois.

— Mon Dieu, sir, vous devez en remercier votre femme ! Elle est arrivée ici martialement et a forcé votre cousin à quitter cette maison à la pointe d'une épée. Et juste à temps, car il précipitait ce domaine vers la ruine ! déclara le majordome en souriant.

La journée s'arrêta — le monde s'arrêta. Il n'était même pas certain que son cœur continuait à battre.

Il avait mal entendu. Ariella était ici ? Non, elle était sûrement à Londres avec ses amis excentriques !

Il lui fallut un moment pour pouvoir parler.

— Je vous demande pardon ?

Hoode était plein d'enthousiasme.

— Lord Robert a essayé d'usurper la propriété et le titre, milord. Il m'a congédié et s'est mis à dépenser inconsidérément votre fortune à tout ce qui lui plaisait. Mme la vicomtesse est arrivée juste à temps, je dois le dire ! Vous êtes un homme fortuné, sir.

Le cœur d'Emilian tambourinait. Incrédule, craignant d'être en plein rêve, il regarda au-delà du domestique. Et elle se tenait là, sur le seuil de son salon, son ange de miséricorde, la vision la plus sublime qu'il avait jamais contemplée. Elle pleurait et il sut aussitôt que c'étaient des larmes de bonheur.

Elle l'attendait, comme elle l'avait promis.

— Ariella ?

Il ne parvenait toujours pas à le croire.

— Vous êtes revenu, murmura-t-elle, tremblant visiblement.

— Je suis revenu, réussit-il à dire, son choc se dissipant.

La joie essaya de jaillir, mais il la contint.

— Et vous êtes ici ? Vous m'attendez ?

— Où serais-je donc ?

Il s'avança vers elle, l'espoir et l'amour l'inondant.

— Vous pourriez être à Windsong, à Londres — vous pourriez être n'importe où ailleurs !

Il l'atteignit mais craignit de la toucher. Il avait peur que ce soit un rêve et elle, une illusion qui s'évanouirait aussitôt.

Mais elle toucha sa joue, en un geste tendre et familier, et cette caresse fit exploser son cœur d'une joie qu'il n'avait jamais pensé ressentir de nouveau.

— Je suis votre femme. Ma place est ici. Je vous ai dit que je serais ici, à vous attendre, l'avez-vous oublié ?

Il poussa un cri, l'écrasant contre lui. Elle se cramponna à lui et il la tint serrée, s'efforçant encore de comprendre que cette femme croyait suffisamment en lui pour être revenue à lui et qu'elle l'aimait véritablement.

Il baissa les yeux sur elle.

— Je n'ai pas oublié, dit-il d'une voix rauque, dépassé par la petite femme qu'il tenait dans ses bras. Mais comment pouvez-vous me pardonner l'enfant que nous avons perdu ? C'était ma faute.

— C'était un accident, Emilian. Ce n'était pas votre faute. Avez-vous jamais considéré que je me suis blâmée de vous avoir poursuivi, pour commencer ?

Il écarquilla les yeux, alarmé.

— Je ne veux pas que vous vous blâmiez de quoi que ce soit, jamais !

Il inspira, le cœur battant. Prudemment, il demanda :

— Alors, nous sommes dans une impasse ?

— Non.

Elle lui sourit.

— Vous devez vous pardonner à vous-même pour que nous puissions avoir l'avenir que nous méritons.

Il la serra de nouveau dans ses bras, craignant de la lâcher.

Elle murmura contre lui :

— Vous n'avez jamais engagé la procédure de divorce.

Elle était si chaude, si douce dans son étreinte, et son corps commençait à réagir avec une faim et un besoin choquants.

— Je l'ai remise à plus tard.

Elle s'écarta et lui décocha un grand sourire.

— Je me demande pourquoi ?

— Je pense que vous le savez, répondit-il d'une voix enrouée.

Elle battit des cils.

— Je suis plus qu'heureux de l'avouer, je suis resté si complètement et si désespérément amoureux de vous que je n'ai même pas pu parler à un avocat.

Elle rit, un son éclatant, heureux et plein d'attente qu'il avait cru ne plus jamais entendre.

— Un aveu en plein jour, dans votre grand-salle ? le taquina-t-elle. Quel nouvel aspect de votre caractère est-ce là ?

La joie qui éclatait au plus profond de lui était le genre de bonheur qu'il n'avait jamais connu, pas même durant les premiers jours de leur mariage.

— Je pensais que renoncer à vous était ce qu'il valait mieux, Ariella, dit-il sérieusement. Pas pour moi, mais pour vous. Mais alors, je comptais rester avec les Roms. A la place, je suis revenu à Woodland. Vous aviez raison. J'appartiens à deux mondes, pas à un seul.

Elle ouvrait de grands yeux.

— Oh, Emilian ! Je n'ai jamais vu vos yeux aussi clairs et aussi brillants. Je ne vous ai jamais vu sourire aussi ouvertement. Les ombres noires sont parties !

Les doigts tremblants, il caressa sa pommette, sa tempe, son visage.

— Je ne serai jamais entièrement rom, comme je ne serai jamais un Anglais convenable au sang bleu. Pouvez vous vous y faire, chérie ?

Il était stupéfait d'être avec sa femme.

Elle rit.

— Grâce au ciel ! Je ne suis pas amoureuse d'un Anglais convenable au sang bleu, je suis amoureuse de mon prince demi-sang.

Elle le pensait et il rougit de plus de plaisir encore. Il la connaissait assez bien maintenant pour savoir qu'elle ne pourrait jamais aimer un Anglais convenable — elle était trop originale et trop indépendante.

— Il n'y a pas de princes roms, murmura-t-il, comme vous le savez parfaitement.

— Bien sûr, qu'il y en a. Vous vous tenez devant moi. Vous m'avez dit maintes fois qu'un jour je trouverais mon prince charmant anglais, mais vous aviez tort. Car vous êtes mon prince, Emilian. Vous avez été mon prince dès l'instant où nous nous sommes rencontrés et rien ne changera jamais cela.

Il était si ému qu'il ne put parler. Elle l'avait toujours regardé avec ces yeux brillants, et il se rendait compte à présent que cette expression était plus que de l'amour et de la confiance. Elle le regardait avec une immense admiration.

Et ne l'avait-il pas toujours regardée avec le même respect ? Elle était une grande dame, le genre de femme dont un homme comme lui ne pouvait que rêver, auparavant. Mais elle était devenue son amante, son amie et son épouse et, une fois de plus, elle lui déclarait son amour éternel. Pour la première fois, il la crut.

Ariella de Warenne l'aimait, de cet amour profond, immortel et unique qui faisait la célébrité des hommes et des femmes de Warenne.

Il croyait même que c'était leur destin.

Emilian doutait de pouvoir parler correctement, alors il lui prit la main et la baisa. Puis il s'éclaircit la gorge.

— Je ne vous mérite pas.

Comme elle commençait à protester, il la fit taire en relevant son menton.

— Chut… Je ne vous mérite pas, cela ne fait aucun doute. Mais je ne renoncerai plus jamais à vous. J'ai fait un choix, Ariella. J'essaierai d'être le prince que vous pensez que je suis. Je vous aime, Ariella. J'ai l'intention de passer le reste de ma vie à vous prouver combien. Vous devez vous préparer, ajouta-t-il. Il y aura de nombreuses autres déclarations comme celle-là.

Elle passa les bras autour de son cou.

— Vous n'avez rien à prouver, Emilian. Je sais combien vous m'aimez.

Il l'attira à lui, submergé par tant de sentiments, tant de bonheur, tant d'amour. L'avenir les attendait, brillant.

— Non, chérie. Vous n'en avez aucune idée.

Elle murmura, tremblante, son corps brûlant pour le sien :

— Alors, montrez-le-moi.

Il effleura sa bouche de la sienne, doucement, sensuellement. Il se mit à penser à quelques façons très créatives d'exprimer son amour.

— Montez avec moi, chérie, murmura-t-il de son ton le plus charmeur. Je vais commencer cette démonstration tout de suite.

Et sa magnifique, son excentrique princesse *gadjé* lui sourit largement, les yeux brillants.

Le cœur d'Emilian St Xavier s'envola, haut et libre.

Best-Sellers n°416 • thriller

Le secret des marais - Amanda Stevens

Le travail est devenu un refuge pour Evangeline Theroux, jeune inspectrice de police à la Nouvelle-Orléans. Terrassée par la mort soudaine de son mari, effrayée de ne pas être à la hauteur avec son bébé de cinq mois, elle se jette à corps perdu dans une enquête de premier plan sur le meurtre d'un célèbre avocat. Pourtant, les jours passant, ses recherches piétinent et elle accepte l'aide de Declan Nash, agent du FBI. Mais lorsqu'un terrifiant coup de théâtre place soudain son petit garçon au centre de l'affaire, tout change. Désormais prête à tout pour protéger son enfant, Evangeline décide de tout risquer, y compris sa carrière, pour découvrir la vérité, sans imaginer que celle-ci la touche de près et va bientôt remettre en question sa propre identité.

Best-Sellers n°417 • roman

Un parfum de Lilas - Sherryl Woods

Bouleversée par l'échec de sa dernière pièce, qui précède de peu la fin de sa relation amoureuse avec son mentor, la dramaturge Bree O'Brien quitte Chicago et le théâtre où elle a commencé à se faire un nom pour regagner Chesapeake Shores, sa ville natale. Dans ces lieux qu'elle aime tant, elle est persuadée qu'un nouveau départ l'attend. Mais ce retour, en plein cœur de l'été, n'est pas aussi serein que Bree l'espérait. Car il fait aussitôt ressurgir des fantômes de ce passé qu'elle a en vain tenté de fuir. Des fantômes au premier rang desquels se trouve Jake Collins, qu'elle n'a jamais réussi à oublier.

Best-Sellers n°418 • roman

Un printemps à Blossom Street - Debbie Macomber

Blossom Street, c'est une petite rue de Seattle, encore préservée et pleine de charme. Un endroit où il fait bon vivre, et où le quotidien a un parfum de bien-être. Debbie Macomber nous y fait partager la vie de quatre femmes que tout sépare et oppose, mais qui vont se retrouver indissolublement liées les unes aux autres. De cette alchimie, que soulignent des scènes dramatiques et cocasses, intenses et émouvantes, douces-amères et drôles, ironiques et chaleureuses, naissent ces petits riens de la vie qui se transforment en un récit extraordinairement attachant.

Best-Sellers n°419 • historique

L'héritière des Romanov - Susan Wiggs

Russie et Angleterre, 1533

Issue d'une famille princière de Russie, Juliana Romanov a vu les siens se faire massacrer par des traîtres boyards qui se sont emparés du pouvoir. Sauvée par des Gitans, elle se réfugie avec eux en Angleterre, où ils vivent de charité et de larcins. Or un jour, au cours d'une partie de chasse royale, elle est prise en flagrant délit de vol par le roi Henri VIII en personne ! Certaine de sa condamnation prochaine, Juliana est abasourdie lorsqu'on lui propose, à la place, d'épouser Stephen de Lacey, baron de Wimberleigh. Mais elle ignore encore que son futur époux est un rival du roi auquel ce dernier a voulu imposer une union dégradante…

Composé et édité par les
éditions Harlequin
Achevé d'imprimer en décembre 2009

CPI
Bussière

à Saint-Amand Montrond (Cher)
Dépôt légal : janvier 2010
N° d'imprimeur : 91452— N° d'éditeur : 14752

Imprimé en France